Jochen Hauser
Die ruhigen Jahre der Rechlins

Jochen Hauser

Berlin, 1.5.87

Jochen Hauser

Die ruhigen Jahre der Rechlins

Roman

VEB Hinstorff Verlag
Rostock 1986

ISBN 3-356-00032-2

1. Auflage 1986. Lizenz-Nr. 391/240/4/86
Printed in the German Democratic Republic
Schutzumschlag- und Einbandgestaltung: Eva und Bernd Haak
Gesamtherstellung: Karl-Marx-Werk Pößneck V15/30
Bestell-Nr. 522 772 7

00900

Erstes Kapitel

1

Am Hackeschen Markt tanzten Afrikaner.

Erstaunt sah Susanne Mollenthin über den Platz vor dem S-Bahnhof. Lange weiße Gewänder leuchteten aus einem Gemisch von Grün und Blau. Das Grün kam vom Rasen, der sich zwischen Zeitungskiosk und Parkplatz behauptete, das Blau von den Hemden und Blusen der jungen Leute. Susanne Mollenthin, neunzehn Jahre alt, Veterinärgehilfin in einem landwirtschaftlichen Betrieb, strich sich die blonden Haare aus der Stirn, um sich dann mit einem Blick auf eine kleine Karte von der Richtigkeit ihres Weges zu überzeugen. »Rechlin«, stand auf dem Kärtchen, »Hackescher Markt vierzehn, III. Etage, Nähe S-Bahnhof Marx-Engels-Platz«. Auf der anderen Straßenseite also, dachte sie und wollte den Platz überqueren. Das aber schien unmöglich. Die Afrikaner hatten einen großen Kreis gebildet. Ihre Füße huschten über das Gras, mit dem Inneren ihrer Handflächen berührten sie die Hände der Nachbarn. Zwei Trommler schlugen die Musik, hart und schnell. Wie gebannt blieb das Mädchen stehen. Einige Afrikaner forderten die Zuschauer zum Mittanzen auf. Die meisten der Leute lächelten jedoch verunsichert. Manche blickten auch mit kaum verhohlener Empörung auf den Kreis der Afrikaner; ob denn der Rasen überhaupt zum Betreten freigegeben war? Als Susanne bemerkte, wie die Tänzer nach den Händen der Zuschauer griffen, trat sie einige Schritte zurück. Versuchte es wenigstens, denn immer dichter war die Menge der Neugierigen geworden. Die Trommeln klangen wie rasche Klopfzeichen, die winzigen Schritte der Afrikaner wurden heftiger. Einmal wendeten sie die Köpfe nach rechts, einmal nach links, dazwischen Händeschlagen, Aufstapfen. Susanne sah den Schweiß über die Gesichter der blassen Mittänzer laufen, eine juchzende Rentnerin hatte sich bei einem Schwarzhäutigen eingehakt, ließ sich von ihm mitziehen, ein Hund bellte wie toll. Susanne wurde nach vorn geschoben. Unwillig wollte sich das Mädchen nach den Drängelnden umsehen, da griff auch schon eine Hand nach ihr. Ihr erster Gedanke war: hoffentlich blamier ich mich nicht. Dann aber streifte sie wie die anderen Tänzer die Schuhe ab. Ihre nackten Füße spürten das warme Gras.

Als der Tanz zu Ende war, bedauerte sie das. Die Träger der Blauhemden neben ihr rangen nach Luft. Susanne schlüpfte wieder in die Schuhe, drängte sich zu den Leuten in den weißen Gewändern. Die schrieben ihre Namen auf Festivaltücher, auf Zettel oder auch auf die blanke Haut. Während ein großer, hagerer Afrikaner seinen Namen in Susannes Notizbuch schrieb, sagte er: »Tunis. Du sprichst Französisch?«

»Yes.« Susanne errötete. »Oui, oui.«

»Besuch mich!«

»Oui, oui.« Klopfenden Herzens verließ Susanne die Grünfläche.

Das Haus Nummer vierzehn war grau und hatte hohe Fenster, auf den Balkons erkannte sie gußeiserne Verzierungen, auf denen Töpfe mit blühenden Geranien standen. Eben wollte sie die schwere Tür öffnen, als diese von innen aufgeschlagen wurde. Zwei alte Männer traten heraus, ein langer Schlanker und ein kleiner Untersetzter. »Da jibtet nur eene Wahrheit«, hörte Susanne den Langen sprechen, »den klassischen Zwilling mit der Fünf und Sieben. Und die Drei ran! Und darauf een Pfund!« Der andere Alte deutete mit dem Finger zur Stirn. »Aber nie mit Abraxas!«

Das Mädchen in der blauen Bluse und der Jeanshose sah den Männern nach. Was die wohl meinten? Mir soll es egal sein, dachte sie, ich beziehe jetzt mein Quartier. Die Füße würde ich mir gern waschen ... Entschlossen stieß sie die farbenrissige Haustür auf. Im dämmerigen Licht des Treppenflurs wäre Susanne um ein Haar über einen Eimer mit Wischwasser gestolpert. Eine Frau schwappte den tropfnassen Lappen über die Stufen.

»Guten Tag, komm ich hier richtig zu Rechlins?«

Die Frau nickte, ohne im Wischen innezuhalten. Als Susanne jedoch einige Stufen weitergegangen war, fiel ihr auf: die Frau ließ jetzt das Wischen sein und kam ihr ein paar Schritte nach. Susanne drückte auf den Klingelknopf über dem Türschild »Rechlin«. Die Tür öffnete sich sofort. Eine füllige Frau mittleren Alters deutete mit dem Zeigefinger nach unten. »Is die Schiefenageln endlich fertig mit der Wischerei?« Und im gleichen Atemzug sagte sie: »Mach's dir bequem, mein Junge. 's Bad is jradeaus. Ick hab im Moment man jrade die Milch uffn Herd.« Die Frau eilte über den langen Flur in die Küche, aus der schrilles Pfeifen drang. Susanne kramte noch einmal das Kärtchen aus der Tasche. »Rechlin, Hackescher Markt vierzehn, III. Etage ...« Wieso hatte die Frau einen Jungen begrüßt? So kurz sind meine Haare doch gar nicht, dachte Susanne. Und überhaupt!

Die Frau kam aus der Küche, trocknete sich im Gehen die Hände an der Schürze ab. »Nu will ick dich erst einmal bei Lichte betrachten, mein Junge. Haste jut herjefunden?« Das letzte Wort flüsterte sie nur noch.

Susanne hielt ihr den Quartierschein entgegen. »Ich bin doch hier richtig, nicht wahr?«

Die Frau schniefte. »Daran hab ick keinen Zweifel. Wenn hier einer nich richtig is, denn wohnt er eene Etage unter uns. Übrigens nam wa uns ja ausdrücklich ein Jungen jewünscht. Wenn schon een Quartiergast, dann 'n Junge! Weil der mit René im selben Zimmer ... Vastehste?«

»Schade«, sagte Susanne, »ich hätte mir gern die Füße gewaschen.« Sie hielt der Frau noch einmal den Einweisungsschein hin: »Mollenthin, Susanne Mollenthin.« Den Vornamen sprach sie ganz langsam aus.

»Scheißbeamte!« Frau Rechlin kratzte sich den Kopf. »Na, damit werden wa schon fertig werden. Zuerst kriegste mal 'n Topp Kaffee. Und Hunger haste auch, wa?«

»Ich hab Bons für die Verpflegungsstelle.«

»Vaschone mich mit solche Reden!« Die Frau nahm Susanne die Tasche ab, nickte ihr freundlich zu. »Frisch machen wollteste dich, wa? Jradeaus bitte sehr.«

Susanne Mollenthin betrat das helle Badezimmer, in dem es außerordentlich frisch roch. »Irischer Frühling« hieß wohl dieser Duft. Eine Tante aus Bremen hatte Susanne neulich ein Fläschchen davon geschenkt. Unter einem geschnitzten Schild mit der Aufschrift »Dem Gast« hingen Seiflappen und Handtuch, sogar ein kleines Stück Seife in einem bunten Papier lag bereit. Susanne traute sich nicht, irgend etwas davon zu benutzen, aber sie dachte: hier könnte man es aushalten. Und dann zog sie das eigene Handtuch aus der Reisetasche.

Frau Rechlin rief, der Kaffee sei fertig.

»Ich will Sie nicht länger stören«, sagte Susanne.

»Von Störung is keene Rede.« Die Frau bat an den Tisch. Der Kaffee war schwarz und kräftig. Es gab Streuselkuchen, und auf einem anderen Teller lagen Schmalzstullen. Das Schmalz, mit dunklen Grieben, Majoran und Äpfeln, schmeckte dem Mädchen wunderbar.

»Wo kommste denn her, mein Kleenes?« fragte die Frau.

»Aus Mirow.«

»Aha.«

»Hinter Neustrelitz. Ganz in der Nähe gibt es dort den Ort Rechlin. Schiffswerft Rechlin. Ist eigentlich ganz bekannt.«

»Ein Schiff haben wir noch nie gebraucht. Meine Mutter, deren Vater stammte aus Breslau, und wo Hannes seine Affen früher tanzten – irgendwo im Märkischen ...«

»Ach«, sagte Susanne zwischen zwei Bissen, »in Mirow ist weiter nichts los.«

»Nee? Keine Berühmtheit außer dir?«

»Doch. Die Mirower Krautleberwurst.«

Susanne sah die Frau ihr gegenüber herzlich lachen. Da lachte auch sie. »Solche Verwechslungen gibt es sicherlich viele, nicht wahr? Bei den Tausenden von Gästen!«

»Wat biste eigentlich von Beruf, wenn ick fragen darf?«

»Veterinärgehilfin. Wir sind so ein großer Betrieb mit Kälberaufzucht.«

»Schöner Beruf.«

»Ja, macht Spaß.«

»Darf man sich nich zieren wie die Zicke am Strick.«

»Das darf man nicht.«

»Und wie kommste nach Berlin? Ich meine: biste politisch immer vorneweg?«

»Hm!« Susanne konnte es nicht lassen, nach einem dritten Stück Streuselkuchen zu greifen. »Es gibt nicht viele Jugendliche in unserem Betrieb. Da war die Auswahl nicht groß.«

»Und dein Freund? Is der auch in Berlin?«

»Mein Freund? Ach!« Susanne Mollenthin lehnte sich wohlig zurück, bedankte sich für das Essen und überhaupt für die Freundlichkeit und jetzt müsse sie gehen.

»Laß dir Zeit, Mädchen«, sagte die Frau. »Ich räum erst um.«

Überrascht sah Susanne in das strahlende Gesicht der Frau. »Umräumen? Wegen mir?«

»Ick möchte wetten, olle Schiefenagel hat wieder mal wat vaschusselt. Hat een Kreuz inne falsche Spalte jesetzt. Bleibst bei uns, wa?«

»Aber wenn Sie auf einen Jungen eingerichtet sind?«

»René quartier ick für die zwei Nächte in Opas Zimmer ein. René is unser Jüngster. Is aber auch schon über zwanzig! Tischler isser. Möbeltischler in Templin. Kennste Templin? Na, muß auch nich sein. Is ein tüchtiger Junge, man jrade erst aus Ulan-Bator zurück. Aber Ulan-Bator kennste?«

»Die Hauptstadt der Mongolischen Volksrepublik?«

»Genau. Da war er jetzt fast zwei Jahre. Sozialistische Hilfe oder wie det so heißt. Jedenfalls hat er den Kollegen dort unten jezeigt, wie een Tisch jebaut wird. Und ein Stuhl und so wat ...«

»Ich mach Ihnen nur Umstände«, sagte Susanne. »Und in

einem anderen Quartier werde ich bestimmt schon erwartet.«

»Hier kriegste kein Quartier, hier kriegste ein Zuhause. Na, wat is? Bleibste?«

Susanne Mollenthin nickte.

2

Das große Kaufhaus lag sozusagen auf der Straße. Ein Teil des Sortiments war auf Bretterbuden verteilt, zu deren Aufbau Brigaden aus Thüringen nach Berlin geholt worden waren. Die Thüringer hatten, ob willig oder unwillig, gesundes Holz zu überflüssigen Ladentischen vernagelt. Nach Vorstellung der Verantwortlichen sollte das Warenangebot den Kunden in des Wortes wahrer Bedeutung näher gebracht werden, doch die lappigen Pullover fanden auch über duftendes Fichtenholz gebreitet keine Käufer. Die Frauen in den Buden mit »Lagerware« aber langweilten sich keineswegs. Das Treiben auf den breiten Bürgersteigen war wie ein bunter Film, den man uneingeschränkt kommentieren durfte. Man redete über blaue Blusen, die bis auf Büstenhaltergröße zusammengerollt getragen wurden, stellte fest, daß die attraktivsten Männer aus dem Norden stammten und daß es die Tatsache echter Diskussionen gab. Doch auch an Themen außerhalb des Geschehens auf der Straße mangelte es nicht. Da war die Frage, ob man nicht wegen des Todes von Walter Ulbricht das Festival vorzeitig hätte beenden sollen. Einige Kolleginnen meinten, der Anstand gebiete es, vom Tanzen und Knutschen zu lassen, wenn so ein Staatsmann gestorben sei. Andere wollten wissen, Ulbricht selbst habe auf der Fortsetzung des Festivals bestanden, auch in dem Fall, daß er sich den großen Fackelumzug nicht mehr im Fernsehen angucken könne.

Stefanie Rechlin sah und hörte alles mit großem Interesse, und über mangelnde Beschäftigung konnte sie nicht klagen. Sie hatte Tücher und Biergläser zu verkaufen, preiswerte Andenken also, die obendrein einen praktischen Zweck erfüllten. Und war einmal kein Kunde am Stand, so sortierte sie die Tücher den Farben nach oder prüfte die Qualität der billigen Gläser, indem sie mit einem Bleistift leicht dagegen schlug. Oft geschah es, daß sie auf ein eben gekauftes Tuch als erste ihren Namen schreiben mußte. Beim erstenmal hatte sie noch gemeint, das stehe ihr nicht zu, schnell jedoch wurde es zu einer lustigen Selbstverständlichkeit.

Einer der Chefs kam vom Warenhaus heraus auf die Straße, flüsterte Steffi etwas zu. Unwillig schüttelte sie den Kopf, sagte laut: »Nein, ich erschein nicht mit blauer Bluse zur Arbeit. Ich bin ja überhaupt nicht Mitglied!«

»Ausnahmsweise vielleicht ...«

»Außerdem steuere ich auf die Dreißig zu!« Und manchmal, so dachte sie, fühle ich mich wie vierzig.

»Nun, nun ...«, meinte der Chef und kratzte sich verlegen die hohe Stirn. »Es war nur eine Anregung, nichts weiter. Außerdem ...« Er zog zwei postkartengroße Pappen aus der Tasche. »Ein Dankeschön für Ihre Einsatzfreude.«

Die Pappen erwiesen sich als Einladungen zu einem Freundschaftstreffen. Jugendliche des Stadtbezirks Friedrichshain sollten Delegierten aus dem befreundeten Ungarn begegnen. Ungarn also, dachte Steffi, langweilige Leute sind das bestimmt nicht. Und selbst wenn ein einziger Ungar auf zwanzig Friedrichshainer käme, könnte es ganz lustig werden.

Die neben Steffi hantierende Kollegin riet, die Karten gleich wegzuwerfen. Welcher normale Werktätige könne sich so plötzlich für einen Empfang am selben Abend frei machen!

»Ich bin fertig.«

»Und dein Mann?«

»Den mach ich fertig.« Steffi rechnete: bis fünfzehn Uhr dauerte der Dienst; für den Nachmittag war sie mit den Schwiegereltern am Hackeschen Markt verabredet. Dort würde sie Bernd treffen, der gegen siebzehn Uhr vom Sportplatz zurück sein wollte. Zu einem Freundschaftstreffen mußte man sich nicht in Schale werfen, und für Bernd hing noch immer ein weißes Oberhemd in Mutters Wäscheschrank.

Neue Kunden drängten an den Stand. Vietnamesinnen überquerten die Straße, blieben vor Steffi stehen, schrieben ihre Namen auf Tücher.

»Verkaufst ja nichts.« Urplötzlich war Bernd neben ihr.

»Und warum bist du nicht bei deinem Volleyballturnier?«

»Den Leuten ist's zu warm.«

»Kam keiner, was?«

»Ich sag's ja: bei dem Wetter!«

»Und jetzt bist du frei?« Sie drückte ihm die Einladungen in die Hand.

Bernd räusperte sich. »Heute abend wird das nichts. Engelke hat Zement für seinen Bau gekriegt. Hat aber Spätschicht.«

»Und?«

»Für den Zement hat sich Engelke den Arsch aufgerissen.«

»Dann soll seine Frau das Zeug reinkarren.«

»Heidrun hat Fernstudium. Und außerdem – eh die sich einmal bückt, haben andere das Zeug dreimal geklaut.«

Steffi schwenkte die Karten. »Das ist eine Auszeichnung!«

»Ich weiß.«

»Und nur weil unsere Nachbarn einen Bungalow bauen müssen ...«

»Gehst du eben alleine.«

Bernd hatte den Satz noch nicht ausgesprochen, da lagen die Karten bereits im Müllcontainer. Ebenso schnell holte Bernd die Pappen wieder heraus.

»Laß ihn doch«, meldete sich Steffis Kollegin. »Lachst dir einen an. Einen feschen Ungar, heija! Keine Minute ist Ihre Frau allein, keine Minute, Herr Rechlin.«

Bernd atmete tief, steckte die Karten ein. »Na gut, meinetwegen ...«

Das Treffen fand im Speisesaal eines Berliner Großbetriebes statt. Der Geruch von Kraut und Bockwurstbrühe war aber bald vergessen. Auf den Tischen leuchteten weiße Decken; die Damen erhielten am Eingang eine Rose und eine in Goldfolie gewickelte Weinbrandkirsche. Am kalten Büfett warteten aufgeschnittener Braten und lange Reihen Wernesgrüner. Ein Mann, angetan mit dem obligaten Blauhemd, erstieg keuchend die Stufen zur Bühne, las ellenlange Sätze von einem Blatt, bevor er dem Vertreter der Jugend Ungarns das Wort erteilte. Der zog aus seiner Aktentasche ein kiloschweres Bündel Papier, worauf im Saal jede Bewegung erstarrte. Grinsend steckte der Ungar das Bündel zurück in die Tasche, rief: »Ich wünsche allen großes Vergnügen!« und sprang in den Saal.

Als die Musik zu spielen begann, kümmerte sich Steffi keine Sekunde länger um das sauertöpfische Gesicht ihres Mannes, sondern zog ihn zur Tanzfläche. Einmal imitierte jemand einen Schlagerstar, ein Ungar gab vor, die Oper »Aida« zu pfeifen und als Zugabe einige Takte der fünften Sinfonie von Beethoven ...

Steffis Rose steckte in einem offenen Knopfloch ihrer weißen Bluse. Die Arme hatte sie um Bernds Hals gelegt, eng aneinander tanzten sie einen langsamen Walzer. Das Licht im Saal erlosch fast ganz. Bernds Hände glitten über ihre Brust. Sein Atem war warm und sehr nah.

»Was ist?« flüsterte sie. »Willst du dich an mich ranmachen?«

Bernd lachte und drückte sie noch fester an sich, und sie dachte: Endlich ist mal wieder was wie früher. »Na?« fragte sie. »Wie fühlst du dich?«

»Danke.« Und nach einer kleinen Pause raunzte er. »Aber nicht mal ungarische Salami haben die am Büfett!«

3

»Also – die richtige Trauer ist das nicht.« Kopfschüttelnd betrachtete Ingelore die Bilder auf dem Fernsehschirm.

Erich Rechlin, ihr Schwiegervater, zog an seiner Zigarre zu achtzig. »Du selber vergießt ja man ooch keene heiljen Tränen!«

Hannes saß zwischen Frau und Vater, schlürfte einen Kaffee und zwinkerte müde. Er hatte acht Stunden hintereinander eine Straßenbahn zwischen Hohenschönhausen und Kupfergraben hin- und hergefahren.

Susanne Mollenthin meinte, ihre Familie in Mirow sitze jetzt garantiert auch vor dem Apparat. Und sie hoffe sehr, daß sie und Rechlins von einer der vielen Kameras aufgenommen worden seien. »Das ist denn doch ein schöner Gruß an die zu Hause, nicht wahr?«

Neben ihr sah René auf den Bildschirm. Die Füße lang ausgestreckt, die Hände in den Taschen der Kordhose vergraben. Sein Gesicht war ernst, denn in Gedanken sah er einen Berg halbfertiger Regalwände und auch den Schrank, den er übers Wochenende für eine alte Frau reparieren wollte. Seine Eltern aber hatten ihn nach Berlin befohlen. Aus dem hintersten Indien kämen die Menschen zu den Weltfestspielen, und er könne angeblich nicht aus Templin weg!

»Also«, meldete sich Ingelore wieder, »also, bei Stalin war das damals anders.« Verstohlen riskierte sie einen Blick zu den jungen Leuten. Die saßen unbeweglich auf der Couch. Dieser Stoffel von René, dachte Ingelore, könnte er nicht dichter an die Kleine ranrücken?

»Wißt ihr noch, bei Stalins Beerdigung?« Hannes verrührte ein Stück Zucker im Kaffee. »Wie alles heulte und mit den Zähnen klapperte?«

Ingelore verzog den Mund. »Vorsicht! Schiefenagels könnten dich hören, Herr Genosse!«

Opa Rechlin wandte sich Susanne Mollenthin zu. »Da biste also erschrocken, weil du unser Pferdedeutsch nich vastanden hast. Is aber janz einfach. Ein Pfund beispielsweise sind zwanzig Mark, vastehste?«

Das Mädchen nickte.

»Und der klassische Zwilling, das ist, wenn man die zwei Favoriten in einem Rennen dreht.«

»Dreht?« Für einen Moment riß Susanne den Blick vom Fernsehapparat los.

Ingelore bat um Ruhe. Es sei immerhin die Übertragung eines Trauerumzugs. »Egal, wer da zu Grabe getragen wird – Alberei gehört sich nicht. Außerdem – was ist denn, René? Holst du nun den Wein aus dem Kühlschrank oder nicht?«

Der Junge nahm die Hände aus den Hosentaschen, atmete tief.

»Guck mal!« Ingelore stukte ihren Quartiergast. »Das Kästchen über der Tür. Was vermuteste, was das is?«

Den Blick nicht vom Bildschirm lassend, hob Susanne ihre schmalen Schultern.

»Paß auf!« Ingelore drückte auf einen Knopf neben dem Lichtschalter. Ein leises Schnarren ertönte, das Kästchen senkte sich herab, blieb vor Ingelores ausgestreckter Hand stehen. Im Kästchen waren Kristallgläser verschlossen. Ingelore entnahm fünf der Schmuckstücke, ein zweiter Knopfdruck, und das Kästchen glitt nach oben.

»Toll!« sagte Susanne Mollenthin.

Ingelore umarmte ihren Jungen und meinte, René habe überhaupt ganz tolle Sachen in petto. Und wenn Susanne mal einen guten Tischler benötigte ...

»Hör auf!«, sagte René.

Ingelore Rechlin aber lachte. »Hat er dir überhaupt schon von seiner Reise in die Mongolei erzählt? René, mach doch das doofe Fernsehen aus, erzähl mal.«

»René tanz, René sing, René steh uffm Kopp!« Der Junge öffnete die Flasche Wein, fragte Susanne, ob sie Muskatnote möge. Sein Fall sei es nicht unbedingt.

»Ach, das ist egal«, antwortete das Mädchen und nahm ihm das gefüllte Glas ab. Plötzlich lachte sie unvermittelt.

»Klassischer Zwilling ist ein komischer Name für ein Pferd!«

»Kein Name, ein Begriff!« Opa rückte näher heran. »Ein Begriff für zwei Pferde mit gleich guten Chancen.«

Johannes hob sein Glas. »Ich schlage vor, wir stoßen jetzt auf unsere gleichen und guten Chancen an. Zum Wohl.« Er legte seinen Arm um Ingelore, und die dachte: Ich gäb was drum, wenn das was würde mit dem Mädchen und René. Die Susanne ist so ein lieber Fratz, und der Junge riskiert nicht mal einen Blick ... Muß ihm doch gefallen, das Mädchen! Wieder sah sie nach den jungen Leuten. Auf der Couch war noch immer viel Platz zwischen ihnen.

René hatte das Fernsehen doch nicht ausgeschaltet. Heitere Bilder flimmerten über den Schirm. Eine Trachtengruppe neben der Weltzeituhr, ein Dreikäsehoch, der nach einem Luftballon schnappte.

»Auf dem Alex war ich auch«, rief Susanne. »Vielleicht kommt doch ein Bild von mir.«

Opa hatte die Hände über dem Bauch gefaltet und schlief den Schlaf des Gerechten. Auch Hannes klappten immer wieder die Augen zu.

»Du brauchst Bewegung.« Ingelore stellte ihr Glas auf den Tisch.

»Vielleicht geh ich lieber schlafen.«

»Ein Spaziergang wird dir guttun.« Und schon zog sie den Mann aus dem Zimmer, wobei sie ihm zuraunte: »Merkste nich, daß die jungen Leute alleine sein wollen?«

»Wieso wollen die allein sein?«

Ingelore winkte ab. Eben ging es an Schiefenagels Wohnungstür vorbei. Da verbot sich für sie jegliche private Mitteilung.

Vor dem Haus war der Trubel noch immer groß. Musik aus Lautsprechern verband sich mit dem Kreischen von Straßenbahnen, während vom S-Bahnhof die Ansagen der Zugabfertiger dröhnten. »Zug hält nicht Bahnhof Ostkreuz ... Bitten wir, während der Fahrt die Türen geschlossen zu halten ...« Der heiße Tag lag wie ein schwerer Mantel über der Stadt. Die Sprengwagen der Stadtreinigung versprühten mit Parfüm versetztes Spreewasser auf Asphalt und entgegengestreckte Beine. Von den Bratwurstständen roch es nach heißem Öl. Immer wieder erscholl Lachen aus dem Gedränge der Menschen.

Seitenstraßen wie die Große Hamburger aber waren wie durch einen unsichtbaren Vorhang von Lärm und Drängen abgeschirmt. Kaum waren Ingelore und Johannes Rechlin einige Schritte in der Straße gegangen, umfing sie der normale Alltag.

Hannes mochte die Große Hamburger nicht sonderlich. Sie roch ihm zu sehr nach alten Leuten. Ingelore spazierte gern hier, und Hannes, der das wußte, schickte sich seiner Frau zuliebe.

Aus dem Restaurant am Anfang der Straße drang das übliche Stimmengewirr. Im Fenster der Gaststätte ließ aufsteigende Glühbirnenwärme einen Lampenschirm mit Hawaii-Landschaft sich drehen. Topfpflanzen rahmten einen Plakatgruß an die Teilnehmer der Weltfestspiele.

Ingelore hakte sich bei Hannes ein. Das tat sie immer, bevor sie etwas besonders Wichtiges vorbringen wollte. »Verstehst du unseren Jungen? Sitzt da wie ein Klotz!«

»Was hast du denn erwartet?«

»Daß es funkt! So ein nettes Mädchen und paßt so gut zu ihm.«

»Woher weißt du das?«

»Dumme Frage.«

Die Sophienkirche hielt sich im Schatten der Wohnhäuser. Daneben das kaltsachliche Gebäude der Berufsschule. Und ein kleiner Park, den Rechlins nie betreten konnten, ohne die Tafel zu lesen, die, von dürftigen Blumen umsäumt, an das jüdische Altersheim erinnerte. Das Altersheim war im Krieg zerbombt worden, an einer Mauer, die den Park von Häusern abgrenzte, lehnten verwitterte Grabsteine. Die hebräischen Schriftzeichen waren kaum noch zu erkennen.

»Du denkst immer gleich wunder was ...«, sagte Hannes.

»Daß René endlich ein ordentliches Mädchen anbringt – was wäre daran ein Wunder?«

»Der Junge ist man grade paar Wochen aus Ulan-Bator zurück. Er muß sich erst wieder einleben.«

»Wäre ich ein Junge, und so eine Susanne säße neben mir …«

»Dir gefällt das Mädchen auf den ersten Blick. Schön und gut. Das heißt noch lange nicht, daß Susanne auch dem Jungen gefällt. Und der Junge ihr, nebenbei bemerkt.«

»Bei René stimmt was nicht. Merk ich schon lange.«

Sie gingen an einem Haus vorüber, an dessen Fenstern rote Geranien so dicht blühten, daß sie die graue Wand wohltuend überdeckten.

»Irgendwann findet der Junge schon was.« Hannes gähnte verstohlen. Die Füße schmerzten ihm vom langen Dienst in der Straßenbahn.

»Irgendwann! Wann denn? Pflaumenpfingsten vielleicht.«

»Er ist nun mal kein Überschneller. Sei froh.«

»Und die Tochter von Schiefenagels damals? Wie schnell war es denn da gegangen?«

»Sehr schnell und sehr tief.«

Ingelore erschrak. »Meinst du, er ist noch immer hinter dieser Pionierleiterin her?«

»Elvira arbeitet als Lehrerin. Pionierleiterin war sie nur vertretungsweise. Außerdem ist Schiefi glücklich verheiratet.«

»Glücklich.«

»Behauptet jedenfalls ihr Vater.«

»Daß sich René dieses Dämchen noch immer nicht aus dem Schädel geschlagen hat …« Ingelore schnaufte vor Zorn. »Überhaupt – er ist so verschlossen, merkst du das nicht?«

»Ach was.«

»Aber ich merk es. Ganz genau!«

Viele Fenster des St. Hedwigs-Krankenhauses waren geöffnet. Rauchende Patienten, in Morgenmäntel gehüllt, lehnten auf den Fensterbrettern. Gegenüber dem Krankenhaus schnellte die Bäckerkatze von den warmen Steinen hoch, lehnte sich mauzend an die Ladentür.

Alles alte Häuser, dachte Hannes. Abreißen müßte man die, moderne Hochhäuser dafür hinsetzen. Bunte Balkons und Fahrstühle …

»Du mußt nach Templin«, sagte Ingelore in seine Gedanken hinein. »Besuchst Emmi. Überhaupt eine Schande, wie lange du nicht bei deiner Schwester warst.«

»Du sagst doch selbst: ja weniger man Emmi sieht, desto besser.«

»Du nimmst dir einen freien Tag und fährst nach Templin! Am besten am nächsten Dienstag. Vormittags.«

»Dienstags hilft Emmi in ihrem alten Büro.«

»Na eben. Da triffst du sie nicht an und gehst dafür zu deinem Jungen.«

»Wenn ich weiß, daß ich sie nicht antreff, brauch ich nicht erst nach Templin.«

»Mann!« Ingelore stöhnte. »Das ist ja der Witz! Damit der Junge nicht denkt, du kommst nur wegen ihm.«

»Und dann frag ich René, warum er sich nicht in Susanne Mollenthin verknallt hat. Ich bin wohl noch zu retten!«

»Irgendwas hat er … Irgendeinen Kummer. Und sagen tut er nichts. Da kommt er nach dir.«

Rechlins waren am Koppenplatz angelangt. Die an dieser Stelle noch immer hochherrschaftlich wirkenden Häuser säumten einen schmutzigen Spielplatz. Entschlossen drehte sich Hannes um.

Ihn immer wieder von der Seite betrachtend, versuchte Ingelore mit den langen, schnellen Schritten ihres Mannes gleichzuhalten. Auf der Höhe des Krankenhauses hakte sie sich wieder ein. Der Miene des Mannes hatte sie entnommen, daß Hannes zu dem von ihr gewünschten Entschluß gekommen war. »Muß ja nicht gleich in der nächsten Woche sein«, sagte Ingelore, »aber bald.«

4

Himmelpfort, Lychen, Hohenlychen ... Der Triebwagen hielt an vielen kleinen Bahnhöfen. Rotbemützte traten jedesmal auf einen Schwatz in den Wagen, während der »Strom« von drei oder vier Fahrgästen hin und her wogte. War der Minutenzeiger endlich auf die von Johannes Rechlin ungeduldig herbeigesehnte Abfahrtszeit vorgeschnellt, stieg der Reichsbahner gemessenen Schrittes aus, hob die Kelle, rief den auf dem Bahnsteig scharrenden Hühnern ein gebieterisches »Zurückbleiben!« zu, pfiff ein zweites Mal. Der Triebwagenführer drückte auf einen schwarzen Knopf, die rote Raupe kroch weiter über die Gleise zwischen Löwenberg und Eberswalde. Eine der Stationen auf dieser Strecke hieß Templin.

Hannes wußte, er würde pünktlich in der Stadt eintreffen, auch wenn der Wagen nur mit einer Geschwindigkeit von zwanzig Stundenkilometern rollte. Ramponierte Gleise und Temperament der Anwohner waren »fahrplanmäßig berücksichtigt«. Mit erzwungener Ruhe sah er aus dem Fenster. Frauen frühstückten am Rand des Kartoffelackers, eine rief etwas, ihre Nachbarinnen kreischten.

Der Zugbegleiter kontrollierte Rechlins Fahrkarte. »So, nach Templin. Ist aber keine Anreise heute im Ferienheim.«

»Ich besuch meinen Jungen.«

»So. Einen Jungen.«

»Er ist Tischler, in einer Genossenschaft. Rechlin. René Rechlin.«

»Ein Langer?«

»Ja.«

»Mit solchem kurzen Bart?«

»Den trägt er, seit er aus dem Ausland zurück ist.«

»Sie sind auch Tischler?«

»Nein«, sagte Hannes, den die stoischen Fragen des Mannes kribbelig machten, nein, er sei Elektriker gewesen, dann Straßenbahner, und jetzt verdiene er als Lehrausbilder bei der BVB sein Geld.

»Straßenbahn«, wiederholte der Mann, und es lag eine Spur Herablassung in seinem Tonfall.

Hannes blickte dem Kollegen friedlich in die blauen Augen. Rechtzeitig war ihm eine Weisheit Renés eingefallen: wenn man den Uckermärker nicht reizt, läßt es sich bestens mit ihm auskommen. Also nickte er dem Reichsbahner in aller Seelenruhe zu, und der ging endlich weiter zum nächsten Fahrgast. Hannes aber entsann sich seines Auftrags. Zuerst, so lautete der, Schwester Emmi nicht antreffen, dann zu Renés Werkstatt gehen, den Jungen von der Arbeit weglotsen, um ihn beiläufig zu fragen, weshalb er eigentlich noch immer keine Familie gegründet habe.

Purer Unfug, dachte Hannes. Der Junge ist erwachsen und weiß, was er tut und was er läßt. Bin ich ein Narr? Nein. Ich sag René, daß ich heute einen freien Tag hab, was die reine Wahrheit ist. Und in Berlin hat es Weinbrandbohnen ohne Kruste gegeben, Emmis Lieblingsnäscherei, und man soll den Leuten auch außerhalb von Geburtstag und Weihnachten gelegentlich eine Freude machen. Kannst die Packung Emmi geben, wenn du sie heute siehst ... Sonst eben später. Es eilt nicht. Und du? Was machst du schönes? Seid ihr mit den Regalwänden für das Ferienheim fertig?

Während Hannes Begrüßungsworte probte, kam ihm erst so recht zum Bewußtsein, daß er seinen Jüngsten schon lange nicht mehr richtig verstand ... Das hatte mit der ersten große Liebe des Jungen begonnen. Elvira Schiefenagel, dürr, bebrillt, die Tochter der Nachbarn aus der zweiten Etage. Das Mädchen hatte dann einem Studienkollegen das Jawort und René den Laufpaß gegeben. Und René litt darunter. Und war glücklich, als ihn die Handwerkskammer für fast zwei Jahre in die Mongolei delegierte. Wieder so ein unverständlicher Punkt. Hannes fühlte bereits nach zwei Wochen Urlaub unbändiges Heimweh nach Berlin, René schrieb in keiner einzigen Zeile, er vermisse die Stadt. Und dann, nach seiner Rückkehr, nahm er ein Arbeitsangebot in Templin an! Zog aus Berlin raus! Renés Leidenschaft für das Material Holz konnte er noch verstehen und auch, daß es einem gelernten Tischler keinen Spaß macht, mit Holzmaserungen überklebte Preßplatten aneinanderzufügen. Aber daß René gleich nach Templin ziehen mußte! Und seine Wortkargheit ... Kaum daß er etwas über die Mongolei erzählte. Anfangs hatte ihn Ingelore verteidigt: »Wat soll er auch erzählen über so ein Land! Sand, Sand, nichts als Sand! Und als Delikatesse een Hammelooge!«

»Templin!« rief der Zugbegleiter.

Hannes schreckte aus seinen Gedanken auf. Fast widerwillig betrat er die Straße, denn er wußte auf einmal nicht mehr, was er hier sollte.

Vorsichtshalber klingelte er an Schwester Emmis Wohnungstür. Doch da rührte sich nichts. Erleichtert ging er weiter. Die Werkstatt der PGH befand sich gleich neben Emmis Häuschen in einer Seitengasse. Über saubergefegte Katzenköpfe führte der Weg zu einer Baracke.

Selbstverständlich erschrak René, als sein Vater plötzlich in der Tür stand.

»Ist weiter nichts«, sagte Hannes. »Hab meinen freien Tag. Wollte Emmi mal besuchen. Die beschwert sich immer.« Er drückte René die Schachtel mit den Weinbrandbohnen in die Hand. »Gibst sie ihr bei Gelegenheit.«

René steckte den Kasten Pralinen wieder in die Jacke seines Vaters. »Kennst Emmi wirklich nicht.«

»Ist sie unter die Antialkoholiker gegangen?«

»Unter die Schokoladenhasser.«

Aus dem Hintergrund der Baracke drang eine meckernde Altmännerstimme. »Was ist mit Alkohol?«

René fragte seinen Vater, ob der mit ihm dann essen gehen wolle.

Hannes nickte, setzte sich auf einen Schemel. Sein Junge erklärte ihm, der Großteil der Belegschaft sei noch immer in jenem Ferienheim beschäftigt. Nun sei der Einbau einer Bauernstube dran. Reiner Zufall, daß er heute in der Werkstatt sei. Aber diese drei Stühle könnten nicht warten. »Die gehörten mal zu einer kompletten Wohnungseinrichtung. Als die Leute vor fünfzig Jahren heirateten, weißte. Jetzt, nach fünfzig Jahren, existiert von der ganzen Grundausstattung nur noch dieses Zeugs. Und die Goldbraut hat sich gewünscht, daß die Dinger wieder brauchbar werden. Kosten spielen keine Rolle.«

»Auf den Mist werfen«, meckerte das Männchen im Hintergrund. »Verrottetes Gelump.«

»Zu verdienen ist nichts dran. Aber Spaß macht's. Und du halt die Klappe, Alfons.«

Zum erstenmal beobachtete Hannes seinen Jungen bei der Arbeit. Wenn René das Holz einspannte oder mit einem kleinen Hobel darüberstrich, sah Hannes die Genauigkeit der Handgriffe. Renés ruhiges, zügiges Hantieren imponierte ihm. Nur gut, daß Ingeken ihn jetzt nicht sieht, dachte er. Die würde wieder mal heulen vor Freude. Alle sagen, René ist ein guter Tischler. Ich kann das nicht beurteilen, aber ich sehe, daß er es gern ist. Einer, der gern arbeitet, gern zur täglichen Arbeit geht ... Der Große meckert fast nur. Dabei ist Bernd Schriftsetzer und hat sich diesen feinen Beruf doch auch selbst ausgesucht. Und Beate in Spandau ... Ich höre sie immer nur klagen. Klagen übers Personal, die Kosten, die ausbleibenden Gäste ... René klagt nie. Und dabei sind diese Stühle wirklich morsch und taugen keinen Heller. Und ausgerechnet René soll ich erzählen, wie er sein Leben einrichten soll!

»Gehen wir«, sagte René. Es war kurz vor zwölf Uhr.

»Wohin?«

»Mittag essen.«

»Sofort?«

»Wolltest du vorher die Stadt besichtigen?«

»Nur die Beine vertreten.«

Sie gingen an kleinen, blitzsauberen Häusern vorüber, Ladenglocken klingelten, und mitten auf dem Fahrdamm waren zwei dicke Frauen zu einem Schwatz von den Rädern gestiegen. »Bist bekannt wie 'n bunter Hund«, sagte Hannes, nachdem er Renés Grüßen nach links und rechts lange genug beobachtet hatte.

Der Junge wehrte ab. Das sei normal in einer kleinen

Stadt. Da kenne jeder jeden. Das habe seine Nachteile, aber auch seine Vorteile. In der Gaststätte beispielsweise, die sie jetzt ansteuerten, bekämen sie jederzeit Platz und ein schmackhaftes Essen. Und, wenn sie Glück hätten, einen schönen Blick ins Dekolleté der Kellnerin.

»Bist wohl nicht unempfindlich für solche Sachen?«

»Ich bin überhaupt nicht unempfindlich.«

»Das hat auch niemand behauptet.«

»Nein?«

»Warum fragst du so dumm?«

René schlug seinem Vater auf die Schulter. »Schon gut, altes Haus.«

Hannes blieb stehen. Sofort klingelte hinter ihm eine Radglocke. Eine junge Frau hatte die Klingel an ihrem Kinderwagen angebracht. Als sie den an beiden Rechlins vorüberschob, lächelte sie dem Jungen freundlich zu. »Wieder gesund?« rief ihr René nach. Die junge Frau drehte sich um: »Das Mittelohr. Ist aber alles wieder okay.«

»Die Tochter von einem Kollegen. Hat jahrelang auf das erste Kind gewartet. Und jetzt zittert ganz Templin, sobald dem Kleinen nur mal die Nase troppt.«

»Wär bei dir eigentlich auch an der Zeit.«

»Daß mir die Nase läuft?«

»Daß du deinen eigenen Kinderwagen schiebst.«

»Und die Mutter heißt Susanne, ja?« René zog seinen Vater über den Markt. »War ein bißchen grob von deiner Frau. Kannst ihr ausrichten: Kuppelei verfängt bei mir nicht.«

»Hast es also bemerkt?«

»Susanne auch.«

»Darüber habt ihr euch unterhalten? Susanne und du?«

»Sie hat es geschrieben.«

»Ach, ihr schreibt euch?«

»Ich darf ihr ein Kästchen bauen. So eins wie das, was Mutter ihr dummerweise vorgeführt hat. Sonst ist nichts. Keine Spur.«

»Schade. Nicht mal eine Spur?«

»Was ist? Wollen wir jetzt endlich essen gehen?«

Hannes aber setzte sich auf eine Bank in die Mittagssonne, bat René neben sich. Der knurrte, der Platz im Restaurant werde ihm nicht länger als eine halbe Stunde frei gehalten, aber Hannes sagte: »Zehn Minuten. Die wirst du mir doch gestatten?«

»Also, erzähl! Was treibt dich nach Templin?«

»Mutter. Mutter sorgt sich um dich. Und ich auch. Weil wir Angst haben, ohne Enkel alt zu werden. Beate mit ihrem Maurice in Spandau – das ist ein Leben in einer anderen Welt, Steffi und Bernd kriegen keine Kinder, bleibst also nur du.« Mit einer Handbewegung wehrte Hannes den aufbegehrenden René ab. »Ich weiß. Frau und Kind – das ist deine Angelegenheit. Aber daß sich Eltern darüber gelegentlich Gedanken machen ... Ich sag dir die reine Wahrheit, René: uns wäre wohler, wir hätten dich mit Frau und Kind in Berlin. Könntest dir ein Haus bauen. Geld verdienst du genug, und was dir fehlt, das schießen wir dir vor. Nicht daß wir euch auf den Wecker fallen wollen, aber erreichbar solltet ihr sein.«

René bohrte mit der Fußspitze das Gras aus den Fugen zwischen den Pflastersteinen.

»Hauptsache, du findest eine nette Frau. Und da schneite uns eben diese Susanne ins Haus ...« Hannes lachte ein wenig. »Bei Frauen wie deiner Mutter gibt's eben manchmal Kurzschluß ... Neulich kam sie schon mit Bilderbüchern an. Für die Enkel.«

»Ein nettes Häuschen, eine nette Frau, nette Bilderbücher für die netten Enkel. Mann, ihr habt vielleicht Sorgen!«

Erschrocken sah Hannes in das zornige Gesicht seines Sohnes.

»Also gut.« René stand auf. »Dann will ich euch mal paar Sorgen abnehmen.«

Hannes folgte mit heftig pochendem Herzen.

»War eigentlich noch nicht für die Öffentlichkeit gedacht ...« René betrat das Tor einer Bäckerei, ging aber nicht zur Ladentür, sondern um das Haus herum in die Backstube. Hannes beobachtete, wie sich die Augen des

Jungen verengten. Übermütig und bis zum äußersten entschlossen wirkte er jetzt. Wie damals, dachte Hannes, als der Junge mit pedantischer Genauigkeit den Überfall auf den Aprikosenbaum beim Nachbarn ausführte. Im Halbdunkel der Backstube sah Hannes Rechlin eine junge Frau eine Torte mit rosa Cremeschrift verzieren. Und er sah, wie diese Frau errötete, als René auf sie zuging.

»Eine halbe Stunde Freizeit, Verehrteste? Ein kleines Mittagessen mit meinem Herrn Vater und mir gefällig?«

Verlegen wischte die Frau mit den Händen über den weißen Kittel.

René flüsterte ihr etwas ins Ohr. Hannes dachte, es wäre eine Zärtlichkeit, doch es war der Satz: »Spielen Sie mit. Bitte.«

Die Augen der Frau huschten von René zu Hannes und wieder zu René. Sie ist noch keine Zwanzig, dachte Hannes, schon bißchen rundlich um die Taille, na ja, eine Bäckerstochter, hager und klapperig, wäre keine gute Werbung fürs Geschäft ... Ihm schien, als wollte das Mädchen etwas erwidern, widersprechen, aber René faßte sie an die Hand und sagte: »Marion Wuttke. Mein Vater.«

Hannes verbeugte sich leicht.

Das Mädchen, sehr ernst, streckte ihm die Hand entgegen.

»Die mußt du jetzt ablecken, Vater. Es klebt Creme dran.« Aus Renés Lachen hörte Hannes die Verlegenheit heraus.

Das Mädchen war im Haus verschwunden.

Lauernd beobachtete René seinen Vater.

»Was soll sein!« sagte der. »Ich freu mich.«

Da war das Mädchen auch schon zurück. Das Kleid, das sie wohl in aller Eile übergestreift hatte, kam Hannes eine Spur zu festlich vor für einen ganz normalen Werktag. Aber sofort schalt er sich wegen dieses Gedankens. Ein üblicher Werktag war dies wohl nicht ... Sehr lange miteinander vertraut, so dachte er weiter, scheinen die beiden nicht zu sein. Warum sonst hätte das Mädchen dem Jungen verwehrt, ihr den Knopf zu schließen. Überhaupt ist da eine seltsame Spannung zwischen den beiden. René lacht ohne Anlaß, er benimmt sich auffällig und laut, wie es sonst nie seine Art war. In der Gaststätte fragt er Marion, was sie am liebsten ißt. Weiß er das denn nicht? Oder sollte es ein Scherz sein? Hannes fiel auch auf, daß das Mädchen René lange fragend ansah und der ihren Blicken geflissentlich auswich. Sie werden sich kürzlich erst gezankt haben, dachte Hannes, oder ... Es überlief ihn siedendheiß. Ist das Mädchen etwa schwanger? Gibt es schon in den nächsten Wochen eine Hochzeit? Mit Erleichterung hörte er, daß Marion demnächst auf eine Konditorenschule gehen würde. Eine Schule für Zuckerbäcker wäre was für ihn gewesen, lachte René, und Hannes wunderte sich wieder über die dummen Scherze seines Jüngsten. Das Mädchen sprach übrigens wenig, fragte ihn aber höflich, ob er eine gute Fahrt gehabt habe. Ihre Stimme klang hell und freundlich, wenn auch befangen. Aber das, so sagte sich Hannes, das war meine Stimme auch, als ich zum erstenmal meinem zukünftigen Schwiegervater gegenüber saß.

Kaum war der letzte Bissen vom Teller, das Mädchen hatte nur ein wenig Fleisch gegessen, sah René auf die Uhr. Und auch das Mädchen erklärte, leider noch viel zu tun zu haben. René zahlte und sagte, es sei ihm eine Ehre gewesen und er danke herzlich.

»Wem dankst du?« fragte Hannes.

Da lachte René wieder.

Hannes verkündete, daß er den Weg zum Bahnhof allein finde, drückte der jungen Frau beide Hände, und schlug seinem Jungen wieder auf die Schulter. Als er sich nach dem Paar umdrehte, sah er: nur René winkte.

Na ja, dachte Hannes, einem Vergleich mit der Mirower Susanne hält das wortkarge Dickerchen nicht stand. Aber solche Vergleiche verbieten sich ohnehin. Die Hauptsache ist, dem Jungen gefällt sie.

5

Siedlung und Landstraße bildeten die Grenze eines riesigen Weizenfeldes. Steffi radelte langsam an diesem goldgelben Meer vorüber. Am Rand blühte Mohn; die hauchzarten Blütenblätter waren willkommene Anflugstellen unzähliger winziger Schmetterlinge. Über dem Feld stand ein Raubvogel als scheinbar bewegungsloser Punkt. Lerchengesang mischte sich mit dem Gezirp von Grasmücken und Grillen. Der Weg war betoniert, das Fahrrad der Frau Engelke gut geölt – Steffi hätte endlos fahren mögen. Der Anblick des Weizenschlages faszinierte sie, lenkte sie auf willkommene Weise ab. Kein Gedanke mehr an ihren im Arbeitsanzug schwitzenden Mann, der es sich nicht nehmen ließ, nun bereits das dritte Wochenende hintereinander am Fundament für Engelkes Bungalow zu graben und zu bauen. Und auch kein Gedanke des Selbstvorwurfs, dem Drängen Bernds nachgekommen und am Sonntagmorgen mit hinaus auf Engelkes Grundstück gefahren zu sein.

Der schwarze Punkt löste sich vom tiefblauen Himmel. Ruhig glitt der Vogel über dem Feld. Steffi wußte nicht, war es ein Bussard, ein Habicht? Also ist es ein Adler, entschied sie, ein Seeadler. Das Feld ist das Meer, ein stilles, gelbes Meer. Und der Seeadler taucht nach Beute, und der Mohn leuchtet wie eine Korallenbank …

In einer Stunde bist du zurück, hatte Bernd gefordert. In einer Stunde sollte es Kaffee geben. Nachmittagskaffee ist ein heilig Ding, schöner dünner, giftfreier Kaffee, handgebrüht von echten Leipzigern, und dazu Kuchen mit »viel Butter«. Warum hat er sich nicht das zweite Rad gegriffen, dachte Steffi, ist mit mir zusammen runter von diesem Grundstück? Bungalowbau und Kaffee und Kuchen … Zehn Ehejahre sind wohl doch eine lange Zeit. »In einer Stunde bist du zurück …« Bernd meinte, wenn alles fertig sei, dürften sie sogar ihren Urlaub auf Engelkes Grundstück verbringen. Wie fein, sagte sich Steffi, solch einen Urlaub wünsch ich mir schon lange.

Dort, wo ihr Weg auf die Landstraße stieß, sah sie ein Mädchen Gitarre spielen. Langes blondes Haar fiel auf ihren Rücken; sie lehnte an einem jungen Mann mit Nickelbrille, der ein Buch hielt und las. Im Näherkommen wurde Steffi stutzig: die Person mit dem langen blonden Haar war wohl gar kein Mädchen. Die beiden warfen kaum einen Blick auf die Radfahrerin. Als ein Personenwagen heranrauschte, ließ der Bursche mit dem Buch sich zu einem Winken herab. Beim zweiten Wagen hielt der Gitarrenspieler die Hand hoch. Ebenfalls vergebens. Die Jungen blickten einander freundlich an, klimperten und lasen weiter.

Eigentlich hatte Stefanie Rechlin nur bis zur Straße fahren wollen, denn eine Stunde war nicht viel Zeit, und auf dem Rückweg gab es Gegenwind. Jetzt aber überquerte sie die Straße, bog auf einen Wiesenweg, der in ein Dorf führte. Die Rolläden auf der Sonnenseite waren sämtlich heruntergelassen, das Bellen der Hofhunde klang schläfrig. Da war auch schon die Kirche mit dem Glockenturm daneben, da waren der Konsum und eine schwarze Tafel voller Bekanntmachungen. Hinter dem Dorf führte der Weg durch ein Kiefernwäldchen, um danach steil anzusteigen. Da endlich wendete sie das Rad. Und beim Wenden entdeckte sie den See hinter den Bäumen.

Ein Angler saß dort.

Die Beine halt ich trotzdem ins Wasser, dachte Steffi und nickte einen kurzen Gruß zu dem Mann hinüber.

»Frau Rechlin!« rief der Mann.

Überrascht blieb Steffi stehen. Sie konnte sich an diesen Mann nicht erinnern. Groß war er, hager, die schwarzen, glatten Haare schon arg gelichtet, etwa vierzig Jahre alt ... Nein, sie kannte ihn nicht.

Der Mann winkte ihr zu. »Da staunen Sie! Haben Sie Ihr Grundstück hier in der Nähe? Ich bin zur Zeit in der Dornheiner Mühle.«

Woher kennt der mich, überlegte Steffi. Einfach weitergehen wollte sie nicht. Der Mann schien sich über das Treffen ehrlich zu freuen. »Vom Baden würde ich abraten«, sagte er.

»Total verkrautet, dieser Tümpel. Und Fische beißen auch nicht an, aber jetzt ist noch Freizeit angesetzt. Und Angeln stärkt das Denkvermögen.«

»Eigentlich hab ich keine Zeit«, sagte Steffi, »mein Mann baut bei Bekannten am Bungalow ... Und gleich gibt es Kaffee und Kuchen.« Das Wasser kam ihr warm vor. Als sie die Füße herauszog, lag grüner Schlick um ihre Zehen. Der Mann warf ihr ein Päckchen mit Papiertaschentüchern zu. »Was sagen Sie zu Chile?«

»Chile?« Auf einem Bein stehend, hatte Steffi Mühe, die Balance zu halten.

»Wird man Allende stürzen?«

»Keine Ahnung.«

»Auf meinem Lehrgang gibt es kein anderes Thema.«

Zum Kuckuck! dachte sie und rieb sich die Füße trocken. Wer ist das nur? Ein Kollege aus Schwiegervaters Betrieb? Möglich. Irgendwann war mal eine Dampferfahrt mit Hannes' Brigade ...

»Es wäre eine schlimme, schlimme Niederlage.«

»Ja«, sagte Steffi, »schlimm. Und immer auf Kosten der kleinen Leute.« Sie hatte das Rad an eine dünne Kiefer gelehnt und saß neben dem Angler. Längst hätte sie zurückfahren müssen, aber sie überlegte noch immer, woher sie diesen Mann kannte.

»Das schlimme dabei: selbst Leute, die Allende und dieser Regierung alles verdanken, die Milch und das Brot, die sind plötzlich gegen ihn. Weil sie noch mehr erwartet haben, noch mehr, noch schneller.«

Ob der mal ein Lehrer von mir war? dachte Steffi. An der Volkshochschule vielleicht. Aber nein, diese Gesichter habe ich alle noch im Kopf.

Der Mann stippte mit der Angel ins Wasser, beim Sprechen wandte er sich ein wenig zu ihr um. »Wissen Sie, Frau Rechlin, seit sich in Chile diese Katastrophe anbahnt, geht mir eine dumme Geschichte durch den Kopf. Damals, in meiner Schulzeit ... Anfang der fünfziger Jahre war das. Eine Zeit mit erbitterten Klassenkämpfen. Wir, die Schüler der elften und zwölften Klassen, hörten in der Aula Ausführungen zur internationalen Lage. Es sprach der Kreissekretär für Agitation und Propaganda, ein vierschrötiger Mann mit den blauen Lippen des Herzkranken. Er redete vom unaufhaltsamen Sieg des Kommunismus und deutete dabei auf eine Landkarte, auf der die Volksdemokratien mit roter Farbe eingezeichnet waren. ›Guckt euch das an!‹ rief er. ›Jetzt schon umfaßt das sozialistische Lager ein Sechstel der Erde. Und bald wird es ein Siebentel, ein Achtel, ein Neuntel sein!‹ Damals lachten wir über seine Rechenkünste. Im Moment ängstigt mich der Gedanke, er könnte recht haben.«

Steffi zeigte auf die Angel.

»Ein Mißerfolg in unseren Bemühungen, ein Rückschlag – wir sind nicht unverletzlich. Aber meine Genossen auf dem Lehrgang wollen davon nichts wissen.«

»Da ist ein Fisch dran!«

Mit einem Ruck riß der Mann die Rute an sich. Steffi sah den schweren silbrigglänzenden Fisch ins Wasser fallen. Am Haken blieb ein winziges Stück blutiges Fleisch. »Das ist so mit mir«, der Mann lächelte. »Übrigens – damit Sie nicht noch länger überlegen müssen. Mein Name ist Barsig, Helmut Barsig.«

Sofort wußte sie Bescheid. Er war der Mann, der ihr die Karten für das Freundschaftstreffen mit den Ungarn gegeben hatte. Ein Chef also. »Vorgesetzte lernt unsereins kaum kennen«, sagte sie. »Sie müssen schon entschuldigen.«

»Ich muß es entschuldigen. Oder jedenfalls versuchen.«

»In der Mühle ist ein Lehrgang für Sie? Was denn für einer?« Während der Mann berichtete, dachte Steffi, daß Bernd ihretwegen vielleicht schon beunruhigt sein könnte. Und sie wußte nicht, ob sie das hoffen oder fürchten sollte.

6

Am Montag war Tante Emmi für einige Tage nach Westberlin gereist. Kaum hatte ihr René den Koffer zur Bahn getragen, verschwand er in einer Telefonzelle neben der Post. Lange mußte er warten, bis sich am anderen Ende der Leitung eine Stimme meldete. »Ferienheim Eintracht. Fuchs.« Es war eine dunkle, sehr weibliche Stimme.

»Ich bin's«, sagte René.

»Du also.« Jetzt klang die Stimme weniger freundlich.

»Hör mal, Doris ...«

Die Frau unterbrach ihn. »Von wo rufst du an?«

»Von der Post. Ich hab bis zum Wochenende sturmfreie Bude. Emmi ist in Westberlin, Leute ärgern. Besuchst du mich?«

Es folgte eine ziemlich lange Pause, dann fragte die Frau: »Wozu?«

»Gar schöne Spiele spiel ich mit dir. Ich denke natürlich an Halma und so.«

»Du irrst dich, mein Junge.«

»Wenn ich bei dir im Heim ... Immer nur diese Stunde in der Mittagspause ...«

»Du darfst darauf verzichten.«

»Hast du schlechte Laune?«

»Was ist das?«

»Hör zu, Doris, dein Mann ist zwischen Dienstag und Mittwoch doch sowieso in Berlin und ...«

»Gibt es noch was Wichtiges? Ich hätte zu tun.«

»Doris!« rief René. »Doris!« Aber da klickte es bereits. Im Ferienheim »Eintracht« hatte die Wirtschaftsleiterin Doris Fuchs den Hörer aufgelegt.

Einmal in der Woche schickte Renés Arbeitsstelle einen Tischler in das Ferienheim. In Erfüllung eines Dauerauftrags, denn zerbrochene Stühle gibt es immer in einem größeren Objekt. Seit Monaten hatte es sich eingebürgert, daß René als Abgesandter der Tischler in dem an einem blanken See gelegenen Heim erschien. Und seit einigen Wochen ergab es sich, daß der Junge zur Mittagszeit in einer ehemaligen Scheune auf die Wirtschaftsleiterin wartete. Die Scheune war als Trimm-Raum für die Urlauber umgestaltet worden. Zwischen Klettergerüsten, Medizinbällen und federnden Matratzen freute sich René auf das Erscheinen seiner Geliebten. Er brauchte auch an diesem Dienstag nicht lange auf Doris Fuchs zu warten. Die Frau, eine kleine, drahtige Person mit leuchtendblauen Augen und etwas nachgefärbtem Blondhaar, ließ sich von René einen Kuß geben und – sie küßte zurück. René schloß den Trimm-Raum von innen ab, und es geschah alles so, wie es seit Wochen an jedem Dienstagmittag zu geschehen pflegte. Doris Fuchs holte den Jungen zu sich; zu schnell, wie er empfand.

»Ich dachte schon, du bist sauer«, sagte René, als sich Doris von ihm löste, ihre Hand aber auf seiner Brust ließ. Er nahm die Hand, küßte jeden Finger, sehr lange.

»Bist du verrückt?« flüsterte sie und preßte seinen Kopf zwischen ihre kleinen, knubbeligen Brüste.

René zog die Frau über sich, drang in sie ein, hielt sie fest. Dann lachte er befreit. »Ich dachte, es ist aus mit uns. Du warst ziemlich komisch am Telefon.«

»Beeil dich.« Sie warf ihm Hose und Hemd zu. Doris Fuchs setzte sich auf.

»Mich zu besuchen ist dir zu riskant, ja? Wegen der Leute? Ich hab mir das hinterher überlegt. Aber du könntest ja sagen, du hättest bei mir einen Reparaturauftrag abzugeben.«

»Vor den Leuten hab ich keine Bange.«

»Etwa vor deinem Mann?«

Solange ich ihm seine Sauftouren nicht vermassel, stört er mich nicht.«

»Dann komm doch, Doris, mal 'ne ganze Nacht ...«

»Ich bin zu alt für dich.«

»Du mit deinen dreiunddreißig!«

»Marion ist jünger.«

»Marion?«

»Bitte, René!«

Ihm fiel ein, daß sie sonst nie, selbst während der heftigsten Zärtlichkeit nicht, seinen Namen nannte. Unwillig schnaufend erklärte er ihr, dieses Mittagessen mit der Bäkkerstochter sei ein Jux gewesen, ein Spaß, nichts weiter. Seine Leute in Berlin wollten ihn um alles in der Welt unter der Haube sehen, aber ihm sei nun mal nicht nach Heiraten. Und Marion sei die erstbeste Frau in seiner Nähe gewesen, als er seinem Vater eine Frau präsentieren mußte ...

»Und?« unterbrach sie ihn.

»Wenn du es genau wissen willst: ich krieg nicht genug von dir.«

»Das hältst du nicht durch.« Doris Fuchs klapperte mit dem Schlüsselbund.

»Wie meinst du das?«

»Du kannst nicht ein heiratsfähiges Mädchen nur so zum Spaß angehen! In Templin! Und auch noch eine Wuttke! Templiner Adel!« Doris Fuchs schritt zur Tür. »Den Schlüssel laß stecken, wenn du fertig bist.«

»Und? Bis nächsten Dienstag?«

Sie drehte sich kurz um, deutete auf eine Ecke der Scheune, in der sich kaputte Liegestühle türmten. »Schaffe fleißig.«

Merkwürdige Frau, dachte René. Aber für mich das Beste, was es überhaupt geben kann. Und Marion und ich ... Ist ja eigentlich nett, daß Doris sogar eifersüchtig ist ... Ich red mit Marion. Wir sind doch vernünftige Menschen. Ich rede mit ihr. Wenn nicht heute, dann morgen. Ich entschuldige mich. War ein unpassender Scherz, Madame. Und alles ist okay. Und am Hackeschen Markt sag ich auch Bescheid. Dauernd schreiben sie, wann ich meine Braut einmal mitbringe, und Vater habe das Fräulein Marion sehr gut gefallen ... Es ist aus mit uns, werde ich schreiben. Irgendein Grund wird mir schon einfallen.

Am Abend goß er Tante Emmis Topfpflanzen. Er tat das bei offenem Fenster und mit großer Geste. Falls die seltenen Gewächse doch während Emmis Abwesenheit eingingen, sollten die Nachbarn wenigstens bestätigen können: »Gegossen hat er sie regelmäßig.« Dann ging er hinauf in sein Zimmer, kramte Briefpapier hervor und schrieb: »Leider ließen sich unsere Interessen nicht miteinander vereinbaren. Marion denkt in zu vielen Dingen anders als ich ...« Er hielt im Schreiben inne, überlegte, schrieb weiter: »Marion sieht eben nicht über ihren Bäckerladen hinaus ...« Wieder stockte seine Hand. Er wußte, daß er sich auf brüchiges Eis begeben hatte, denn: erstens liebte seine Mutter kleine Bäkkereien und würde es absolut nicht für unmodern halten, daß jemand mit Brezelbacken sein Geld verdiente, zweitens hörte er seinen Vater sagen: Kümmerst du dich denn um die Welt?

»Marions Vater will einen echten Bäcker als Schwiegersohn, und da sie die einzige Tochter ist und ihre Mutter sehr herzkrank, müssen wir aufeinander verzichten.« Über diese Zeilen lachte René, bevor er den Bogen in kleine Streifen riß. Wenn er sich nicht sehr irrte, hatte Marion mehrere Geschwister, und ihre Mutter war einmal eine landesberühmte Kanutin gewesen, galt jetzt noch als Motor des Templiner Sportlebens ... Lange überlegte René, bis er endlich beschloß, alle weiteren Anfragen der Eltern zu überhören. Gras sollte über die Sache wachsen.

Eben war er dabei, eine Ansichtskarte (»Templin, Hauptstraße«) mit herzlichen Grüßen und den Sätzen »Leider ist zur Zeit sehr viel zu tun. Komme deshalb in den nächsten vier Wochen nicht nach Berlin« zu versehen, als es an der Haustür klingelte. Wird eine Kränzchenschwester von Emmi sein, dachte er. Hat vergessen, daß Emmi heute Westluft schnuppert. Es klingelte ein zweites Mal. René sah aus dem Fenster, erkannte aber niemanden. Als es dann ein drittes Mal durchs Haus gellte, polterte er die Treppe hinunter.

Vor der Tür stand Marion Wuttke. Sie war blaß, kaute an der Unterlippe. »Entschuldigen Sie, stören wollte ich nicht.«

»Bitte«, sagte René und bemerkte, wie die Nachbarin von gegenüber auf geradezu akrobatische Weise ihren Kopf zu ihnen hin verrenkte. Er schlug die Tür zu. Marion und er standen im dunklen Hausflur.

»Ich hab gerade eine Karte nach Hause geschrieben«, sagte René. »Eigentlich bin ich beim Schnitzen.« Verdammt, dachte er, ein Mädchen wie die kommt doch nicht ohne Grund ...

»Ich hab gehört, Sie lesen viel. Da dachte ich mir ... Ich besitz es nämlich schon in einer anderen Auflage ...« Marion Wuttke überreichte René ein Buch. Es war in Papier eingeschlagen, das mit dick glasierten Spritzkuchen bedruckt war. »Sie lesen doch amerikanische Krimis, nicht?«

»Ja«, sagte René, »ziemlich gern sogar.«

»Ich kenne Christine sehr gut. Ich meine die Verkäuferin im Volksbuchhandel. Wir gingen in eine Klasse.«

»Aha. In eine Klasse.« Er hob den Arm, um das Flurlicht einzuschalten. Dabei merkte er, wie sie zurückwich. Vielleicht vermutet sie, ich will ihr schon im Flur an die Bluse, dachte er. Nein, nein, mein Mädchen, ich werde mich beherrschen. Du schreist einmal schrill, und schon rennt die Nachbarschaft nach der Polizei ... Während er das dachte, betrachtete er die junge Frau durchaus nicht ohne Sympathie. »Wenn Sie in mein Appartement hinaufsteigen möchten?«

»Ich hab nicht viel Zeit.«

»Selbstverständlich.«

Das Knarren der Stufen erschreckte sie.

»Keine Bange, meine Tante ist zur Zeit nicht im Lande.«

»Ich weiß.« Als sie sich nach René umdrehte, ging ein winziges Lächeln über ihr ansonsten sehr ernstes Gesicht.

Im Zimmer knüllte René das Briefpapier zusammen, bat um Verständnis. Die Abwesenheit der Hausherrin bringe einen jungen alleinstehenden Herrn eben doch auf dumme Gedanken. Zumindest vergesse er das Aufräumen. Bretter lehnten über dem Bett und an den Wänden, Schnitzmesser lagen auf dem Tisch. René blies Sägespäne von einem Stuhl. »Ich bau meiner Mutter einen Schemel. Ist ja bald Weihnachten.«

»Da wird sie sich freuen.«

René verwies mit großer Geste auf den freien Stuhl.

»Als Lehrling habe ich ihr schon einen Schemel geschenkt. War eine Prüfungsaufgabe im ersten Lehrjahr. Dieser hier soll mehr in Richtung Exquisit gehen.«

»Oh.«

»Das heißt: ich will paar Figuren ins Holz schnitzen. Auf die Sitzfläche kommt der Hackesche Markt. Kennen Sie die Gegend?«

»Ihre Eltern wohnen dort.«

»Die Apotheke, sehen Sie, hier ...« Er nahm ihre rechte Hand und ließ sie über das geschnitzte Relief gleiten. »Das ist eine der ältesten Apotheken Berlins. Daneben der Zeitungskiosk, paar Bäume neben dem Parkplatz, eine Straßenbahn ... Aber mit den Stuhlbeinen ist es ein Problem. Ich hab sie extra kantig gelassen, da schnitzt es sich besser. Aber nun hat jedes Bein vier Flächen. Vier Beine verlangen leider sechzehn Schnitzereien. Wenn ich wüßte, was ich ins Holz schnitzen soll, wär's nicht so schlimm.«

»Schnitzen Sie gern?«

»Solange ich Ideen habe ...« Wieder nahm er ihre Hand. Dabei mußte er ein wenig Widerstand überwinden. »Auf dem ersten Schemelbein – da hab ich Motive von Mutterns Arbeitswelt reingeschnitten. Meine Mutter ist leidenschaftliche Köchin. Wenn der Boss in der Küche von ihrem Betrieb demnächst in Rente geht, kriegt sie die größte weiße Mütze.«

»Und der Spaten bedeutet – Rechlins Garten.«

»Mit dem Garten füll ich das zweite Bein. Bleiben nur noch acht Flächen.«

»Die Familie! Die Gesichter von Ihrem Vater, Ihren Geschwistern.«

»Köpfe kann ich nicht.«

»Ihr Vater hat einen sehr markanten Kopf. Sie sehen ihm übrigens überhaupt nicht ähnlich.«

»Ich hab den Rundschädel meines Großvaters.«

»Ihr Großvater ist gern auf der Pferderennbahn. Also schnitzen Sie einen Sulky.«

»Sie kennen sich gut aus in meiner Familie.«

»Ach ...« Marion Wuttke zupfte an einem Ärmel ihres lindgrünen, straffsitzenden Pullovers. »In einer Stadt wie Templin spricht sich alles schnell herum.«

»Auch Ihr Mittagessen mit mir und meinem Vater.«

Sie schob ihm das Buch zu. »Ich les lieber Gedichte, aber der Krimi ist nicht schlecht.«

»Trinken Sie ein Glas Wein mit mir? Meine Tante hat bestimmt ein paar Flaschen im Keller.«

»Eine genügt.«

Als er wieder ins Zimmer kam, sah er: sie hatte auf dem Tisch für Platz gesorgt, dabei jedoch achtgegeben, die Reihenfolge der Schnitzmesser nicht zu verändern. Das ist nett von ihr, dachte er, überhaupt ist sie sehr in Ordnung. Und ein Satz seines Großvaters kam ihm in den Sinn: Gesattelte Pferde werden geritten.

René spülte zwei Keramikbecher mit kaltem Wasser aus. Während er die Becher abtrocknete, betrachtete er Marions Gesicht. Ihre Augen zuckten nervös. »Zum Wohl«, sagte René. »Und vielen Dank noch mal.«

»Keine Ursache.«

Sie stießen an und tranken, und als sie die Becher abgestellt hatten, legte René den rechten Arm um das Mädchen. Sein Kuß sollte kurz und freundschaftlich sein, aber da Marion die Lippen öffnete, dauerte die Zärtlichkeit länger. Am Ende des Kusses sagte das Mädchen: »Ich hätte nicht kommen sollen.«

»Zum Glück bist du hier.« René drückte die junge Frau an sich, wollte den Kuß wiederholen, aber sie wich aus. »Marion«, flüsterte er. Es klang mehr nach einer Aufforderung als nach einer Bitte.

»Laß sein«, erwiderte Marion, und er dachte: na klar, ein bißchen wehren muß sie sich schon. Doch sie griff nach seinen Händen und schob ihn von sich weg. Sie hatte eine kräftige Hand. »War ein Fehler von mir«, sagte sie.

»Das würde ich nicht unterschreiben.«

»Grins nicht!«

»Ich freu mich.«

»Ich weiß, was du denkst, aber du irrst dich.«

»Darf ich mich weiter irren?«

»Hör auf! Bitte.«

Er seufzte. »Aber Mädchen ... Du hast dich hierher gewagt, um Spaß zu haben. Und ich freu mich, daß du ... Na ja, ich würde den Spaß gern mit dir teilen.«

»Ich bin ein bißchen verknallt in dich.« Sie trank einen winzigen Schluck Wein, stellte den Becher vorsichtig auf den Tisch zurück. »Es ist sonst nicht viel los in der Stadt, und wenn du in den Laden kamst, hattest du immer ein freundliches Wort und hast auch meist so geguckt ... Du jagst nicht sinnlos mit dem Motorrad durch die Gegend und sitzt nicht in Kneipen. Und bei Christine kaufst du im Monat für mindestens dreißig Mark Bücher.«

»Da hast du dir gedacht, das wär ein brauchbarer Mann für dich.« René griff nach Schemelbein und Schnitzmesser.

Sie sah ihm zu, wie er in das weiche Holz ein Muster zeichnete. »Ich geh ab November nach Neubrandenburg. In eine Großbäckerei. Für das Studium ist es besser, ich arbeite vorher in einem größeren Betrieb.«

Böse sah er auf. »Du hast dein Strickzeug vergessen.«

»Ich kann nicht stricken.« Sie lachte. »Aber etwas vorlesen!«

»Ja, den Schluß vom Krimi. Der Mörder war wieder der Gärtner . . .«

»Du bist sauer auf mich.«

»Keine Spur.«

»Man muß ja nicht sofort zusammen ins Bett, oder?«

»Nein. Man sollte vorher heiraten.«

»Mit Doris Fuchs bist du gern zusammen?« Sie fragte es beiläufig, so als ob sie in die Backstube hineinriefe, ob die Schrippen schon fertig seien.

»Ihr seid allesamt gut informiert. Aber mein Privatleben ist mein Privatleben, klar?«

»Daß dir die Frau gefällt, versteh ich gut.«

»Danke.«

»Aber lange hält das nicht.«

»Ich weiß, dann erschlägt mich ihr Mann.«

»Bist du so kalt, oder tust du nur so?«

»Ich bin etwas abgekühlt.«

Marion sah, wie die Späne flogen. Vor dem Fenster spottete ein Star. »Ich werde nie heiraten.« René warf das Schnitzmesser auf den Tisch. »Weder dich, noch Doris Fuchs, noch sonst jemand. Ich werde mich nicht einmal fest binden, ob nun amtlich oder nicht amtlich.«

»Willst ein freier Mensch bleiben.« Sie sagte es ohne Ironie.

»Ich will keine Verantwortung übernehmen.«

»Warum denn nicht?«

»Weil ich das nicht kann. Weil es keiner von uns kann: Verantwortung für einen anderen übernehmen ...« Er klatschte die Holzspäne von seinen Hosenbeinen. »Trink aus, Mädchen. Du bist ein prima Mensch. Und wie du mit deiner Zunge über meine Lippen gefahren bist ... Daß du nicht nur Kuchen verkaufen und Gedichte lesen kannst – davon bin ich überzeugt.« Er versuchte sie auf seinen Schoß zu ziehen. »Du mußt keine Angst haben«, flüsterte er.

»Ich wollte dir nur sagen, ich ... Ich nehm dir nichts übel. Tschüs!«

Die Treppe knarrte unter den festen Schritten des Mädchens. Vor dem Fenster pfiff noch immer der Star.

7

Als Beiköchin im Berliner Motorenwerk eingestellt, gehörte es eigentlich keineswegs zu Ingelores Funktion, für die Beköstigung der Nachtschicht-Arbeiter zu sorgen. Einmal im Monat aber übernahm sie diese Aufgabe sehr gern. Sie stand dann in der Nacht vom Sonnabend zum Sonntag allein in der riesigen Betriebsküche und bereitete den Kollegen ein warmes Essen. »Zwanzig Portionen«, hatte man ihr zu Anfang gesagt, »mehr nicht! Bleiben immer noch paar übrig ...« Nun, von ihren Kohlrouladen war allerdings keine einzige im Topf geblieben. Manch ein Kollege steckte den Kopf in die Küche, um sich einen Nachschlag zu erbetteln.

»Hast du nächstet Wochenende ooch Dienst, Meechen?«

»Nee, Justav. Immer bloß det letzte Wochenende vom Monat.«

»Jut hats jeschmeckt! Kannste ooch Klopse kochen? Mit richtje Kapern?«

Jeden Wunsch versuchte Ingelore zu erfüllen. Sie kochte Klops in Kapernsoße, briet Kartoffelpuffer, gab zwei Portionen rote Grütze in eine Schale, weil sie wußte, daß alle Männer Süßes mögen ... Bei einer Beratung der Küchenkommission erhielt sie von den Arbeitern höchstes Lob, obwohl sie von ihrer Ausbildung her allein gar nicht zum Kochen berechtigt war. Und sobald ein junger, gelernter Koch ins Motorenwerk käme, brauchte Kollegin Rechlin die Sondereinsätze nicht mehr zu leisten. Nun, man stellte den jungen Koch tatsächlich ein, doch Ingelore wurde schon bald wieder gebeten, sich wenigstens einmal im Monat an den großen Herd zu stellen. Sie tat es gern. Und wenn sie einmal murrte, dann nie so laut, daß man es ernst nehmen mußte.

Am späten Nachmittag eines Sonnabends war es wieder einmal soweit. Ingelore packte ihre Tasche. Majoranfleisch sollte es geben. Den Majoran hatte sie aus dem eigenen Garten geholt, denn der besaß Würze; die abgelagerten Krümel aus der Tüte kamen ihr nicht ans Essen. Mit einem gespielten Seufzer trat sie ins Wohnzimmer, in dem Hannes und René die Übertragung eines Fußballspiels verfolgten. »Männekens, ick hab ma vabummelt. Kann mich eena von euch bringen?«

Erstaunt sahen die beiden auf.

»Soll ich dir eine Taxe bestellen?« fragte Hannes.

»Taxe!« Ingelore legte eine Hand auf Renés Schulter. »Wo doch mein netter Junge am Wochenende zu Hause ist! Und so ein schönes Motorrad besitzt!«

»Merk dir das Ergebnis, Vater.« René ließ sich von seiner Mutter aus der Wohnung schieben.

Zwanzig Minuten später hielt die Maschine vor dem Betriebstor.

»Soll ich dir mal was zeigen?« flüsterte Ingelore, »was Schönes?« Schon wandte sie sich zur Pförtnerstube. »Det is mein Junge. Er bleibt nur zehn Minuten.« Ingelore hakte sich bei René ein, führte ihn zum Verwaltungsgebäude, dessen linke Seite aus dem sogenannten »Kulturtrakt« einschließlich Küche und Speisesaal bestand. Das Haus lag in tiefe Finsternis gehüllt. Ingelore drückte auf zahlreiche Knöpfe.

»Was beleuchtest du denn alles?« fragte René. »Ich denk, du willst in die Küche?«

»Noch nicht mal sechse durch! Komm, ich zeig dir was!«

Sie gingen über einen langen Flur, dessen Wände mit Fotografien geschmückt waren. »Straße der Besten« stand in goldenen Pappbuchstaben über den Porträts. René blieb stehen. Eine junge Frau mit Wuschelkopf und enorm großen Augen lachte dem Fotografen provozierend in die Kamera ...

»Det is Ines«, erklärte Ingelore. »Det war vielleicht een Aas! Aber seit se den richtjen Mann jefunden hat, is aus ihr een Mensch jeworden.«

»Und jetzt hängt sie sogar in der Straße der Besten ...«

»Brauchst nich ironisch zu tun! So 'n Foto is teuer.«

»Und wo find ich dein Bild?«

»Quassel nich! Komm!« Ingelore öffnete eine Tür. »Wat sagste?«

René erkannte ein großes Zimmer, viele Teppiche, Tische mit Glasplatten, Stühle, von denen er wußte, daß man nach einer halben Stunde Sitzen mörderische Rückenschmerzen bekam.

»Unser Tee-Salon«, sagte Ingelore.

René knurrte.

»Schön jeworden, wa?«

»Hm!«

Ingelore strich über einen Wandteppich. »Der Raum steht den Betriebsangehörigen zur Verfügung, weißte.«

»Aha.« Er putzte sich die Nase. »Die Küche ist ja auch ganz in der Nähe, was?«

»Genau.« Ingelore strahlte. »Da kannste dir 'n kaltet Büfett bestellen oder wat Warmet. Is spottbillig. Und jut!« Sie stukte René in die Hüfte. »Fürn Polterabend wie jeschaffen.«

René riß die Augen auf. »Wofür?«

»Hochzeit müßt ihr in Templin feiern, det is mir klar. Aber Polterabend, det machen wa hier. Die jungen Leute heutzutage feiern ja Polterabend mehr als die eijentliche Hochzeit, stimmts?« Ingelore ließ den sprachlosen René stehen, schritt durch den Raum, erklärte, wo man das kalte Büfett aufbauen würde und wo man tanzen könnte ... Am Schluß ihrer Rede sagte sie: »Der Oktober is schon ausjebucht. Ich hab uns für November einschreiben lassen. November is traurig genug, da paßt 'ne Hochzeit gut rein. Als wat Schönet mittenmang.«

»Du hast uns einschreiben lassen?« René rang nach Luft. »Aber ... da ... dann ...«

»Für das Zimmer gibt es Vorbestellungen noch und noch!«

»Aber es steht doch noch gar nichts fest!«

»Vater sagt, du und das Mädchen, ihr habt ausgesehen, als wärt ihr schon sehr weit miteinander.«

»Was Vater schon gesehen hat!«

»Du wirst doch kein Filou sein und dem Mädchen einfach so Versprechungen machen?«

»Überhaupt nichts hab ich versprochen.«

»Überhaupt nichts is 'n bißchen wenig.« Wieder stukte sie ihn in die Seite. »Kiek dir mal im Spiegel an. Du versprichst allerhand.«

»Den Termin laß streichen«, sagte René leise, aber sehr bestimmt. »So schnell geht das alles nicht.« Er löschte das Licht, zog hinter sich die Tür ins Schloß.

»Aber du hast Vater doch gesagt ...«

»Nichts hab ich gesagt, nichts.« Er sah auf die Uhr. »Viertel sieben! Wolltest du deinen Kollegen nicht was kochen?«

René stiefelte die Straße der Besten hinunter, blieb vor dem Foto mit dem kraushaarigen Frauenkopf stehen. »Schade, daß die Kleine schon vergeben ist. Ihre Adresse hätte mich interessiert.«

Warte nur, dachte Ingelore, dich krieg ich schon noch ...

8

Die Familie – Ingelore, Hannes, Steffi, Opa und sein Freund Alfred Nagel – befand sich auf der Trabrennbahn Karlshorst. Links von der Haupttribüne waren von den Männern zwei wacklige Tische zusammengestellt worden. Ingelore hatte eine von zu Hause mitgebrachte Decke über die braune Plaste gebreitet. Den Kaffee holten Opa und Hannes aus der Gastwirtschaft. Einmal im Jahr bestand Opa darauf, daß seine Familie in Karlshorst erschien, einmal wollte er Gastgeber sein. An diesem Sonntag im Herbst – Sonne und Regen stritten miteinander – hatte Ingelore sich bereit erklärt, auf der Trabrennbahn Kaffee zu trinken. Opa war glücklich.

Das sonntägliche gemeinsame Kaffeetrinken war eine Gewohnheit, die von allen Mitgliedern der Familie mit Sorgfalt gepflegt wurde. Von Montag bis Sonnabend konnte man durcheinanderlaufen, sonntags, gegen sechzehn Uhr, traf man sich am Kaffeetisch. Wenigstens für eine Stunde saßen sich die Rechlins dann gegenüber. Ingelore hatte es eingeführt, daß sich reihum jedes der Familienmitglieder einen Sonntagskuchen wünschen durfte. Hannes verlangte fast immer Stachelbeertorte, Opa ging nichts über »een richtjen Nappkuchen zum Stippen«. Als die Kinder noch im Haus wohnten, reichte ein einziger Kuchen nicht aus. Also wurden zwei gebacken; auch zu Zeiten, da das Geld am Hackeschen Markt knapp war, durften sich alle sonntags an Kuchen satt essen. In den Napfkuchen steckte Ingelore kunstvoll gefaltete Servietten, die Eclairs verzierte sie mit bunten Streuseln, und stets wurde auch das beste Porzellan aus dem

Schrank geholt. Das Beste für die Besten, so hatte es Ingelore Rechlin schon immer gehalten. Und das Beste war ihr die Familie.

Früher hatte Ingelore manchmal geseufzt, wenn sie daran dachte, daß ihre Kinder einmal Enkelkinder zu den Kuchenfesten mitbringen würden. Wieviel Kuchen müßte sie dann backen! Brächte jeder der Kinder auch nur einen Sproß mit, so wären sie schon neun Personen! Außerdem wollte Tochter Beate drei Kinder. Aufgereiht wie die Orgelpfeifen, sollten die den Kuchenberg stürmen. Ihr schüchterner Siegfried aus Spandau senkte jedesmal verlegen den Kopf über die Kaffeetasse, sobald Beate davon erzählte. Und Opa krähte: »Denn man ran, Kinder!« Beates Orgelpfeifen ... Heute lachte die Tochter schrill, sobald Ingelore darauf zu sprechen kam. Es war bei Maurice geblieben. Zwölf Jahre alt war der nun schon, ein ernster junger Mann, der, so fühlte seine Oma jedesmal, nicht wußte, weshalb er seine Eltern zum Besuch in den Ostteil der Stadt begleiten sollte. Überhaupt lassen sich Zümmrichs selten genug sehen, dachte Ingelore, und wenn, dann langen sie kaum zu. Alles macht dick, alles verdirbt die Linie.

Steffi half Opa beim Verteilen des Geschirrs. Ingelore nickte ihr zärtlich zu. Steffi war wieder einmal allein erschienen, Bernd hatte noch auf dem Grundstück der Nachbarn zu tun. Die Kinder ihres Sohnes Bernd ... Ingelore schmeckten diese Gedanken bitter. Bernds Kinder waren ausgeblieben. Steffi bekam keine. Und als Steffi eins adoptieren wollte, hatte sich Bernd bereits viel zu sehr an seine von Kindern nicht mitbeanspruchte Freizeit gewöhnt. Seit dieser Zeit, auch das war Ingelore nicht entgangen, gab es einen Knacks in der Ehe der jungen Leute. Steffi und Bernd sprachen nicht darüber, aber Ingelore besaß ein feines Gespür für Unausgesprochenes.

Und die Enkel, die ihr der Sohn René ins Haus bringen würde? Da allerdings ... Wenn es stimmte, was Hannes so erzählte ... Das waren heitere Gedanken, die Gedanken an Renés künftige Kinder. Ingelore kannte mehrere kinderreiche Bäckerfamilien. Und Renés Freundin würde hoffentlich nicht aus der Art schlagen. Ingelore atmete tief. Sollte der Junge nicht in den nächsten Tagen mit dieser Marion in Berlin antanzen, würde sie nach Templin fahren. Kommt der Prophet nicht zum Berg, geht der Berg zum Propheten. Und den Polterabend würden sie im Tee-Salon feiern. Punktum.

Schreie rissen Ingelore aus ihren Gedanken. Ein Sturz auf dem Geläuf!

Erich schimpfte: »Kuckel is ooch zu dämlich! Kann sich nich mal anne Leine festhalten, der Doofkopp!«

Alfred Nagel konstatierte trocken: »Kuckel steht schon wieder.«

»Und das Pferd?« rief Ingelore. »Wat is mit 'm Pferd?«

»In den Stall gerannt.« Hannes gähnte herzhaft.

Die Besucher ringsum schütteten sich aus vor Lachen. Der gestürzte Fahrer, Kuckel gerufen, groß und breit, bunt gekleidet wie ein Papagei, zog den zerbrochenen Sulky über den schwarzen Belag der Trabrennbahn.

»Schneller!« rief Steffi. »Sie gewinnen noch!«

Langsam verebbte die Aufregung; die Menge vertiefte sich in die Vorschau für das nächste Rennen.

»Noch 'ne Tasse Kaffee?« fragte Erich.

Ingelore schüttelte den Kopf, erhielt aber von ihrem Mann einen sanften Stoß. »Na jut, eene Tasse noch.«

»Jar nich schlecht, die Lorke, wa? For 'ne Rennbahn nich schlecht!«

Ingelore zwinkerte Steffi zu. Die langte zur Freude des Alten wieder nach dem Kuchenteller. »Und wenn ich platze, Opa, darf ich mir noch ein Stück nehmen?«

»Nimm man von dem volkseijen jebackenen Kuchen. Is doch janz ordentlich, wa?«

»Ja«, antwortete Ingelore. »An Margarine is wirklich nich jespart.«

Am Nachbartisch leerten die Besucher bereits die dritte Flasche Sekt. Ein weißer Spitz näherte sich vorsichtig der Familie Rechlin.

»Kesse heißt er«, erklärte der Schriftsetzermeister Alfred Nagel. »Ich empfehle, das Vieh nicht zu beachten.«

»Frißt er Kuchen?« fragte Ingelore.

»Nee«, sagte Opa.

»Ein kluges Tier; komm her, laß dich streicheln.«

Steffi flüsterte: »Nächsten Sonntag backst du uns Windbeutel, ja?«

Ingelore streckte sich, daß der Liegestuhl knackte. Hannes klappten immer wieder die Augen zu; Alfred Nagel erklärte, das Pferd »Alpenveilchen« starte jetzt mit einigen Chancen.

»Nee.« Opa widersprach wie immer. »Lipsianer is heute dran.«

»Ja? Schafft er es heute, wenigstens nur Vorletzter zu werden?«

»Jewinnen tut er! Een Bekannter von Franneks Futtermeister, der hat jesacht ...«

»Pst!« Alfred Nagel deutete auf den schlafenden Hannes. Doch ungerührt redete Erich Rechlin weiter. »Wat is, Ingeken? Setzte mit mir 'n Pfund auf Lipsianer?«

»Is das Pferd denn jut?« fragte sie, Interesse vortäuschend.

»Es ist sogar sehr gut, Frau Rechlin. Besonders in Form einer Bulette.«

Die beiden alten Männer eilten nach vorn an die Bahn, um vom Aussehen der Pferde auf deren Chancen zu schließen.

Ein bildschöner Sonntagnachmittag, dachte Ingelore. Dünner Kaffee, rosa Margarinetorte, ein pennender Ehemann und irgendwelche Pferde, die mich von vorn so wenig interessieren wie von hinten. Und Opa und dieser seriöse Herr Nagel und tausend andere Leute auch, die laufen rum mit brennenden Augen. Nein, so richtig begreifen werde ich das nie.

»Wollen wir auch bißchen Augenpflege betreiben, Mutti?« Steffi kuschelte sich in den Liegestuhl.

»Mach nur, mein Mädchen, mach nur.« Für einen Moment schien die Sonne durch die Wolkenbank. Dennoch fror Ingelore. Sie hatte nichts zu tun; und später, so dachte sie, später braucht man uns ganz und gar nicht mehr. Kollegen gibt es, bei Hannes und auch bei mir im Betrieb, die arbeiten noch weit über die Siebzig hinaus. Die fürchten sich vor dem Nachhausegehen, vor der Ruhe in den vier Wänden, dem Griff zum Fernsehapparat. Und immer nur im Garten pusseln ... Staub von der Petersilie wischen oder Kakteen aufpäppeln ... Ingelore erinnerte sich an eine Radiosendung. Da hatte eine Frau behauptet, Blumen wüchsen besser, sobald man mit ihnen spräche. Ein richtiger Professor war zu diesem Phänomen gehört worden. Und der hatte dann herausgefunden, daß die alte Miss in ihrer Einsamkeit stundenlang auf die Blumentöpfe einredete und eine reichlich feuchte Aussprache hatte. Die Blumen der Miss wurden also jeden Tag lauwarm überspritzt. Und so etwas fördere das Pflanzenwachstum bekanntlich ungemein.

Nein, dachte Ingelore, so weit wird es hoffentlich nie kommen. Ein paar Sätze zwischen Hannes und mir werden auch noch in zwanzig Jahren drin sein. Und wenn nicht? Und wenn wir nie und nimmer das Liebesleben der Nachbarn durchhecheln wollen? Liest er mir dann aus seiner großformatigen Zeitung vor? Es fröstelte sie, sobald sie auch nur daran dachte. Großmutter wollte sie sein, die unentbehrliche Stütze einer Familie, Zuflucht für groß und klein mit ihren Kümmernissen. Den einen Enkel von der Krippe abholen, dem anderen einfach so über die Nase wischen. Und am Sonntagnachmittag sollten sie alle zu ihr kommen und sich verwöhnen lassen und wissen: Mutter ist froh, wenn sie für uns sorgen darf. Ja, wenn wir unsere Mutter nicht hätten! Dabei – Ingelore Rechlin sehnte sich nicht nach Lobgesängen. Nur nach einer großen Familie.

Stirnrunzelnd betrachtete Erich seine Schwiegertochter. »Is dir noch immer kalt? Wirste krank?«

»Ach wat!«

»Is doch jut hier, wa? Lipsianer hat 'n zweeten jemacht. Fünffachet Jeld, siehste!«

Steffi öffnete die Augen. »Gibt es was Neues?«

»Opa und Herr Nagel gewinnen nach jedem Rennen. Entweder Geld oder Erfahrung.«

Alfred Nagel nickte Steffi freundlich zu. »Schade, daß Ihr Mann nicht mitkommen konnte.«

»So ist es nun einmal.«

»Ich hätte ihn gern wegen der letzten Leitungssitzung gefragt. Hat er Ihnen etwas angedeutet?«

»Ich wüßte nicht.«

»Im Betrieb geht das Gerücht, der Maschinensatz würde in absehbarer Zeit vom Zentralen Druckhaus übernommen.«

»Wunderbar!« sagte Erich Rechlin. »Da du bis neunzig arbeiten willst, lernste noch 'ne neue Stelle kennen.«

»Ich dachte nur, Bernd als Vertrauensmann wüßte etwas davon. Aber wenn er Ihnen nichts gesagt hat, wird nichts gewesen sein.« Alfred Nagel griff wieder zur Rennzeitung.

»Und?« fragte Ingelore leise die Schwiegertochter. »Hat Bernd wirklich nichts gesagt?«

»Neulich war er ein bißchen komisch. So gereizt.« Steffi zerpflückte einen Grashalm. »Aber das ist er oft.«

Hannes schlug die Augen auf.

»Schlaf weiter«, sagte Ingelore und wandte sich wieder Steffi zu: »Vielleicht war er gereizt, weil doch was Wahres dran ist an dem Gerücht?«

»Ich wollte ihm von meinem Projekt erzählen und, hopp, ging er in die Luft!«

»Was denn fürn Projekt?«

»Ach, nur so eine Flitzidee. Große Rosinen in einem kleinen Kopf.«

»Hast mir doch noch jar nischt von erzählt?«

Steffi zuckte mit den Achseln. »War noch keine Gelegenheit.«

»Wir verdrücken uns.«

»Der Nachmittag hat doch kaum erst angefangen.«

»Laß mich nur machen. Die Männer warten sowieso, daß sie in Ruhe einen hinter die Binde gießen können. Brauchst jar nich so zu blinzeln, Hannes, ick weeß det.« Sie stand auf und teilte mit, ihr sei zu kalt und damit Punkt. Sie gehe jetzt. »Begleitest du mich ein Stück, Steffi?«

»Kalt?« Erich wunderte sich. »Sind doch bestimmt über zwanzig Grad.«

»Außerdem regen mich die Fliegen auf.«

»Wo sind denn hier Fliegen, Ingeken?«

»Wo Pferde sind, da sind auch Fliegen. Oder sind hier keine Pferde? Na also. Vergiß nich das Pfandgeld für die Liegestühle, Hannes. Und denk dran: mehr als drei Doppelte vaträgste nich. Viel Spaß noch, Opa. Auf Wiedersehen, Herr Nagel!« Schon wand sie sich mit Steffi durch die Menge zum Ausgang.

9

Es geschah blitzschnell. Der Lehrwagen der Berliner Verkehrsbetriebe war, aus Weißensee kommend, in die Langfritzstraße eingebogen, hatte ein kerzengerades Stück Weg vor sich, auf der rechten Seite niedrige Wohnhäuser, links kleine Fabrikanlagen, Werkstätten, Höfe. Fahrschülerin Motze und Fahrlehrer Rechlin nickten einander zu. »In Ruhe voran«, bedeutete dieser Blick. Zwischen den Häusern und dem Gleis war nur Platz für einen schmalen Gehweg, denn als die Straße angelegt worden war, lag Weißensee noch in fast dörflicher Abgeschiedenheit. Hannes Rechlin träumte zuweilen von einer durch Weißensee führenden U-Bahnlinie, einer Bahnstation Langfritzstraße mit bunten Fliesen, Rolltreppen, gleißendem Neonlicht. Wär eine feine Sache, dachte Hannes, vielleicht erleb ich's noch bis zu meinem hundertsten Geburtstag.

Eine Straßenbahn der Linie 70 rollte dem Lehrwagen entgegen, hielt, klingelte ab, fuhr weiter. Eben wollte Hannes in die Fahrerkabine der 70 einen Gruß hinüberwinken, da fiel etwas aus einem Fenster. Ein schwarzgekleideter schmaler Körper, ein flatterndes Tuch. Rechlin riß an der Handbremse, so wie es sein Kollege der 70 getan hatte. Die Kollegin Motze schrie gellend, aus dem Innern des Wagens drängten die anderen Fahrschüler, starrten auf das leblose

Bündel unter den Vorderachsen der 70. Jetzt sahen sie auch den rasch größer werdenden roten Fleck.

Rechlin taumelte aus der Bahn, sah: sein Kollege lehnte kreideweiß am Wagen, kippte um. Passanten liefen herbei, schrien, ein Mann winkte aus einem Fabrikfenster, rief, die Polizei sei verständigt. Hannes, die Fahrschüler, die Fahrgäste der 70, Neugierige – sie standen im Halbkreis um die Bahn. Christel Motze klammerte sich an ihren Fahrlehrer, ein Weinkrampf schüttelte sie. Hannes wußte im Moment nicht: sollte er sich nun zuerst dem auf der Straße Liegenden zuwenden oder ...

»Moment!« Mike Babendiek, einer von Rechlins Fahrschülern, stieß vorsichtig gegen den aus dem Fenster gestürzten Körper. »Det is ne Puppe«, sagte er und zerrte an den Füßen der Figur, hielt einzelne Lappen in den Händen. »Eene ausjestoppte Puppe! Und roter Sirup oder son Zeugs.«

Ein Krankenwagen kam, hinter ihm ein Auto der Polizei. Eine Frau im weißen Kittel hob den Kopf des Straßenbahnfahrers ein wenig hoch, Rechlin sah, wie sie ihrem Kollegen etwas bedeutete. Der Fahrer des Krankenwagens rannte zurück zum Auto. Im Haus, vor dem sie standen, klappte ein Fenster zu. Babendiek zog an Rechlins Jacke. »Kieken Se mal den da!« Ein junger Mann betrachtete von einem Fenster aus das Geschehen auf der Straße, schwang sich aufs Fensterbrett und sprang in den Garten. »Haben Sie den grinsen jesehn, Meesta?«

Hannes warf einen Blick auf seinen Kollegen, der noch immer wie leblos dalag, hörte das hysterische Schluchzen der Motze und dachte: Den Kerl krieg ich! Daß er derart schnell einen Zaun überwinden würde, hätte er sich längst nicht mehr zugetraut. Der aus dem Fenster gesprungene Junge drehte sich nach ihm um, zog eine Grimasse. Hannes stürzte durch Brennesseln und dürre Büsche. Der Junge kam nicht weit, da hatte ihn Rechlin schon am Hemd. Der dünne Stoff riß unter dem Griff. »Eh, Alter, wat solln det?« Der Junge grinste noch immer. Hannes erkannte: der Junge hatte langes schwarzes Haar, einen schmalen Mund. Dann schlug Hannes zu. Schlug mit Händen und Füßen. Der Junge brüllte, riß die Hände vors Gesicht. Hannes zerrte ihm die Hände weg, holte abermals aus. Etwas war geborsten in ihm, etwas brach sich gewaltsam Bahn. Wut, Zorn, blinder Haß auf diesen Jungen. »Ich schlag dich tot«, keuchte er, »du Schwein, du Verbrecher!« Endlich war Babendiek heran, hängte sich an die Arme des Lehrmeisters. »Sie machen sich strafbar, Kollege Rechlin. Hören Sie auf, Mensch!«

Der Junge rannte davon. Sein Hemd war nur noch ein Fetzen.

Rechlin sah auf. Babendiek hielt die Hände seines Chefs wie in einem Schraubstock.

»Laß los«, sagte Hannes leise.

»Sie hätten den Kerl noch umgebracht.«

Hannes schwieg. Auf einmal befiel ihn Schwäche. Er rang nach Luft; Babendiek schleppte ihn bis zur Pförtnerloge. Dann kam die Ärztin, Rechlin fragte nach seinem Kollegen. »Auf dem Weg zum Krankenhaus. Was ist mit Ihnen?«

»Etwas schwach. Nichts weiter.«

»Wenn Sie mal den rechten Arm frei machen ...«

Er bekam eine Spritze, legte sich für einige Minuten auf die Liege des Pförtners.

»Wir bringen Sie nach Hause«, sagte die Ärztin und telefonierte.

»Ich hab meine Fahrschüler. Und der Dispatcher muß auch Bescheid wissen.«

»Dein Dispatcher ist schon auf dem Weg hierher«, sagte der Pförtner.

Hannes Rechlin sah auf die Straße. Mike Babendiek redete mit einem Polizisten. Auf dem Pflaster waren die Umrisse der Stoffpuppe mit Kreidestrichen nachgezeichnet. Ein Stau von Straßenbahnen nach beiden Seiten. Ein zweiter Polizist kam über die Straße auf das Fabrikgelände zu.

»Genosse!« rief der Pförtner. »Der Zeuge Rechlin – hier issa.«

Hannes wurde gefragt, ob er Hansdieter Bischoff beim Werfen der Puppe beobachtet habe.

»Wer ist Hansdieter Bischoff?«

»Der Junge, der unmittelbar nach dem Vorfall ausreißen wollte.«

»Ich hätte ihn erschlagen, wenn nicht ein Schüler von mir ...«

Der Polizist notierte etwas in ein kleines Heft. »Sie haben ihm das Hemd zerrissen.« Er schob Hannes einen Zettel zu. »Wenn Sie morgen vor neun Uhr zu einer Protokollaufnahme kommen könnten?«

»Ich kann Ihnen auch gleich sagen, was ich weiß.«

»Jetzt fahren Sie nach Hause.« Der Polizist tippte grüßend an den Mützenrand.

Ingelore war zum Glück noch im Dienst, als Hannes am Hackeschen Markt aus dem Krankenwagen stieg. Erich Rechlin füllte gerade die leeren Felder eines Kreuzworträtsels aus, er erschrak über das Aussehen seines Sohnes. Hannes berichtete knapp, worauf der Alte sich und seinem Jungen einen Schnaps eingoß. »Daß du Inge nichts erzählst, Vater. Ich leg mich aufs Ohr.« Hannes verschwand für einige Stunden im Schlafzimmer, erschien aber noch rechtzeitig vor Ankunft seiner Frau in der Küche, tat so, als wäre nichts Außergewöhnliches geschehen.

Während sie ihm den Begrüßungskuß auf die Stirn tippte, dachte Hannes: es hat keinen Sinn, ihr nichts zu erzählen. Und er begann zu reden.

»Eine Puppe hat er aufs Gleis geworfen? Ist der denn normal?«

»Sicher.«

»Leute gibt es ...« Sie roch an seinem Atem, daß er Schnaps getrunken hatte, und wollte auch einen: »Uff den Schreck ...«

»Ich hätt ihn umbringen können«, sagte Hannes. »Ich wußte nicht, daß in mir eine solche Wut steckt. Ich sah nur immer den Kollegen, weißt du, er hätte ja einen Herzschlag kriegen können ...«

»Du mußt es vergessen«, sagte Ingelore.

»Ja«, sagte er. »Ja.«

In der Nacht fand er kaum Schlaf. Am Morgen ging er zum Protokollaufnehmen. Ein junger Unterleutnant der Volkspolizei saß ihm in der kalten Amtsstube gegenüber, sagte, Hansdieter Bischoff habe die Tat gestanden.

»Habt ihr ihn eingesperrt?«

»So schnell wird keiner eingesperrt, Genosse Rechlin. Es hat vorerst nur ein Gespräch stattgefunden. Der Genosse Abschnittsbevollmächtigte kennt Bischoff bereits seit einiger Zeit.«

»Wieso hockt der junge Mann eigentlich vormittags zu Hause? Hatte er Spätdienst?«

»Bischoff ist ein notorischer Arbeitsbummler.«

»Wo arbeitet er denn, wenn er arbeitet?«

»Baukombinat Südwest. Er ist gelernter Betonierer.«

»Dieses schmächtige Kerlchen?«

Der Unterleutnant tippte mühsam das Protokoll in die Maschine.

»Wohnt er allein, der Bursche?« fragte Hannes.

»Seine Eltern haben ihn rausgeschmissen. Behauptet er jedenfalls. Ich kann die Leute verstehen. Du nicht?«

»Wieso kennt ihn der Abschnittsbevollmächtigte bereits? Dreht er die Musik immer zu laut auf?«

»Er hat Bewährung. Das heißt: er hatte.«

»Bewährung?«

»Mutwillige Sachbeschädigung in mehreren Fällen. War so ein Trupp, der knackte Kioske.«

»Und klaute Zigaretten.«

»Nee. Sie brachen die Buden nur auf. Und legten einen Zettel auf die Waren. ›Solch ein Schrott!‹ War wohl mehr eine Provokation.«

»Und was wird jetzt mit ihm?«

»Jetzt hat er seine Chance verspielt. Unterschreibst du mal hier unten links?«

Als Hannes seinen Namen aufs Papier setzte, trat ihm der Schweiß auf die Stirn.

»Das Gericht wird dich als Zeuge laden. Deinem Kollegen geht es leidlich gut. Haben im Krankenhaus angerufen.«

»Danke.« Hannes gab dem Unterleutnant die Hand. Der meinte: »Bei der Verhandlung sehen wir uns wieder.«

Hannes Rechlin ging zu seinem Dienst. Während er mit den Fahrschülern auf Tour war und auch wieder durch die Langfritzstraße fuhr, diskutierten die Schüler, einander überschreiend, das gestrige Geschehen. Hannes schnauzte sie an, sie sollten gefälligst Ruhe halten, verdammtnocheins.

»Is ja jut, Meesta«, raunte Babendiek. »Ooch schlecht jeschlafen letzte Nacht, wa?«

Rechlin betrachtete die jungen Leute um sich und dachte plötzlich: Wenn nun dieser Bischoff dazugehören würde? Wäre er bei uns nicht gut aufgehoben?

Die Mittagspause im Betriebshof nutzte er zu zwei Gesprächen. Im ersten erkundigte er sich telefonisch bei Ingelore nach einer Hemdgröße. Ingelore sagte, sie habe den Burschen schließlich nicht gesehen, aber eine mittlere Nummer sei sicher richtig.

»Ist ja nur, damit der Junge meinen guten Willen spürt«, sagte Hannes.

»Willst du dich bei ihm entschuldigen?«

»Ich rat ihm, sich bei uns als Straßenbahner zu bewerben. Der und ein Betonierer – das wird nie was!«

»Schade, daß Berlin schon einen Oberbürgermeister hat. Vielleicht wäre er lieber Oberbürgermeister?«

»Du vestehst mich schon.«

»Da lädst du dir was aufs Kreuz, Hannes. Wenn es schiefgeht ...«

»Brennt deine Soße auch nicht an?«

»Paß bloß auf, daß bei dir nichts anbrennt.«

»Mit dir an der Seite?«

»Kragenweite 38. Nicht größer, hörste?«

»Danke, Inge.«

Das zweite Gespräch führte er im Zimmer des Parteisekretärs Helfried Ziem. »Nur kurz, Helfried, meine Schüler warten ... Wenn einer mal gestrauchelt ist und seine Haftstrafe abgesessen hat, stellen wir ihn ein?«

»Wie meinst du das?« fragte der kugelrunde Ziem.

»Wer einmal aus dem Blechnapf frißt ... Das ist doch eine Parole, die bei uns nicht gilt, oder?«

»Fragen stellst du!«

»Stellen wir ihn ein?«

»Kommt drauf an.«

»Wenn ein junger Mensch in ein starkes Kollektiv ...«

Ziems Telefon schrillte.

»Okay«, sagte Hannes. »Ich geb dem Jungen Bescheid.«

Nach Schichtschluß kaufte er ein kariertes Oberhemd Größe 38 und machte sich auf den Weg in die Langfritzstraße. Auch nach mehrmaligem Klingeln blieb es hinter der Tür mit dem Namensschild »Bischoff« still. Dann jedoch hörte Hannes schlurfende Schritte. Vielleicht seine Oma, dachte er. Die Tür wurde geöffnet. Hansdieter Bischoff stand vor ihm, wollte die Tür sofort wieder zuknallen. Hannes, der mit dieser Reaktion gerechnet hatte, hielt einen Fuß dazwischen.

»Det is Hausfriedensbruch«, sagte der Junge.

Hannes warf ihm das Hemd zu. »Als Ersatz.«

»Vafatz dich.«

Rechlin sah: die Wohnungstür führte direkt in die Küche. Der Junge stand stumm vor ihm. Seine kleine, schmächtige Figur ließ ihn jünger als neunzehn erscheinen. »Hören Sie!« sagte Hannes. »Ich hab eine Idee ...«

»Schwul, wa? Bist vakehrt hier, Alter.« Bischoff setzte sich auf den Küchenherd. Die Platten des Herdes starrten vor Schmutz und Rost. Das Abzugsrohr endete in etwa einem Meter Höhe. Die Glühbirne an der Decke war ohne Schirm. Einen Stuhl sah Hannes nicht. Er lehnte sich dem Jungen gegenüber an die Wand, betrachtete das fahle, picklige Gesicht und wußte, daß ein Hilfloser vor ihm saß. Es war Oktober. Kalter Wind pfiff durch das geschlossene Fenster. Am Hackeschen Markt wurde längst geheizt. »Funktioniert wenigstens dein Ofen in der Wohnstube?« fragte Hannes.

»Schwul. Hab ick sofort jerochen.« Bischoffs pechschwarze Haare fielen ihm bis auf die Schultern. »Ick sare dir doch: hier is nischt für dich. Ostbahnhof, zweete Kloake von links, urste Adressen!«

»Du hattest Bewährung, du Rindvieh.« Hannes hauchte auf seine kalten Hände.

Bischoffs Füße schaukelten.

»Der Streich gestern wird dir einiges verderben. Der Fahrer von der Bahn, vor die deine Puppe gefallen ist ... Er hat einen Nervenschock. Kann paar Wochen dauern.«

»Doofet Volk ihr alle!«

»Hast du die Puppe selbst gebastelt?«

Der Junge begann zu lachen, kreischte. Sein Oberkörper schien vom Herd zu kippen, so sehr beugte er ihn nach vorn. Er griff die Spitzen seiner Pantoffeln, wippte wie ein Gummimännchen auf dem verrotteten Herd.

Hannes wartete.

»Bist du irre!« krähte der Junge. »Bildeste dir ein, ick mach vor dir 'ne Aussage? Von wejen planmäßige Vorbereitung eines Vabrechens, wa? Nee, nee, allet spontan, Spitzel!«

Hannes ging einen Schritt Richtung Wohnstube.

»Haste 'n Befehl zum Durchsuchen?«

Er betrachtete das Zimmer. Eine Liege, ein Tisch, ein Stuhl, eine zerschlagene Fensterscheibe. »Wohnst du schon lange hier?« fragte er.

Der Junge war vom Herd heruntergesprungen. Er stand dicht hinter Hannes. Sein Atem roch nach Zwiebeln.

Johannes Rechlin drehte sich um. Der Junge war fast einen Kopf kleiner als er. »Du bist jetzt nicht auf deiner Arbeitsstelle. Stehst in Bewährung und gehst nicht arbeiten! Hast du überhaupt eine Vorstellung von so viel Dußligkeit!«

»Wat is, Käthe? Wolln wa gleich oder späta?«

»Ich geb dir einen guten Rat: bis zur Verhandlung vergehen noch einige Wochen. Rück zu deinem Betrieb hin und arbeite. Und zwischendurch meldest du dich bei uns in der

Richtenberger. Wenn du willst, kannst du Straßenbahner werden.«

»Wat will ick?«

Hannes wandte sich zur Tür. »Wir würden dich nehmen, garantier ich dir.« Er hob seinen rechten Zeigefinger. »Richtenberger Straße. Sagst, Hannes Rechlin schickt dich.«

Als er das Haus verließ, dachte er, es wäre nicht schlecht, heute abend mit Ingelore ins Kino zu gehen.

10

Da Tante Emmi von ihrem Neffen keine Miete nahm, pflegte sie das Anklopfen an seine Zimmertür grundsätzlich zu vergessen. So auch diesmal. Sie stakte zum Fenster, schlug beide Flügel zu, wobei sie murmelte, der Winter sei nicht mehr fern.

René lag auf der Couch und las.

»Das Buch von deinem Bäckerfräulein?« Emmi nahm es René aus der Hand. »Ein französischer Roman?«

»Ich besitz auch Bücher, die mir von keiner Bäckerstochter geschenkt wurden.«

»Unten hab ich das Fernsehen an.«

»Hoffentlich kocht es nicht über.«

Tante Emmi lachte, kitzelte Renés Fußsohlen. »Ich hätte zu reden mit dir. Und eine Flasche feinen Weinbrand hab ich auch. Unten.«

Stöhnend legte René das Buch beiseite, um seine Tante nach unten in die Wohnstube zu begleiten. Dort drehte Emmi den Ton des Fernsehapparates ab. Der Bericht, der sie interessiere, komme erst später, sagte sie. René goß sich und seiner Tante einen Weinbrand ein.

Bevor sie das Glas zum Munde führte, sagte Emmi: »Marion arbeitet jetzt in Neubrandenburg.«

»Aha.« Der Brandy schmeckte René sehr gut.

»Ich dachte, ihr seht euch vorher noch einmal?«

»Wozu?«

»Marion Wuttke liebt dich.« Die Tante sagte es und kippte den Weinbrand mit einem Ruck in ihre Kehle.

»Sie bildet sich das ein.« René schwenkte die im Glas verbliebenen Tropfen. »Jedenfalls – ich hab ihr keinen Grund gegeben.«

»Und wenn sie sich einen Grund genommen hat?«

René griff nach einer auf dem Tisch liegenden Illustrierten, setzte sich in den Sessel. Tante Emmi starrte auf den stummen Apparat und trällerte dabei einen alten Berliner Schlager. »Jeder Mann, wenn er kann, macht 'nen Seitensprung. Er poussiert ungeniert, das hält frisch und jung.« In ihrer Jugend hatte Emilia Rechlin Diseuse werden wollen. So eine wie die Claire Waldoff, nur vornehmer. Und dann war sie als Bürokraft bei der Firma Schneider&Co. gelandet, Sperrholz en gros und en détail. Und hatte sich wirklich ins Herz eines der Schneider-Nachkömmlinge gesungen. Und – Wunder über Wunder! – der Mann hatte die Ehe mit ihr geschlossen. Es war nämlich die Zeit der Inflation. Kurz vor den ersten Vertraulichkeiten des Junior-Schneider mit Fräulein Emilia war die Sperrholzfirma rettungslos pleite gegangen, und der nicht mehr taufrische Junge dünkte sich heilfroh, daß er in Templin als Referendar unterkam und eine junge Frau erwischt hatte, die ihn billig bekochte und obendrein heiß liebte. »Das Schönste sind die Damen, die Damen, die Damen. Die wilden und die zahmen ...«, so sang Emmi.

René, der solcherart Lieder durch sie bereits zur Genüge kannte, blätterte in der Illustrierten.

Ein griesgrämig blickender Herr erschien auf dem Bildschirm. Emmi drehte den Ton an. Der Mann erkundigte sich bei der Kriminalpolizei von Zürich, ob bereits erste Fahndungsergebnisse vorlägen. René wollte sich aus dem Zimmer schleichen, doch die Tante hielt ihn zurück. »Momang, mein Sohn.« Mit einem kurzen Blick deutete sie ihren Wunsch nach einem weiteren Glas Weinbrand an. René schenkte ein, gähnte, ohne die Hand vor den Mund zu halten. Endlich war der Griesgram vom Bildschirm verschwunden. Emmi wandte sich ihrem Neffen zu. »Die Fuchs ist aus ihrem Urlaub noch immer nicht zurück.«

»Wurde deshalb die Kripo in Zürich befragt?«

Emmi prustete vor Lachen. »Schlimmer«, sagte sie, »viel schlimmer. Jetzt fangen die Leute in Templin an zu reden. Und plötzlich ist der Mann, ich meine der Olle, der Fuchs, plötzlich ist er ein bedauernswerter Mensch.«

»Eine Suffeule ist er. Die Arbeit im Ferienheim hat er nur seiner Frau überlassen.«

»Hatte. Die Zeit ist vorbei.«

»Sie kommt schon wieder, keine Bange.« Während er das sagte, wußte er, Doris Fuchs war für immer aus Templin verschwunden. Er hatte vor einigen Tagen eine Karte erhalten. »Herzliche Grüße vom nachsommerlichen Strand. Es bahnen sich große Veränderungen an. War schön mit dir. Es ist gewesen. Cheerio! Doris.«

»Tut mir leid um dich«, sagte die Tante. »Ich hätte es dir aber von Anfang an sagen können: die Fuchs ist nichts Verläßliches. Die kleine Wuttke, die hättest du auf Dauer und ewig haben können.«

René zog es vor zu schweigen.

Emmi klopfte mit dem leeren Glas auf die Tischplatte. »Jetzt, wo der Fuchs vom Ferienheim ein von seiner Frau verlassener Mann ist, jetzt wird er bedauert.«

»Von dir auch?«

»Ich steh nicht zur Debatte. Die Templiner bedauern Fuchs, denn Fuchs stammt aus Templin. Und jetzt erinnern sie sich an Leute, die dem Alten Hörner aufgesetzt haben. Und die Bäckerstochter hast du auch vernascht und verstoßen.«

»Was soll die Oper?«

»Du wirst es schwer haben in nächster Zeit.« Tante Emmi wandte René ihre mausgrauen Augen zu. »Ich sag dir, wie es ist: entweder du heiratest demnächst was Solides aus Templin, oder du wirst es sehr schwer haben in der Stadt. Tut mir leid, aber es ist die Wahrheit.«

»Ich hab Angebote von überallher!«
»Dankschreiben aus aller Welt, oder wie meinst du das?«
»Angebote an Arbeitsstellen. Auch aus Berlin ... Denkst du, da brauchen sie keine Tischler?«
»Mir tut es leid, wenn du wieder wegziehst.« Die Tante goß sich einen Weinbrand ins Glas. »Aber so ist das Leben. Tel Aviv, wie der Franzose sagt.«
René hob das Glas. Seine Hand zitterte ein wenig.

11

Von Gerüchten hielt Bernd nichts. Ob man ihm nun versicherte, demnächst würden die Preise für Alkoholika um das Doppelte angehoben oder der nächste Parteitag werde eine Herabsetzung des Rentenalters beschließen – der Schriftsetzer reagierte mit unwilligem Schnaufen. Wenn es im Gerüchtetopf auch noch so heftig brodelte, wußte der junge Mann doch nur allzu genau: in wenigen Tagen war der Inhalt des Topfes verdampft.

Ein Gerücht jedoch hielt sich hartnäckig, tauchte seit einiger Zeit immer wieder in neuen Varianten auf und beschäftigte Bernd mehr, als er zuzugeben bereit war. Auflösung der Abteilung Maschinensatz im VEB Bäromat. Das bedeutete: Wegfall seiner Planstelle. Das bekümmerte ihn, denn obwohl es Bernd, wie den meisten seiner Kollegen auch, zur Gewohnheit geworden war, über die Belastung am Arbeitsplatz zu stöhnen, so kannte er doch die Tücken und Vorzüge seiner Maschine, und wenn es aus besonderem Anlaß galt, ein paar Prozente mehr als die geforderte Leistung zu bringen, so fiel ihm das nicht sonderlich schwer. Bernd Rechlin war kein leidenschaftlicher Mensch. Wohl aber einer, der sich gern gewöhnte. Und nun sollte die Abteilung aufgelöst werden? Unvorstellbar für ihn. Ein Monteur kam aus dem Hauptwerk, ersetzte das kaputte Teil einer der überalterten Setzmaschinen durch ein neues, in der Werkstatt eigens dafür angefertigtes. »Affenschande!« schimpfte der Monteur. »So ein Aufwand für ein Fossil, ein Mammut!«

»Ihr seid nur alle zu faul zum Arbeiten«, erwiderte Bernd. Dabei war ihm sehr wohl bekannt, daß die Anschaffung neuer Maschinen in allernächster Zeit dringend notwendig sein würde. Er hegte nicht den geringsten Zweifel daran: diese neuen Maschinen würden den alten gleichen, nur eben weniger störanfällig sein. Wenn die Werkleitung bis heute den Maschinenpark noch nicht erneuert hatte, dann nur deshalb – so jedenfalls meinten Bernd und seine Kollegen –, weil die alten »Linotype« auf teilweise wundersame Art immer wieder funktionstüchtig gehalten wurden. Und alle Kollegen taten ihr möglichstes, es bei den alten Maschinen zu belassen, denn deren Fehler und Macken kannten sie, bei den neuen aber ...

Einmal hieß es sogar, der ganze Betrieb werde aufgelöst. Weil er im Grenzgebiet arbeite. Dieses Gerücht war im Sommer aufgekommen. Da hatte eine Malerbrigade im Fabrikhof Siesta gehalten. Heiß und ermüdend hatte die Sonne auf das Steingeviert gebrannt. Daß einer der Maler plötzlich eine hohe Leiter an die Mauer lehnte, sich über die Grenzbefestigung schwang – alle hatten es wahrgenommen, aber keiner hatte es so richtig gesehen. Deshalb jedoch den ganzen Betrieb verlagern? Bernd Rechlin schüttelte energisch den Kopf. Wollte man das mit allen grenznahen Betrieben so halten – wie viele Neubauten müßten dann entstehen? Und besaß nicht der Wohnungsbau absolut den Vorrang? Na also.

Wochen später erhielten einige Gewerkschaftsfunktionäre des Betriebes, unter ihnen der Vertrauensmann Bernd Rechlin, eine Einladung zum Besuch der Leipziger Messe. Gern wurde diese Einladung angenommen. Die Betriebsleitung betonte, die Kollegen würden zu keinem Ausflug geschickt, sondern unternähmen eine Exkursion. Das Ziel der Exkursion lautete: »Studium neuer Formen der Satztechnik«. Das Studium sollte zuerst am Messestand der sowjetischen Partner erfolgen. Bernd und seine Kollegen fanden die Apparate der modernsten sowjetischen Satztechnik auch aufgestellt, doch den Genossen, der sie ihnen erklären sollte, trafen sie am Stand einer englischen Firma, wo er fasziniert die Arbeitsweise der Maschinen aus Manchester verfolgte. Bernd betrachtete die neuen Methoden der Satzherstellung mit einer Mischung aus Amüsement und Respekt. Er sah Schreibmaschinen, die an winzige Bildschirme angeschlossen waren; tickende, surrende Apparate. Junge, manikürte Damen bedienten die Maschinen ... Alles war anders als der gewohnte Bleisatz, alles war fremd und reizvoll. So fremd und reizvoll wie die Prospekte, die an manchen Ständen auslagen. »Reiseland Marokko« oder »Computerprogrammierte Backprozesse ...« Zeugnisse aus einer anderen Welt. Beeindruckend, imponierend. Bernd war sich auf der Heimfahrt im Zug mit seinen Kollegen einig: unerreichbar. Sie würden im Bäromat noch jahrzehntelang Blei in die Maschinen hängen. Als die Kollegen später den Daheimgebliebenen von der Messe-Exkursion berichteten, erwähnten sie mehr das Speisenangebot in »Auerbachs Keller« oder die Phonotechnik der Japaner und die Schallplatten, deren Hüllen sie gesehen hatten.

Seit dem Besuch in Leipzig verfolgte Bernd Rechlin jedoch manche Berichte im Fernsehen weit aufmerksamer. In den Westprogrammen nahmen Sendungen über Rationalisierung im Druckereigewerbe breiten Raum ein. Bernd erfuhr von Zeitschriften, in deren Redaktionen die Journalisten die von ihnen verfaßten Artikel selbst in die Maschine setzten, worauf Drucker und Setzer zwischen München und Hamburg mit Protesten und Streiks reagierten. Einmal gab es eine Reportage aus einem der modernsten Druckereibetriebe. Mit heruntergezogenen Mundwinkeln und höchster Aufmerksamkeit verfolgte Bernd Bild für Bild. Die Arbeiter an den neuen Setzmaschinen waren überaus jung, wirkten, als gingen sie im Anschluß an ihre Schicht zu Aufnahmen des Werbefernsehens, um für Gesichtswasser oder kraftspendende Wurzeln zu posieren. An keinem der Apparate lehnte ein Kasten Bier. Und Bier gab es doch immer in der Nähe eines richtigen Schriftsetzers! Mit großer Geschwindigkeit bedienten die Arbeiter die Tasten. Was sie setzten, erschien als grüne Zeichen auf einem Bildschirm neben der Maschine. Der Reporter sagte, die Strahlungsgefahr der Apparatur sei gleich null, und Bernd dachte: die werden allen Grund zu so einer Behauptung haben! Nein, lieber hantier ich mit dem guten alten Blei, da weiß man wenigstens exakt um die Gefährlichkeit. Außerdem gibt es einen Viertelliter Milch pro Schicht, um das Gift im Blei zu bekämpfen. Und überhaupt, im Maschinensatz stehen respektable Geräte, die rattern und lärmen, und die Matrizen fallen in die vorgegebene Zeile und das, was man geleistet hat, läßt sich in die Hand nehmen und wiegt schwer. Und dann wischte er alle Gedanken mit dem Satz hinweg: Das ist der Westen. Uns trifft es nicht.

Endlich aber wurde er zu einer Beratung der BGL ins Hauptwerk gebeten, innerhalb der Arbeitszeit. Also wußten die Kollegen, daß es um Dinge gehen würde, auf deren Kenntnisnahme die Werkleitung Wert legte. Vielleicht, so überlegte Bernd, wird über neue Projekte gesprochen. Die Zeitschriften alle rüber ins Hauptwerk, und wir setzen die nicht ganz so termingebundenen Broschüren. Oder die Leitung bittet um Verständnis für die Schließung der Kantine. Aus technischen Gründen. Was nichts weiter als den endgültigen Sieg der Kakerlaken bedeutet. Dann aber hörte Bernd Rechlin mit Erstaunen die Bestätigung des Gerüchts.

Wegen Überalterung der Setzmaschinen im Betriebsteil Bäromat sollte die Abteilung aufgelöst, die Maschinen verschrottet und die Schriftsetzer zu Texterfassern umgeschult werden. In etwas mehr als einem Jahr könnten die Kollegen bereits an den neuen Apparaten sitzen. Keine englischen Maschinen sollten es sein, keine sowjetischen. Verhandlungen mit einer amerikanischen Firma stünden kurz vor einem erfolgreichen Abschluß. Werkleiter Roscher erklärte: »Die modernste Technik wird bei uns Einzug halten. Und das bedeutet: Rationalisierung, Kosteneinsparung, Stärkung der Republik.«

Umschulung zum Texterfasser ... Bernd Rechlin war, als hätte ihm der Mann am Rednerpult geraten, ein Kilo Schlamm zu schlucken. Noch während der Betriebsleiter über die Zukunft sprach, bedeuteten einige Kollegen mit Lachen und Gesten, was sie von der Verkündigung hielten. Mit denen werde ich nach der Versammlung in Ruhe ein Bier trinken gehen, nahm sich Bernd vor. Und überhaupt: nichts wird so heiß gegessen, wie es gekocht wird. Phänomenale Ideen hatte es schon viele gegeben, ihre Realisierung war bedeutend seltener.

»Kauft lieber Bananen für das Geld!« rief jemand.

Bernd nickte zustimmend. Der Werkleiter sah nur das Nicken und hielt es für ein Einverständnis mit seinen Worten. Also ging er am Ende des Treffens auf Bernd zu und bat ihn, bei der nächsten Belegschaftsversammlung, wenn alle Kollegen von den bevorstehenden Veränderungen in Kenntnis gesetzt würden, einen Diskussionsbeitrag zu halten. »In unserem Sinne, du verstehst. Ich denke, du bist der Richtige, die neue Technik plausibel darzustellen!«

»Nein«, wollte Bernd erwidern, doch Roscher klopfte ihm wohlwollend auf die Schulter und verschwand in seinem Zimmer. Bernd Rechlin stand allein im zugigen Flur. Nur seinen Meister Alfred Nagel sah er noch. Sie nickten einander zu, dann griff jeder nach seinem Mantel. Stumm gingen sie auseinander.

Nagel hat Glück, dachte Bernd, für ihn kommt die Rente zur rechten Zeit. Ich habe noch dreißig Jahre und mehr darauf zu warten. Mich trifft es. Oder auch nicht. Als ob es nur im Bäromat Maschinensetzer gäbe! Im »Neuen Tag« werden Leute wie ich gesucht. Na also. Immerhin bin ich Schriftsetzer geworden, nicht Tastomat oder wie man das so nennt ... Und ausgerechnet mir trägt Roscher an, seinen Ideen vor allen Leuten Beifall zu klatschen! Ich bin wohl noch zu retten!

Zu Hause tigerte er unentschlossen durch die Wohnung, goß zum drittenmal die Herbstastern auf dem Balkon. Steffi hatte Spätschicht. Falls sie gute Laune mit nach Hause brachte, wollte er sie bitten, mit ihm in die Klubgaststätte essen zu gehen. Auf dem Weg dahin würde er anfangen zu reden. Von dieser Idee mit den amerikanischen Maschinen, diesen grünen Bildschirmen und weißen Kitteln.

Es klingelte. Nachbarin Engelke teilte mit, Steffi habe soeben angerufen. Er solle nicht mit dem Essen warten; sie hätten zwei Ladendiebe gefaßt und es gebe großes Hickhack. Bernd setzte sich zum Abendbrot vor den Fernseher, trank und kaute, und dann fielen ihm die Augen zu.

Eine Stunde später weckte ihn Steffi. »Schlaf im Bett!« schalt sie.

»Hast du schon gegessen?« fragte er.

»Ja.«

»Polen?«

»Was?«

»Ob es Polen waren! Die was geklaut haben.«

»Warum sollen es denn Polen gewesen sein?«

»Ich dachte.«

»Manchmal solltest du weniger denken.«

Also keine gute Laune. Bernd erhob sich, gähnte. »Morgen früh ist die Nacht zu Ende. Schlaf gut.«

»Ja, schlaf gut.«

In der Nacht träumte er von Apfelbäumen. Auf jedem Baum saß Nachbarin Heidrun und rief, sie komme aus Amerika und sie koste teure Devisen. Und er kletterte hinauf, um die Nachbarin zu umarmen. Äpfel fielen zu Dutzenden auf den Boden, sie schepperten und klirrten wie tausend Wekker. In Wahrheit war es nur ein einziger Wecker, der klingelte, aber es war ein chinesischer und nicht zu überhören.

»War was los gestern bei der Versammlung?« fragte ihn zu Schichtbeginn Diethelm Härt, genannt Pollenträger.

»Nichts weiter.«

Härt nickte befriedigt. Er habe sich dergleichen schon gedacht. Übrigens müsse der Monteur ran, seine Maschine heize nicht.

Stumm verteilte Alfred Nagel die Arbeit.

»Wie lange hast du noch bis zur Rente?« fragte Bernd.

»Vier Monate.«

Am Wochenende dann werkelte Bernd wieder am Fundament für Engelkes Bungalow.

»Wemmer dich nich häddn«, lobte ihn Heidrun Engelke. Ihr Mann mahnte, sie solle nicht vergessen in den Konsum zu gehen, um elf schließe der Laden und er habe keine Lust, das Bier meilenweit aus der Kneipe ranzukarren. Die beiden Männer mischten Zement und Kies. Zwar besaß der Nachbar zur Rechten eine Mischmaschine, Engelkes jedoch hatten es binnen kürzester Zeit verstanden, sich mit allen Leuten im Umkreis zu verzanken. Die einen waren ihnen zu laut, die anderen paßten nicht genügend auf die Kinder auf, der dritte zog einen hochstämmigen Kirschbaum heran, was laut Spartenordnung verboten war. Nein, dachte Bernd, so richtig angenehm sind Engelkes eigentlich nicht, aber soll ich zu Hause in die Röhre gucken? Während Steffi und Mutter einen Wandteppich knüpfen? Lieber schipp ich Sand. Und bei der Versammlung werd ich Roscher nicht zu Munde reden. Ich mach mich doch nicht lächerlich vor den Kollegen! Neue Satztechnik bei uns! Eingeführt aus Amerika! Uns gehört der Bleisatz. Punktum!

Während der Versammlung dann hielt Bernd die Arme verschränkt. Werkleiter Roscher wiederholte vor den Kollegen seine Argumente für die neue Technik, die Notwendigkeit des Umlernens. Bernd bemerkte durchaus, wie Roschers Blick hin und wieder zu ihm flatterte, als wolle er um ein »Jawohl!«, ein Kopfnicken oder um den Zwischenruf »Sehr richtig!« bitten. Darauf kannst du lange warten, dachte Bernd. Als sich der Werkleiter den Schweiß von der Stirn wischte und um Meinungsäußerungen bat, zählte Schriftsetzer Rechlin die Felder im karierten Stoffbezug eines Stuhls.

»Und was wird mit den alten Maschinen?« fragte ein Arbeiter.

»Seit Jahren gibt es Klagen über den veralteten Maschinenbestand. Berechtigte Klagen.«

»Ausgedient! Auf einmal!«

»Sechzig Jahre haben die Dinger auf dem Buckel!«

»Achtzig!« rief eine Frau. »Wie meine Großmutter. Derselbe Jahrgang.«

Ein Kollege meldete sein Interesse für einen Setzkasten an. Als Wandschmuck.

»Das ist jetzt nicht die Frage!« fauchte der Werkleiter.

»Und wer die Umschulung nicht mitmachen will?« Der junge Kollege Schuster fuhr sich durch den feuerroten Haarschopf. Er hatte erst seit zwei Jahren ausgelernt.

»Die ökonomischen Notwendigkeiten ...«

»Tinnef!«

»Laß Roscher doch ausreden!«

Bernd wollte nun auch die Zahl der Karos auf dem Nachbarstuhl erkunden, beugte sich ein wenig nach links, entging so Roschers Blicken.

»Macht Schluß!« rief die Kollegin Niedermann. »Meinetwegen mit der Abteilung, auf alle Fälle aber mit der Versammlung.«

»Einen Moment bitte.« Alfred Nagel war aufgestanden, nestelte an den Knöpfen seiner Weste, rückte die silbergraue Krawatte gerade. »Wie ihr wißt, steh ich kurz vor der Rente. Vier Monate sind es noch bis dahin. Manchmal, wenn ich die neue Technik so anseh, wünsche ich mir, es wären noch zehn Jahre. Und ich wäre noch rüstiger, jünger. Ihr guckt, als käme etwas Entsetzliches auf euch zu. Seid ihr denn schon so alt, daß ihr nichts Neues mehr verkraften könnt?«

»Ich hab Schriftsetzer gelernt!« rief der Kollege Schuster. »Ich bin von Pontius zu Pilatus gerannt, bis ich eine Lehrstelle kriegte. Ich hab Auszeichnungen und so, alles, weil ich am Bleisatz gern arbeite. Und jetzt auf einmal ...«

»Ich bin Schriftsetzer und Buchdrucker. Schweizer Degen, wie man das so nannte. War eine feine Sache, ein feiner Beruf. Aber mit der Postkutsche wollen wir heute alle nicht mehr fahren. Mal so aus Vergnügen vielleicht, aber wenn wir schnell, bequem und sicher ans Ziel kommen wollen, steigen wir in die Bahn.«

»In die Reichsbahn?« fragte die Niedermann.

Einige lachten.

Nagel zog an seinen Manschetten. »Ihr seid jung und sitzt da wie alte Leute. Ich versteh euch nicht.« Nagel setzte sich.

Roscher dankte für den Diskussionsbeitrag, und nachdem er einen Satz mit dem Parteisekretär gewechselt hatte, schloß er die Zusammenkunft.

Ausgerechnet Meister Nagel, dachte Bernd. Ausgerechnet Alfred, der jeden Monat die Schriftkästen weit über die Arbeitszeit hinaus bis in die kleinsten Ritzen fegt und bürstet, mit Gerätschaften, die er sich eigens dafür aus dem Westen hat schicken lassen. Alfred Nagel, der die Matrizen in das Magazin legt wie ein Priester die Hostien auf den Teller ...

Schweigend verließen die Maschinensetzer den Raum; keiner spürte Lust, das Gehörte sachlich oder mit bissigem Witz zu kommentieren.

Bernd Rechlin ging zwischen Härt und der Kollegin Niedermann. Am Bahnhof verabschiedeten sie sich. »Mach's gut«, wünschte die Niedermann. »Gern«, sagte Härt, »aber was?«

Bernd wollte sich nicht in die S-Bahn zwängen, um dann doch nur allein in der Wohnung zu sitzen. Die Kneipe im Bahnhofsbogen hing voller Rauch und Gezänk. Hastig trank er ein Bier, ein zweites, warf ein Geldstück auf den Tresen. »Stimmt so.« Der Kellner quittierte die zwei Pfennig Trinkgeld mit einem kräftigen Wort. Für eine Sekunde überlegte Bernd, ob er die Gelegenheit zum Dampfablassen nutzen solle: mit dem Kellner Streit anfangen, einen lauten Wortwechsel, unsinniges Gebrüll, ein Abreagieren auf allen oder fast allen Ärger. Als er sich umdrehte, sah er den stämmigen Kellner erwartungsvoll zwischen einigen Männern stehen. Bernd verließ die Kneipe, ging schneller, und mit jedem Schritt nahm sein Zorn zu. Nach Hause, dachte er, die Decke über den Kopf ziehen und schlafen. Das ist das beste. Doch dann fiel ihm eine andere Möglichkeit ein ... Er hastete die Bahnhofstreppe hinunter, schwenkte seine Aktentasche, versuchte so zu fühlen, wie er vor einigen Jahren noch gefühlt hatte. Damals, als er sich jedesmal den Kopf zerbrach, mit welcher Überraschung er Steffi beim Abholen von der Arbeit erfreuen könnte. Manchmal hatte er sie auch nicht abgeholt; dann brutzelte er zu Hause scharfe Steaks oder verteilte einen Blumenstrauß auf mehrere kleine Vasen. Überall, wohin sie sehen würde, sollte eine Blume stehen. Solche Abende gab es schon lange nicht mehr. Mit einiger Kümmernis kratzte Bernd sein Kinn und sagte sich: Die Reibereien nach zehn Ehejahren, der Trott und die Gewöhnung, vielleicht ist es auch normal so.

In einem Delikatessenladen kaufte er mit Meerrettichcreme gefüllte Fleischscheiben, einen mit grünen Pfefferkörnern überstreuten Käse und eine teure Flasche Wermut. Bernd, der Geld nicht unbedingt gern ausgab, schob alle Vorbehalte beiseite, dachte: für einen guten Abend ist nichts zu teuer. Und noch kann ich mir eine besondere Flasche leisten. Wenn ich erst als Texterfasser meiner Norm hinterherhinke ... Er setzte sich in einen Bus, der unmittelbar vor Steffis Kaufhaus hielt.

Verkäuferin Hella schien überrascht zu sein, als der Mann ihrer Kollegin plötzlich vor ihr stand. Bernd sah Steffi im Nebenraum, der als Büro und Lagerraum zugleich diente. Dicht neben Steffi stand ein älterer Herr mit Halbglatze. Er gestikulierte lebhaft, sprach von Bevölkerungsbefragungen, Soziologie und Warenstruktur. Steffi blätterte einen Aktenordner durch, sagte: »So ist es, Herr Barsig, genau so.«

Bernd hustete.

Steffi blickte auf, wurde sehr verlegen. Der Kollege neben ihr sah sie erstaunt an, bevor er langsam seinen Kopf zu Bernd Rechlin wandte.

»Mein Mann«, flüsterte Steffi.

Der Kollege reichte Bernd die Hand. »Angenehm. Barsig.«

»Rechlin.«

Der Mann sagte zu Steffi, es sei ja auch wohl alles besprochen. »Sie melden sich bei mir, Frau Rechlin?« Er wartete ihre Antwort nicht ab, stolperte zur Verkaufsetage hinauf.

»Komische Type«, raunzte Bernd.

»Du kennst ihn doch gar nicht.«

»Besteht auch kein Bedarf.« Bernd half seiner Frau in den Mantel, drückte sie dabei ein wenig an sich. »Nach Streit übrigens auch nicht.«

Während der Fahrt nach Hause hoffte er, daß sie ihm etwas über den Grund des Besuches von diesem Herrn Barsig erzählen würde. An irgendeiner Stelle des Gesprächs würde er dann mit seinem Bericht beginnen. Diese Versammlung wegen des neuen Berufs, sein Schweigen, Nagels Auftritt, das Abmontieren der alten Setzmaschinen ... Steffi aber las die Abendzeitung, schien sogar die Spalten der Außenpolitik zu studieren; seine Frage, ob der Besuch des Herrn Barsig etwas Unangenehmes bedeute, beantwortete sie mit einem kargen: »Wieso?«

Auch die Vorbereitung zum Abendbrot verlief schweigend. Bernd ließ Steffi die obligate Wurst, die saure Gurke und den Käse auf den Tisch stellen. Als sie zum Essen bat, gab er die Delikatessen und die Flasche Wermut dazu.

»Oh!« Sie riß die Augen auf. »Was ist denn plötzlich in dich gefahren?«

»Ich trinke mit dir darauf, daß ich Maschinensetzer bleib. Wenn nicht im Bäromat, dann eben woanders. Zum Wohl, Steffi.«

Sie trank einen Schluck, hielt dann das Glas gegen das Licht und sagte lächelnd: »Ich will aber nicht Verkäuferin bleiben. Ich sattle um. Herr Barsig hat mir die Teilnahme an einem Kursus ermöglicht. Ich werde Einkäuferin.«

Bernd dachte: Dann ist sie ja dauernd unterwegs ... Und er sagte: »Du redest, als wäre das schon beschlossene Sache.«

»Ist es auch.«

»Hättest du nicht vorher mit mir sprechen können?«

»Du hättest es mir vielleicht ausgeredet.« Sie trank einen zweiten Schluck. »Oh, ist der bitter! Wunderbar.«

»Ja, wunderbar bitter.« Bernd stand vom Tisch auf, um bei Nachbar Engelke zu klingeln. Er hoffte, daß Engelke vielleicht Lust habe, sich mit ihm in die nächste Kneipe zu setzen.

12

Am Sonnabend vor Weihnachten brachte René den reichverzierten Schemel in die Wohnung der jungen Rechlins. Steffi betrachtete die Arbeit lange und meinte dann, an René sei ein Künstler verlorengegangen. Verlegen wehrte der ab. »Wenn du noch lange lobst, schenk ich ihn dir. Und was bleibt dann für Mutter?«

Bernd arbeitete auf Engelkes Grundstück. Zur Verblüffung aller hatte die Firma den für das zweite Quartal versprochenen Bungalow doch noch in diesem Jahr geliefert. »Kein Mensch will mit Planrückständen ins neue Jahr.« René genoß eine Tasse Kaffee. »Wäre ja auch unanständig, nicht wahr?«

»Hast du deinen Plan erfüllt?«

»Sortimentsgerecht und in annehmbarer Qualität.«

Steffi sah ihn fragend an.

»Im Ernst. Ich war so gut in Templin, daß ich mich nach einem neuen Wirkungskreis umsehen muß. Ich hätte die Preise der Uckermark verdorben.«

»Und jetzt willst du wieder nach Berlin?«

»Hier hab ich wenigstens ein Zimmer.«

»Bei den Eltern.«

»Die Leute von der kommunalen Wohnungsverwaltung Mitte haben mir eine eigene Wohnung versprochen, falls ich ihnen als Tischler diene.«

»Ich dachte, du fühlst dich wohl in Templin.«

»Flucht, liebste Schwägerin.«

»Vor dieser Bäckerstochter?«

René schwieg.

»Irgendwann wirst du sowieso heiraten. Und wenn Vater Hannes das Mädchen lobt, so bestimmt nicht ohne Grund.«

Er lachte. »Früher oder später trinkt jeder Wurzelpeter. Kommst du mit? Ich hätte in der Stadt noch was zu besorgen.«

»Gern.«

Im Bus erzählte sie ihm, daß sie schön bedrucktes Weihnachtspapier suche. Im September habe es welches gegeben. Wer aber kaufe Weihnachtspapier im September!

»Man muß zugreifen, solange es gibt.«

»Hast du in Templin ordentlich zugegriffen?«

»Emmi hätte gern einen Nußknacker mit zu ihrer Cousine in den Westen genommen.«

»Wie alt soll der Knacker denn sein?«

»Hauptsache hölzern. Ansonsten macht sich die Cousine wohl nichts mehr aus Männern.« Beim Gang durch die Straßen kam René in den Sinn, daß es sehr angenehm war, neben einer Frau wie Steffi zu gehen. Mit der verheiratet sein ... Nicht jedes Wort auf die Goldwaage legen müssen, wissen, was und – wichtiger noch – wie es der Partner meint, das Gefühl unbedingter Verläßlichkeit ... Nicht sentimental werden, mahnte er sich. Weihnachtszeit, Verlobungszeit. Süßer die Glocken nie klingen ... »Wo gibt es denn derartige Knacker zu kaufen?« fragte er Steffi. »Im Spielzeugladen?«

»Dort, wohin deine Tante fahren wird.«

»Stammt das Zeugs nicht aus dem Erzgebirge?«

»Muß es deshalb bei uns verkauft werden?«

In der Rathausstraße sahen sie eine Flasche Mocca-Sahnelikör im Schaufenster. Die kaufte René statt eines Nußknackers. Er lud Steffi zum Mittagessen ins Restaurant des Fernsehturms ein. Er habe schon etliche Male dort gegessen und könne die Stätte nur empfehlen.

»Liebst du den Fernsehturm auch so sehr, wie es im Herzblatt behauptet wird?«

»In Ruhe essen, das liebe ich. Außerdem – das ist einer der wenigen Orte in der Stadt, von dem aus dir der Turm nicht vor der Pupille steht.«

Sie aßen Rehrücken mit einem Hauch von Preiselbeerkompott, tranken einen Aperitif davor, ein Bier dazu, einen Boonekamp danach. Als sie wieder auf dem Platz vor dem Turm standen, sagte René, das Wetter sei viel zu schön, um sich am Hackeschen Markt an den Tisch zu setzen.

Die Sonne hatte sich zwischen Wolkenbänke gezwängt,

wärmte, als wolle sie den Winter vergessen machen. Junge Frauen führten ihre neuerworbenen Stiefel spazieren, schwitzten darin, gaben das jedoch nicht zu, trugen dafür den Mantel offen, wippten erwartungsvoll von Geschäft zu Geschäft. Kaufen, dachte René, solange die Leute kaufen können, sind sie glücklich. Einen guten Einkauf, mehr verlangen sie nicht. Ist das nun Bescheidenheit oder unverzeihliche Arroganz?

An der Mühlendammbrücke blieben sie stehen, sahen auf die Schleuse hinunter. Zwei blitzsaubere Lastkähne leuchteten auf der schmutzigen Spree. »Dettmer-Tank« stand in vergoldeten Buchstaben unter dem Schornstein. Tief lagen die Kähne im Wasser, warteten auf freie Fahrt Richtung Friedrichstraße, hinein nach Westberlin. Treibstoff brachten sie, Treibstoff für eine Insel. Der Mann im abgedeckten Ruderhaus winkte. Die Leute auf der Brücke betrachteten den Kahn mit düsterer Miene. René winkte, rief: »Ahoi, Käptn!« Der Mann im Ruderhaus nickte ernst.

Die kleine Straße unterhalb der Brücke gehörte für Steffi zu den schönsten Straßen Berlins. Büsche mit bunten Beeren, Wildkaninchen, die Möwen aufgereiht, Kindergärtnerinnen, die ihre Schützlinge spazierenführten. Von Zeit zu Zeit öffneten sich die Schleusentore, als breitete eine dicke alte Frau ihre Arme aus. Am anderen Ufer das Märkische Museum, zwischen den Kastanien das Zille-Denkmal und die ewig trägen Berliner Wappentiere in ihrem Gehege, daneben ein Elefant als Rutschbahn, weiter rechts das weiße Haus, das wie ein Hotel aussah, aber keinen Namen trug und in geheimnisvoller Stille vor sich hin dämmerte. Bernds Bäromat befand sich ganz in der Nähe; im kleinen Park hatten Steffi und er einst Zärtlichkeiten getauscht.

Im Dahinschlendern sagte René: »Wenn ihr schon den Hocker für Mutter aufbewahren dürft, könntet ihr mir auch noch einen anderen Gefallen tun. Mit dieser Marion ... Erklär ihnen mal, daß man nicht sofort heiraten muß. Sag ihnen, man kann sich irren. Denk dir irgendeinen Grund aus, warum es vorbei ist. Ich kann dir keinen sagen, denn ich hatte nie was mit ihr.«

»Hattest Angst, geheiratet zu werden?«

»So ist es.«

»War also keine Liebe.«

»Ich werde nicht heiraten. Nie.«

Steffi lachte.

»Erzählst Mutter, ich sei ein notorischer Einzelgänger, ein Sonderling, keine Frau halte es auf Dauer mit mir aus. Erzähl alles mögliche. Nur damit ihre Kuppelei aufhört. Sie hat Briefe nach Mirow geschrieben, also ... Sie hat mich angeboten wie saure Milch.«

»Woher weißt du das?«

»Susanne hat mir die Briefe gezeigt.«

»Guck an.«

»Falsch. Ich hatte das bestellte Schränkchen nach Mirow gebracht.«

»Und?«

»Susannes Freund hat das Ding gleich angenagelt.«

»Willst du deshalb nicht heiraten, weil du unsere Ehe sozusagen als Warnung nimmst? Nicht jede Ehe geht kaputt wie unsere.« Steffi bereute den Satz in dem Moment, da sie ihn ausgesprochen hatte. Zum erstenmal hatte sie ihre Ehe »kaputt« genannt, zum erstenmal auch vor sich selbst. Sie blieb stehen, wischte mit einem Papiertaschentuch über eine Bank.

»Hier soll mal eine Dampferanlegestelle gewesen sein«, sagte René. »Kannst du dich daran erinnern?«

»Kaum.«

René betrachtete seine Schwägerin, zeichnete mit der Fußspitze Kringel in den Sand. »Klappt es in eurer Ehe wirklich nicht mehr?«

Steffi schwieg.

»Eine Krise gibt es überall mal. Nur bei den Alten am Hackeschen Markt hab ich nie etwas davon gemerkt.«

»Manchmal hoff ich: es ist eine Krise. Manchmal fürchte ich: es ist ein Dauerzustand. Weißt du, René, wenn in einer

Ehe ... Ich meine, da kribbelt kaum noch was. Ich freu mich nicht auf seine Stimme, sein Kommen, manchmal ist er mir gleichgültig und manchmal ...« Sie verschluckte die Worte. »Manchmal geht er mir auf den Keks. Wegen nichts.«

»Du bist überlastet, überreizt. Und wenn du zur Kur fährst?«

»Bald nun ist Weihnachtszeit. Dein Bruder und ich waten durch Thüringer Schnee, und abends gibt es Grog und Heißadideldumdei.«

»Ehrlich ist das nicht. Ohne Liebe keine Ehe, oder?«

»Heirate selbst. Dann rede.« Da sie Renés Betroffenheit spürte, streichelte sie seine Wange. »Entschuldige.«

»Ich find das sowieso alles beschissen.«

»Ach, manchmal muß man es nur von der lustigen Seite betrachten. Und so erstaunlich es auch ist: fast alles hat seine lustige Seite.«

»Sieh dich doch um. Die ganze Welt wird immer beschissener.«

»Die ganze Welt oder unser Benehmen?«

Überrascht sah er sie an. »Du wirst Mutter immer ähnlicher. Auch im Reden.«

»Ja?« Die Tränen schossen ihr in die Augen.

»Ist ein Kompliment, Steffi.«

»Ich weiß.«

»Mußt nur aufpassen ... Mutter ist glücklich, sobald die Familie glücklich ist.«

»Und?«

»Glücklich sein, wenn alles ringsum schiefläuft?«

»Was läuft denn alles schief?«

Er winkte ab. »Komm! Der Hackesche Markt wartet.«

Sie waren erst wenige Schritte gegangen – Steffi hatte sich bei ihrem Schwager eingehakt – da fragte sie: »Warst du sauer, weil Susanne schon vergeben ist?«

»Nein.«

»Sie hat dir wirklich nicht gefallen?«

»Gefallen und miteinander schlafen oder miteinander leben – das ist wohl zweierlei.«

»Und wer gefällt dir richtig?«

»Mir gefiel eine. Sie war verheiratet, läßt sich jetzt scheiden, um wieder zu heiraten. Nicht mich! Worüber ich von Herzen froh bin.«

Als sie die Breite Straße entlanggingen, standen vor der kunstvoll geschmiedeten Tür zur Stadtbibliothek eine junge Frau und ein kleiner Junge. »Schiefi!« rief René und machte sich von Steffi frei.

Die junge Frau drehte sich sofort um. »René!«

René nahm den Sohn von Elvira Schiefenagel auf den Arm, strahlte und schnitt Grimassen. Steffi sah: Elvira betrachtete ihren Jugendfreund mit leuchtenden Augen. Und René schritt einher, als wandle er über Wolken.

13

Ingelore besaß die Gabe, ihre Stimmung der jeweiligen Festlichkeit anpassen zu können. Hatte sie vor einigen Stunden noch andächtig der IX. Sinfonie Beethovens gelauscht, so stand sie jetzt in der Küche und mixte voll übermütiger Gedanken die Silvesterbowle. Am Schluß der Sinfonie hatte sie weinen müssen. »Freude schöner Götterfunken … Diesen Kuß der ganzen Welt …« Für Ingelore konnten die Verse nicht laut genug gesungen werden. Ein einziger, mächtiger, nicht zu überhörender Chor … Menschen, die Frieden ersehnen und Brüderlichkeit, die Völkerhaß und Elend besiegen. Wenn es nur bald so wäre, hatte sie gedacht.

Zu Hause aber wechselte sie mit dem Kleid sofort die Stimmung, denn Silvester verlangte Lachen und Jux. Mit Mühe nur konnte René sie davon abhalten, das Wohnzimmer großartig auszuschmücken. Bunte Papierschlangen zwischen Lampen und Regal, aufgeblasene Luftballons zu einer riesigen Weintraube geknüpft – »Kinderkram« nannte es der Junge. Während sich René noch mit seiner Mutter stritt, war es Opa gelungen, den Karton mit den Papierschlangen

»aus Versehen« vom Balkon zu stoßen. Der Alte mochte es nicht, wenn ihm beim Skatspiel Papier vor der Nase hing. Und zu einem gepflegten Skat wollten sich die Männer zusammensetzen. Jedenfalls so lange, bis Ingelore mit dem Ruf »Nun lacht doch mal!« ins Zimmer stürzen und verkünden würde, daß sie mitspielen wolle. Dann war jede Chance zu einem seriösen Ausspielen des Blatts vorbei, denn Ingelore ignorierte die Spielregeln, nutzte das Zusammensitzen lediglich zu Ulk und Tollerei, denn – es war Silvester.

Noch aber war es nicht soweit. Noch durften die Männer in Ruhe skaten; die Hausfrau war in der Küche mit dem Ansetzen der Bowle beschäftigt. Eigentlich gab es in der Familie keinen einzigen Liebhaber dieses Getränks. Aber Silvester ohne Bowle? Für Ingelore undenkbar. Also goß sie einen herzhaften Schluck Rum-Pott über die von Tochter Beate aus Spandau geschickten Ananasstücke, füllte mit Wein auf und schüttete eine kleine Flasche Selterswasser darüber. Umrühren, Kosten. Na ja, meinte sie, hinterher ein kräftiger Kaffee, dann können die Kater mauzen. Sie kostete ein zweites Mal, leerte noch eine Dose Ananas in das Gefäß. Nun verlangte die Mischung nach weiterem Alkohol. Noch mehr Pott jedoch würde den Fruchtgeschmack verdrängen. Zum Glück stand eine halbe Flasche Lichtenberger Korn im Kühlschrank. Ingelore trank einen Schluck. Ja, fand sie, so ungefähr könne es stimmen, nur durchziehen müsse die Sache noch. In der Zwischenzeit belegte sie Weißbrotscheiben mit Wurst und Käse, garnierte die Platten mit rotem Paprika, Pfeffergürkchen und Petersilientupfen, nahm einen weiteren Probeschluck. Im Wohnzimmer blieb es still. Es war kurz vor einundzwanzig Uhr. Spielt nur, spielt, dachte sie, das Jahr ist noch lang; ich leiste mir jetzt ein heimliches Vergnügen.

In der Regel wartete man bei Rechlins mit dem Bleigießen auf die erste Stunde im neuen Jahr, aber so wie Ingelore die Bowle abschmecken mußte, so wollte sie auch wissen, ob das von Bernd aus der Druckerei besorgte Blei den Anforderungen entsprach.

Etwas Metall in die noch von der Großmutter stammende Schöpfkelle, ein paar Scheite Holz nachgelegt, mit dem Feuerhaken die kleine runde Herdplatte entfernt ... Schon züngelten die Flammen um die Kelle. Die Schüssel mit dem kalten Wasser stand auf dem Tisch. Schwungvoll nahm die Kelle mit dem flüssigen Blei ihren Weg. Allzu schwungvoll. Ein Teil des Bleis schwappte in die Bowle. Ingelore fischte die Figur zwischen den Ananasstücken heraus, betrachtete sie interessiert. Das Silvesterblei in Bowle erstarren lassen – ob das die Snobs so hielten? Ingelore kicherte. Ihr war die Geschichte eingefallen, die Steffi ihr neulich erzählt hatte. Engelkes Nachbarn, draußen auf dem Grundstück, Biologiedoktoren angeblich, die feierten den Einzug ins Gartenhaus. Oben auf dem Dach der Wasserkessel aber war nicht mit Wasser, sondern mit Wein gefüllt, denn edelstes Getränk sollte aus allen Hähnen fließen. Nach einer knappen Stunde jedoch war die Quelle bereits versiegt. Der Professor betrachtete seine Gäste. So viel konnten die doch gar nicht getrunken haben! Hatten sie auch nicht. Aber am Kessel waren nicht nur die Wasserhähne, sondern auch das Toilettenbekken angeschlossen, und bei jedem Ziehen ... Kichernd betrachtete Ingelore das erstarrte Stück Blei. Das erste in der Neujahrsnacht gegossene Metall gilt dem eigenen Leben ... Dieses Kringelchen also deutete auf ein Stück eigene Zukunft. Ein Rad? Sie überlegte. Etwas eiförmig zwar, aber durchaus als Rad zu erkennen. Das Rad eines Kinderwagens! Sie würde im neuen Jahr einen Kinderwagen schieben. Der gute René! Mochte er sich von der Bäckerstochter auch getrennt haben, gewiß gab es bereits ein anderes Frauenzimmer am Horizont. Sie würde es bald genauer wissen. Überglücklich genehmigte sie sich ein weiteres Glas Bowle.

Die zweite Figur galt Hannes. Zischend tropfte das Blei ins Wasser. Ein Rohr? Eine Wurst? Das Teil des Rades im Führerstand einer Straßenbahn? Ach was! Eine Speiche war es! Die verbogene Speiche vom Rad des Kinderwagens!

Ingelore setzte sich auf ihren liebsten Küchenstuhl, stellte sich vor, sie käme vom Ausfahren des Enkels. Kiek mal,

Hannes, det Rad! Wir sind anjestoßen! Sind zu schnell jefahrn vor lauter Glück! Und sie ließ Hannes antworten: Laß man, Inge, ich repariere es prompt und sofort. Ach, das waren einmal schöne Gedanken. Selig seufzend, schwenkte Ingelore die uralte Kelle über dem offenen Feuer.

Im Wohnzimmer unterdes erkundigte sich René nach seiner Mutter. Er hielt zum wiederholten Mal ein aussichtsloses Blatt in den Händen.

»Ruhe!« zischte Erich Rechlin. »Deine Mutter arbeitet. Und spiel nich wie in Templin! Hier biste inne Reichshauptstadt!«

»Vater!« mahnte Hannes.

»Du sei stille. Ooch als Jenosse kannste mit Rot ruhig mal rauskommen.«

Ingelore aber starrte auf ein großes Stück Blei. Was das nun wieder sollte! Ein leichter Schluckauf unterbrach ihre Gedanken. Nachher trink ich lieber Weinbrand, nahm sie sich vor. Nein, Whisky ist in dem Faß. Ein Plastefaß und sieht fast aus wie Holz. Whisky ist drin, nicht Weinbrand. Immer schön bei der Wahrheit bleiben. Was also bedeutet diese Figur? Na, was schon! Ein Kinderwagen! Ein bißchen außergewöhnlich – die Wagenform? Na und? Weiß man, welche Kinderwagen in ungefähr einem Jahr in Mode sind? Na also! Ein Kinderwagen, Herrschaften, ein Kinderwagen! Da wird sich die olle Schiefenageln putzen! Die tut, als hätte sie den Jungen von Elvira an der eigenen dünnen Brust gesäugt, schwenkt den Wagen wie eine Staatskarosse! Warte nur, wenn ich erst mit dem Gör von meinem René ... Plötzlich fiel ihr ein: War Madame Schiefenagel denn schon an diesem letzten Tag des Jahres geärgert worden? Hatte noch keiner einen Knallfrosch durch den Briefschlitz geworfen, eine Pappmaus vor dem Fenster auf und ab gezogen? Nee, nischt. René spielte mit den beiden ollen Männern Skat! Die besten Familientraditionen verkamen! Aber nicht, solange ich lebe! Einen kleinen Schluck vorher, süß ist det Jelump, aber süffig, o doch, sehr süffig. Die Silvesterknaller liegen wie immer oben auf dem Schrank. Die Filous hier reichen aus. Skate weiter, mein Junge, deine Mutter macht das schon.

Voller Freude sah Ingelore die Nachbarin bei dem Krachen vor ihrer Wohnungstür zusammenzucken, aufschreiend würde die Schiefenageln die Treppe heraufstürzen, um sich zu beschweren, den dünnen Finger nicht vom Klingelknopf lassen. Lächelnd stellte Ingelore die Klingel ab. Warf die Tür zu, stand im Treppenhaus.

»Ging da eben die Tür?« fragte Johannes.

»Vielleicht ist Mutter einkaufen gegangen«, meinte René.

Opa lachte. Er hatte auch allen Grund dazu, denn er war noch immer am Gewinnen.

Beim Hinuntergehen schien es Ingelore, als schwankten die Stufen. Oho, dachte sie, die Bowle wirkt nicht schlecht, wahrhaftig nicht, ich werde dann gleich noch ein Glas probieren. Danach. Erst die Arbeit, dann das Vergnügen. Denkt nur nicht, ihr Schiefenagels, daß ich euch neuerdings leiden kann. Nur weil der Herr Oberpostrat mit meinem Mann zusammen in eener Partei is? Nee! Trotzdem fällt mir sein krummer Buckel auf den Wecker. Immer allet jut finden, wat die Obrigkeit beschließt, immer erst fragen, wat die hören wollen, und bloß nie een eijener Jedanke, immer schön ducken und krumm ... Pfui Deibel! Na, und die Olle neben ihm! Ob die überhaupt noch bei der Anmeldung in der Poliklinik sitzt? Angeblich isse ja leidend. Das Klimakterium, sagt se, uffsteijende Hitze. Daß ick nich lache! Verrückt ist die, uff harmlose Art verrückt. Die mit ihrem Barmjesicht! Wenn die nicht krank ist, isse nich jesund. Das wird ein besonders lustiger Knall, versprech ick euch. Kiekt wohl gerade Fernsehen, wa? Osten? Is doch klar! Ihr könntet euch die Oogen vaderben bei dem West-Jehoppse. Wartet nur, gleich wird das Programm für eine kleine Überraschung sorgen, für einen Knalleffekt gewissermaßen.

Ingelore suchte in der Kitteltasche die Streichhölzer. Doch die waren auf dem Tisch liegengeblieben. Alle Pumpernickels zurück, kommandierte sie sich, Hölzer holen!

Die Wohnungstür aber hatte sie selbst ins Schloß geworfen, den Schlüssel nicht eingesteckt. Sie drückte auf die Klingel. Nichts. Was Wunder, sie hatte die Glocke selbst abgestellt. Bin ick een dußlijet Schaf, schalt sie sich und trommelte mit den Fäusten gegen die Tür.

»Irjendwer kloppt jetzt noch Schnitzel.« Opa zählte weitere Gewinnpunkte zusammen.

René hatte das Radio angestellt. Laut schepperten Schunkellieder.

Ingelore saß auf dem winzigen Fensterbrett in der dunklen Flurnische und überlegte. In der Wohnung nebenan die Frau Schultze war zu ihrer Tochter gereist, über ihnen wohnte niemand, unter ihnen die Schiefenagels ... Sollte sie etwa bei denen klingeln? »Entschuldigen Sie gütigst, ich wollte Sie mit einem Knaller erschrecken und habe mich dabei ausgesperrt ...« Schon der Gedanke daran ließ sie erschauern. Die Wohnung neben Schiefenagels war als Büro an die Papierzentrale vermietet, die auch das gesamte Erdgeschoß besetzt hielt. Ein großes Haus und wenig Mieter – schon allein deshalb wollten Rechlins von hier nie wegziehen.

Kalt und zugig war es im Treppenhaus. Das Licht ging alle naselang aus. Ingelore fror. Vom Fenster ging ihr Blick auf die Kreuzung. Keine einzige Schneeflocke lag auf dem grauen Platz. Vom Bahnhof her drang die Ansage »Zurückbleiben!« So ist es, dachte sie, zurückbleiben ... Von wegen Rad und Speiche vom Kinderwagen – alles Essig. René flattert von einer Blüte zur anderen. Von wem er das nur hat, so viel Egoismus! Und die Bowle ist ein einziges Kotzwasser. Und kalt ist mir, verdammtnocheins. Und Steffi mit ihrem Bernd ... Sie will versuchen, im Urlaub was aufzufrischen. Liebe auffrischen? Ich weiß ja nicht. Das ist nur, weil Bernd partout kein Kind adoptieren will. Jetzt hocken sie da mit ihrer Langeweile, gehen sich gegenseitig auf die Nerven. Und Hannes tut ein sozialistisches Werk, sorgt sich neuerdings um einen Halbstarken. Sitzt für paar Monate im Knast, der Bengel. Viel härter hätten sie den bestrafen müssen. Eine Stoffpuppe aufs Gleis werfen!

Ingelore eilte die halbe Treppe zur Wohnungstür hinauf, um kräftig gegen das Holz zu treten.

»Eigentlich is mir nach Essen«, gab Erich Rechlin bekannt. »Ingeken hat heute aber ooch die Ruhe jepachtet!«

»Lenk nicht ab, Opa.« Endlich war René am Gewinnen.

Es fehlten noch knappe zwei Stunden bis zum neuen Jahr.

Zwischen Glas und Fensterrahmen blies der Wind. Bitte sehr, dachte Ingelore, bitte sehr, erfrier ich eben. Wird ein schöner Tod. »Ausgesperrte Frau am Silvesterabend erfroren ...« Aber daß auch keiner von den Männern nach mir sucht! Klar, mich soll keiner in der Küche stören, wenn ich da beim Wirtschaften bin. Das ist eiserner Befehl. Aber nach so langer Zeit! Könnte ja tot umgefallen sein. Kopp in der Bowle. Ertrunken. Wär vielleicht überhaupt das beste.

Eine Tür wurde geschlossen. Die düsteren Gedanken waren wie abgeschnitten. Bei Schiefenagels wurde es hell. Schon war Ingelore bereit, kapitulierend hinunterzugehen, als sie sah: Elvira eilte die Treppe herauf, hinter ihr Frau Schiefenagel. »Nein, Elvira«, barmte die Frau. »Was sollen die Leute denken!«

»Das ist doch nur ein Spaß«, antwortete das Mädchen.

Die beiden Frauen kamen näher. Nun steckte auch Herr Schiefenagel den Kopf aus der Wohnungstür. »Macht nicht so lang!«

Elvira lachte glucksend. »Es knallt nur. Und fertig.«

Ingelore duckte sich enger ans Fenster. Das Mädchen hielt einen Filou in der Hand, einen von der Sorte, wie Ingelore ihn in der Kitteltasche stecken hatte.

»Wenn't losgeht, gleich weg«, flüsterte Elvira.

Ihre Mutter preßte sich in Erwartung des Knalls die Hände auf die Ohren.

In die Stille hinein sagte Ingelore: »Falls es nichts wird, ich hab noch einen.«

Frau Schiefenagel schrie auf, Elviras Knaller explodierte.

»Ilse!« Der Oberpostrat stürzte heran, und auch die Wohnungstür der Rechlins wurde aufgerissen. René stieß mit Elvira zusammen, und Hannes entdeckte seine Frau. »Was machst du denn hier draußen?«

Ob nun die Qualität der Bowle oder das lange Sitzen in der Kälte wirkten – Ingelore fiel keine passende Ausrede ein. Nur die Wahrheit. So erfuhren denn alle, sie habe vor der Tür der Nachbarn einen Knaller zünden wollen und sich dabei selbst ausgesperrt. Und nur deshalb sei sie erlöst worden, weil Schiefenagels ihrerseits vor die Tür der Rechlins gezogen waren. Die Männer meinten, das sei ein herrlicher Spaß. Frau Schiefenagel verlangte ihre Herztropfen.

»Nehmen Se 'n schönet Glas Bowle statt Ihre Troppen!« riet Opa. »Mit die Bowle wirste ja nu fertig sein, wat, Ingeken?«

Ehe sich Ingelore versah, befanden sich die Nachbarn in ihrem Wohnzimmer. Der Enkel schlafe tief und fest, erklärte Herr Schiefenagel. Seine Frau drängte auf Rückkehr in die eigene Wohnung, aber Ingelore bemerkte durchaus die Halbherzigkeit dieses Drängens. Die Bowle fand guten Zuspruch und die kalten Platten nicht minder. Und dann war es auf einmal zehn Minuten vor zwölf. Hannes – lange hatte ihn seine Frau nicht so strahlend erlebt –, Hannes holte die Sektgläser. Es sei endlich an der Zeit, sagte er, daß die beiden Familien im Haus gemeinsam in das neue Jahr starteten. Und er nickte Ingelore dankbar zu.

Es schlug zwölf. Man umarmte einander oder beließ es auch nur beim Händedruck. Ingelore sah: Elvira und René tauschten einen Kuß. Und ein Anstandskuß war das wohl nicht. Das Bleigießen fiel ihr ein, das Rad, die Speiche, der Kinderwagen. Elvira besaß all das. Ob nun im neuen Jahr ... René mit Elviras Kinderwagen? Elvira und René? Ihr wurde schwarz vor Augen.

14

Am ersten Sonntag des neuen Jahres war Erich Rechlin lange vor dem letzten Rennen von der Trabrennbahn nach Hause gekommen. Widerspruchslos hatte sich der Alte ins Bett packen lassen. Als nach einigen Stunden das Fieber immer noch kletterte, riefen die besorgten Rechlins den Arzt. Der konstatierte einen »fiebrigen Infekt«, schrieb ein Rezept aus, und beim Verlassen der Wohnung wandte er sich an Hannes: »Wie alt ist Ihr Vater?«

»Demnächst wird er achtzig.«

»Sein Herz ist nicht besonders robust.«

»Er hatte nie Beschwerden damit.«

»Morgen vormittag seh ich wieder vorbei.«

In der Nacht phantasierte Erich Rechlin, wollte aufstehen, verlangte eine mit Kaffee gefüllte Thermoskanne, er müsse zur Schicht. Sein Atem ging keuchend, seine wirren Reden wurden immer wieder von Hustenanfällen unterbrochen. Gegen Morgen dann schlief er endlich ein, in seinem hageren Oberkörper rasselte es bei jedem Atemzug.

Ingelore traute sich nicht zur Arbeit und blieb zu Hause. Der Arzt warf nur einen Blick auf den von einem Dämmerschlaf in den anderen fallenden Kranken. »Ein grippaler Infekt äußert sich zuweilen bösartig.«

»Ich nehm Urlaub«, sagte Ingelore.

»Eine stationäre Behandlung …«

»Opa muß ins Krankenhaus?«

»Wadenwickel«, stöhnte Erich Rechlin. »Jejen Fieber Wadenwickel.«

»Wir werden Sie schon wieder auf die Beine stellen, Herr Rechlin!«

»Krankenhaus will ick nich. Wenn ick sterbe, denn im eijenen Bett.«

»Vom Gesundwerden ist die Rede, Herr Rechlin, nicht vom Sterben.«

Ingelore drängte den jungen Mediziner aus dem Zimmer.

»Sie haben's gehört, Herr Doktor. Lassen Sie ihn hier, wenn es irgend möglich ist.«

»Von Herzen gern.«

Eine Stunde später behauptete der Kranke, es gehe ihm bereits bedeutend besser; Ingelore solle morgen wieder zur Arbeit gehen. Als sie dies ablehnte, wurde er zornig. Er sei wohl alt genug, um einige Stunden am Tag allein auf sich aufzupassen. Ingelore beriet sich mit Hannes und René. Hannes arbeitete einen Plan aus, wonach sich Ingelore und Steffi in den nächsten Tagen bei der Pflege abwechseln sollten. René protestierte. Immerhin habe er noch über eine Woche frei. Also sei er für die Krankenpflege zuständig.

»Du ruh dich aus«, sagte Hannes. »Fahr lieber irgendwohin zum Wintersport, bevor du deine neue Stelle antrittst.«

»Ich versorg Opa. Punkt.«

Ingelore war es recht, denn sie wußte: eine gute Krankenpflegerin durfte man sie rechtens nicht nennen. Krankheit war ihr zutiefst unheimlich, Kranke behandelte sie entweder zu rücksichtsvoll oder zu grob. Am Dienstag also ging sie wieder in die Großküche ihres Betriebes, Hannes fuhr seine Schüler durch die Stadt, und René saß neben dem Bett seines Großvaters, las dicke Bücher, wickelte nasse Tücher um dessen Waden und zählte akkurat die Medizintropfen auf den Löffel. Erich Rechlin schlief viel, essen wollte er nichts. Steffi eilte in ihrer Mittagspause heran und kochte ihm einen Brei oder eine Suppe. Davon nahm der Alte ein paar Löffel voll, und wenn Steffi gegangen war, murmelte er: »Sehr gut, die Suppe. Iß sie auf, René. Wirste jroß und stark von.« Dann schlief er wieder. Am dritten Tag aber, als René über seinem Buch eingenickt war, kratzte Erich Rechlin mit den Fingernägeln übers Federbett. »Wat meinste, wie lange mach ick det noch?«

»Mit deinen Krallen übers Bett kratzen?«

»Det janze Leben. Hab ick det hinter mir?«

»Unsinn. Du wirst hundert und haust dann dem Mann von der Volkssolidarität die Blumen ins Kreuz, wenn sie dir nicht gefallen.«

»Mal ernsthaft, Junge. Det jeht ssu Ende mit mir, wa? Sagt der Arzt wat annret?«

Für einen Moment blieb René seinem Großvater die Antwort schuldig, dann fragte er: »Soll ich dich beschwindeln, Opa?«

»Is nich deine Art. Machste jetzt ooch nich.«

»Dein Herz ist angeblich zu schwach.«

»Mein Herz? Det sinn die vielen Tabletten, wat ick nich vatrage!«

»Ohne Tabletten bekämst du längst keine Luft mehr.«

»Eene Woche noch oder wat?«

»Keine Ahnung.«

»Wenigstens noch bis Februar. Mitte Februar is ein Jokkey-Rennen in Karlshorst. Det is imma lustig.«

René überlegte, ob er den Kranken zur Ruhe mahnen sollte. Keine Aufregung, hatte der Arzt gesagt, nicht viel reden. Doch erschien es dem Jungen unsinnig, seinem Großvater eine Freude zu nehmen. Und über die Trabrennen zu reden, das war dem Alten nun mal die größte Freude.

»Hat Alfred schon den ›Rennkurier‹ jebracht?« fragte Erich.

René schüttelte den Kopf.

»Erscheint heute 'ne Berichtsnummer. Die is imma knapp.« Der Alte stützte sich ein wenig auf. »Is dir uffjefallen, det Alfred schlecht aussieht in letzta Zeit?«

»Du siehst auch nicht grade aus wie das blühende Leben.«

»Alfred is fuffzehn Jahre jünger als icke!«

»Laß ihn mal erst seine Rente genießen ...«

»Det is bei Alfred wie bei so 'nem Motor. Der muß imma in Jang sein, imma in Betrieb, imma jefordert. Wenn det nich is, sofort is der Rost drüberher.«

»Red nicht so viel, Opa.« René tauchte Tücher in eine Schüssel mit eiskaltem Wasser.

»Eenes Morjens vielleicht lieje ick da und red nischt mehr. Keene Silbe mehr. Komisch, wa? Ick möcht mal wissen, wie det is: einschlafen. Ob man det selba merkt, det diss 'n annret Einschlafen is?«

René antwortete nicht.

»Hauptsache: ick hab keene Schmerzen. Un Schmerzen hab ick eijentlich nich. Sach ma wat, René!«

»Ich koch dir dann die Holundersuppe.«

»Achtzig Jahre beinahe ... Ssu mein'n Jeburtstach hätt ick sowieso keen Theater jemacht. Der denkwürdje Tach fällt dieset Jahr uff de Eröffnung vonne Jalopprennen. Wär 'ck mit Alfred nach Dresden jefahrn.« Erich Rechlin zog die Knie an, knurrte: »Laß die Holundersuppe, wo se jetzt is.«

Im Zimmer brannte nur ein schwaches Licht. Die schweren dunklen Möbel des Großvaters wirkten an diesem Wintertag noch erdrückender. René zog die Vorhänge zurück, sah auf das Treiben unten auf dem Platz: hastende Mengen, Straßenbahnen, aus einem Postauto wurde ein Bündel mit den Abendzeitungen vor den Kiosk geworfen.

Ruhig lag Erich Rechlin in seinem Bett. Nur der rasselnde Atem des Alten machte René immer wieder angst. Er setzte sich zu seinem Großvater und nickte ihm zu.

Der Alte gähnte. »Wenn Alfred den ›Rennkurier‹ vajißt, braucht er zu meiner Beerdigung nich ssu singen. Sag ihm dess.«

René betrachtete den Kranken lange. Und endlich sagte er leise: »Beneidenswert.«

»Du mußt dir ooch 'n Hobby anschaffen, Junge. Det beruhicht. Un Pferderennen is det Beste, wat't jibt, um uff annre Jedanken ssu komm'.«

»Ich meine: falls du jetzt stirbst. Dein Sterben ... Da beneid ich dich drum.«

Erich Rechlin riß die Augen auf.

»Achtzig Jahre. In Ehren alt werden, in Frieden sterben.« René stand auf, trat wieder ans Fenster. »Unsereins schafft das nicht.«

»Du kommst nach deinem Vater. Und dein Vater kommt nach mir. Die Rechlins sind 'ne jesunde Rasse.«

»Weißt du, Opa, ich krieg einen Gedanken nicht los ...

Wenn sie die Bombe runterwerfen, du krepierst elendiglich. Entweder du verdampfst sofort, oder es ist keiner da, der dir helfen kann. Die Ärzte krepieren wie du selbst, die Krankenhäuser sind kaputt, das Wasser verseucht ... Du hörst nur Schreie. So wie du sie noch nie gehört hast. Und helfen kannst du niemandem. Und dir kann auch keiner helfen.«

»Von wat redest du?« Der Alte trank einen Schluck Tee, schüttelte sich.

»Es gibt Lager mit Bomben, davon haben wir überhaupt keine Vorstellung.«

»Es gibt viel, was es nie geben wird.«

Der Junge horchte auf. Hochdeutsch hatte er seinen Großvater lange nicht reden hören.

»Hast du Angst vor den Bomben?«

»Ja.«

»Ich hatte auch welche. Aber da war Krieg.«

»Vielleicht leben wir im Krieg und merken es nur nicht.«

»Du hast den Krieg nicht mitgemacht!«

»Da bin ich auch froh drüber, aber die Bomben damals, so schlimm sie auch waren ...« Er rückte näher zu seinem Großvater. »Ich hab da in Ulan-Bator etwas erlebt, weißt du. Ich hab es nie erzählt, und ich erzähl es auch nur dir. Einer von den mongolischen Kollegen, ein feiner Kerl, er hat nicht verstanden, was ich sagte, und umgekehrt war es genauso ... Bis wir beide Russisch paukten, dann ging es wenigstens etwas mit der Verständigung. Einmal hat er mich zu sich nach Hause eingeladen. War ein großes Familienfest – und ich der Ehrengast. War auch alles sehr schön. Und dann hat Fang – wir haben ihn ›Fang‹ genannt, seinen richtigen Namen konnte keiner von uns aussprechen –, dann hat er mich mit seinem Onkel bekannt gemacht. Der war ungefähr so alt wie Bernd. Hatte in England studiert ... Weil er auf dem Gebiet der Mathematik ein Genie war, hatte der Staat sein Studium im Ausland ermöglicht. Er war eine große Hoffnung für sein Land. Und als er zurückkam, ist er in ein Kloster gegangen. Aus Angst vor einer Katastrophe. Oder: weil er sicher war, daß die bevorsteht. In nächster Zeit schon.«

»Am dreißigsten Mai ist der Weltuntergang, wie?«

»Nein, Opa, ganz ernsthaft. Der Mann hatte alle seine Tassen im Schrank, verstehst du, er hatte auch überhaupt keine Schwierigkeiten, weder mit der Regierung noch mit Frauen, er hat nur konsequent zu Ende gedacht. Er hat den Zustand der Welt analysiert und seine Schlüsse daraus gezogen. Und dann hat er gesagt: Ich kann nichts mehr aufhalten, kann mich nur noch auf mich selbst besinnen, kann keine Verantwortung übernehmen, denn es geht alles kaputt.«

»Willst du auch in ein Kloster?«

»Dazu fehlt mir der Mut.«

»Wär auch weniger lustig als dein gewohntes Leben. Keine Bäckerstochter, keine Elvira, die man tröstet, wenn der Mann zur Armee ist.«

»Ich habe nichts mit Schiefi.«

»Aber du möchtest.«

»Ich will noch ein bißchen Spaß haben in meinem Leben. Weiß ich, wie lange das noch dauert? Ich bin Mitte Zwanzig. Und um mich herum werden Bomben gebaut. Immer schlimmer, immer perfekter. Die hauen uns mit einer Perfektion auf den Kopf, das können wir uns in unseren dunkelsten Träumen nicht vorstellen!«

»Dummes Gerede.« Der Alte schnaufte heftig. »Das ist nun die Jugend!«

»Entschuldige, Opa.« René wollte aufstehen, aber die rechte Hand des Kranken hielt ihn fest.

»Wir haben Kohlrüben gefressen«, sagte Erich Rechlin, »und Kartoffelschalen haben wir ausgekocht. Wir haben geschuftet wie die Teufel, damit unsere Kinder was zum Leben hatten. Und jetzt haben die mehr als genug zum Leben und sagen: Es geht sowieso alles kaputt.«

»Tut mir leid, Opa, ich hätte die Klappe halten sollen. Aber dieser Optimismus jeden Tag, diese dauernde Freude ...«

»Mir sind Leute, die sich auf ihre Zukunft freuen, sehr lieb. Wenn es die nicht mehr gibt, hörst du, wenn es die nicht mehr gibt, dann können wir allesamt einpacken.«

»Das meinst du.«

»Davon bin ick überzeugt, jawoll! Pfui Deibel noch eens! Deshalb also willst du dich nich binden, wa?«

»Weil es verantwortungslos ist.«

»Feige.«

»Verantwortungslos.«

»Feig! Feig!« Der Alte lehnte sich zurück. »Und jetzt biste stille davon!«

»Ja, still sollen wir sein. Und immer so tun, als wäre das alles nichts. A-, B- und C-Waffen. Vielleicht geht es noch das ganze Alphabet runter. Wir aber sollen immer nur Positives sehen, immer nur auf den Fortschritt achten, auf den Segen der Gegenwart. Weißt du, daß es Städte gibt, die unter Städten angelegt wurden? Und die, die so was bauen lassen, das sind kluge Köpfe. Die wissen: die Stadt oben, die überlebt nicht!«

»Wer sich keene Sorjen macht um die Zukunft, jawoll, uff den muß man spucken. Wer sich aber uffjibt, der is die Spucke nich wert, jawoll. Wenn alle die Hände in den Schoß lejen wollten und sagen: es hilft uns allet nischt – denn könn se komm' und mit die Keule uns eene überbraten. Aber erst denn, hörste, erst denn!« Erich Rechlin war wieder in den Dialekt gefallen. Schweiß lief ihm von der Stirn über das eingesunkene Gesicht. »Ick hab mich imma für annre jesorjt. Und ick will, det du ooch so bist. Hörste, René! Sonst jehn wa kaputt allesamt.«

René griff nach dem Handtuch, um seinem Großvater das Gesicht zu trocknen. Der Alte riß ihm das Tuch aus den Händen. »Gib her. Am janzen Körper bin ick naß. Neuen Schlafanzug hol mir raus.«

»Ich wollte dich nicht aufregen, Opa.«

»Haste aber.« Erich Rechlin trocknete sich ab. »So jut schwitzen hätt ick schon lange sollen ...« Er blinzelte seinem Enkel zu. »Wat kochste dir ssu Mittag?«

»Ich wärm mir Sauerkraut auf.«

»Mit wat dazu?«

»Eine Scheibe Kaßler.«

»Teilste mit mir?«

Wenig später aßen René und sein Großvater Sauerkraut und Kaßler. Das Bier trank der Alte aus der Flasche, denn er meinte, aus dem Glas würde er vielleicht etwas verkleckern. Und es sei doch schade um jeden Tropfen. Am nächsten Morgen dann studierte er die von seinem Freund Alfred besorgte Zeitung und kreuzte die Pferde an, auf die er bald wieder setzen würde.

15

An dieser Stelle war von der Stadt kaum etwas zu ahnen. Nur die Mauer am Ende des Feldes erinnerte an Berlin. Das Betonweiß der Grenze flimmerte über dem dunklen Grün der Pflanzen und den unzähligen roten Früchten. Beate Zümmrich verhandelte mit dem Landwirt, während ihr Ehemann Siegfried einige Schritte an der Mauer entlangging und die mit der Spraydose auf den Stein gebrachten Sätze las. »Ich war hier und fands beschissen« oder auch nur »Ich liebe Heike«. Stirnrunzelnd schritt der Gastwirt von Schrift zu Schrift. »Frust statt Lust«, »Befreit die Eskimos vom ewigen Eis«. Beate kam auf ihn zu, einen Berg Spankörbe in den Armen. »Der Bauer kassiert am Schluß. Mal sehen, wieviel wir schaffen.« Dann rief sie ihren im Auto lungernden Sohn Maurice.

»Was verlangt der Bauer denn?« fragte Siegfried Zümmrich.

»Selbsternte spart uns fast ein Drittel vom Preis.« Beate drückte dem Mann und dem Sohn je einen Korb in die Hand, belehrte sie, daß die größten Früchte wohl am ehesten den Korb füllen würden, die kleinen jedoch die süßesten seien.

Der Einfall, in den Stadtteil Lübars zur Erdbeerernte zu fahren, war Beate Zümmrich, geborene Rechlin, vor einer guten Stunde am Spandauer Frühstückstisch gekommen. Es war Sonntag, die von Zümmrichs gepachtete Gaststätte hatte

Ruhetag. Ein Sonntag im Mai. Irgend etwas fehlt, hatte sie gedacht, und dann war es ihr eingefallen. Mai und Erdbeerernte – das waren Wörter, die gehörten zusammen. Damals als Kind ... Sie erinnerte sich: An einem ganz bestimmten Sonntag Ende Mai hatten sie am Hackeschen Markt das Frühstück stets in aller Eile hinter sich gebracht, nur um recht bald im Garten zu sein. Eigentlich war das Erdbeerbeet da viel zu klein für sechs erntewillige Personen, aber Mutter hatte jedesmal darauf bestanden, daß sich alle am Pflücken beteiligten, sowohl Opa als auch der Nachzügler René. Jeder erhielt ein Gefäß, und Vater Hannes ordnete mit streng klingender Stimme an, daß nicht für den Mund, sondern für den Korb gepflückt werden solle. Und wenn er dann sah, wie die Hände seiner Kinder zum Mund gingen, lächelte er. Am besten, so erinnerte sie sich, hatten die Früchte geschmeckt, die noch nicht völlig reif waren; an irgendeiner Stelle mußte noch ein gelber oder grüner Fleck sein. Dann spürte man die fruchtige Süße besonders. Die Früchte, noch warm von der Sonne, welch ein Genuß! Manche Beeren, die nahe der feuchten Erde gewachsen waren, lagen wie ein kühlendes Bonbon auf der Zunge. So oder so – sie schmeckten wunderbar. Und sandig waren sie alle. Den Sand aber pustete man ab oder schluckte ihn einfach hinunter. Opa meinte, Sand reinige das Gedärm. Die Früchte lösten sich mit einem kleinen »Plopp« vom Stiel, gelegentlich fand man auch eine Schnecke, die sich tief in das Erdbeerfleisch hineingefressen hatte. Die Schnecke hatte Beate immer in einem Moment, da sie hoffte, daß die Eltern es nicht bemerkten, in Nachbars Garten geworfen. Und zu Mittag gab es Schnitzel und Kohlrabigemüse, und als Nachtisch eine riesige Schüssel mit Erdbeeren und süßer Milch. Am Nachmittag dann Erdbeertorte mit Schlagsahne. Immer hatte sich Opa angeboten, die Sahne zu schlagen, und meistens hörte er erst auf, wenn die Sahne zu Butter geworden war. Dann lachte selbst Mutter und bestrich am Abend die Weißbrotstullen mit der süßen, festen Sahne. Ein besonderer Tag war das stets gewesen – fast so schön wie der

Weihnachtsabend ... Und dann hatte Beate gedacht: Erdbeeren wachsen auch bei uns. Und heute gehen wir welche pflücken.

Siegfried Zümmrich und Maurice hatten aus ihrem Vorschlag herausgehört, daß Widerspruch unmöglich war. Gleich ihnen fuhren viele Leute zum Erdbeerpflücken auf die Felder von Lübars. Doch diese Felder waren groß genug; die Erdbeeren gediehen reichlich. Fleißig bückten sich die Leute zwischen Tegeler Fließ und Schildower Straße.

Von den Zümmrichs hatte Maurice seinen Korb zuerst voll, einen zweiten zu nehmen, weigerte er sich. »Steck dir ein Pfund in den Schnabel«, riet ihm Beate. »Das kostet nichts.«

»Zu dreckig.« Der Junge trottete davon.

»Schaffst du drei Körbe?« fragte Beate ihren Mann.

»Wozu eigentlich?«

»Wir könnten welche einfrosten.«

»Ich hab schon bestellt. Zenke liefert spätestens am Mittwoch.«

»So frisch kriegst du sie von Zenke nicht. Und auch nicht so billig.«

Siegfried Zümmrich stöhnte.

»Du kannst dich wohl nicht mehr bücken!« lachte Beate. »Alter Mann kommt nicht mehr runter.«

»Das schon, nur nicht wieder hoch.«

Beate fühlte sich sehr jung, wie damals im Garten. Nur daß dieses Beet, auf dem sie jetzt stand, ein Feld war. Umso besser, dachte sie, brauch ich nicht zu bangen, in ein fremdes Revier zu geraten. Bernd schrie jedesmal wie am Spieß, wenn ich in seine Reihe gelangt hatte.

»Komisch, was? Je edler das Obst, desto schlimmer die Schinderei.« Siegfried reckte sich, hochrot im Gesicht, das weiße Oberhemd mit Flecken übersät.

»Die paar Körbe machen niemanden kaputt.«

»Willst du den Spargel etwa auch selbst ernten?«

»Spargel erntet man nicht, Spargel sticht man.«

»So oder so. Auf mich müßtest du verzichten.«

»Mutter hat geschrieben, wenn wir nächsten Sonntag kommen, besorgt uns René welchen aus Templin.«

»Und wenn uns der Zoll krallt, sind wir fällig.«

»Papperlapapp!« Beate hatte einen weiteren Korb gefüllt. »Na los, Dicker, beweg dich gefälligst!«

Doch der Mann verwies auf seine zwei gefüllten Körbe und auf die Tatsache, daß er sich am heiligen Sonntag nicht die Seele aus dem Leib schuften werde. Und auch sie solle endlich Schluß machen, es sei gleich zwölf Uhr, sie könnten in Tegel bei Wilhelms Mittag essen. Der Gegenbesuch in Wilhelms Gaststätte sei längst fällig.

Beate antwortete nicht. Ein Drittel weniger, dachte sie, sechzig Pfennig pro halbes Kilo. Zehn Kilo zwölf Mark, fünfzig Kilo sechzig Mark. Wie dumm wären wir denn, wenn wir uns das entgehen ließen! Der Wind macht die Sonne erträglich, und das Bücken tut mir nicht weh. Ich bin auch noch keine vierzig wie Siegfried, und so einen Bauch wie er hab ich auch nicht. »Wenn ihr Hunger habt«, rief sie den Männern zu, »im Auto liegt Schokolade.«

Abgekämpft, als habe er von Sonnenaufgang bis jetzt Erdbeeren gepflückt, ging Siegfried Zümmrich zum Auto. Maurice stand wenige Meter von der Mauer entfernt und starrte auf einen Wachturm. Ab und zu griff er einen kleinen Stein vom Feld und warf ihn gegen den Beton. Da aber die Grenzsoldaten auf dem Turm keine Reaktion zeigten, verlor die Beschäftigung für den Jungen schnell ihren Reiz. Er setzte sich zu seinem Vater ins Auto. »Dauert das noch lange?« Er deutete auf seine Mutter.

»Keine Ahnung. Ich halt ein bißchen Augenpflege.«

Als der Vater eingeschlafen war, griff sich Maurice aus dem Handschuhfach das Romanheft. Begierig wanderten seine Augen von Zeile zu Zeile.

Neun volle Körbe hatte Beate bereits übereinander gestapelt. Jetzt in der Mittagszeit war sie fast allein auf dem riesigen Feld. Von der Grenze her drang das Knattern eines Motorrades. Wahrscheinlich die Ablösung auf dem Turm, dachte sie. Liegt auf der anderen Seite der Mauer nicht

Schildow? Ihr fiel ein: Als Schülerin war sie mit ihrer Klasse oft in Schildow gewesen. Eine knappe halbe Stunde Busfahrt, und schon lag die Stadt weit zurück ... In einer Jugendherberge hatten sie übernachtet, direkt in einem Wäldchen lag die, nur ein schmaler Weg führte dahin. Der Herbergsvater transportierte Brause und Milch auf einem Handwägelchen heran. Nachts schrien und schreckten die Eulen. Einmal, so erinnerte sie sich, in der siebenten Klasse war das wohl gewesen, hatte ihr ein Mitschüler erklärt, Eulen seien nützliche Tiere und er wolle einmal Eulenforscher werden. Sie hatte so lange gelacht, bis der Junge seinen Arm von ihrer Schulter genommen hatte. Herwigh, so hatte der Junge mit Vornamen geheißen, Herwigh ..., groß, mit blonden, ständig über die Augen fallenden Haaren und blauen Augen, hinreißend blauen Augen ... Damals hatte sie ihr eigenes Lachen sehr geärgert, denn sie wollte endlich einmal geküßt werden, und mit Herwigh hätte ihr das Spaß gemacht. Herwigh, Sohn eines Kantors aus Berlin-Mitte ... Der Eulenforscher ... Was wohl aus ihm geworden war? Ob aus Kantorensöhnen im Osten überhaupt je etwas wurde? Vielleicht lebte Herwigh auch längst im Westen. Hier konnte er nach Eulen forschen, solange er wollte. Wenn er nicht unbedingt darauf bestand, sein Geld damit zu verdienen ...

Wieder stellte sie einen gefüllten Korb auf den Stapel. Einen wollte sie unbedingt noch schaffen. Oder zwei. Die Männer werden so schnell nicht verhungern, dachte sie. Überhaupt täte beiden ein bißchen Abspecken ganz gut. Wenn ich so wild essen würde wie Siegfried, alles in mich hineinstopfen, worauf ich Appetit habe und weil es vorhanden ist und ich es mir leisten kann – die Form wäre weg. Restlos. Selbstdisziplin hat Siggi nicht gelernt, Überwindung des inneren Schweinehunds. Macht ja sogar Spaß, wenn man nicht auf gebratene Tauben wartet ... Aber das liegt in Siegfried so drin. Deutsches Wirtschaftswunderkind! Verwöhnt nach allen Regeln der Kunst. Siegfried und die Leute seines Schlages ... Der Mechaniker neulich bei uns in der

Gaststätte, jammert mir die Ohren voll, weil er ab nächsten August gekündigt ist. Kriegt eine prima Abstandssumme und jammert! Ist natürlich schnell weg, das Geld, aber er könnte es ja auch sinnvoll anlegen. Und überhaupt – soll er nicht so stolz sein und eine andere Arbeit suchen, eine weniger feine. Aber nein, so was fällt denen nicht im Traume ein! Sie sind schließlich wer! Mechaniker der Firma Hohlsberg! Vertreter deutscher Wertarbeit! Jetzt heult er, weil er sein Wochenendgrundstück verkaufen muß. Das Wochenendgrundstück im Sauerland! Für das Geld, was er dafür kassiert, könnte er in Spanien ein Haus bauen. Aber nein, er klagt, er versteht die Welt nicht mehr. Statt in die Hände zu spucken, sich umzusehen. Sich regen bringt Segen. Altmodisch, aber wahr. Da sind wir anders, sagte sich Beate Zümmrich und sah nach Schildow hinüber. Unsereins bestellt nicht aus lauter Bequemlichkeit bei Zenke paar Kilo mehr. Unsereins bückt sich. Nächste Woche gibt es Erdbeerbowle gratis, zum Essen. Sollst mal sehen, Herr Zümmrich, wieviel Essen bei solcher Gelegenheit zusätzlich rausgehen! In der Summe: Gewinn. Klare Sache. Könnte man überhaupt eine ganze Woche lang so halten: jeden Tag zum Essen ein Glas Bowle gratis. Wär 'ne echte Zugnummer. Für die Küche bedeutet das zwar mehr Arbeit, aber dann wird eben für diese Zeit eine Aushilfe eingestellt, oder ich back Speckkuchen. Das geht schnell, macht was her und ist ein deutsches Gericht. Was anderes als die ewige Pizza.

Wieder hatte Beate einen Korb gefüllt. Die Sonne brannte auf das Feld. Die Frau pflückte weiter, redete mit sich. Fünf Kilo Spargel hab ich bei Mutter bestellt. Bestimmt läßt Mutter zehn Kilo besorgen. Da strahlt sie dann, wenn sie mir die schenken darf. Ist ja auch was Feines: Uckermärker Spargel, daumendick und saftig wie irgendwas. Ich werd Mutter ein schönes Armband mitnehmen. Ein bißchen Schmuck mag sie gern. Muß nur aufpassen, daß ihr Siggi nicht wieder einen Schein in die Tasche steckt. So was kränkt sie. Daß Siegfried das nicht begreifen kann!

Während sie die Erdbeeren pflückte, war ihr plötzlich, als

bekäme sie einen Schlag auf den Kopf. Sie richtete sich auf, taumelte. Der halbvolle Korb fiel ihr aus den Händen, sie wollte sich danach bücken, spürte aber, daß sie das jetzt nicht mehr schaffte. Wie durch eine Nebelwand tappte sie zum Auto.

Maurice weckte seinen Vater. »He! Mutter ist fertig.«

Beate ließ sich neben dem Jungen auf den Sitz fallen.

Siegfried rieb sich die Augen. »Haste endlich genug?«

Sie bat ihn, die Körbe aufzuladen.

Siegfried und Maurice liefen mehrmals über das Feld, verstauten die Körbe im Kofferraum. Dann erst sah der Mann, daß seine Frau sehr blaß war. »Was ist denn los? Dich schüttelt's ja!«

»Du mußt noch bezahlen.«

Wieder rannte er los. Als er zurückkam, sagte ihm Maurice, Mutter habe gebrochen. Draußen.

Beates Gesicht glühte.

Die Hitze! dachte der Mann. Jetzt haben wir den Salat ... Und er jagte das Auto Richtung Spandau. Als er jedoch bemerkte, daß Beate mühsam nach Luft rang, bog er von der Hauptstraße ab, hielt vor dem Portal eines kleinen Krankenhauses. Eine Schwester in grauer Ordenstracht rief auch sofort nach dem Arzt. Der bestimmte: »Station Vier.« Und zu Siegfried Zümmrich sagte er: »Rufen Sie am Nachmittag an. Keine Besuche.«

Während Pfleger Beate aus dem Auto hoben, flüsterte sie: »Die Erdbeeren ...«

Ja, dachte Siegfried, diese Scheißerdbeeren! Das ganze Auto stinkt danach. Er fragte Maurice, ob er noch Erdbeeren essen wolle. Energisch schüttelte der Junge den Kopf. Da begann Siegfried Zümmrich, die vollen Körbe auszuladen. Mit offenem Mund verfolgte die graue Pförtnerin, wie vor dem Eingang zum Krankenhaus ein Berg von Spankörben wuchs.

»Zum Spital gehört doch ein Altersheim, nicht wahr?«

Die Schwester nickte.

Siegfried Zümmrich machte eine Handbewegung. »Ist eine Stiftung sozusagen.«

»Die herrlichen Beeren? Alle für unsere alten Leutchen?«

»So ist es. Wiedersehen.«

»Ich werde für Sie beten.« Das Gesicht der Schwester leuchtete.

Siegfried Zümmrich kratzte sich das Kinn. Dann fuhr er schnell davon.

16

Hannes Rechlin war Gast einer Versammlung der Jugendbrigade »Fidel Castro«. Die Veranstaltung fand an einem Lohntag im Betriebshof Richtenberger Straße statt und dauerte wie stets nicht lange. Dem Brigadeleiter Mike Babendiek wurde ohne Diskussion das Vertrauen ausgesprochen: er sollte an einer am nächsten Wochenende stattfindenden Konferenz der Berliner Bestarbeiter teilnehmen. Der junge Brigadier bedankte sich, und die Versammlung wäre zu Ende gewesen, die Kollegen hätten entweder nach Hause oder ins Depot zu ihrer Bahn eilen können, aber Hannes bat ums Wort.

»Ganz schnell nur, Kollegen. Es geht um Hansdieter Bischoff. Vielleicht wißt ihr, daß der Junge in der nächsten Woche aus der Haft entlassen wird.«

»Schon?« Die kleine Kollegin Motze malte sich mit Lippenstift und Wimperntusche feierabendbereit.

»Er hat sich gut geführt«, sagte Hannes. »Und ich bin auch sehr froh, daß ihr sozusagen die Patenschaft über Bischoff übernommen habt. Kollege Bischoff wird in der Hofbrigade arbeiten, bis der Lehrgang beginnt. Und danach steigt er dann bei euch ein.«

»Das ist bekannt.« Mike Babendiek sah zur Uhr.

Hannes hustete sich die Verlegenheit vom Hals, meinte, Kollege Bischoff sei gewissermaßen ein besonderer Mensch, ein ehemals Straffälliger, und es wäre wohl gut, die Brigade würde ihn in der nächsten Woche auf eine besondere Weise willkommen heißen.

»Wie meinst du das?« fragte Babendiek.

»Damit er merkt, er ist gern gesehen.«

»Sieht er denn so gut aus?« Die frisch geschiedene Kollegin Kleinhempel hielt für einen Moment im Nachzählen des Lohntüteninhalts inne.

»Is jut.« Babendiek zwinkerte Carla Kleinhempel zu. »Wir geben ihn dir in persönliche Pflege.«

»Der Junge steckt gewiß voller Mißtrauen.« Hannes rutschte unruhig auf dem harten Stuhl hin und her. »Man müßte sich eine nette Geste einfallen lassen.«

»Sollen wir ihm etwa Blumen überreichen?« Kollege Scholler sah ebenfalls zur Uhr. »In zehn Minuten muß ich vom Hof!«

»Ich finde es gut, daß ihr ihm zu Weihnachten eine Karte geschrieben habt«, sagte Hannes. »Und er hat geantwortet. Er ist also gutwillig.«

Babendiek zitierte: »Ich sende Ihnen meinen Dank für Ihre Grüße. Und grüße Sie auch. Bischoff.«

»Ich meine ... Wenn man dran gedacht hätte ... Seine Wohnung ...«

»Daß uns das nicht eingefallen ist!« Mit gespielter Entrüstung schlug sich die Kleinhempel vor die Stirn. »Ich hab neulich Rauhfasertapete erwischt. Die hätte ich glatt spendiert für so eine edle Sache.«

»Oder wir holen ihn vom Knast ab.« Kollegin Motze lachte schrill, stieß Scholler in die Seite. »Wie Egon von der Olsenbande, eh!«

Babendiek rief: »Jawoll! Scholler, du fährst mit deinem Trabant vor, und wir schwenken schwarzrotgoldene Fähnchen, wenn das Tor aufgeht.«

»Schwarzrotgold mit Brustring, bitte sehr. Hannes, besorgst du uns die Winkelemente?« Die Kleinhempel wischte sich die Lachtränen vom Gesicht, Scholler stand auf und eilte ins Depot. Sein Dienst begann.

Hannes wollte reden, aber er kam nicht dazu. Die Motze schwatzte mit der Kleinhempel. Es ging darum, ob die Dänen wirklich bei jeder privaten Fete ihre Staatsfahne schwenkten. Die Kleinhempel berichtete von ihrem Schwager, der seinen Urlaub stets in Dänemark verbringe. Die Leute dort zögen sogar auf dem Laubendach die Fahne hoch, sobald sie in den Garten kämen. »Die sind eben stolz auf ihre Fahne«, sagte die Kleinhempel.

»Ich auch«, mischte sich Babendiek mit Blick auf Hannes ins Gespräch. »Aber deswejen mach ick doch keen Fahnenappell, wenn ick die Tomaten jieß!«

»Warum eigentlich nicht?« Carla klimperte mit den Augendeckeln. »Als Brigadier von 'ner feinen Jugendbrigade kannste das doch einführen? Die Babendiek-Staatsehrungs-Methode. Kommste in die Zeitung, eh!«

Seufzend erhob sich Hannes.

»Mach dir keenen Kopp«, sagte Babendiek. »Wir werden das Kind schon schaukeln.«

Die Versammlung war beendet.

Hannes war nicht wohl zumute ... Das Selbstbewußtsein der Jugendfreunde um Mike Babendiek und der gewiß aufsässige Ton Bischoffs – wenn das zusammenträfe, würde es gleich am ersten Tag knallen. Dessen war sich Hannes sicher. Und zu welchen Kurzschlußreaktionen Bischoff fähig war ... Geduld müssen wir aufbringen, dachte Hannes Rechlin. Ob die jungen Leute das können? Die Jugend verlangt zwar Geduld, ist aber selbst am ungeduldigsten. Vielleicht ist es falsch, Bischoff in diese Brigade zu stecken. Aber in den anderen Brigaden ist das Durchschnittsalter auch nicht viel höher. Und die Alten rümpfen die Nase, wenn sie mit einem Haftentlassenen reden sollen. Mellering hat sich kategorisch geweigert, Bischoff auch nur die Hand zu geben. Mellering kann diesen Schock nicht vergessen, drei Wochen mußte er im Krankenhaus liegen. Und es hätte noch schlimmer kommen können. Hauptsache, der Junge übersteht den Lehrgang. Wenn er sich dort als lernbereit erweist, sammelt er die ersten Pluspunkte. Im Theoretischen darf Frenzel nicht zuviel voraussetzen, Frenzel ist oft zu hart. Meint es zwar nicht so, aber bei diesem Jungen ... Am besten, ich red mit ihm.

Das Zimmer des Leiters der Betriebsakademie aber war verschlossen. Aus dem Nebenraum drang das Hämmern einer Schreibmaschine. In diesem Zimmer residierte Helfried Ziem, der Parteisekretär. Kurzerhand klopfte Hannes und öffnete die Tür. Sein alter Freund Helfried ließ die Knubbelfinger über dem altersschwachen Apparat kreisen, um dann – einem Habicht gleich – auf einen Buchstaben herabzustürzen. »Deine Sekretärin im Urlaub?« fragte Hannes.

»Aushilfe bei der Gewerkschaft.« Ziem sah nicht auf. »Was liegt an?«

»Nichts. Eigentlich wollte ich zu Frenzel.«

Langsam drehte sich Ziem von der Schreibmaschine weg, schloß das Fenster. »Du auch ein Glas?« Der Parteisekretär griff in den Schreibtisch.

»Zu warm heute.«

»Bei Wärme zur Kühlung, bei Kälte zum Wärmen.« Helfried Ziems Hand zitterte beim Eingießen. Hannes erinnerte sich an das Flattern eines kleinen Alkoholfähnchens während der letzten Parteiversammlung. Er hatte in der zweiten Reihe gesessen und als Verursacher des Fähnchens einen neben ihm sitzenden Genossen aus der Werkstatt verdächtigt. Sollte es statt dessen wirklich von vorn, vom Leitungstisch, heruntergeweht sein?

»Ich hatte eine kurze Besprechung mit Babendiek und seinen Leuten«, sagte Rechlin. »Wegen Hansdieter Bischoff. Der damals die Stoffpuppe geworfen hat.«

»Dein Patenkind.«

»Unsinn.«

»Zum Wohl.«

»So richtig verständlich konnte ich mich nicht machen.«

Helfried Ziem schenkte sich zum zweitenmal ein. »Wer kann das schon!« knurrte er.

»Also gut.« Hannes gab Helfried ein Zeichen. »Du sollst das Zeug nicht allein in dich reinschütten.«

Für eine Weile blieb es still im Zimmer. Die beiden Männer kannten sich seit über dreißig Jahren. An Vertrauen auf die Verläßlichkeit des anderen hatte es zu keiner Zeit gemangelt.

»Hast Angst, mit Bischoff könnte was schiefgehen?«

»Nicht direkt Angst ...«

»Es geht immer mal was schief. Und jeder von uns kriegt was aufs Jackett geschissen.« Helfried Ziem verschränkte die Arme über dem Bauch, ließ die Daumen umeinanderkreisen. »Sag mal, wenn der Willi Brandt jetzt abtritt ... Für uns kann es doch nur schlimmer werden? Oder wie siehst du das?«

»Vielleicht hätte er überhaupt nicht zurücktreten müssen.«

»Das verlangen die Spielregeln. Und letztendlich sind wir schuld. Wir mit unserem Kundschafter. Der wird sicherlich was rausgefunden haben, aber wenn der Brandt jetzt weg ist vom Fenster ... Seine Ostpolitik war ja nahe an den Realitäten!«

»Die Realitäten bleiben. Da kommt auch Brandts Nachfolger nicht dran vorbei.«

»Vielleicht wollen die Neuen am Ruder Realitäten lieber verändern als berücksichtigen?« Er tippte Rechlin auf die Brust. »Über solche Fragen hättest du mit den jungen Kollegen reden müssen. Über echte Probleme.«

»Wenn ein Junge aus der Haft entlassen wird und bei uns im Betrieb anfängt ...«

Unwirsch fiel Ziem ihm ins Wort. »Ob der Bursche nun mit Girlanden und Blasmusik empfangen wird oder nicht!«

»Du säufst neuerdings«, sagte Hannes.

»Noch sauf ich mit Genuß. Außerdem: zwei, drei Glas am Tag, das nenn ich noch lange nicht Saufen.«

»Du bist schon beim dritten. Und der Tag ist noch lang.«

»Schaff ich meine Arbeit? Ja? Nein? Na also.« Helfried Ziem schenkte auch Hannes ein. Seine Hand zitterte jetzt nicht mehr. »Du hoffst also, Bischoff wird so einer wie die ›Castros‹ ... Ein Kollege, der seinen Dienst runterreißt, der ›muh‹ sagt, wenn er ›muh‹ sagen soll, und ›mäh‹, sobald

›mäh‹ verlangt wird. Und der uns im übrigen verachtet. Weißt du, was die Jugend heutzutage verlernt hat? Über den eigenen Horizont zu sehen! Idealismus, das ist für die ein Wort, das nur den Klassenfeind betrifft. Was waren wir denn, gleich nach fünfundvierzig? Idealisten! Und später ... Wenn wir sahen, daß vier von den fünf Leuten, die wir mit unserem Geld und unserer Kraft ausgebildet hatten, über die offene Grenze in den Westen schwirrten? Wir haben nie resigniert, uns nie in eine Ecke verzogen. Idealisten waren wir, oder?«

»Du sagst: die Jugend hat verlernt, über den eigenen Horizont zu sehen. Vielleicht hat es ihr auch keiner beigebracht?«

»Ihr eigenes Fleisch – was anderes kümmert die nicht.«

»Hast du Ärger zu Hause oder im Betrieb?«

»Quatsch.«

»Bei den ›Castros‹ heute kam die Rede auf Dänemark. Die Dänen seien derart stolz auf ihre Landesfahne, daß sie die hißten, wenn sie ihr Grundstück betreten. Stell dir vor, du machst das, wenn du in deine Laube rausfährst. Das würde doch glatt als Provokation gelten.«

»Die Dänen haben eine andere Geschichte. Deren Väter und Großväter haben sich verteidigt, unsere haben angegriffen.«

»Wir haben uns seit Kriegsende verteidigen müssen. Aber unsere Fahne und unsere Hymne ... Die Hymne wird neuerdings nicht mehr gesungen. Kennst du ein Land außer unserem, in dem die Hymne nur gesummt wird?«

»Gesummt wird überhaupt nichts. Ist eben ein instrumentaler Titel. Und irgendwann kriegen wir einen neuen Text. Ist Sache einer Kommission.« Ein melodisches Gluckern ertönte. Helfried Ziem verteilte den Rest in seiner Flasche auf zwei Gläser.

»Ingelore wird sich freuen, wenn sie mich riecht.«

»Wie geht es deinem Vater?«

»Danke. Wieder sehr gut.«

»Grüß ihn von mir. Bestell ihm, wenn ich mal zum Sterben komm, werd ich mir auch Kaßler und Sauerkraut verschreiben lassen.« Helfried hob sein Glas. »Und dein Jüngster arbeitet wieder in Berlin?«

»Hat einen schönen Arbeitsplatz erwischt. In einer mobilen Werkstatt. So wie das Fischauto über die Dörfer zieht, gibt es jetzt einen Wagen, da ist eine Tischlerei drin.«

»Verdient er ein schönes Geld. Baut er sich ein Haus?«

»Keine tausend Mark hat er auf dem Konto. Kauft sich Klamotten, fährt übers Wochenende in ein teures Hotel ... Wenn wir ihm was sagen, fragt er uns, warum er überhaupt sparen soll.«

»Eine Frau wird ihm das schon beibringen!«

»Er hat kein Vertrauen, weißt du.«

»In eine Frau?«

»Irgendwann hat er mit Opa drüber gesprochen. Erich hat mir nur so was angedeutet. Hat jedenfalls eine Haltung, der Junge, da schüttelst du nur den Kopf.«

»Nach uns die Sintflut, oder?«

»So ungefähr.«

»Meine Tochter rafft, was das Zeug hält. Sie baut mit ihrem Mann jetzt Mohrrüben an. Auf einem Feld, das vergißt die LPG regelmäßig zu bewirtschaften. Und wenn du einem Verantwortlichen von der Genossenschaft einen Schein zusteckst, erscheint ein Traktor auf dem Acker. Noch ein Scheinchen bringt dir eine Drillmaschine. Und wenn es ans Ernten geht, werden alle in der Familie aufs Feld kommandiert. Sie rackern wie die Tiere. Mit den Möhren stellen sie sich dann vor einen S-Bahnhof. Schöne frische, gewaschene Möhren ... Gehn weg wie warme Semmeln. Das Geld, was da einläuft ... Mit der Schaufel könnte man's wenden! Aber versuch nur nicht, dich mit meiner Tochter und ihrem Mann über etwas zu unterhalten, was über Mohrrüben hinausgeht. Über marmorierte Kacheln fürs Bad vielleicht ... Aber die kleben bei ihnen auch schon an der Wand. Unsereins, du und ich, weißt du, was wir für die sind? Verrückt sind wir, Irre!«

»Auf die Dauer geht das nicht gut ...«

»Haargenau!«

»René hält den jetzigen Frieden für einen Trugschluß. In Wahrheit laufe alles auf einen Krieg hinaus. Begreifst du das? Gerade jetzt? Wo der Frieden immer stärker wird? Der Westen muß uns als Staat anerkennen! In Vietnam kriegt der Ami eins aufs Dach!«

»Und in Chile haben wir es gekriegt.«

»Ein Rückschlag, ja. Aber wir gehen doch unseren Weg, wir ...« Fast beschwörend hatte Hannes Rechlin seine Stimme gehoben.

»Wer ist wir?« fragte Helfried Ziem. »Gut, du bist es, ich bin es. Und deine und meine Kinder? Die Jugendbrigade ›Fidel Castro‹? Hansdieter Bischoff?«

Hannes sah den begehrlichen Blick seines Freundes. »Du solltest mit Trinken aufhören, Erwin.«

»Ja, sollte ich.«

»Erstens ruinierst du deine Gesundheit, zweitens schädigst du das Ansehen der Partei.«

Helfried Ziem schlug mit der Faust auf den Tisch. »Umgekehrte Reihenfolge bitte! Erst die Partei, dann die Gesundheit.«

»Jedenfalls solltest du nicht saufen!«

»Hab Dank für den guten Rat.« Er drehte seinen Stuhl zurück vor die Schreibmaschine. Hannes Rechlin verließ das Zimmer.

Am Montag wartete er neben Mike Babendiek auf Hansdieter Bischoff. Es fehlten noch fünf Minuten bis Arbeitsbeginn, da kam er. Blaß und schmal, einen Beutel zwischen Oberarm und Körper geklemmt. Babendiek reichte dem ernst dreinsehenden Jungen die Hand, meinte, sie würden sich schon vertragen und mit der Einstandslage, das werde sich bei Gelegenheit finden.

Bischoffs Blick glitt über das Hofpflaster. Seine Stimme klang gepreßt. »Ich freue mich über die Aufnahme in Ihrem Kollektiv und verspreche, mit besten Leistungen das Vertrauen zu rechtfertigen.«

»Bravo!« rief Hannes und drückte Bischoff einen Strauß Sommerblumen in die Hand.

»Ich soll mich Baracke vier, Zimmer zwölf, melden«, sagte Bischoff.

»Immer geradeaus, mein Junge!« Mit vor Freude glühendem Gesicht sah Hannes dem Burschen nach.

Mike Babendiek spuckte auf den Hof. »Will der uns verscheißern?«

Erschrocken fuhr Hannes auf. »Wie kannst du das sagen!«

»Hast du sein Gesülz nicht gehört?«

»Wieso Gesülz!«

»Einstudierter Tinnef!«

»Paß auf, Mike.« Hannes trat dicht an Babendiek heran. »Ihr werdet den Jungen vorurteilslos behandeln, klar?«

Der Brigadier holte tief Luft.

»Das wirst du mir in die Hand versprechen!«

Babendiek nickte Hannes zu. »Wird schon wern mit Mutter Beern. Mit Mutter Born ist't ooch jeworn.« Und ohne eine Miene zu verziehen, ergänzte er: »Nur Mutter Beckt, die is verreckt.« Er lachte schallend. Hannes Rechlin lachte nicht.

17

Zehn Kilo Spargel hatte Ingelore bei der Schwägerin bestellt. René hatte das edle Gemüse aus Templin abgeholt und auf den Küchentisch geschüttet. Zehn Kilo Spargel ... Wohin damit! Ingelore überlegte: Einkochen? Erstens verliert Spargel dadurch seinen besten Geschmack, zweitens gingen ihr die Gläser immer auf. Eine Kühltruhe, wenn sie die besäße! Dann könnte sie die Stangen einfrosten, so wie es Beate in Spandau mit den Erdbeeren vorgehabt hatte. Beate war ärztlicherseits noch immer Ruhe verordnet, aber sie lasse sich hin und wieder bereits in der Gaststätte blikken, schrieb sie. Mit Siegfried allerdings spreche sie kein Wort, wegen der verschenkten Erdbeeren. Darüber jedoch machte sich Ingelore keine Sorgen. Viel hatten sich die beiden nie zu sagen gehabt. Und wenn es soweit war, vertrug man sich im Bett. Schwerer wog: Zümmrichs jährlicher Besuch am Hackeschen Markt war ausgefallen. Ingelore ahnte, wie sich das Weitere entwickeln würde: Im Sommer fuhren die Spandauer in den Urlaub, im Herbst wurde die Gaststätte renoviert, dann kam Weihnachten mit all der Arbeit, und dann schrieb die Tochter, sie freuten sich bereits auf den Besuch im nächsten Jahr ... Ist ja in Ordnung, tröstete sich Ingelore, jeder führt sein eigenes Leben. Hauptsache, Beate erholt sich wieder. Der Spargel wird schon alle werden.

Vom Betrieb aus rief sie in Steffis Kaufhaus an. Ob Steffi wisse, wie man schnell zu einer Kühltruhe komme. Damit sehe es mau aus, antwortete die Schwiegertochter, sie wolle sich aber gern erkundigen.

»Habt ihr viel Spargel?« fragte Steffi.

»Zum Satt- und Krankwerden.«

»Beim Mittagessen helfen wir euch!«

Und dann kam Hannes mit seinem Vorschlag, überraschend, wie Zieten aus dem Busch. »Wir laden Schiefenagels ein. Und Opa bringt Meister Nagel mit. Da hast du endlich wieder ein volles Haus!«

Zuerst meinte sie sich verhört zu haben. Schiefenagels einladen! Zum Spargelessen! So tun, als wäre man gut freund miteinander ... Seit achtzehn Jahren wohnten diese Leute im Haus, und seit achtzehn Jahren ging sie der Schiefenageln möglichst aus dem Weg. Herr Schiefenagel war aus Pasewalk geholt worden, weil zu viele Leiter von Postämtern des demokratischen Sektors in den Westteil der Stadt gezogen waren. Ingelore erinnerte sich: Kaum waren die neuen Nachbarn eingezogen, als es eines schönen Abends bei Rechlins klingelte. Herr Schiefenagel stand vor der Tür, in Postuniform. »Als Beschäftigter der Städtischen Verkehrsbetriebe sind Sie öffentlicher Angestellter, Herr Rechlin. Weshalb hängen Sie zu unseren Volkswahlen keine Fahne aus dem Fenster?«

»Besitz ich nicht«, hatte Hannes geantwortet. Damals war er ja noch lange nicht Genosse ...

Am nächsten Abend klingelte es wieder. Die neue Nachbarin überreichte ein in braunes Packpapier gewickeltes weiches Etwas. »Zwölf Mark vierzig. Fahnen gibt es nämlich zu kaufen.«

Hannes sah hilfesuchend in die Küche.

»Det is jut, det et jenuch Fahnenstoff zu koofen jibt. Können Se sich einwickeln damit. Und bei uns klingeln Se wieder, sobald Se Rouladenfleisch entdeckt haben.«

Seitdem mochten die Frauen einander nicht.

Und jetzt sollte Ingelore Familie Schiefenagel zum Spargelessen einladen? Hannes hatte lange mit ihr geredet, hatte erklärt, Schiefenagels seien im Kern gute Menschen. Die ein wenig überhebliche Art des Oberpostrates und die Tatsache, daß Frau Schiefenagel nicht gesund sei, wenn sie sich nicht krank fühle, nun ja, ein jeder Mensch habe seine Fehler, und es gelte, mit der Freundlichkeit voranzugehen. Beide Familien wohnten unter einem Dach; es wäre endlich an der Zeit, sich entsprechend zu benehmen.

»Genosse biste schon geworden, jetzt redeste auch noch wien Paster!«

»Gib deinem Herzen einen Stoß, Inge.« Und er hatte sie dort angefaßt, wo ihr Herz lag. Sie hatte nur geseufzt.

Und nun stand Ingelore in der Küche, wickelte ein nasses Tuch um die Spargelstangen. Zeitungspapier herum, so hielten sich die Stangen am ehesten frisch. Die nächste Aufgabe wäre dann, wohl oder übel die Familie Schiefenagel einzuladen ...

Es war früher Nachmittag. Der Dienst lag hinter ihr. Sie hatte sich für eine Viertelstunde auf die Couch gestreckt, sich dann einen kräftigen Kaffee gekocht und dachte: Jetzt bin ich eigentlich stark genug. Also verließ sie das Haus und kaufte auf der gegenüberliegenden Straßenseite das Abendblatt. Auf dem Rückweg nämlich ließ sich unauffällig feststellen, ob Frau Schiefenagel bereits zu Hause war, denn sobald die Nachbarin da war, schloß sie mit einem Knall das

Schlafzimmerfenster, das ihr Mann stets einen Spalt weit offenließ. Ingelore sah: das Fenster war geschlossen. Sie klingelte. Einmal, zweimal.

»Wer ist da?« fragte Frau Schiefenagel hinter der Tür.

»Ich«, antwortete Ingelore. Sie hörte das Rasseln einer Kette, zweimaliges Schließen. Frau Schiefenagel hatte rotgeränderte Augen, ihre Nase glich einem winzigen Feuermelder. Richtig, fiel Ingelore ein, neuerdings leidet Madame an einem allergischen Schnupfen. Kein Mensch könne ihr helfen, hatte sie Hannes erklärt, nicht einmal die allerbesten Ärzte. Sobald es in den Hochsommer gehe, überfalle sie dieser Schnupfen. Ingelore überlegte, ob sie vielleicht während der Betrachtung des mitleiderregenden Gesichts der Nachbarin eine Geste, die sie zum Betreten der Wohnung einlud, übersehen hatte. Nein, sagte sie sich, wäre mir aufgefallen. Also brachte sie im Türrahmen stehend ihre Einladung zum Spargelessen vor.

Frau Schiefenagel nahm die Sätze ungerührt zur Kenntnis. »Kommenden Sonntag?«

»Am Sonntag.« Im stillen wünschte sich Ingelore: Möge es das Schicksal geben, daß die Leute für diesen Tag bereits ausgebucht sind! Silberhochzeit, Reise nach Moskau, von mir aus auch nach Hinterindien. Jedoch – die Nachbarin sagte nichts dergleichen, sie betrachtete Ingelore nur ein wenig eingehender. Je deutlicher Ingelore Rechlin diesen Blick spürte, desto verbissener wurde ihr Lächeln. Vielleicht sollte ich vor Madame noch auf die Knie fallen, dachte sie, und sie verwünschte ihren Mann, in dessen Hirn diese Idee ausgebrütet worden war.

»Der Schnupfen hat Sie aber toll gepackt«, sagte Ingelore. »Vielleicht hilft ein Aufguß? Kamille oder Salbeiblätter?«

»Ich nehme meine Medizin. Es ist auch fast vorüber.« Mit einer Handbewegung geleitete Frau Schiefenagel ihren Gast endlich ins Wohnzimmer.

Ingelore plazierte sich auf die Kante eines mit weinrotem Samt überzogenen Stuhls und beantwortete die schnell und geschäftsmäßig gestellten Fragen. Nein, der Spargel sei nicht aus dem eigenen Garten, René habe ihn in Templin besorgt, aber nein, keineswegs zu Wucherpreisen. Ob es denn das in diesem Land gebe? Schieberpreise? Allerdings, jawohl, in Butter gedünstet, mit einer Prise Muskat, wenn es gefällig sei. Ohne Mehl, selbstverständlich. Mehl mache nur dick, sehr richtig. O doch, die Kinder kämen ebenfalls zum Essen. Bernd und Steffi. Und Opa und sein Freund Alfred Nagel. Genosse Nagel? Nein, da müsse Frau Schiefenagel eine andere Person im Kopf haben, ach wo, nicht der Verkaufsstellenleiter vom Milchkonsum, ein alter Schriftsetzer. Kein Genosse, nur so ein Mensch. Also, was sei nun, dürfe man mit Schiefenagels Erscheinen rechnen?

»Elvira kann leider nicht dabeisein.«

»Schade«, sagte Ingelore und dachte das Gegenteil.

»Eigentlich hatten wir eine Auenwanderung vor.«

»Was ist denn das?«

»Durch den Bürgerpark. Das kleine Flüßchen entlang.«

»An der stinkigen Panke wollen Sie langlaufen? Na, wissen Sie!«

»Es ist aber auch Regen angesagt.«

»So?« Im Wetterbericht war von einem konstanten Hoch die Rede gewesen. Aber es war wohl nicht der Sender, den Schiefenagels einschalteten.

Die verschnupfte Frau saß kerzengerade in ihrem Stuhl, schwärmte vom Wandern, das ihr Mann und sie für sich entdeckt hätten. Vielleicht würden sie sich sogar einer Sportgemeinschaft anschließen. Neulich seien sie durchs Biesenthal gewandert. »Kennen Sie den herrlichen Erlenbestand im Biesenthal?«

Ingelore kam nicht zum Antworten. Wie gebannt starrte sie auf einen Tropfen an Frau Schiefenagels Nase. Sie zog ihr Taschentuch, schneuzte sich auffällig, um der Frau ein ähnliches Tun zu suggerieren. Die jedoch erzählte weiter von ihren Wanderungen.

Der fällt zu Hause auch die Decke auf den Kopf, dachte Ingelore. Es geht den Menschen wie den Leuten. Wenn die Kinder aus dem Haus sind, herrscht ungute Ruhe. Vielleicht hat Hannes nicht unrecht, und Schiefenagels sind gar nicht so überlegen, tun nur so. Überspielen Unsicherheit. Wer wenig hat, muß das Wenige groß vorführen. Die Zahl der gewanderten Kilometer aufschreiben ... Man könnte ja fast Mitleid kriegen mit solchen Leuten.

»Also abgemacht. Sie kommen.« Ingelore stand auf.

Frau Schiefenagel begleitete sie zur Tür.

»Um eins? Ist es recht?«

»Wir richten uns ganz nach Ihnen.«

Ingelore überlegte, ob sie der Nachbarin beim Abschied die Hand geben sollte, da hörte sie: »Und Ihre Kinder kommen auch?«

»Steffi und Bernd. Und René.«

»Elvira kriegt im Herbst einen Wagen.«

»Was haben sich die jungen Leute denn gewünscht? Einen Jungen oder ein Mädchen?«

»Nicht doch!« Frau Schiefenagel zog die Mundwinkel nach unten. »Einen Wartburg-Kombi.«

»Donnerwetter!«

»Er ist zwar gebraucht, aber garagengepflegt.«

»Das möchte sein!« Ingelore stieg die Stufen wieder hinunter, denn sie wollte mit einem späteren Tischgast nicht von oben herab sprechen.

Frau Schiefenagel schniefte. »Renés Motorrad war doch auch ein Geschenk vom Opa, nicht wahr?«

»Wieso? Schenken Sie den jungen Leuten den Wagen?«

»Nein, das Auto, wie auch alles andere, haben sich die jungen Leute selbst erarbeitet.«

»Und? Arbeitet René vielleicht nicht?«

Frau Schiefenagel lachte ein wenig. »Arbeiten läßt sich so oder so.«

Ruhig bleiben, dachte Ingelore, ganz ruhig bleiben.

»Außerdem leben Zweiradfahrer viel zu gefährlich.«

»Das ganze Leben ist gefährlich.«

»Ich würde in tausend Ängsten schweben, wenn ich mein Kind auf einem Motorrad wüßte.«

»Als René Ihre Tochter spazierengefahren hat, hab ich allerdings auch in tausend Ängsten geschwebt. Wenn auch aus einem ganz anderen Grund.«

»Das ist zum Glück vorbei.«

»Jawohl, zum Glück.«

»Ich bin ja so froh über meine Elvira. Sie hat einen so reizenden Menschen zum Partner ... Damals mit René – was waren die Kinder dumm!«

»Der erste Rausch ist schnell vorbei, wie es im Liede heißt. Was bleibt, das ist die Schwiegermutter.«

»Jaja.«

»Eine Frau, die an allem leidet, bloß nicht an gerechter Selbsteinschätzung.«

Die Lippen zu einem Strich zusammengepreßt, so kam Frau Schiefenagel auf Ingelore zu. Die aber verschränkte in aller Ruhe die Arme über die Brust und dachte: Na endlich, jetzt isset richtig!

»Meinen Sie mich?«

»Sie besitzen eine flotte Auffassungsgabe. Wenn ich aber bitten dürfte ...« Ingelore ging rückwärts einige Stufen hinauf.

Frau Schiefenagel wich zurück, als hätte sich ihr Gegenüber in einen reißenden Tiger verwandelt. An ihre Wohnungstür gelehnt, schleuderte sie Pfeil um Pfeil gegen das vermeintliche Untier. »Zum Spargel einladen! Ist wohl schon holzig geworden, was? Ich weiß: erst sollten die Westberliner kommen, aber denen wird der Besuch zu teuer! Was die auch immer anschleppen müssen! Und Bargeld wird neuerdings auch gewünscht! Man sieht ja, wer im Shop einkaufen geht!«

Unten klappte die Haustür. Steffi eilte die Stufen herauf, hörte die letzten Sätze, sah die beiden Frauen. »Laß gut sein, Mutti.« Sie nahm Ingelore bei der Hand.

Minuten später saßen Steffi und Ingelore bei einem Glas Eskalonyscher Tropfen am Küchentisch. »So wat aber auch ...« Ingelore zitterte. »Dess wär 'ne Schlägerei geworden, wat meinste? Icke und die dürre Schiefenageln!« Nun lachte sie wieder.

Steffi sagte, sie könnten eine Kühltruhe kaufen. Umgehend. Der Kollege Barsig, mit dem sie ohnehin habe telefonieren müssen, habe eine zurückgestellt, eine Reklamation. Wegen eines winzigen Kratzers sei die Truhe nicht genommen worden.

»Barsig? Ist das dein Chef?«

»Hm.« Steffi leckte das Glas aus.

»Haste Stand bei ihm?«

»Ach.«

»Immerhin – erst wirst du auf seinen Rat hin Einkäuferin, jetzt verschafft er dir 'ne Kühltruhe.«

Die Schwiegertochter zog einen verschütteten Likörtropfen mit dem Zeigefinger über die Tischplatte. »Wenn ich mich qualifizieren will, schaff ich das auch ohne Barsig. Und die Kühltruhe ist nicht für uns, das hab ich ihm ausdrücklich gesagt.«

»Is ja jut, Meechen, is ja jut.« Ingelore kicherte. »Weißte wat? Det Spargelessen is auf Aujust vaschoben. So lange hält sich doch jefrosteter Spargel?«

»Allemal.«

»Veranstalten wir ein Spargelfest! An Rechlins Hochzeitstag. Und dazu lade ick mir Leute ein. Leute, nach denen mir der Sinn steht.« Sie küßte Steffi auf die Stirn. »Hast Mutta jerettet.«

Am Abend summte die Neuanschaffung in Rechlins Wohnung; der Spargel, blanchiert und in Folie geschweißt, hatte tiefgekühlt auf seinen Verzehr zu warten. Über den Ausgang des Gesprächs mit Frau Schiefenagel hatte Ingelore ihren Mann unterrichtet, noch bevor er sich an den Abendbrottisch setzen konnte. Ein Seufzer war seine einzige Antwort gewesen. Ingelore hatte sofort entgegnet, zu stöhnen gebe es reinweg nichts, jetzt sei die Sache bedeutend freundlicher, weil ehrlicher. Sie könne ihrem Herzen einen Stoß nach dem anderen geben, in die Richtung der Schiefenagels würde es sich niemals bewegen. »Laß es dir schmekken, Hannes, deine Frau ist dennoch das Beste, was ein Mann wie du wert ist.«

Als Hannes dann die Fernsehübertragung eines Fußballspiels genoß, setzte sie sich in die Küche. Und schrieb einen Brief nach Westberlin, nach Spandau und dennoch nicht an die Adresse ihrer Tochter.

»Sehr verehrte Frau Klanke! Es ist nicht Weihnachten und nicht Ostern und trotzdem dieser Brief. Ich will Sie und Ihren Mann hiermit zu uns an den Hackeschen Markt einladen. Für den zweiten Sonntag im August. Daß Rechlins dann ihren dreißigsten Hochzeitstag begehen, spielt keine Rolle oder nur insofern, als daß ich mir aus diesem Anlaß etwas wünschen darf. Und ich wünsche mir Klankes Besuch. Beate und ihr Mann weilen zu dieser Zeit an der Nordsee. Wir besitzen einen großen runden Tisch, da möchte ich, daß Leute daran Platz nehmen, die ich gern sehe. Das ist nun mal mein Fimmel. Mit meiner Familie werden Sie sich vertragen, da hab ich keinen Zweifel. Und zu Mittag gibt es Spargel, das steht fest.

Ich denke oft daran, wie ich in Spandau meine Tochter besucht habe und mit Ihnen ins Schwätzen kam. Beim Schwänefüttern an der schönen Havel. Und ihre Kartoffelpuffer haben mir besser geschmeckt als das feinste Essen. Mein Mann sagt immer, gute Menschen kann man nie genug um sich haben. Und gute Menschen, das weiß er so gut wie ich, wachsen hier und da. Ich grüße Sie herzlich.

Ihre Ingelore Rechlin. PS: Sie kommen doch bitte?«

18

Bahnhof Friedrichstraße. Ein Gemisch aus Bahnhofsmief und Benzin. Dazu die Gerüche aus dem Schnellimbiß. Am Zebrastreifen quietschten die Bremsen, per Hupsignal forderten Busfahrer zögernde Passanten auf, nun auch noch die restlichen zwei Meter über die Straße zu gehen. Ingelore störte das alles überhaupt nicht. Sie erwartete ihren Besuch. Hannes hingegen sah ungeduldig zur Uhr. Unwirsch schüttelte seine Frau den Kopf. Immerhin warten wir schon fast eine halbe Stunde, dachte Hannes, Pünktlichkeitsfanatiker sind die Klankes wohl nicht. Doch hütete er sich, diesen oder einen ähnlichen Gedanken auszusprechen. Er wußte: seine Frau hätte ihn nur zum Anlaß genommen, über die Grenze zwischen Berlin und Berlin zu klagen oder mit vieldeutiger Miene darauf hinzuweisen, daß der Zoll immer dann besonders gründlich kontrolliere, wenn man nichts, aber auch wirklich nichts Unstatthaftes mit sich trage.

Hinter Rechlins begann sich ein Bauplatz auszudehnen. Ein Hochhaus, ein Handelszentrum, sollte hier entstehen, mit einer japanischen Firma als Bauherrn. Vielleicht, so hoffte Hannes sehr, wird die Friedrichstraße wenigstens nach und nach wieder ein attraktives Stückchen Stadt und bleibt nicht nur eine Ausgabestelle für Fahrkarten und halbe Goldbroiler. Er ging einige Meter an der Baustelle entlang. In Höhe des Schnellimbisses legte er einen Schritt zu, er wollte sich nicht den Appetit für das anstehende Spargelessen verderben. Zigarrenladen, Pressecafé ... Im Durchgang zum Metropoltheater, neben der Tafel zum Vereinigungsparteitag, betrachtete Hannes die Bilder der neuen Operetten-Inszenierung. Die Damen mit kurzen, ja, außerordentlich kurzen Kleidern, die Beine schlank und kerzengerade, die Dekolletés verwegen. Dem Mann kam in den Sinn, daß in Sachen Bekleidung oder Entkleidung das Land bereits das hatte, was der Neubau wenige Meter entfernt haben würde: Weltniveau.

Durchaus zufrieden trat er aus dem Durchgang hinaus in die blendende Sonne. Eine junge Frau ging an ihm vorüber. Ihr Gesicht kam Hannes bekannt vor. Er überlegte noch, ob die Frau wohl eine ehemalige Fahrschülerin von ihm sei, da stoppte die ihren Schritt und kam auf ihn zu.

»Eben wollte ich Ihnen am Hackeschen Markt Guten Tag sagen!«

Susanne Mollenthin! Freudestrahlend berichtete sie, daß sie ihren Verlobten oder Fastverlobten draußen in Strausberg besuchen wolle. Aber soeben habe sie entdeckt, daß eine S-Bahnfahrt nach Strausberg nicht lange dauere; also sei da noch etwas Zeit, und sie wolle sehr gern wissen, wie es Rechlins gehe. Sie jedenfalls sei guter Dinge.

Hannes erwiderte, ihrem Aussehen nach zu urteilen spreche sie die reinste Wahrheit, und er und Ingelore erwarteten hier am Bahnhof Besuch.

Susanne Mollenthin schien enttäuscht, lächelte jedoch und bat, der Frau Rechlin, dem Opa und auch René herzliche Grüße zu übermitteln, sie schaue dann bei einer anderen Gelegenheit einmal vorbei.

Hannes aber nahm ihren Arm. Er wußte: Ingelore würde es ihm nie verzeihen, wenn er Susanne so einfach weiterziehen ließe. Verstohlen musterte er das Mädchen. Fraulicher war Susanne geworden, alle Eckigkeit war verschwunden, ihre hellblauen Augen blitzten jedoch noch immer so unvoreingenommen freundlich wie damals zu den Weltfestspielen.

Auf dem schmalen Bürgersteig drängten sich die Leute. Ingelore kam Hannes und Susanne entgegen. Links und rechts von ihr je eine schwergewichtige ältere Person. »Wat sag ick! Der Mann pussiert mit kleene Meechens! Und det an unserm Hochzeitstag!« Und dann rief sie: »Susanneken!« Mit beiden Armen umfaßte Ingelore den unerwarteten Gast.

Hinter Herrn Klanke trat ein schmales Frauenzimmer hervor. Rotblonde Locken über dem kindlich runden Gesicht, Sommersprossen von einem Ohr zum anderen.

»Dess is meine Nichte«, sagte Frau Klanke. »Sie ist seit kurzem bei uns in Kost und Logis.«

»Sie studiert«, sagte Herr Klanke.

Das Mädchen blinzelte nervös. »Ich will mal Erzieherin für hörgeschädigte Kinder werden. Ich komm aus der Nähe von Hannover.«

»Sollte sie sich alleene graulen? Ham wa gesacht, komm mit.«

Rechlins und Lina Carolis begrüßten einander.

Die Mädchen sagten: »Hallo!« Susanne fragte: »Studierst du in Berlin?«

»In Berlin-West.« Lina Carolis hatte eine festere Stimme, als man vermutet hätte. »Du studierst auch?« fragte sie Susanne. »Ich impf Kälber«, lachte die junge Frau.

»Da hast du keine Angst?«

»Vor schwerhörigen Kindern hätte ich eher Angst.«

»Das würdest du überwinden«, sagte Lina. »Man muß vieles überwinden, nicht wahr.«

Wilhelm Klanke wies gen Himmel. »Das Wetter ist ja man janz jut.« In diesem Moment begann es zu regnen.

Auf dem Weg zum Hackeschen Markt aber kam es Ingelore vor, als ginge sie durch pure Sonne. Endlich mußte zu Hause der große runde Tisch einmal wieder ausgezogen werden, damit alle Gäste daran Platz fanden. Schon allein deshalb war dieser Tag für Ingelore Rechlin ein ganz besonders angenehmer.

Steffi und Bernd hatten den Tisch gedeckt, Alfred Nagel und Opa warteten bereits mit einiger Ungeduld, denn allzuspät wollten sie doch nicht zu den Rennen aufbrechen.

Schon die Vorsuppe wurde von allen am Tisch gelobt, auch von Frau Klanke, deren Galle ein wenig muckerte. Wilhelm Klanke meinte, diese Suppe sei der Beweis, daß ein schmackhaftes Gericht nicht in Fett »versaufen« müsse. Und Susanne sagte, bei Rechlins schmecke es sowieso immer wunderbar. Da hoben sie alle ihr Glas und tranken auf das Wohl der Köchin. Nur Ingelore hob das Glas ein wenig später, denn sie mußte sich erst über die Augen wischen.

Stille herrschte am Tisch, denn ein gutes Essen läßt sich nur in Ruhe genießen. Zumal ein Spargelgericht! Das Zerschneiden der zarten Schnitzel, das Aufspießen des Gemüses, der Ehrgeiz, die Spargelstange geräuschlos und ohne Spritzer zwischen Zähne und Zunge zu bugsieren ... Und dazu das verbindende Gefühl, um einen runden Tisch zu sitzen – wie hätte es Ingelore nicht wohl sein sollen! Elf Personen hatten Platz genommen. Ingelores Blick wanderte von Gesicht zu Gesicht, zufrieden trank sie einen Schluck Wein. Der ist eine Spur zu kalt, dachte sie, überhaupt kühlt man Wein am besten unter fließendem Wasser, das wird Hannes nie lernen. Aber schmecken tut der Wein ordentlich, und wenn das Glas ein bißchen beschlägt, ist es wie bei der Doornkaat-Reklame im Fernsehen. Klankes benehmen sich kein bißchen fremd. Hätte mich auch sehr überrascht. Und daß sie ihre Nichte mitgebracht haben, ist völlig in der Ordnung. Die Klankes gelten als unser offiziell angemeldeter Besuch, die Kleine ist als Tourist eingereist. Na also. Der Name Lina klingt altmodisch. Wahrscheinlich hat man sie nach der Großmutter genannt oder nach der Erbtante. Vielleicht findet sie in Spandau auch eine Anstellung in ihrem Beruf; wär nicht schlecht, es kommt junges Blut in die Stadt. Runde zweihundert Mark für ein möbliertes Zimmer! Die müssen doch spinnen zwischen Spandau und Tegel! Da kann sie nur froh sein, die Kleine, bei Klankes eine kostenlose Bleibe erwischt zu haben. Das Mädchen als Erzieherin ... Na, ich weiß nicht. Wie eine Erzieherin wirkt die nicht. Und wie zwanzig auch nicht. So ein kleiner, schmaler Vogel ... Aber ihre Frisur ist hübsch. Steffi trug früher auch sone Locken. Ist das eigentlich noch blond oder schon rot? Steht ihr aber, wirkt lustig. Kiek an, René reicht ihr den Spargel zu. Und Susanneken? Ach, daß Susanne auch hier ist – als Katholische müßte ich zum Dank eine Kerze stiften. Susanne am Tisch, und man spart die Beleuchtung. So einen Strahlematz hab ich mein Lebtag noch nicht gesehen. Na, das ist doch ...! Für einen Moment hielt Ingelore die Luft an. Susanne muß René erst in die Seite stuken, damit er ihr die Schüssel rüberreicht. Ein bißchen aufmerksamer könnte der Bengel Susanne gegenüber wirklich sein! Wahrscheinlich ärgert er sich. Weil Susanne dann zu ihrem Freund nach Strausberg fährt. Tja, mein Junge, da hättest du früher aufstehen sollen ... Ingelore betrachtete René und Susanne mit großem Wohlgefallen. Vielleicht aber ... Ob das mit dem Freund in Strausberg wirklich was Ernstes ist ... René muß sie unbedingt nach Strausberg rausfahren. Mit dem Motorrad schafft er das in einer knappen Stunde. Oder – noch besser! Er trinkt in aller Ruhe noch ein Glas Wein und darf dann nicht auf seine Maschine, sondern muß zur S-Bahn. Hat er noch länger Zeit, mit dem Mädchen zusammen zu sein.

»Solange det nich rejnet, is Damokles unschlagbar!« Erich Rechlin hob belehrend seine Stimme.

Mißtrauisch wiegte Alfred Nagel den Kopf. »Um vier kann das Geläuf klatschnaß sein.«

Wahrscheinlich wollen die beiden Alten nach dem Essen gleich nach Karlshorst, ging es Bernd durch den Sinn. Wenn sie losgehen, schließ ich mich ihnen an. Engelkes werden schon warten. Um acht ist heute Krimizeit, vorher Sport. Steffi kann ja hierbleiben, wenn sie will. Oder auch nicht. Sie kommt ja sowieso nicht raus zu Engelkes. Sport ist ihr zu blöd, Krimi zu brutal. Unsinn alles. In Wahrheit kann sie Engelkes nicht leiden. Oder nicht leiden, daß ich zu Engelkes geh. Bitte sehr, soll sie unseren Fernseher doch reparieren lassen. Aber nein. Angeblich ist sie froh, weil die Kiste kaputt ist. Der Apparat ist so alt wie unsere Ehe. Vielleicht könnte man den wieder flottkriegen, wenigstens bis zum nächsten Flimmern und Tonausfall, aber Steffi und ich? Ich jedenfalls bring den Kasten nicht weg. Wollen mal sehen, wie lange es Steffi aushält. Zeit zum Gucken hätte sie genug. Ihre Qualifizierung ist vorbei. Einkäuferin! Bis auf zwei Fahrten in die Textilbuden um Mittweida ist noch nichts weiter passiert! Nicht mal eine Gehaltsaufbesserung. Aber wenn der Herr Barsig der Kollegin Rechlin eine solche Weiterbildung vorschlägt, muß die junge Kollegin tanzen, Idiot, der!

Mißmutig stocherte Bernd im Essen. Weißkohl ist mir lieber, dachte er. Spargel ist und bleibt ein lasches Zeug. Nur weil er selten ist, wird solch Trara gemacht. Gäbe es Spargel wie Weißkohl oder Weißkohl so selten wie Spargel ... Na gut, ich lang noch einmal zu. Muttern zuliebe.

»Darf ich Ihnen nachschenken?« fragte Hannes seine Tischnachbarin, die Tankstellenpächterin Klanke aus Spandau.

Lächelnd nickte die Frau. Sie überlegte, wollte herausfinden, woran man merkt, daß dieser Mann Genosse ist. Kam zu dem Schluß, man merke es nicht, er sei nur ein feiner, zuvorkommender Mensch und wahrscheinlich brauche er die Partei, um seine Position zu halten. Bei ihrem letzten Urlaub in Bayern hatte sie Ähnliches mit Angehörigen der CSU erlebt. Dreißig Jahre gemeinsame Ehe, dachte sie. Mit Otto hätte ich das nicht geschafft. Dreißig Jahre durch dick und dünn. Jetzt mit Wilhelm? Vier Jahre leben wir schon zusammen. Dreißig Jahre weiter, da wär ich dann über achtzig und Wilhelm steuerte auf die Neunzig zu. Nee, nee, das erleben wir nicht. Muß auch nicht sein. Solange es heute noch schmeckt, soll man es sich schmecken lassen. Dreißig Jahre weiter ... Spargel wächst dann wahrscheinlich nur noch in China. Die Felder in Europa, die sind ja jetzt schon fast alle ruiniert durch den künstlichen Dünger. Oder sie haben bis dahin den Kunstspargel erfunden. Wird doch alles ersetzt neuerdings, sogar das Herz. Wer hätte das früher für möglich gehalten! – Emsig führte sie die Gabel zum Mund, ließ sich ein zweites Schnitzel auf den Teller legen.

»Der Himmel is jrau in jrau. Und kiek mal die Wolken!« Erich Rechlin runzelte die Stirn.

»Um vier regnet es.« Alfred fragte: »Steigen Eredas Chancen auf weichem Boden?«

»Macht se unverlierbar. Überlejen von Hacke bis Nacke!«

Bernd reichte seinem ehemaligen Meister die Schüssel mit den Kartoffeln. Nagel dachte: er sieht nicht gut aus, der Junge. Ob er sich wegen dieser neuen Technik sorgt? Die ist angekündigt worden und müßte längst aufgestellt sein. Ist jedoch noch immer nicht im Land. Er hat so eine Art, der Junge, daß man sich nicht zu fragen traut. Weder seine Mutter noch sein Vater sind so. Kann man nichts ändern. Ich jedenfalls werde ihn nicht fragen. Im Hause des Gehenkten spricht man nicht vom Strick. In Pößneck soll eine solche Anlage im Probebetrieb laufen. Müßte ich mir ansehen. Vielleicht, daß ich über die Veteranenkommission einen Besuch in Pößneck organisiere. Ob Bernd auch schon in Pößneck war? »Habt ihr die neue Pößnecker Anlage schon gesehen?«

Bernd zuckte, als hätte er einen Schlag ins Gesicht erhalten. »Verschone mich.«

»Und die Umstellung bei euch?«

»Keine Ahnung.«

Ich hätte es mir denken können, sagte sich Alfred Nagel. Wer nicht reden will, antwortet auch nicht. Um vier bin ich auf der Trabrennbahn. Im Hauptrennen: bei Regen Ereda, bei festem Boden Damokles.

»Es sind noch Schnitzel da!« trällerte Ingelore. »Die werden wir doch schaffen, was? Du nimmst mir auch noch eins ab, nicht wahr, Steffilein?« Ohne die Antwort abzuwarten, legte Ingelore ihrer Schwiegertochter auf. Tapfer schluckte Steffi weiter. Sie sah: Bernd griff bereits nach dem Kompott. Vielleicht kann ich dann mit dem sommersprossigen Mädchen schwatzen, dachte sie. Nach dem Essen. Mutter laß ich heute nicht an den Abwasch. Soll sie sich die Klankes schnappen und mit denen spazierengehen. René wird Susanne dann wohl nach Strausberg bringen. Bestimmt wird er eifersüchtig, wenn er sieht, daß da ein anderer den Arm um Susanne legt. Daß er nichts für sie empfindet, kann er mir nicht erzählen. Er traut sich nur nicht. Wir sind ihm ein schlechtes Beispiel. Bernd und ich. Gestartet mit den größten Hoffnungen und jetzt – jetzt wird die Ehe aus Bequemlichkeit aufrechterhalten. Keiner bringt den Mut zu einem Schlußpunkt auf. Immer weitergetrottet. Wie weit? Lange geht das nicht mehr so. Manchmal hoff ich auf diesen Schlußpunkt. Oder ich hoffe es auch nicht. Jedenfalls sitzt mein Mann heute wieder den Engelkes auf dem Schoß, knabbert Erdnußflips und süffelt Tims Sauren. Aber ich will raus. Wenn ich wüßte wohin … Vielleicht hilft mir Lina beim Abwaschen. Da läßt es sich gut schwatzen. Lina – ein schöner Name. Bestimmt weiß sie was Neues für mich. Egal, was es ist, Hauptsache, es bringt mich auf andere Gedanken.

»Wer möchte Sahne über das Kompott?« fragte Ingelore. Mehrere Hände hoben sich.

»René! Die Schüssel steht im Kühlschrank.«

Nun mußte der Arme auch noch aufstehen. Lina rückte mit dem Stuhl beiseite, damit René an ihr vorbeikonnte. Eben hat sich der Junge endlich getraut, ein Minimum näher an diese Susanne heranzurücken. Und sie schien wohl nichts dagegen zu haben, obwohl sie heute ihren Soldaten besuchen will. Möglich, daß sie den nur erfunden hat, um René zu reizen. Er wirkt älter als Mitte Zwanzig, und so ernst! Doch noch immer nicht so ernst wie sein älterer Bruder! Dabei sind die Eltern doch so lustig! Der Mann mehr auf eine stille Art, aber die Frau ist ein Temperamentsfatz. Bin gespannt, wann der Mann mit Politik und Agitation anfängt. Solange alle essen, wird das wohl ausbleiben. Einen waschechten ostdeutschen Genossen reden hören – kann interessant werden. Die junge Frau neben dem älteren Sohn der Rechlins schaut dauernd zu mir her. Ich werde sie einfach mal anlachen. Wahrscheinlich wartet sie darauf. Na bitte. Sie scheint richtig dankbar.

René brachte die Schüssel mit der Sahne, dachte: Na, dann füllt euch mal weiter die Bäuche. Uns geht es ja allen so gut. Und immer besser wird es uns gehen. Besser, schneller, schöner. Wie es sonst auch aussieht auf der Welt – es kümmert uns nicht. Wir essen Spargel mit brauner Butter, und zum Pfirsichkompott brauchen wir Sahne. Als er die Schüssel in die Tischmitte rückte, kamen ihm Linas Hände entgegen, berührten ihn. Erschrocken hob René sein Gesicht. Lina sah ihn an. Sie lachte ein wenig, ein kleines Zukken der Mundwinkel, mehr war es nicht. René zog seine Hand zurück.

Hannes fragte, wer einen kleinen Magenbitter haben wolle. Wieder hoben sie die Hände. Überhaupt sei alles riesig nett, sagte Frau Klanke, und ihr Mann setzte mit dröhnendem Baß hinzu, wenn er sich jetzt nicht bewege, platze er. Erich und Alfred nahmen die Gelegenheit zum sofortigen Aufbruch nach Karlshorst wahr. Susanne piepste erschrocken. »So spät ist es schon?«

»Renés Maschine steht startklar im Hof«, sagte Ingelore.

»Du hast Wein getrunken!« sagte Susanne zu René.

»Ich höre auch zum erstenmal, daß ich dich nach Strausberg bringen soll.«

»Sollen sollst du gar nicht! Schäm dich!« Ingelore schüttelte den Kopf.

»Okay, okay.« René erhob sich. »Sagen Sie brav auf Wiedersehen, Fräulein Mollenthin. Ihre Bahn wartet.«

Vorher aber mußte Ingelore noch für den ihr unbekannten Soldaten Kuchen einpacken, dabei brauchte sie so lange, bis René endlich sagte, falls Susanne wirklich um drei erwartet werde, könne sie nur auf die Geduld des Geliebten hoffen, denn pünktlich werde sie unmöglich sein.

»René bringt dich. Keine Bange, mein Mädchen.« Ingelore drückte den Gast an sich. Man soll ja nicht unverschämt sein, dachte sie, aber was wäre das erst für ein Tag! Dreißigster Hochzeitstag, Spargelessen, liebe Leute am Tisch – und dann verraten dürfen, René hat sich heute mit Susanne verlobt! Nee, nee, schalt sie sich, das is Kintopp. Doch das Leben ... das Leben is manchmal noch viel verrückter. Sie umarmte Susanne noch einmal.

Steffi und Lina schoben die anderen aus der Küche. Bernd sagte zu seiner Frau, Alfred wolle ihn etwas fragen; er werde die Alten bis Karlshorst begleiten. »Dann fahr ich zu Engelkes raus. Kommst du nach?«

»Nein.«

Bernd zuckte mit den Schultern und ging.

Steffi und Lina winkten allen vom Balkon aus.

»Willst du nicht zurückwinken?« fragte unten auf der Straße Susanne René. »Wenigstens deiner Schwägerin?«

René antwortete nicht und drehte sich auch nicht um. Auf den Zug nach Strausberg-Nord hätten sie eine halbe Stunde warten müssen. »Wir fahren vor«, bestimmte der Junge. »Auf dem Bahnsteig in Strausberg ist die Luft besser.« Während der langen Fahrt hielt er die Augen geschlossen.

»Träumst du?« Susanne streichelte wie aus Versehen seinen Arm. »Oder bist du sauer?«

»Warum sollte ich?«

»Erstens versäumst du diese westliche Sommersprosse, zweitens sollst du mich zu meinem Verlobten bringen.«

»Ich bin nicht sauer. Verlaß dich drauf.«

Der Bahnsteig in Strausberg lag in gleißender Sonne. Stöhnend ließ sich René auf einer Bank nieder.

Das Mädchen blieb vor ihm stehen. »Ekelpaket«, sagte sie und betonte dabei jede Silbe. »Gunnar kriegt nur paar Stunden Ausgang, und jetzt ist es schon vierzig Minuten über die Zeit.«

»Du kannst ja für den Rest des Weges eine Taxe nehmen. Wink mal eine ran!«

Kräftig stieß sie gegen seinen Knöchel.

»He! Was soll das!«

Das Mädchen antwortete, es habe wissen wollen, ob er überhaupt schmerzempfindlich sei.

René rieb sich den Fuß. Er könne nichts für den Fahrplan, sagte er, außerdem sei sie wohl erwachsen genug. Hätte sie eben auf einen früheren Abgang drängen müssen.

»Ich wollte dich treffen.« Susanne setzte sich neben den Jungen, sah ihn aber nicht an. »Ich wollte wissen ... Na ja, manchmal hab ich so komisch an dich gedacht. Und bevor ich mich mit Gunnar fest binde ... Bei seinem nächsten Urlaub verloben wir uns. Er ist ein prima Agronom. Und überhaupt.«

»Das ist schön für dich. Für den prima Agronom natürlich auch.«

Nebenan auf dem Bahnsteig stand die S-Bahn Richtung Friedrichstraße abfahrbereit.

»Wegen mir mußt du nicht warten«, sagte Susanne.

René stieg in die Bahn. In Hoppegarten verließ er sie. Er wollte ein paar Kilometer gehen, wollte allein sein.

Es war fast Mitternacht. Vom Bett aus sah Ingelore die Boonekamp-Reklame auf der gegenüberliegenden Hauswand mit der Aufforderung: »Vorher – Nachher – Immer«. Sie seufzte. »Der Kaffee war bißken zu stark. Ich wollte mich nur nicht blamieren, weißte.«

»Klankes war er auch zu stark«, flüsterte Hannes zurück.

»Wirklich?«

»Wilhelm hat mir gestanden, am besten verträgt er Malzkaffee.«

»Hat er sonst noch was gesagt?«

»Nichts Besonderes. Er war mal Fernfahrer. Bis nach Algier runter kennt er jede Straße. Sagt er. Jetzt ist er froh, daß er seine Ruhe hat. Straßenbahn wäre zu aufregend für ihn.«

»In Westberlin fährt ja sowieso keine mehr.«

»Straßenbahn kommt billiger als Bus. Aber denen drüben kann es nicht teuer genug sein.«

»Klankes sind feine Menschen.«

»Angenehme.«

Ingelore rekelte sich stolz. Immerhin war es ihre Idee gewesen, Klankes einzuladen.

Hannes sagte, Steffi und Bernd gefielen ihm gar nicht. Wie Fremde hätten sie nebeneinander gesessen.

»Die Zeit der Liebe ist vorbei. Jetzt führen sie eine normale Ehe.«

»Was heißt das?«

Ingelore zog den Kopf ihres Mannes zu sich herüber, küßte ihn. »Ich red doch nicht von uns, Schafskopp!«

Beruhigt sank Hannes in sein Bett zurück.

»Und auch um René mach ich mir keine Sorgen mehr. Um acht, als Klankes lange weg waren, ist er erst nach Hause gekommen. Wer weiß, was da gewesen ist.«

»Was soll denn gewesen sein?«

»Mit Susanne! Susanne ist die Richtige für ihn.«

»Aber das Mädchen ist zu einem anderen gefahren!«

»Vielleicht ja, vielleicht nein.« Sie kuschelte sich wohlig ins Federbett. »Laß man, Hannes, das wird. In einem oder in zwei Jahren feiern wir Hochzeit. Ich meine: Renés Hochzeit. Obwohl – Susanne ist das einzige Kind, da werden wir wohl nach Mirow müssen zu den Brauteltern. Na, macht nichts, steigt bei uns die Nachfeier.« Noch lange brubbelte Ingelore all die Gedanken, die ihr das Herz wärmten, vor sich hin. Hannes neben ihr atmete tief und regelmäßig. Hinter der Boonekamp-Reklame wetterleuchtete es. Wenn nicht gerade eine Bahn um die Kurve kreischte, hörte Ingelore fernes Donnergrollen. Irgendwo ging ein Gewitter nieder. Weit weg vom Hackeschen Markt. Weit weg. Beruhigt drehte sich Ingelore auf ihre Schlafseite.

Zweites Kapitel

1

Die mobile Tischlerwerkstatt stand in der Sophienstraße, einer Nebenstraße der Großen Hamburger. Von Montag bis Freitag reparierte René dort Fensterrahmen, sägte auch dieses und jenes Brett zurecht aus Gefälligkeit gegenüber den vorwiegend älteren Bewohnern. Viele Häuser bedurften nicht nur neuer Fensterrahmen, sondern der Erneuerung von Grund auf oder – des Abrisses. Ganz im Gegensatz zu seinem Vater, der sich in dieser Straße betonweiße Hochhäuser wünschte, mochte René die kleinen, schmalen Häuser der Sophienstraße, er hatte einen Blick für die oft versteckte Schönheit der Fassaden, für gedrechselte Treppengeländer, bronzene Türlöwen, in denen sich der Klingelknopf verbarg. Ihrer Altertümlichkeit wegen nutzte man die von Bomben verschont gebliebene Straße oft als Drehort zu historischen Filmen.

Auch in dieser Frühsommerwoche war ein Drehstab dorthin gezogen. Von seiner Werkstatt aus beobachtete René, wie die Leute drei Häuser bis in Höhe der geplanten Kameraeinstellung mit Farbe versahen, wie sie Emailleschilder mit den Firmenzeichen von Schultheiß und Patzenhofer neben ein Tor nagelten. In einem längst geschlossenen Laden wurden die Rolläden hochgezogen, das Schaufenster mit Heringen und Rollmöpsen aus Pappmaché dekoriert. An den Drehtagen steckte einer der Assistenten eine Hakenkreuzfahne zwischen die Auslagen.

René, der sich nur allzugern von Trubel und Hektik zurückzog, war immer froh, wenn die durchs Megaphon geschrienen Kommandos nicht mehr durch die Straßen gellten, die meisten Bewohner jedoch betrachteten die Dreharbeiten mit einer Mischung aus Amüsement und Langeweile. Einmal war René in seiner Werkstatt hochgeschreckt. Eine Altmännerstimme schrillte, sie werde die Polizei rufen. René trat heraus und bemerkte, wie sich ein alter Herr zum Stuhl des Regisseurs durchkämpfte. Eine Assistentin versuchte vergebens, ihn zurückzuziehen, der Alte fuchtelte mit den Armen, schrie: »Ich laß es nicht zu, ich laß es nicht zu!«

»Es ist doch ein Film gegen den Faschismus«, sagte die Assistentin böse. »Verstehen Sie denn nicht? Die Fahne ist nur Requisit, der historischen Genauigkeit wegen!«

Der Mann lehnte zitternd an der Hauswand. Mehrere Kleindarsteller grienten.

»Ich bitte mir Ruhe aus!« gebot der Regisseur.

»Die Fahne«, sagte der Alte, »nehmt sie weg, bitte.«

»Gehen Sie endlich!« Nun zerrte auch der Kameramann an der Jacke des Alten.

Eine Frau kletterte über das Absperrseil, redete leise auf den Alten ein. René sah, daß dem Mann die Tränen über das Gesicht liefen, während er sich von ihr wegführen ließ.

Tage später sah er die Frau wieder. Er hatte den Auftrag, die Küchenfenster ihrer Wohnung zu reparieren. »War der alte Herr Ihr Vater?« fragte er.

»Ja. Er schläft im Nebenzimmer. Er schläft sehr viel. Das ist das beste für ihn.«

»Ist er krank?«

»Krank ...« Die Frau lächelte. »Er ist über neunzig.«

»Dann sind Sie ja auch nicht mehr die jüngste!«

»Siebzig war ich im vergangenen Mai. Dank Gott.« Die Frau fragte, ob sie einen Kaffee brühen dürfe. Oder vielleicht einen schönen Tee?

»Was Ihnen schmeckt.«

»Dann werden Sie jetzt Tee trinken. Wie es sich gehört.«

René beeilte sich mit der Arbeit.

»Vater müßte in ein Heim«, sagte die Frau. »Aber solange ich noch bei Kräften bin, und er tut auch niemandem etwas Böses ...« Sie stellte eine Blechdose mit winzigen Zimtkeksen auf die weiße Damastdecke. »Wir haben ein Leben lang hier gewohnt. Und dieser Herr Kringel«, sie deutete auf das von den Filmleuten hergerichtete Schaufenster auf der anderen Straßenseite, »er war ein wüster Nazi, ein Berserker. Seine Söhne waren Pimpfe damals, Sie wissen, was das bedeutete?«

René nickte.

»Die Kinder konnten nichts für ihre Erziehung, gewiß ...« Die Frau goß dunklen Tee in die Tasse. »Nehmen Sie bitte Sahne, sonst wird er Ihnen nicht schmecken.«

»Was war mit den Pimpfen?«

»Als sich die Juden in das jüdische Altersheim begeben mußten, zur Sammelstelle, nicht wahr, bevor sie alle abtransportiert wurden, da haben die Jungen des Fischhändlers vom oberen Fenster aus Heringslake über die Köpfe der Juden geschüttet. Und ihr Vater hat ihnen dafür Schokolade geschenkt. Einer meiner Cousins hat auch von der Lake abgekriegt.«

René kostete den gallebitteren Tee.

»Später schrieb er, die Heringslake sei süß gewesen im Vergleich zu dem, was ihn erwartet hatte.«

»Ihr Cousin war Jude?«

»Wir sind es auch«, antwortete die Frau. »Wir sind so ein Rest, wissen Sie.« Dann zeigte sie ihm Familienfotos. Die Bilder, auf denen die Menschen jung waren, waren sehr alt. »Das ist mein Cousin«, die Frau zeigte auf einen dicken, ernsten Menschen. »Er hat das Lager nicht überlebt. Vater und ich, wir hatten Glück. Andere auch, die wie wir rechtzeitig emigrieren konnten.« Sie zeigte Bild um Bild. »Dank Hitler haben wir Verwandte in aller Welt.«

»Sie waren Emigrantin?«

»In England. Ich hab Kindern das Geigenspiel beigebracht. Aber ich war nie streng genug.« Die Frau brachte ein weiteres Album herbei. »Das ist nett, was Sie jetzt sehen werden. Die Wiedereröffnung der Oper Unter den Linden. Zum erstenmal saßen Vater und ich zusammen in einem Orchester. Dort, schauen Sie, in der zweiten Reihe der Geiger, das ist mein Vater. Ich bin die junge Flötistin. Erkennen Sie mich?«

Als René mit seiner Arbeit fertig war, sagte er: »Wenn Sie irgendwas brauchen, ich meine, wenn ich Ihnen helfen kann – ich wohne am Hackeschen Markt. Das Haus mit den Balkons.«

Die Frau nickte abwesend. Sie war noch immer ganz in die Betrachtung der alten Fotos vertieft.

René liebte die Straße, ohne darin wohnen zu wollen. Viele der Höfe waren dunkel, schmutzig, oft genug mußte er betrunkenen Männern und krakeelenden Frauen aus dem Weg gehen; er konnte mit dem Ehepaar aus Thüringen mitfühlen – sie arbeitete als Bibliothekarin, er war Arzt im nahen St. Hedwigs-Krankenhaus –, das ihn, während er die Wohnungstür richtete, mit Klagen überschüttete. Das Haus gleiche einer Räuberhöhle, die Bewohner seien laut und aufdringlich, die Toilette auf halber Treppe in einem sagenhaften Zustand. »Vorübergehend« sollte das Paar mit dieser Wohnung vorliebnehmen. Weiß man, wie lange »vorübergehend« dauert? »Jeder Tag ist wie ein Gang in die Hölle«, sagte die Frau. »Einmal wartete ich vor dem Haus auf meinen Mann. Da kam ein Herr auf mich zu, sah ganz seriös aus, der Herr. Und es war heller Abend! Er musterte mich und sagte: ›Zwanzig Mark.‹ Erst hab ich nicht verstanden, was er meinte, aber dann ... Für eine Nutte hat der mich gehalten!«

»Und zwanzig Mark hat er nur geboten?«

Die Eheleute saßen stumm nebeneinander.

»Vielleicht wird es doch bald was mit einer besseren Wohnung«, sagte René.

Das Ehepaar blieb stumm.

Das Haus, in das er an diesem späten Nachmittag noch gehen mußte, gehörte äußerlich zu den übelsten. Der von der Fassade fallende Putz war seit langem nicht weggefegt worden, der Hof ähnelte einer Müllgrube. Kein einziger Blumentopf zierte ein Fenster, Wäsche hing an Schnüren von Holz zu Holz. Vom Hof aus sah René bereits: Im vierten

Stock stand ein Fenster offen, obwohl es heftig regnete. Dort hinauf mußte er. Die Klingel schien defekt, René klopfte, klopfte mehrmals. Endlich öffnete ihm ein junger Mann, er schien außer Atem.

René nannte den Grund seines Kommens, und der Junge antwortete, ob sich Handwerker neuerdings nicht mehr anmelden könnten. René ging an ihm vorbei ins Zimmer. Überrascht blieb er stehen. Der Raum hätte als gutbürgerlich eingerichtet gelten können, wären nicht die Staubschicht auf den schweren dunklen Möbeln und die umgekippten Bücherstapel auf dem schmutzigen Orientteppich gewesen, das fleckige Butterbrotpapier und die Tassen mit abgestandenem Kaffee auf dem mit Krumen übersäten Tisch.

»Du störst«, sagte der junge Mann.

René sah auf dem Plüschsofa eine Frau liegen, ihrem Körper nach zu urteilen, war es eine junge Frau. Das Gesicht hatte sie zur Wand gedreht.

»Und das ständig offene Fenster stört euch nicht?«

»Dabei überhaupt nicht.«

»Bei dem Wetter jetzt ist es vielleicht besser, man bringt das verdammte Fenster zum Schließen, bevor es den Leuten unter euch in die Suppe regnet. Ich hab den Auftrag dazwischengeschoben, nicht daß ich sonst keine Arbeit hätte.«

Der junge Mann stellte sich neben René. »Ich verrat dir ein Geheimnis, Fremder. Das Fenster läßt sich schließen. Sie aber ...«, mit einer Handbewegung deutete er zum Sofa, »sie reißt es immer wieder auf.«

Das Fensterbrett war ein Wrack, an einigen Stellen bröckelte das morsche Holz.

»Ich beeil mich«, sagte René, »könnt bald weitermachen.«

Der junge Mann sah ihm interessiert zu.

»Wem gehört die Wohnung? Dir oder ihr?«

»Ich bin Besuch.«

»Wenn sie ausgeschlafen hat, bestell ihr einen schönen Gruß von mir.«

»Sie schläft nicht, sie ruht.«

Die junge Frau zog eine Decke über ihren Körper.

»Schöne Möbel besitzen Sie«, sagte René mit lauter Stimme. »Erbstücke?«

Keine Antwort.

»Erbstücke?« fragte René den Jungen.

»Möbel interessieren mich nicht.« Der Blick des Jungen glitt an René herunter. »Du erinnerst mich an wen.«

»An Lenin?«

»Ich wette, du bist es.«

»Die Wette hast du gewonnen.«

»Abgelegt vom alten Rechlin, stimmt's?«

»Du kennst meinen Vater?«

»Ist dir der Name Bischoff ein Begriff?«

»Allerdings.«

»Quatscht er oft von mir, dein Alter?«

»Neulich hätten sie dich ausgezeichnet. Mit hundert Mark Prämie.«

»Fünfundsiebzig. Eine Woche lang bin ich von Fete zu Fete gezogen. Feine Entwicklung, was? Ich meine – bei mir.«

René verzog keine Miene.

Bischoff erkundigte sich nach Renés Arbeitsplatz. Die Idee einer mobilen Werkstatt fand er gut. »Da bringen die Leute also was hin, du reparierst es, sie holen's wieder ab, okay?«

»Dienstag und Donnerstag ist Kundentag.«

»Wann?«

»Von sieben bis sechzehn Uhr. Mittags ist Pause.«

»Komm ich am Dienstag, kurz nach drei. Okay?«

»Und warum?«

»Abwarten.«

»Eigentlich zu kalt für deine Freundin. Sie sollte was anziehen.«

»Sie friert nicht.« Während René seine Tasche packte, wiederholte Bischoff: »Dienstag, kurz nach drei.«

»Ich brauch eine Unterschrift. Von der Wohnungsinhaberin.«

Blitzschnell hatte Bischoff das Papier an sich genommen. »Das heißt Rochow«, erklärte er.

»War das eben Urkundenfälschung?«

Beim Verlassen des Zimmers blieb René vor dem Plüschsofa stehen. »Die Kommunale Wohnungsverwaltung bittet, bei Regenwetter die Fenster zu schließen. Auf Wiedersehen, Frau Rochow.«

»Scheiße«, sagte die Frau mit ruhiger, fester Stimme.

Zu Hause erzählte René von seiner Begegnung mit Hansdieter Bischoff.

Hannes meinte, es gebe keine Klagen über den Jungen, weder von den Kollegen noch von den Fahrgästen. Aber Lobsprüche auch nicht. Und Freunde besitze er wohl keine.

»Jedenfalls hat er eine Freundin. Das ist viel wert.« Ingelore warf René einen deutlichen Blick zu. »In dem Alter hat man zuallererst eine Freundin.« Sie stellte den Männern je eine Flasche Bier auf den Tisch. Hannes ließ die Augen nicht vom Fernsehapparat. Bilder vom Aufbau der Wirtschaft im befreiten Südvietnam. Kinder feierten mit Tänzen den Besuch einer Delegation. Ingelore sagte: »Wohnt also bei der jungen Frau, dieser Bischoff.«

»Sie lag fast nackt auf einem Sofa.«

»Gefiel sie dir?«

»So genau hab ich nicht hingesehen.«

»Ein Mann in deinem Alter und nichts gesehen!« Ingelore schnalzte verächtlich.

Hannes bat um Ruhe, René kreuzte die Arme über die Brust und lächelte in sich hinein. Er hatte ein schönes Bild vor Augen. Der nackte Körper einer Frau, die er sehr gut kannte. Doris, ehemals Doris Fuchs, hatte sich vor ein paar Wochen gemeldet. Von Tante Emmi war ihm der verschlossene Brief aus Templin nachgeschickt worden ... Sie wohnte jetzt als Ehefrau eines Monteurs in Oranienburg, die liebe Doris. Und ihr Mann, so hatte sie geschrieben, sei oft außerhalb beschäftigt, zur Zeit noch für einige Monate in Moçambique. Nun fuhr René jeden Sonnabend nach Oranienburg. Hinter der ersten Bahnschranke wartete Doris auf ihn. Wenn

René dann mit ihr zu einer verschwiegenen Stelle fuhr, ärgerte er sich zuweilen über sich selbst, konnte es sich nicht erklären, weshalb er an eine andere Frau dachte, wenn er Doris umarmte. Diese andere hatte rotblonde kurzgeschnittene Haare, war sommersprossig und hieß Lina. Ich muß verrückt sein, dachte er. Und wartete doch ungeduldig auf jede Post, die aus Spandau kam. »Was schreiben denn Klankes?« fragte er dann. »Gibt es noch Benzin in Westberlin oder müssen wir aushelfen?« Über Lina schrieben die Klankes nur wenig. Daß sie noch immer studiere, nichts weiter. Einmal aber war eine Karte aus dem Spreewald eingetroffen. »Wir sind hier von der Kirche aus. Ich wünsche allen Rechlins gute Stunden. Lina.«

»Ein nettes Mädchen«, hatte Ingelore gesagt.

»Ja«, hatte er geantwortet. »Es scheint so.« Und mit bemühter Beiläufigkeit hatte er gefragt: »Gehört sie irgendwie zur Kirche?«

»Keine Ahnung!«

In der Nähe des Hackeschen Marktes befand sich eine kleine Buchhandlung. Im Sortiment des Ladens waren auch »christliche Bücher«. René hatte solche Bücher nie in die Hand genommen, nun blätterte er manchmal darin, wollte herausfinden, wofür sich Lina interessierte. Und dann schrieben Klankes, Lina nähere sich dem Examen und benötige dafür das Buch »Die Psychologie des physisch geschädigten Kleinkindes«. Ein sowjetischer Professor habe das Buch verfaßt, schrieb Frau Klanke. Also müßte es im Osten doch für wenig Geld zu haben sein. Ob Rechlins wohl so freundlich sein könnten?

»Ich organisier das«, sagte René.

In allen größeren Buchläden fragte er nach dem Titel, erhielt jedoch nur ein Achselzucken oder ein straffes Nein zur Antwort. Zuallerletzt, auf dem Heimweg von der Werkstatt zum Hackeschen Markt, bekam er das Buch. Er hatte im Laden nebenan wieder einmal im Regal mit »Christlicher Belletristik« gestöbert und sich in einem Band irischer Kurzgeschichten festgelesen. Feinstes Papier, filigrane Illustrationen, ein außerordentlich geringer Preis. Als er das Buch zur Kasse trug, fauchte der Buchhändler, für Leute ohne den rechten Glauben seien derartige Ausgaben nicht gedacht. »Sie können mir die ›Psychologie des physisch geschädigten Kleinkindes‹ dazulegen«, sagte René und staunte nicht schlecht, als er das Buch wirklich in die Hand gedrückt bekam. Der Kauf riß ein arges Loch in seine Haushaltskasse, aber das kümmerte ihn nicht.

Am nächsten Tag, einem Dienstag, blieb er während der Mittagspause in seiner Werkstatt und versuchte, in dem wissenschaftlichen Buch wenigstens einige Zeilen zu verstehen. Kurz nach fünfzehn Uhr brachte eine Rentnerin einen zerbrochenen Schemel, hinter ihr schob sich Hansdieter Bischoff in den Wagen. »Will nur was abgeben. Eine Nachricht. Für diese Frau, du weißt schon.« Er legte einen geschlossenen Briefumschlag auf die Werkbank. »G Punkt Rochow« stand auf dem Papier. »Sie holt es vor deinem Feierabend noch ab.« Und weiter: »Du gibst ihr den Umschlag erst, nachdem sie dir einen anderen dafür gegeben hat, okay?«

»Ich bin kein Postamt.«

»Ist auch keine richtige Post.«

Unwillig klappte René das wissenschaftliche Werk zu, raunzte, das mache er nicht mit. Und auch G Punkt Rochow und Bischoff seien eigentlich aus dem Alter für solche Kindereien heraus.

»Aus dem einen wächst man heraus, in das andere hinein. Sie legt dir einen Briefumschlag hin, du gibst ihr diesen. Klar?«

René knurrte nur.

Die Frau erschien zur angegebenen Zeit. Sie war größer, als René vermutet hatte. Und sehr hager und blaß. Im Handumdrehen wechselte sie die Umschläge aus. Ehe René noch ein Wort sagen konnte, war sie weg. Dieser Umtausch, stumm und in Sekundenschnelle, wurde zur Gewohnheit. Einige Wochen lang. Schließlich brachte Bischoff auch Umschläge, die an andere Personen adressiert waren. Junge

Leute kamen, tauschten die Umschläge. René fragte Bischoff, was der ganze Spuk solle.

»Stört es dich?« Während er sprach, legte er einen bunten Schein in Renés Hand. »Hast recht. Bist immerhin beteiligt.«

»Nimm das weg. Ganz schnell.«

Wortlos steckte Bischoff den Schein wieder in die Tasche.

»Ich will nicht wissen, was ihr da treibt. Aber eines ist sicher: nächste Woche zieht der Wagen von der Sophienstraße weiter. Und dann hat das alles ein Ende, klar? Mit oder ohne Umschlag – wir sehen uns nicht wieder.«

Bischoff tippte einen Gruß an die Stirn und verschwand.

René vertiefte sich abermals in die »Psychologie des physisch geschädigten Kleinkindes«. Das versteht sie nun alles, dachte er beim Lesen, so ein kleines Figürchen mit beinahe roten Haaren und Sommersprossen noch und noch ... Das geht alles in ihren Kopf. Hochachtung, Madame!

Am Abend packte er das Buch ein und trug es zur Post. Vielleicht bedankt sie sich mit einem Brief, der nur an mich gerichtet ist, dachte er, hoffte er.

2

Nach den einst von der Leitung des VEB Bäromat verkündeten Plänen hätte es die Abteilung Maschinensatz längst nicht mehr geben dürfen. Die Linotypes der Maschinensetzer jedoch ratterten noch immer, arbeiteten getreu der Devise »Und sie bewegt sich doch!«. Wie eh und je saßen die vier Kollegen vor den Uraltmodellen und hatten die Ankündigung, demnächst auf moderne Schriftsatzmethoden umsteigen zu müssen, längst als eine Perspektive verbucht, die vielleicht ihre Enkel treffen würde. Lange Zeit schon war Meister Nagel Rentner, für ihn hatte es keinen Nachfolger gegeben. Da die vier Kollegen aus Bernds Schicht wußten, was sie zu tun und zu lassen hatten, sorgten sie sich selbst um den ungehinderten Fortgang ihrer Arbeit. Petra Niedermann, Ria Pessel, Diethelm Härt, genannt »Pollenträger«, und Bernd Rechlin – eigentlich brauchten sie keinen, der »den Hut aufhatte«. Plötzlich aber sollte laut Weisung der Werkleitung einer von ihnen kommissarisch Meister sein. »Kommissarisch«, bemerkte Ria Pessel, »ist ein anderes Wort für Ewigkeit.«

Petra Niedermann verschränkte ihre kräftigen Arme, fixierte die beiden Männer.

Diethelm Härt, um das Herrichten seiner Frisur bemüht, pfiff durch die Zähne, betrachtete den scheinbar gelangweilt Brot kauenden Bernd Rechlin, knurrte endlich, irgendwer müsse es auf sich nehmen, sonst setze man ihnen vielleicht gar von außerhalb jemanden vor die Nase.

In Ruhe verzehrte Bernd die letzte seiner vier Doppelschnitten. Es war Feierabend. Anschließend ging es zum Volleyball, danach ins »Sportlereck«. Da bedurfte es einer kräftigen Grundlage. »Freiwillig kriegt mich keiner«, sagte er.

»Denkst du, ich dräng mich danach?«

Ja, dachte Bernd, da bin ich sogar ganz sicher. Du hast einen Drang zum Höheren. Er schlug vor, das Los solle entscheiden.

Härt ging sofort auf den Vorschlag ein, eilte mit zwei Streichhölzern von angeblich unterschiedlicher Länge auf Bernd zu. Die Kuppen der Hölzer sahen auf gleicher Höhe zwischen Härts Daumen und Zeigefinger hervor. »Wer das kurze Holz zieht, macht den Chef.«

Bernd tippte auf ein Holz. Härt sagte, dies sei das längere.

»Am liebsten trinke ich Sekt.« Petra Niedermann brachte mit einer kreisenden Handbewegung die Frisur ihres neuen kommissarischen Meisters in Unordnung.

Belustigt hatte Bernd den Taschenspielertrick des Kollegen wahrgenommen, verfolgte, wie Pollenträger mit zittrigen Fingern die gleichlangen Hölzer in die Schachtel bugsierte.

Am nächsten Tag brachte der neue Chef jedem seiner Kollegen eine Flasche Sekt mit, eine Piko-Flasche selbstverständlich. Und sagte auch gleich, in Zukunft müsse der Genuß von Alkohol während der Arbeitszeit endgültig unterbleiben und länger als fünf Minuten solle keiner mehr die Pausen überziehen. Und auf das Einkaufen während der Schicht sollte man besser verzichten.

»Solange er nur quatscht«, tröstete Bernd die erschrockenen Kolleginnen, »stört er nicht.«

Es war Brauch in der Abteilung, über Politik und sonstiges Weltgeschehen seine Meinung unumwunden zu äußern. Nun war der Schauspieler Manfred Krug in den Westen übergesiedelt … »Also, in der Komischen Oper! ›Porgy und Bess‹! So eine Statur, und überhaupt die Stimme!« Ria Pessel bedauerte die Ausreise des Mannes außerordentlich. »Da war Sex in der Kehle, versteht ihr?«

Auch Petra meinte, es sei ein Jammer, solch einen Künstler wegzulassen.

»Er wollte es schließlich nicht anders!« schaltete sich der kommissarische Meister ins Gespräch.

»Und dann darf man?« fragte Petra.

Der blasse Härt faltete penibel sein gebrauchtes Butterbrotpapier zusammen. Bernd täuschte einen kleinen Maschinenschaden vor, um Härts Antwort ungestört zu hören.

»Was ist nun?« drängte Ria. »Künstler darf und Arbeiter darf nicht?«

Pollenträger knüllte das zusammengefaltete Papier zu einer Kugel, warf die im Jähzorn durch den Raum. »Dummes Zeug reden, das könnt ihr! Aber bis Schichtende arbeiten, das ist nicht drin!«

Wütend wollte Ria auf Härt los, doch Petra, die Ruhige, Souveräne, hielt sie zurück. »Laß man«, lachte sie glucksend, »das ist so mit den Funktionen, nicht Diethelm?« Und wieder strich sie Härt durch die Frisur.

»Und du sagst nichts!« fauchte Härt seinen Kollegen Bernd an.

Der wies lediglich auf die Papierkugel. »Das ist wertvoller Sekundärrohstoff, Meister.«

Alle rechneten damit, daß Härt in den kommenden Tagen ähnlichen Auseinandersetzungen aus dem Weg gehen würde. Zu ihrer Überraschung jedoch versuchte der Chef immer wieder, den Kommentaren seiner Kollegen zu widersprechen. Wenn eine kleine ironische Bemerkung von Ria wie ein Tennisball durch den Raum flog, konterte Härt mit einer Wucht, die für einen Medizinball gereicht hätte. Und dann brachte er von zu Hause eine Wandzeitung mit. Die Kollegen stellten sich davor, betrachteten all die bunten Bilder. Sie sahen einen Hotelneubau, sie lasen Zahlen, die Auskunft gaben über immer mehr und immer schönere Ferienreisen für die Werktätigen des Landes. Ria fragte: »Wo muß ich mich denn anmelden für so einen Platz?«

Mit fahrigen Fingern strich Härt über die Wandzeitung. »Hat mein Junge gemacht ...«

»Ein tüchtiges Kerlchen!« lobte Petra. »Mit neun Jahren klebt der für Papi eine Wandzeitung. Meiner spielt Fußball und lauter solch reaktionäres Zeugs.«

Wortlos ging Bernd an seinen Arbeitsplatz; Härt saß an der Maschine neben ihm. Daß Pollenträger sich neuerdings sehr forsch gab, mißfiel Bernd, er ahnte kommenden Streit. Kollegen aber müssen zusammenhalten, dachte er, besonders, wenn sie so ein kleiner Haufen sind wie wir. Kurz vor Schichtende beugte er sich zu Härt hinüber: »Hast du das eigentlich nötig?«

Härt blinzelte, gab vor, nichts zu verstehen.

Bernd wies auf die Wandzeitung. »War für einen Kindergarten gedacht, ja?«

»Etwas mehr Achtung könnte dir auch nicht schaden!«

Bernd nahm die Hände von der Maschine. Nie im Leben hatte er von seinem langjährigen Kollegen einen solchen Satz erwartet.

»Ist schon wieder Pause?« zischte Härt.

Bernd, der mit der Leistung in den vergangenen sieben Arbeitsstunden seine Norm bereits weit überboten hatte, stand auf, griff eine Flasche Bier aus der Tasche und trank die, dabei unentwegt zu Härt starrend, langsam aus.

Ende August, wenige Tage vor einer größeren Versammlung, huschte Härt immer öfter in die Zimmer der Werkleitung. Wenn er danach durch die Abteilung Maschinensatz ging, flatterte sein Blick noch nervöser als sonst. Während sich der Speisesaal zur Versammlungszeit füllte, stand er vorn am Präsidiumstisch und redete auf den Werkleiter Roscher ein. Dann kam er zu seinen Kollegen und bedauerte, daß sie ihm keinen Platz frei gehalten hätten. »Wir rücken zusammen«, sagte Bernd, aber Härt saß bereits in der ersten Reihe. Wenig später wurde sein Name genannt. In der Gruppe derer, die zu Ehren des bevorstehenden Republikgeburtstags um Aufnahme in die Partei der Arbeiterklasse gebeten hatten.

Im Moment der ersten Verblüffung fuhr es Bernd durch den Sinn: Jetzt ist Härt endgültig übergeschnappt. Ich weiß zwar nicht, weshalb, aber es hat ihn durchgedreht.

Petra kommentierte gallig: »Denkste noch an seine Sprüche? Jacobs – die Krönung, Rondo – der Gipfel!«

Von mir aus, dachte Bernd, von mir aus. Aber die Kneipenbesuche mit Härt sind ab heute aus dem Programm gestrichen. Nach der Versammlung beobachtete er, wie Härt die Hand geschüttelt wurde; Gratulationen brachte man dem Kandidaten dar, Pioniere aus der Patenschule überreichten rote Nelken. Ohne Grund, dachte Bernd, ohne Grund geht ein Härt nicht in die Partei. Ohne Überzeugung schon, aber nicht ohne Grund. Meinem Vater jedenfalls darf ich davon nichts erzählen.

In den Tagen danach herrschte eine gedämpfte Stimmung in der Brigade II des Maschinensatzes. Die Späße und Bemerkungen der Frauen blieben aus, Bernd versenkte sich in die Arbeit. Härt bemühte sich um gleichbleibende Freundlichkeit, brachte auch, wie in jedem Jahr zuvor, eine Kostprobe der an seinem Haus wachsenden Weintrauben mit, und Petra sagte, was sie bei dieser Gelegenheit immer sagte, nämlich, daß sich bei ihr alles zusammenziehe, und die Kollegen lachten und gaben einen Witz dazu, und Härt erkundigte sich bei Bernd nach dem nächsten größeren Volleyballturnier. Eine Maschine lief heiß, und sie schafften die Reparatur, ohne erst einen Monteur kommen zu lassen, und sie fanden: eigentlich waren sie eine gute Truppe. Ob Härt nun in der Partei mitredete oder nicht – es sollte sie nicht stören. Doch am Ende dieser Schicht bat Werkleiter Roscher um fünf Minuten Aufmerksamkeit. Es gehe um die längst fällige Umstellung des Maschinensatzes. Ab ersten November werde ein Lehrgang beginnen oder auch Mitte November, das erfahre man noch exakt. Und ein Kollege aus jeder Schicht müsse an dem vierwöchigen Lehrgang teilnehmen. Dieser eine Kollege habe dann seine erworbenen Kenntnisse an die anderen weiterzugeben, denn im Mai nächsten Jahres sei es endlich soweit: Abriß der alten Maschinen; die ersten Teile der neuen, hochmodernen Anlage stünden bereits im Land, übrigens: keine amerikanischen.

»Ein Lehrgang? Kurz vor Weihnachten?« Empört schüttelte Ria ihre blonden Locken. »Wer hat sich denn das ausgedacht?«

»Die Teilnahme wird in den nächsten Tagen festgelegt«, sagte Roscher. »Der Lehrgang findet in Köln statt. Es ist auch eine Kölner Firma, von der wir die Anlage beziehen.«

»Köln?« Rias Mund blieb offen.

»In Köln«, sagte Roscher. »Das ist eine zusätzliche Schwierigkeit, ich weiß.«

Petra Niedermann lachte schrill. Und bevor sie den Raum verließ, nahm sie ihre Tasche und schlug Härt damit kräftig über den Kopf.

3

Sie schien zu frieren. Keiner außer ihr trug an diesem warmen Augusttag einen bis auf die Knöchel fallenden Mantel. Der Kragen war hochgeschlagen. Ihr Kopf mit den sehr kurzen Haaren und den tiefliegenden Augen verschwand fast im Stoff. Sie war durch die offene Tür in den mobilen Reparaturstützpunkt getreten und hatte ohne Gruß nach Hansdieter Bischoffs Adresse gefragt. Sie zitterte.

»Sind Sie krank?« fragte René.

»Die Adresse.«

René fuhr mit dem Rücken des Messers über eine frische Kittstelle. »Bischoffs Adresse … Setzen Sie sich wenigstens. Da ist ein Stuhl.«

Die junge Frau blieb gegen den Türrahmen gelehnt stehen. Ihre Augen leuchteten fiebrig. René schob ihr einen Stuhl zu. Sie trat mit dem Fuß dagegen.

»Ich hatte nur für kurze Zeit die Ehre seiner Bekanntschaft. Herr Bischoff war nicht sonderlich sympathisch, offen gesprochen.«

»Die Adresse«, wiederholte die Frau leise.

»Würde Ihnen nichts nützen. Er wohnt seit einigen Wochen als sogenannter Untermieter in Biesdorf. Bei einer älteren Dame. Das weiß ich zufällig von meinem Vater.«

»Die Adresse!«

»Es tut mir ja leid, daß ich Ihnen nicht helfen kann, aber wenn ich …« Er sprach den Satz nicht zu Ende. Die Frau war einen Schritt auf ihn zugegangen, und ihre rechte Hand griff nach einem Hammer. Er sah, wie die Frau die Hand hob, wie sich ihre Augen zu einem Spalt verengten; dann hörte er das Werkzeug auf den Boden fallen. Die Frau wäre mit dem Kopf gegen die Tischkante geschlagen, hätte er sie nicht aufgefangen. Ihre Füße rutschten weg, ihr Gesicht wurde kreideweiß, die Zähne schlugen aufeinander. Sofort war René aus dem Wagen, riß gegenüber die Tür zur Drogerie auf. »Einen Notarzt, schnell!«

Minuten später lag die junge Frau im Hinterzimmer des Geschäftes auf einem knarrenden Sofa, eingehüllt in alle Decken, die in der kurzen Zeit aufzutreiben gewesen waren. Erna Schumecke, die alte Besitzerin des Ladens, meinte, irgendwie komme ihr die Frau bekannt vor.

»Sie wohnt ein paar Häuser weiter«, sagte René. »Ich hatte mal dienstlich bei ihr zu tun.«

Eine Kundin wurde von Erna Schumecke vor das Sofa geführt. »Der Tischler sagt, die Kleene wohnt bei uns inne Nähe.«

»So isset«, bekräftigte die Kundin. »Dess is det Pastorenkind. Rochow heeßt se. Wat se aber machen tut, weeß ick nich. Bloß manchmal hört se so laut Musik, da wird dir der Pudding nich fest inne Schüssel. Jekörntet Spee haste wirklich nich, Erna?«

»Pastorentochter?« fragte René.

»Jenau so.«

Der Krankenwagen fuhr vor. Der Arzt erkundigte sich nach Angehörigen der jungen Frau.

»Stehtet denn so schlimm?« Die alte Schumecke faltete die Hände.

»Die Frau ist doch nur noch Haut und Knochen, sehen Sie das nicht?«

René versprach, sich nach Angehörigen zu erkundigen.

»Die sollen sich im Krankenhaus Friedrichshain melden. Möglichst bald.« Mit Blaulicht fuhr der Krankenwagen davon. Lange erkundigte sich René vergebens bei seinen Kunden nach der Adresse von Angehörigen jener jungen Frau. Endlich erinnerte sich ein Opa, daß irgendeinmal ein Mann an die Tür des Mädchens geklopft und gerufen hatte: »Ich bin dein Vater!« Dem habe sie geantwortet: »Hebe dich hinweg, Satan.« Und dann setzte der Alte hinzu: »Manchmal steht was im Blatt von ihm.«

»In welchem Blatt?«

»In unserer Kirchenzeitung.«

Am frühen Abend saß René auf dem Motorrad. Sein Ziel war ein Dorf hinter Erkner. Die auf einem kleinen Hügel stehende Kirche war verschlossen. Während René um das Gebäude herumging, eilte ein Mann auf ihn zu. Der Mann streckte beide Arme aus, rief schon von weitem, es sei ihm eine Freude und gewiß werde der musikalische Vortrag ein großer Erfolg. Dann stoppte der Mann seinen Schritt, lächelte verlegen. »Entschuldigen Sie, aus der Ferne hielt ich Sie für den Musikus.«

René sagte, weshalb er gekommen sei, und gab dem Mann die Telefonnummer des Krankenhauses.

Der Pfarrer betrachtete den Zettel. »Unsere liebe, kleine Gesine ...« flüsterte er.

»Klein war sie einmal.«

Der Mann nickte. »Und lieb ist sie wohl auch nicht mehr. Sie kennen meine Tochter?«

»Ich hab sie zweimal kurz gesehen.«

»Wenn ich Ihnen eine Erfrischung anbieten dürfte?«

»Gibt es hier in der Nähe einen See?«

»Gleich hinter unserem Haus. Kommen Sie.«

»Ich finde den Weg allein. Danke.«

»Im Garten bei uns weilen zur Zeit Gäste. Eine kleine Runde junger Menschen aus der Bundesrepublik. Möchten Sie sich nicht für eine Stunde dazusetzen?«

»Lassen Sie sich nicht stören.«

»Gewiß haben Sie Berührungsängste?«

»Ich wüßte nicht, weshalb.«

Sie gingen von der winzigen Höhe hinunter über die von Kastanien gesäumte Dorfstraße. Der Pfarrer erzählte, die Gemeinde sei öfter das Ziel junger Besucher. Ganz in der Nähe liege ja auch ein internationaler Zeltplatz. Und in der Gemeinde fänden hin und wieder Veranstaltungen besonderer Art statt. Der erwartete Musiker beispielsweise gebe einen Abend mit moderner elektronischer Musik. Nächsten Sonnabend sechzehn Uhr. Die Plätze in der Kirche seien bereits alle vergeben, man werde zusammenrücken müssen.

René blieb vor dem Zaun des Pfarrhauses stehen. »Ihre Tochter ist schwerkrank, und Sie reden und reden!«

»Wer sagt Ihnen, daß ich nicht unendlich erschüttert bin?«

»Ich will Sie dann nicht weiter stören in Ihrer Erschütterung.«

»Sie hat mir versprochen, sich einer Entziehungskur zu stellen.« Der Pfarrer redete anders als noch vor einer Minute, hastiger. »Eigentlich ist sie Musikerin. Sie wollte Violine studieren. Wir, das sind meine Frau und ich, wir sind von Pontius zu Pilatus gelaufen, wie man so sagt ... Endlich hatte sie einen Studienplatz und dann ... Während des ersten Semesters bereits kapitulierte sie. Sie wollte Musikerin werden, so die Begründung, keine Theoretikerin des Violinespiels. Das Mädchen ist dann in einer Band aufgetreten. Gospelgesang und so, falls Ihnen das ein Begriff ist. Die Band flog auf, das Mädchen hat mal da und mal dort gespielt ...«

»Geld damit verdient?«

»Geld?« Der Pfarrer hob eine Kastanie auf, steckte sie in seine weite Jackentasche. »Danach hat sie nie verlangt. Sie hat eine Stellung als Garderobiere in einem Theater angetreten, sonst hätte man sie als asozial eingestuft. Wir haben ihr die Wohnung besorgt, eingerichtet, die schönsten Möbel der Eltern meiner Frau stehen bei ihr im Zimmer. Wir haben die Hände gerungen ... Sie hat die Tür zugeschlagen. Mit einer Vehemenz, die erschreckt mich noch heute.«

»Sie ist krank«, sagte René. »Der Arzt meinte, sie habe wohl kaum etwas gegessen.«

»Ja, solche Phasen haben wir schon öfter erlebt.«

»Und? Was jetzt?«

»Wir müssen die Last tragen, die uns auferlegt ist.«

René startete seine Maschine. Bevor er auf die Hauptstraße einbog, drehte er sich nach dem Pfarrer um. Der stand noch immer wie festgenagelt.

Als sich René in seinem Zimmer am Hackeschen Markt einen Schnaps eingegossen hatte, entdeckte er auf dem Fensterbrett einen Brief. Kaum hatte er den in die Hand genommen, sah Ingelore auch schon ins Zimmer.

»Seit wann schreibt ihr euch?« fragte sie.

Der Brief war von Fräulein Lina Carolis.

»Sie wird so freundlich sein und sich für das Buch bedanken.«

»Und was schreibt sie?«

»Ich hab den Brief noch nicht gelesen. Du vielleicht?«

Empört zog Ingelore die Luft durch die Nase.

René öffnete den lindgrünen Umschlag, wäre beim Lesen gern allein gewesen, doch Ingelore wich keinen Meter.

»Lieber René, ich hätte den Band auch aus der Bibliothek holen können, aber ich kann nicht von der Angewohnheit lassen, besonders wichtige Wörter zu unterstreichen. Nach dem letzten Examen oder auch schon vorher, jedenfalls solange es noch warm ist, will ich mit einer Gruppe Euer Berlin besuchen. Vielleicht hast Du Zeit und könntest uns Winkel zeigen, die nicht im offiziellen Programm stehen. Bin sehr in Eile und dankbar. Herzlich Lina.« Das Wort »herzlich« war unterstrichen.

René faltete den Bogen zu einem kleinen Viereck, schob es in eine Schublade. »Nichts weiter. Schönen Dank und so.«

»Will sie sich erkenntlich zeigen?«

»Unsinn.«

»Bestimmt bringt Frau Klanke nächstens was mit. Du müßtest dir nur was wünschen.«

»Ja«, sagte René, »ich hätte einen Wunsch. Ich würde gern in aller Ruhe eine Stunde lang Radio hören.«

Sofort wandte sich Ingelore zur Tür.

»Sie will rüberkommen«, sagte René. »Mit einer Gruppe. Und sie fragt, ob ich den Stadtführer mache. Falls ich nicht zu Hause bin, wenn sie kommt, richte ihr aus, sie soll sich in eine Straßenbahn setzen, da sieht sie auch genug.«

»Es wundert mich, daß sie dir schreibt. Schreibt sie freundlich?«

René antwortete nicht, suchte statt dessen im Radio nach einer Musik, von der er wußte, daß sie seine Mutter aus dem Zimmer treiben würde. Als er sein Ziel erreicht hatte, faltete er den Brief auseinander und las ihn ein zweites Mal. Daß Lina mit einer Gruppe kommen würde, ärgerte ihn.

4

Für den Sonnabendnachmittag hatte Stefanie Rechlin ihre Schwiegereltern zum Kaffee eingeladen. Sie stand in der Küche, um die Mandeln für den obligaten Bienenstich zu schälen. Hinter den Neubauten hing der Altweibersommer zwischen Weißdorn und Holunder. Früher, so erinnerte sich

Steffi, hatten Bernd und sie dies Wetter zu langen Spaziergängen genutzt. Von solchen Unternehmungen war jedoch schon lange keine Rede mehr. Wovon ist eigentlich noch die Rede? überlegte sie. Vom Essen? Trinken? Steffi legte Messer und Mandeln beiseite, um sich die Nase zu putzen. Dann hielt sie ihre Hände unter kaltes Wasser, legte sich einen nassen Lappen auf die Augen. Ingelore und Hannes waren zwar erst für den Nachmittag angesagt, aber für Überraschungen, das wußte sie nur allzugut, war Schwiegermutter immer zu haben. Und Ingelore sollte nicht sehen, daß ihre Schwiegertochter wieder einmal zu sehr gegrübelt hatte. Steffi hoffte, heute würde es wenigstens genug Gesprächsstoff geben, nicht nur Sätze über das Wetter, Engelkes Grundstück und wie man René auf Freiersfüße zwingt. Bernd sollte zu einem Lehrgang nach Köln fahren. Wozu er angeblich keine Lust hatte. Steffi wußte: er sagte das nicht aus einer Laune heraus. Nahm er an diesem Lehrgang teil, so müßte er anschließend die Kollegen vom Segen der neuen Satztechnik überzeugen. Und schafft man das, wenn man doch selbst lieber Maschinensetzer bleiben möchte? Vater wird Bernd unbedingt zu diesem Lehrgang überreden wollen, überlegte sie weiter. Doch Bernd wird nicht dulden, daß der ihm in meinem Beisein gute Ratschläge erteilt. Mein Mann hat gute Ratschläge nicht nötig. Meint er jedenfalls.

Der Kurzzeitwecker klingelte. Steffi nahm das Tuch von der Schüssel mit dem Hefeteig. Wenigstens der Kuchen muß heute gelingen, dachte sie.

Er geriet auch sehr gut. Am Nachmittag aß Bernd vier Stücke davon. Als er begehrlich nach dem fünften sah, schlug Ingelore ihm auf die Finger. »Solltest lieber spazierengehen, während deine Frau und ich abwaschen.«

»Davon geht mein Bauch auch nicht weg.«

»Vater hat'n Gieper auf eine Zigarette. Und im Zimmer wird nicht geraucht.«

Hannes tastete seine Taschen ab. »Richtig«, sagte er, »eine Zigarette wäre nicht schlecht. Ich kann mir ja vorn im Klubhaus eine Packung kaufen.«

Die Frauen standen am Fenster, winkten den aus der Haustür tretenden Männern zu. Ingelore sagte: »Aber sie parieren!«

»Ja«, antwortete Steffi, »Streit hat Bernd nicht gern.«

Ingelore bat um einen Schnaps, aber um »einen richtigen«. Steffi holte die Flasche Dujardin, die immer nur anläßlich eines Besuches der Schwiegereltern geöffnet wurde. Wie immer, lobte Ingelore die Enthaltsamkeit der beiden, denn der Weinbrand wurde und wurde nicht alle. Steffi sagte, es gehe bei ihnen überhaupt recht enthaltsam zu. Daß Bernd die Flasche bereits zweimal mit Weinbrand Edel nachgefüllt hatte, verschwieg sie.

Ingelore goß auch Steffi einen Dreistöckigen ein, riet ihr, vor dem Schlucken zu schnuppern, das sei man einer Weltmarke schuldig. Da endlich konnte Steffi lachen, und Ingelore sagte, nun gefalle sie ihr gleich noch einmal so gut, und wenn Steffi noch immer keinen Arbeitsplatz als Einkäuferin habe, so solle sie deshalb nur froh sein, denn sie sei für Schreibtischarbeit nicht geboren und brauche den Umgang mit Kunden weit nötiger als das Auflisten von Trikotagewünschen. »Apropos – geboren. Falls das etwas wird mit Bernds Reise – kann er deine Mutter in Hamburg besuchen!«

»Von Köln aus?«

»Ach so, ja, das ist wohl zu weit.«

»Außerdem – warum soll er meine Mutter besuchen!«

»Vielleicht freut sie sich?«

»Zu Tode wird sie sich erschrecken. Bernd entweder für einen Agenten oder einen Flüchtling halten.«

»Wie geht es deiner Mutter eigentlich?«

»Zu Weihnachten bekomm ich die nächste Karte.«

Tief zog Ingelore den Duft des Weinbrands in die Nase. »Ich hab Hannes eingehämmert, er soll Bernd unbedingt zureden. Ist doch richtig so, oder?«

»Für Bernd auf alle Fälle.«

»Daß sein Betrieb ausgerechnet deinen Mann nach Köln schickt – bist du da nicht stolz drauf? Immerhin – vier Kollegen standen zur Auswahl.«

»Die beiden Frauen in seiner Brigade kamen sowieso nicht in Frage. Zu jung, kleine Kinder. Blieben also nur dieser Härt und Bernd.«

»Und du meinst, dieser Härt ist nur deshalb in die Partei, weil er das mit dem Lehrgang in Köln schon hatte läuten hören? Und unbedingt dorthin wollte?«

»Möglich.«

»Vielleicht wollte er sogar drübenbleiben?«

»Man kann in die Menschen nicht hineinsehen.«

»Und Bernd? Was sagt er?«

»Härt ist krank geschrieben. Kreislauf oder so.«

»Er muß sich doch freuen über die Delegierung, dein Mann?«

»Warum soll er das! Bernd hat keine Lust auf einen neuen Beruf.«

»Aber auf Köln.« Ingelore schnupperte am Glas. »Und mit dem neuen Beruf ... Der Appetit kommt beim Essen.« Sie beugte sich näher zu Steffi. »Sie haben ihn sich ausgeguckt, weil er ein ordentlicher, gewissenhafter Arbeiter ist. Im Gegensatz zu diesem Härt. Härt machte dauernd Fehler, Bernd aber war die Zuverlässigkeit in Person. Hat mir Nagel gesagt. Und das ist ein Mann, der kennt die Menschen!«

»Solche Lobsprüche merkst du dir ...«

»Nichts merkt sich eine Mutter besser als gute Nachrichten über ihre Kinder.« Genießerisch leckte Ingelore die letzten Tropfen aus dem Glas.

»Nachschlag, Mutter?«

Ingelore verneinte und dachte dabei: Wenn die Kleene »Mutter« zu mir sagt, wärmt das mehr als der beste Schnaps.

Durch das weitgeöffnete Fenster drangen die Geräusche eines Sonnabendnachmittags. Kleine Kinder spielten Hopse, auf der Wiese zwischen zwei Neubaublöcken jagten größere nach einem Ball.

Ingelore zog Steffi vom Fenster weg. »Nach Kindern kieken schadet dir nur.« Sie stieß Steffi in die Seite. »Wenn dein Mann in Köln ist, nutzen wir die Gelegenheit zu einem Ausflug nach Bärfelde. Schielen mal wieder über den Zaun vom Kinderheim. Und dann unternehmen wir endlich was. Noch drei, vier Jahre, Mädchen, und sie geben euch von Amts wegen kein Kind mehr frei zum Adoptieren. Weil ihr zu alt dafür seid! Jetzt inne Mitte von dreißig, jetzt ist das schönste Alter. Eingerichtet seid ihr perfekt, und daß ihr keine eigenen Kinder kriegt, ist nach so vielen Jahren erwiesen, und daß ihr kaputtgeht, wenn da nichts ist, was euch beide angeht, das müßten sogar Beamte kapieren. Meldest dich rechtzeitig an in Bärfelde. Wir suchen uns dann einen freien Tag aus. Na?«

»Manchmal, weißt du, manchmal ...« Steffi setzte sich neben Ingelore. »Manchmal komm ich ins Grübeln ... Beispielsweise fällt mir ein: was wäre, wenn ich jetzt alleine leben müßte, geschieden wär. Geht ja vielen Frauen so. In meinem Alter.«

»Als ob Bernd keinen guten Kern hätte!«

»Ich überlege mir: Wenn Bernd in Köln bleiben würde ... Ein Leben ohne Bernd ... Es täte mir nicht weh.«

»Wünsch dir doch gleich, es soll ihn der Schlag treffen!«

»Wäre dieser Lehrgang nicht, hätte ich in diesen Tagen mit Bernd geredet. Hätte gesagt, daß ich genug habe. Daß ich aussteige.«

»Wat redest du da?«

»Ich wollte demnächst zu einem Anwalt. Angemeldet war ich schon.«

»So schnell?«

»Nach mindestens fünf Jahren Anlauf sprichst du von schnell!«

Ingelore schüttelte energisch den Kopf. »Warte, Steffi, warte. Wenn ihr erst ein Kind adoptiert habt ...«

»Das ist dein Geheimrezept: Ein Kind adoptieren und alles wird gut. Glaubst du wirklich daran? Für Bernd ist eine Ehe weiter nichts, als nett zueinander sein, nett und vertraut. Bernd hat sein geliebtes Leben: Arbeit, Geldverdienen, Freizeit, Abschalten. Das ist ein Kreislauf, da will er nicht raus! Um nichts in der Welt! Und wenn er etwas für andere leistet, dann nur, weil es ihm gedankt wird, und je lauter dieser Dank ausfällt, desto besser für ihn. Engelkes würde er noch drei Bungalows in den Garten setzen. In seiner Mütze würde er für Engelkes Sand ranschaffen! Und weißt du warum? ›Seit wir dich kennen, Bernd, fühlen wir uns wohl in Berlin!‹ Zitatende. So süß schmeckt Bernd kein Honig.«

Ingelore legte den Arm um ihre Schwiegertochter.

»Er ist dein Junge«, sagte Steffi, »und ich will dich nicht kränken. Und manchmal bin ich auch alles andere als freundlich zu ihm, ich weiß. Aber es steht mir bis hier, mein eigenes Leben, es steht mir bis hier! Weil es mich nervt!« Steffi stand auf, um die Flasche Weinbrand in den Schrank zu stellen. »Mindestens noch zwei, drei Jahre«, sagte sie, »solange sich Bernd in seiner neuen Arbeit nicht zurechtfindet, so lange komm ich nicht mit Scheidung. Ich bin schließlich nicht unfair. Oder was meinst du?«

Ingelore wußte keine Antwort.

5

Das Dorf hieß Himmelpfort, und die beiden fanden, es könne überhaupt keinen anderen Namen tragen. Die ersten Tage ihres Urlaubs waren vorüber. Doris Keutlein, vorherige Fuchs, hatte ihrem Gatten nach Moçambique eine Karte geschickt; René hatte die gleiche Ansicht mit fast den gleichen Worten als Gruß an den Hackeschen Markt gesandt: »Unterkunft sehr gut, Wunderbare Ruhe. Endlich Zeit zum Schlafen.« Als Doris und René einander diese Sätze vorlasen, legten sie die Ansichtskarten wie auf Kommando weg. »Endlich Zeit zum Schlafen ...«

Der See lag weitab vom Dorf, der Oktobertag lieferte Augustsonne, die Planken des Bootssteges waren warm. Danach ließen sich Doris und René in den See fallen, nackt, wie sie auf dem Steg gelegen hatten, schwammen sie eine Runde. René küßte das nasse Gesicht der Frau. Endlich lagen sie, noch immer nackt, auf einer Decke, hielten die Augen geschlossen.

An den Ehemann seiner Geliebten dachte René ohne schlechtes Gewissen. Rudolf Keutlein – auf dem Foto, das ihm Doris gezeigt hatte, lachte ein stämmiger, rotwangiger Mann mit Vollbart –, Rudolf Keutlein zog es eigentlich nicht zum weiblichen Geschlecht. Genießen konnte er es nur mit Männern. Als der junge Montageschlosser nun einen zweijährigen Einsatz in Moçambique angeboten bekam, meldete er sich sofort. Zwei Jahre Afrika ... Keutlein träumte von jungen, kaum bekleideten Männern. Aber die Träume drohten an seinem ledigen Familienstand zu scheitern, denn das war eine Bedingung für diesen Einsatz im Ausland: das Verheiratetsein. Rudolf Keutlein hatte seine Vorgesetzten beschworen, seinen Namen auf die Liste zu setzen, denn bis zum Oktober, bis es nach Afrika gehen sollte, würde er geheiratet haben. Pionierehrenwort! So war denn der Montageschlosser auf Brautsuche gezogen. Bei einer Tanzveranstaltung – sein Freund blies dort das Saxophon – schloß er Bekanntschaft mit Doris Fuchs. Sie nahm seine Einladung zu einem Glas Wein und sie nahm auch andere Einladungen an. Zehn Wochen später war Keutlein mit Doris verheiratet. Und in den ersten Monaten hatte es ihm hin und wieder sogar Spaß gemacht, mit der Frau das Bett zu teilen. Doch bevor er die Koffer für die große Fahrt packte, sagte Doris ihm auf den Kopf zu, er habe sie nur geheiratet, um seinen Einsatz in Afrika zu retten. Keutlein wagte keinen Widerspruch. »Du bist ein netter Kerl«, hatte Doris gesagt, »und eigentlich bedaure ich dich. Wenn du willst, halten wir auch in Zukunft zusammen. Was die Leute reden, hat mich noch nie interessiert. Aber: du deins – ich meins, klar?«

»Keine Scheidung? Nein?«

»Nein«, hatte sie geantwortet. »Wozu!«

René wußte, daß sich Doris zum Kinderkriegen für zu alt hielt. Sie arbeitete als Wirtschaftsleiterin eines großen Hotels, genoß Achtung und Respekt, war umworben und begehrt. Und hielt sich ausgezeichnet.

»Tagesform gibt es bei mir nicht«, hatte sie einmal erklärt, »ich bin in Form, das ist alles.«

Warum sie gerade ihn zum Liebhaber erkoren hatte und ob er der einzige war, das wußte René nicht. »Was findest du eigentlich an mir?« hatte er sie gefragt. »Nichts«, hatte sie geantwortet. »Und alles.«

Überhaupt sprachen sie wenig miteinander. Über ihre Arbeit schon gar nicht. Politik interessierte Doris nicht, sie schaltete ab, ganz gleich, auf welcher Welle diese gesendet wurde. Sport und andere Showveranstaltungen langweilten sie, Liebesfilme fand sie lächerlich. Abenteuerfilme allerdings regten sie nicht nur auf, sondern auch an. Filme über Banditen, Gangster, Agenten oder Kundschafter hielten sie in einer Spannung, die sich erst in ihren Umarmungen löste. René hatte erwähnt, er werde demnächst eine eigene Wohnung bekommen. Sie hatte genickt. Eine eigene Bleibe sei Gold wert. Gefragt hatte sie nichts weiter.

Ehemann Rudolf war noch über ein Jahr in Afrika. An die Zeit danach dachte René kaum. Irgendwie, dessen war er sich gewiß, würde Doris für sie alle das Beste zu arrangieren wissen. Liebe genießen ohne Verantwortung. Er wußte: das konnte er nur mit Doris Keutlein. René zupfte einen Grashalm aus und strich damit über den Rücken der Frau, dachte: Selbst einfach neben ihr zu liegen ist großartig. Und ein Vergnügen ist es, mit ihr zu schwimmen oder eine Flasche Wein zu trinken oder sie hinter mir auf dem Motorrad zu wissen, ihre Brust auf meinem Rücken, ihre Hände ... Erregt drehte René die Frau auf die Seite, schmiegte sich so dicht an sie, wie er nur konnte, und sie nahm seine Fingerspitzen und küßte sie, daß es in ihm brannte.

»Ich hab Hunger«, sagte sie, als sie endlich voneinander ließen.

René zog ihren Kopf zu sich heran, küßte sie auf die Stirn. Überrascht sah ihm Doris Keutlein in die Augen. »Werd nicht sentimental, mein Junge.« Sie stand auf und stieg in die Kleider.

Das Ferienquartier, eine geräumige Stube auf dem ausgebauten Dachboden eines Einfamilienhauses, hatte René der Bekanntschaft mit einem seiner früheren Templiner Arbeitskollegen zu verdanken. Das Haus in der Mitte eines Dorfes nahe Templin wurde von einem älteren Ehepaar bewohnt; beide arbeiteten im Forst, nach Feierabend rackerten sie hinterm Haus auf einem Feld, das sie »Garten« nannten. Erdbeeren und Rosen brachten ihnen das große Geld. Die Erdbeeren fuhren sie zur Aufkaufstelle, die Rosen holte wöchentlich ein Herr aus Berlin, dessen Ehefrau die Blumen dann vor einem Bahnhof zwischen Alex und Köpenick an die Leute brachte. Zu Gesprächen fanden sich die Hausherren kaum bereit. Doris und René war es recht. Sie waren nicht des Schwätzens wegen nach Himmelpfort gefahren.

Als sie das Haus betraten, fanden sie am Flurspiegel einen Zettel. »Bis gegen vierzehn Uhr warte ich noch. Emmi.«

»Deine Tante?« Doris Keutlein krauste die Stirn.

»Eine andere Emmi kenn ich nicht.«

»Und was will sie hier?«

»Keine Ahnung. Vielleicht hat sie eine Bekannte besucht.«

»Und warum wartet sie dann auf uns?«

»Frag mich was Leichteres.«

In der Nähe des Hauses trafen sie Emmi nicht. Doris riet, die alte Dame warten zu lassen, doch René widersprach. Wenn die Tante ihretwegen nach Himmelpfort gekommen sei, so habe sie sicherlich einen Grund von Wichtigkeit, denn allzugern verreise Emmi nicht.

»Vielleicht ist Opa was passiert!«

»Dann laß uns einen Zettel an einen Baum pinnen: Besorgter Neffe sucht seine Tante.«

»Sie wird im Krug sitzen. Wo sonst!«

Dort war sie auch wirklich. Unterhielt sich mit der Wirtsfrau über die Fabrikation von Apfelsekt. Als Doris und René die kühle Wirtsstube betraten, winkte Emmi sie neben sich.

»Kommt her, mir geht es gut. Hab auf deine Rechnung schon ganz ordentlich gegessen, René.« Plötzlich erhob sie die Stimme, täuschte Verblüffung vor. »Frau Fuchs! Um ein Haar hätte ich Sie nicht erkannt.«

»Keutlein«, sagte Doris. »Wie geht es meinem geschiedenen Mann?«

»Er säuft, die anderen machen die Arbeit.« Tante Emmi zwinkerte René zu. Der spürte, daß seine Tante bisher nicht nur gut gegessen hatte.

»Trinkst du einen Kaffee mit uns?« fragte er.

»Kaffee?«

René bestellte zwei Essen und drei doppelte Weinbrand.

»Zwei«, korrigierte die Tante. »Für dich keinen. Du mußt heute noch nach Berlin.«

René erschrak.

»Nichts Dramatisches. Iß nur erst in Ruhe das Gulasch. Am Rotkohl fehlen die Nelken, aber das macht nichts.« Sie nickte René listig zu. »Dein Vater rief bei uns im Büro an. Du bekommst heute noch Besuch. Am frühen Nachmittag, sagt er.«

»Vater besucht uns am frühen Nachmittag? Oder Mutter? Bestimmt Mutter!« Er konnte sich gut vorstellen, daß Ingelore gern gesehen hätte, mit welcher Frau er den Urlaub verbrachte.

»Nicht doch!« Emmi zwinkerte Doris Keutlein zu, als wollte sie sagen: Gibt es etwas Begriffsstutzigeres als Männer? »In Berlin kriegste heute Besuch. Der Brief kam so spät, sonst hätte Hannes ihn dir nachgeschickt. Eine Gruppe, sagt Hannes. Und du hättest versprochen, den Reiseführer zu machen.« Emmi nahm die zwei Weinbrand vom Tablett, stellte eines der Gläser mit freundlichster Miene vor Doris Keutlein.

Doris hüstelte.

»Ja«, sagte René, »das hatte ich versprochen.«

»Was man verspricht, soll man halten«, sagte Doris und begann zu essen.

»Oder gar nichts erst versprechen!« Prostend führte Emmi das Glas zum Mund. »Lassen Sie den feinen Schnaps nicht warm werden, Frau Fuchs.«

»Ich schenke Ihnen den feinen Schnaps.«

»Die Frau Fuchs – noch immer die Großzügigkeit in Person.« Sie beugte sich zu René. »Ist es eine große Gruppe?«

René stocherte im Essen. »Keine Ahnung. Es sind Kinder.«

»Alles?«

»Betreuer werden auch dabei sein.«

»Und die Kleine ist ein Betreuer?«

René winkte dem Wirt. Er wollte zahlen. »Kommst du allein nach Templin?« Hastig zählte er dem Wirt das Geld auf den Tisch.

Emmi nickte. »Deine Begleiterin nimmst du doch mit nach Berlin, will ich hoffen!«

»Jaja«, sagte er, »selbstverständlich, nicht wahr?«

»Denn eine schöne Frau ...«, trällerte die Tante, »die läßt man nie allein.«

»Danke für die Blumen.« Doris Keutlein verbeugte sich ein wenig. »Ich werde es vorziehen, hier in Himmelpfort einen Pullover zu stricken.«

»Am Abend bin ich wieder zurück.« René öffnete den Frauen die Tür.

Im Vorbeigehen drückte sich Doris an den Jungen. »Wie heißt sie überhaupt?«

»Wieso?«

»Du wirst rot! Erstaunlich.«

»Das ist eine Gruppe«, sagte René, »Bekannte von meinen Eltern, eigentlich mehr von meiner Mutter. Was will man machen!«

»Du bist noch immer rot.« Sie winkte ihm kurz zu, drehte sich auf dem Absatz um. »Gute Fahrt wünsche ich.«

Wenige Minuten später jagte er auf seinem Motorrad nach Berlin. Unterwegs fiel ihm ein, er wußte weder einen Treffpunkt noch eine genaue Zeit. Lina hat geschrieben, das war es, was er dachte. Lina! Die Volkspolizei hatte an diesem Nachmittag alle Geräte zur Kontrolle von Fahrgeschwindigkeit an anderen Straßen postiert. Das war Renés

Glück. Gegen drei Uhr war er am Alex. Er überlegte, ob er bis zum Grenzübergang vorfahren sollte, sagte sich dann, daß es wohl besser sei, die Maschine abzustellen. Und wenn ich sie nicht treff? fiel ihm ein. Er hätte zum Hackeschen Markt gehen können; sicherlich standen im Brief, den ihm Lina geschrieben hatte, nähere Angaben. Aber er wollte seinen Eltern jetzt nicht begegnen. Wenn ich Lina treffe, ist es gut, wenn ich sie nicht treffe ... Er dachte den Satz nicht zu Ende. Er war sicher, er würde sie treffen. Während er Unter den Linden entlangging, überlegte er Sätze, die er mit Lina wechseln könnte. Sie war ja nun fertig mit dem Studium – oder fast fertig? Er würde sie fragen. Und wo sie dann arbeiten werde. Vielleicht in Hamburg, oder sie erhält einen Job in der Nähe ihres Dorfes ... Dann seh ich sie heute wahrscheinlich zum letztenmal, fiel ihm ein. Das wird es sein, dachte er, sie kommt noch mal rüber, zeigt einigen Leuten Berlin-Ost, bedankt sich bei der Gelegenheit für das Buch, das ich ihr geschickt hatte, läßt beste Grüße von Klankes ausrichten. Und das ist die ehemalige Synagoge, aha ... Bleibt als Ruine stehen? Als mahnendes Denkmal, na ja ... Das beste wird sein, so dachte René, ich geh mit ihr zum Rolandufer. Zille-Denkmal und Bärenzwinger, paar Bäume und bißchen Wasser. Dort ist es schön und ruhig. Ob sie mit vielen Leuten kommt? Mit einer Gruppe ... Vielleicht Angehörige der Jungen Gemeinde oder Studenten aus ihrem Seminar. Zum Kasper laß ich mich jedenfalls nicht machen. Das fehlte noch, daß ich als Exote posier! Original Ostberliner Tischler, zum Anfassen ... Anfassen, dachte er. Einem Mädchen wie Lina über den Kopf streicheln dürfen, die Sommersprossen zählen ...

An der Kreuzung Unter den Linden – Friedrichstraße stieß er gegen einen Rollstuhl. Er rieb sich das Knie, sah auf und erblickte Lina. Lina war es, die diesen Rollstuhl schob. Und vielleicht war sie sogar mit Absicht gegen sein Knie gestoßen.

Der Junge im Rollstuhl – sein großer Kopf schwankte ständig – lachte mit offenem Mund und stumm. Ein bärtiger junger Mann hieb René die Hand auf die Schulter. René drückte viele Hände.

»Das ist fein.« Linas Stimme klang leise.

»Habt ihr gewartet?« fragte er und kratzte sich das Kinn. Älter war sie geworden, diese kleine Lina. Um die Augen direkt ein wenig angestrengt, sie wirkte müde. Er nickte dem Mädchen zu. »Hast du das Examen hinter dir?«

»Den größten Teil.«

»Ist hart, was?«

»Du paukst wie ein Ochse und stehst dann doch im Regen! Wenn du nämlich merkst – Arbeit findest du sowieso nicht.« Der Bärtige schob den ihm anvertrauten Rollstuhl neben Lina und René. »Solche Sorgen habt ihr nicht.«

»Komm doch zu uns«, sagte René.

»Ja, wenn Ihr die Mauer nicht hättet!«

»Wir hatten uns geeinigt, Gregor, ja? Keine Politik!«

Der Bärtige lachte. »Ist schon okay, Kleine.«

Wieso nennt er sie »Kleine«? dachte Rene. Ob er und sie ... Aber mit den drei anderen ist sie genauso vertraut. Alles Männer irgendeines Kreises. Die haben drüben anscheinend noch mehr Vereine als wir ...

Lina sagte, die Kinder seien geistig und körperlich behindert, aber förderungsfähig und sehr lieb. Die vier in den Rollstühlen waren taubstumm. Manchmal, wenn Lina erzählte, sah René an ihren Mienen, daß sie das Mädchen wahrscheinlich verstanden.

»Sie verstehen fast jedes Wort«, sagte Lina. »Man muß sehr vorsichtig sein.«

»Das bin ich sowieso.«

»Weshalb?«

»Neben einer studierten Westberlinerin?«

»Bleib gerade!«

Auf Renés Rat hin zog die Gruppe in die Nähe des Märkischen Museums. René besorgte aus den umliegenden Läden Eis und Brause. Lina bedankte sich für das Buch, sie habe es jetzt an eine Kommilitonin aus dem unteren Studienjahr weiterverschenkt, er sei damit doch sicherlich einverstanden.

»Ihr helft einander wohl sehr?« fragte er.

»Aber ja.«

René erzählte von Gesine Rochow. Daß eine Pfarrerstochter aber auch so ausflippen konnte!

Lina bat um die Adresse des Pfarrers. Sie werde sich um das Mädchen kümmern.

»Wie willst du denn das bewerkstelligen?«

»Ach, wenn man den Mut dazu aufbringt!«

Er legte seine rechte Hand auf ihre Schulter. Und er erschrak, als er merkte: sie wich nicht aus, mehr noch, sie lehnte sich an ihn. Da sagte er dann nichts mehr, sondern ließ die anderen aus der Gruppe reden. Nach zwei Stunden, als der Wind auffrischte, meinten die Westberliner, es sei besser zurückzugehen. Die Kinder hätten einen anstrengenden Tag gehabt. »Aber einen sehr schönen!« sagte Lina. Und die Kinder in den Rollstühlen, die ihr auf den Mund sahen, nickten mit den großen Köpfen.

Er brachte sie bis zur Friedrichstraße, und dann ging er die Linden zurück und fühlte sich wie betrunken. Auch als er in Himmelpfort ankam, spürte er dieses Gefühl noch immer. Im Flur hing neben dem ersten Zettel ein zweiter: »Schönen Urlaub noch! Doris!«

Die Hausherren sagten, Frau Keutlein sei vor einer Stunde mit ihrem Gepäck zum Bahnhof.

6

Von der Stadt Köln hatten die Kollegen aus Berlin bisher kaum etwas gesehen. Den Dom neben dem Hauptbahnhof, eine Rheinbrücke, die Flutlichtanlage eines Stadions. Ein Angestellter der Firmenleitung hatte sie am Bahnhof erwartet. Da der Zug mit Verspätung eintraf, bat der Mann freundlich, aber bestimmt, um Beeilung. Mit dem Bus fuhren sie in ihr Quartier, die Pension »Sonne«. Dort waren sie auch sogleich mit einem Packen Arbeitsmaterial versehen worden. Broschüren in Glanzpapier, Farbtafeln und Skizzen auf einzelnen Pappen, sauber zusammengehalten von modernster Bürotechnik. Der für die Betreuung der fünf Berliner verantwortliche Herr meinte, es wäre sicherlich hilfreich, sie würden schon einmal hineinsehen in die Arbeitsunterlagen, denn da der Lehrgang, wie bekannt, nur einen knappen Monat dauere, sei alles ziemlich intensiv. Bevor er ging, schlug er sich vor die Stirn. »Das Zweitwichtigste!« rief er und überreichte ihnen gegen Quittung je einen Umschlag mit dem Tagegeld für die ersten zwei Wochen.

Etwas beklommen hatten Bernd und die anderen ihre zugewiesenen Zimmer betreten. Helle, saubere Räume – Fernsehapparat, Dusche –, mit Blick auf eine Kleingartenanlage und eine Straße mit schmucken Reihenhäusern.

»Bei der Pensionswirtin gibt es Bier«, sagte Udo Külz am ersten Abend, aber der dicke Spengler entgegnete: »Mit Gaststättenaufschlag! Im Kühlschrank steht Selter. Die kostet uns nichts.«

Bis auf Spengler hatten sie dann doch noch jeder zwei Flaschen Bier geleert und festgestellt, eigentlich schmecke das kaum anders als zu Hause, nur etwas süßer vielleicht. Auch Carola Schulz hatte sich ein Fläschchen gegönnt, Altbier. »Na ja«, sagte sie und war nicht begeistert. Als einzige Frau hatte sie ein Einzelzimmer erhalten, während sich die Männer je ein Doppelzimmer teilten. Die Schulz kam aus dem Graphischen Großbetrieb, ging auf die Fünfzig zu und hatte die Figur eines Meisterringers. Kollege Kelling, wie Bernd Rechlin im Bäromat beschäftigt, zählte noch keine vierzig Jahre, doch er war fast glatzköpfig und seine Stirn faltig wie ein Waschbrett. Udo Külz aus dem Vorwärts-Verlag und Bernd Rechlin hatten während der Fahrt eine Gemeinsamkeit entdeckt – Erfahrungen beim Bau von Bungalows – und bezogen nun auch zusammen ein Zimmer. Die Schulz hatte sich mit dem Packen Lehrmaterial bald auf ihr Zimmer zurückgezogen, die Männer aber meinten, man solle nichts überstürzen. Jeder von ihnen kannte Lehrgänge, und immer hatten sie die als eine Art zusätzlichen Urlaub empfunden. Nun gar in Köln ...! Bernd und Udo wären gern durch die Stadt spaziert, um alles, besonders das ihnen als verrucht Geschilderte in Augenschein zu nehmen, doch der Mann von der Firmenleitung hatte sie gewarnt. Die Innenstadt sei in den Abendstunden ein teures und zuweilen schmieriges Pflaster.

Also schalteten sie zwecks Unterhaltung den Fernsehapparat im Klubraum der Pension ein, bestaunten das riesige Color-Bild. Kelling wagte das Witzchen, die Aktuelle Kamera werde ihm fehlen. Spengler zuckte mit den Augenbrauen; Bernd sah es und stieß Kelling in die Seite. Vorsicht, bedeutete dieser Stoß, man weiß nie, was ein Spengler später erzählt ...

»Na denn«, Külz erhob sich. »Ziehen wir uns zum Selbststudium zurück.« Auf dem Zimmer aber holte der Kollege eine Flasche Nordhäuser und einen Ring Paprikawurst aus seinem Koffer, nahm, weil nun weder die Schulz noch Spengler in seiner Nähe waren, eine Illustrierte und seufzte wohlig. Gern gab er Bernd von seinen Schätzen ab.

Einigermaßen aufgeregt betraten die fünf Kollegen aus Berlin, Hauptstadt der DDR, am nächsten Morgen das neondurchflutete Schulungszimmer der Firma. Mit ihnen nahmen dreißig andere Lehrgangsteilnehmer auf den mit weinrotem Kunstleder überzogenen, federnden Stühlen Platz. Man nickte einander freundlich abwartend zu, sah nach vorn, wo der Lehrgangsleiter – er trug eine Fliege zum weißen Kittel – ohne Vorrede begann. Nach den ersten Sätzen merkte Bernd, daß der Mann die Kenntnis der Broschüre, die ihnen bei ihrer Ankunft überreicht worden war, voraussetzte. Und er merkte weiter: die Leute aus dem Westen hatten all die Materialien wirklich schon gelesen. Mit klammen Fingern schlug er die Broschüre auf. »1974 hat die Firma Heller ihre Satzproduktion auf eines der modernsten Satzherstellungsverfahren, den Lichtsatz, umgestellt ... Solange vorwiegend im Buchdruck (Hochdruck) gedruckt wurde, bestand keine zwingende Notwendigkeit einer anderen Art der

Satzherstellung. Parallel zur Entwicklung des Buchdrucks wurden jedoch auch zwei weitere Druckverfahren entwickelt: der Flachdruck und der Tiefdruck. Diese beiden Verfahren verlangen nicht mehr unbedingt den Bleisatz, weil mit ihnen nicht mehr ab erhabene Lettern gedruckt wird. Im folgenden wird versucht, den Durchlauf einer Arbeit auf einer Digiset-Lichtsatzanlage zu verfolgen ...«

Digiset? Bernd Rechlin hob den Kopf. Sah in das ratlose Gesicht seines Kollegen und Zimmernachbarn Udo. Die Bundesdeutschen ringsum notierten emsig. Bernd hatte vergessen, einen Schreibblock mitzubringen, Külz besaß ebenfalls keinen, tippte deshalb auf den breiten Rücken des vor ihm sitzenden Spengler, doch Spengler knurrte, er habe selbst kaum was. Schließlich half ihnen die Schulz mit Papier aus. In der Pause verwies der Lehrgangsleiter, der die Materialbesorgung beobachtet hatte, auf einen Stapel Blocks mit feinstem Papier, die ihnen nach Bedarf zur Verfügung stünden.

Külz paffte in der ersten Pause eine Zigarette, flüsterte: »Ich kapier das nie.«

Bernd pustete auf den heißen Automatenkaffee. »Am liebsten würde ich mir eine Grippe einfangen.«

Die ersten Lehrgangsstunden behandelten das Thema Arbeitsvorbereitung. Ein Projektor warf Wörter auf die Leinwand: formale Arbeitsvorbereitung, sprachliche Arbeitsvorbereitung, technische Manuskriptvorbereitung ... Bernd schrieb die Begriffe ab und wußte mit keinem davon etwas anzufangen, wußte nur endlich und mit aller Deutlichkeit, daß er einen neuen Beruf ausüben sollte. Das hier war keine Qualifizierung oder Weiterbildung, das war das Erlernen eines neuen Berufes. Und zwar in vier Wochen.

Der Mann mit der Fliege erläuterte eine Skizze. Pfeile, Bilder, das Wort »Perforator« ... Der als Beispiel herangezogene Text trug die Überschrift »Harpune – nicht mehr zeitgemäß.« Bernd las: »Wir machen uns mitschuldig, wenn wir länger schweigend zusehen, wie Meerestiere mit neuartigen

Mordgeräten, Unterwasserschleudern und Preßluftgewehren, bedenkenlos bis zur letzten Schuppe ausgerottet werden ...« Der Text interessierte ihn. Er blätterte die Seite um, aber da war nichts. Richtig, dachte er, ist ja nur ein Demonstrationstext. Bei uns versteht man unter Demonstrationstexten was ganz anderes. »Weg mit NATO-Waffen!« beispielsweise.

Külz stieß ihn in die Seite. »Mal das ab, Mensch!«

Widerwillig begann Bernd die Skizze in sein Heft zu übertragen. Er war damit noch längst nicht fertig, als die Skizze von einer zweiten abgelöst wurde. Die Schulz allein hatte es geschafft, alles rechtzeitig in ihren Aufzeichnungen zu bergen. Und sie war es auch, die den vier Männern am frühen Abend, als sie alle mit schweren Köpfen die Stufen zur Pension hinaufstiegen, erklärte, es wäre eine Affenschande, wenn sie sich blamieren würden. Die Bundesdeutschen hätten für den Lehrgang bezahlt, sie koste er keinen Pfennig. Aber ausgerechnet sie kapierten nichts. Was das für einen Eindruck machen solle!

»Ob die am Ende prüfen?« fragte der dicke Spengler.

»Prüfung oder nicht! Ihr seid doch sonst so vornweg! Wenigstens mit der Klappe!« Die Schulz schien ernstlich böse.

An den folgenden Abenden lasen Bernd und seine Kollegen weniger in den bunten Heften, und fernsehen wollten sie schon gar nicht mehr. Sie studierten. Und wenn sie vieles auch nicht begriffen, so versuchten sie doch, sich die Sätze einzuprägen. Lang wurde ein Tag nie, gegen zehn Uhr knipsten sie abends das Licht aus, schliefen erschöpft und wie erschlagen ein. Der Sonnabend war bis zum Mittag Schulungstag; am Nachmittag, es regnete in Strömen, liefen Bernd Rechlin und Udo Külz einige Runden über einen Sportplatz, der in der Nähe lag. »Das dürft ihr nicht!« hatte Spengler gewarnt, »ihr müßt wenigstens vorher den Platzwart fragen!« Sie fragten aber nicht, und es fragte sie auch keiner. Danach duschten sie, legten sich auf die Betten, und als sie erwachten, kurz vor neunzehn Uhr, teilte ihnen Spengler mit, er und Kelling hätten sich im Stadion ein Fußballspiel angesehen. Dritte Landesliga, nicht übel, drei zu null für die Gäste aus Oberhausen. Das Beste aber: kein Eintrittsgeld!

Der Sonntagmorgen, so hatte es sich Bernd vorgenommen, sollte dem Briefeschreiben dienen. Doch sobald er jetzt auch nur an Papier dachte, wurde ihm übel. Die Schulz wollte gern in den Zoo gehen, traute sich aber nicht allein. Die Männer um sie herum gähnten. Verärgert zog sich die Frau in ihr Zimmer zurück.

Bernd beschriftete eine Ansichtskarte. »Liebe Steffi, es ist Sonntag. Wir alle haben ein schlechtes Gewissen, weil wir in der vergangenen Woche zuwenig gelernt haben. Es wird aber auch viel verlangt! Die meisten Teilnehmer wollen, daß die Schulung noch intensiver erfolgt, weil die Zeit hier für sie Lohnausfall bedeutet. Köln ist eine große Stadt. Mehr weiß ich nicht davon. Herzliche Grüße. Dein Bernd.«

Külz schlug vor, den Rest des Tages in einem Puff zu verbringen. Stöhnend setzte sich der junge Mann an den Tisch. »Zu Hause beneiden die uns!«

»Wer von uns käme auch sonst nach Köln!«

»Zum Lehrgang!« Külz stöhnte noch einmal. »Wenigstens einen Pornofilm könnte man sich ankieken ... Blöde Pfennigfuchserei! Was ich alles mitbringen soll!«

Bernd zog die Arbeitsmaterialien näher zu sich. »Ich büffle jetzt.«

»Die beneiden uns«, wiederholte Udo. »Ist aber auch wahr: alles vor der Tür – Sex, Suff, Fresserei! Und mit der Bahn ist es ein Katzensprung nach Belgien. Und wir sitzen hier und büffeln. Sogar am heiligen Sonntag.«

»Die Bundesdeutschen quatschen weniger, die klotzen.«

Ergeben schlug Külz seine Mitschriften auf. »Aber einmal tob ich mich hier noch aus!«

Blaß und unausgeschlafen, ängstlich den neuen Lehrstoff erwartend, zogen die fünf Kollegen aus Berlin am Montagmorgen in ihre zweite Schulungswoche. Die Schulz schluckte von zu Hause mitgebrachte Tabletten gegen Kopfweh, Spengler wischte sich unaufhörlich den Schweiß von der roten Stirn. Külz nagte an der Oberlippe, er und

Kelling rauchten in jeder Pause drei Zigaretten. Bernd aber redete sich zu: Disziplin, Disziplin ... Nach Hause kommen und Pollenträger gegenüberstehen und sagen müssen: tut mir leid, ich hab es nicht begriffen – nein, unmöglich.

Der Kontakt der fünf zu ihren bundesdeutschen Kollegen war von höflicher Zurückhaltung gekennzeichnet. Man bot sich gegenseitig Zigaretten an, tauschte Karo gegen Roth-Händle; und die Schulz nahm nach ein paar Tagen sogar von den Bonbons, die in jeder Stunde von Platz zu Platz gereicht wurden. Nach Unterrichtsschluß eilten alle Teilnehmer auf schnellstem Wege davon, in den Pausen war nur Zeit für wenige Worte über Wind und Wetter. Wenn allerdings die Assistentin des Lehrgangsleiters, eine spitzbusige Blondine, ihrem Chef die Arbeitsmaterialien nachtrug, stöhnten alle Männer, ob sie nun aus Berlin, Köln oder München waren. Einmal aber, am Ende der zweiten Woche, stand ein schnurrbärtiger Wolleschopf neben Bernd.

»Sag amol, dös is Tatsache, du verdienst fei net mehr als tausend Mark auf die Hand?«

»Das ist für uns eine Menge Geld«, sagte Bernd. »An Miete zahl ich ...«

»Scho recht«, unterbrach ihn der Bayer. »Hauptsach, man lebt zufrieden, net woar?«

»Ja«, sagte Bernd. »Das ist die Hauptsache.«

Während er das sagte, grinste er ein wenig; der Kollege neben ihm erwiderte das Grinsen und gab ihm die Hand. »Max. Max Poller. I bin aus Rosenheim gebürtig, aber wohnen tu i halt hier. Mit Arbeit is nix darhoam.«

Händeklatschend bat die Assistentin zurück in den Raum.

Die Schulz zwängte sich näher. »Was wollte der denn?«

»Reden. Was sonst!«

Am Ende der dritten Woche kam der Bayer wieder auf Bernd zu. Er habe sich überlegt, eigentlich sei es eine Affenschande, daß die Berliner jeden Tag für sich allein hockten, und ob Bernd nicht Lust habe, mit ihm ein Eishockeyspiel zu besuchen. Die Rosenheimer täten heute in Köln matchen, und Rosenheim sei doch seine Heimat.

Bernd, der sofort an das Eintrittsgeld dachte, erwiderte, er sei eher an Volleyball interessiert.

»Da schau her! Dös hoab i in der Jugend fast amol profimäßig betrieben. Und bei der Olympiade hoab i Aufnahmen gemacht. Oan Bild von mir hat sogar in der Zeitung gstanden. Die Kubanerinnen beim Stellungsspiel am Netz.«

»Ja, das war was!« strahlte Bernd. »Die Kubanerinnen und die Mädchen aus Korea!«

»Also – zuerst schauen wir uns die Rosenheimer an, dann zeig i dir die Aufnahmen von der Minkener Olympiade. Wannst willst, bringst oan Kollegen von dir mit.«

Bernd fragte Kelling, Külz und Spengler, ob sie sich mit ihm ein Eishockeyspiel ansehen würden.

»Ich spar mein Geld fürn Puff«, knurrte Külz. Kelling meinte, er wolle endlich mit der Schulz in den Zoo, und der dicke Spengler gab zu bedenken, ob das gut sei, wenn sich Bernd von einem Bundesdeutschen nach Hause einladen und ausfragen lasse.

»Was soll Poller denn fragen?«

Spengler wischte sich wie immer den Schweiß von der Stirn. »Du bist alt genug.«

»Allerdings!« Wütend verließ Bernd die Pension.

Im Eisstadion forderte der Sprecher mehrmals zum Zusammenrücken auf. Max Poller deutete auf die Spielfläche und die sich drängenden Zuschauer. »So ist's, wann wir Bayern kumma!« In der Halle wurden keine alkoholischen Getränke verkauft, also trug Poller wie viele andere auch seinen Flachmann unter der Jacke, aus dem er Bernd anbot.

»Keinen Enzian?« wunderte sich der.

»Am Enzian erkennst den Bayern. Und du woaßt halt nie, neben wem'st zu sitzen kommst.«

Viel zu schnell war das Spiel nach Bernds Empfinden. Kaum hatte er einmal den Puck zwischen den massigen Spielern ausgemacht, da erscholl auch schon mit ohrenbetäubendem Geheul eine Sirene. Er zuckte zusammen, ließ sich von Poller sagen, dies sei eine Anfeuerung der Kölner für ihre Geißbock-Mannschaft, aber es würde den Kölnern nix nützen. Dann nützte es denen wohl doch, denn die Zuschauer sprangen auf, brannten Wunderkerzen ab und sangen Verse, die der Gast aus Berlin nicht verstand, deren Inhalt er jedoch ahnte. In der Pause schien Poller verschnupft. »Wannst nix dagegen hast, schaun wir, dös wir rauskumma.« Bernd vernahm, daß die Rosenheimer heute eh verlieren würden, denn der Sieg der Bayern hätte die Meisterschaft uninteressant werden lassen, zu überlegen hätten die Rosenheimer dann an der Tabellenspitze gelegen. Spannung aber müsse sein, sonst blieben die Zuschauer weg.

Ungeachtet der kräftigen Schlucke aus dem Flachmann, steuerte Poller sein Auto sicher durch die Stadt. Während der Fahrt sang er mit kräftigem Baß Volkslieder. Sogar zu einem Jodler brachte er es. Nach einer Viertelstunde Fahrt sagte er: »Dös, woast jetzt siehst, dös ghört alles zur Medizin. Dös Klinikum, die Schwesternschule. Meine Frau is in der Röntgenologie, Oberschwester. Unsre Wohnung hängt am Klinikum dran, dös hoat Vorteile.«

Vor einem dreistöckigen Wohnhaus, das wie frisch erbaut wirkte, obwohl es nach Pollers Worten doch schon zwanzig Jahre alt war, trat ein junger Mann ungeduldig von einem Bein aufs andere.

»Unser Bua«, erklärte Poller. »Dös Rezept, mit dem wir ihn gmacht haben, dös war fei guat. Nächstes Jahr kriegt er sein Abitur.«

Der junge Mann, kaum daß er dem Vater und Bernd einen Gruß zugenickt hatte, übernahm den Platz am Steuer. »Aber vorsichtig bist!« rief ihm Poller nach, und zu Bernd sagte er: »Dös red i nur daher. Der Bua is vorsichtig. Bei Mädchen und bei Autos.«

Pollers Frau, eine untersetzte, freundliche Erscheinung, begrüßte Bernd wie einen alten Bekannten. Zum Erstaunen der Männer fanden sie den Tisch bereits gedeckt. »Wenn die Rosenheimer vier zu null im Rückstand liegen, hält's ihn nicht«, die Frau lachte und verriet, das Spiel am Radio verfolgt zu haben.

Max Poller bat seinen Gast an den Tisch. Zuerst gab es grüne Kräutersuppe, die Bernd zu sehr nach Butter schmeckte. Die Männer tranken Bier, die Frau ein Glas Wein. Die Wurstscheiben waren so dünn, wie es Bernd noch nie gesehen hatte. Zuerst vermutete er, auf diese Art werde gespart, doch dann bemerkte er: Poller brachte drei verschiedene Scheiben Wurst auf einer Scheibe Brot unter, und im gleichen Moment fiel ihm ein, daß er seiner Mutter versprochen hatte, ein scharfes Küchenmesser mitzubringen, falls das nicht gar zu teuer sei ...

Frau Poller erkundigte sich nach den Kindern des Gastes. Bernd dachte: wenn ich jetzt über Steffi und mich rede, kommt vielleicht ein richtiges Gespräch zustande, nicht nur solch Blabla über Wetter und Wurst. Doch er schwieg und vermerkte dankbar, daß Pollers nicht nachhakten. Er erwähnte, daß Steffi berufstätig und neuerdings Chefin einer kleinen Verkaufsbude sei, ein Geschäft für Obertrikotagen, und die Qualifizierung, selbst Waren einzukaufen, besitze sie auch.

Wieder und wieder forderten die Gastgeber zum Essen auf, doch Bernd erging es wie stets in solchem Fall: Übermaß machte ihn von vornherein satt.

»Aber es schmeckt Ihnen doch?« Die Frau schien ehrlich besorgt.

»Danke, wirklich sehr gut.« Und er war so höflich, sich nach dem Rezept der Kräutersuppe zu erkundigen.

Max Poller baute unterdessen die Leinwand für seine Aufnahmen auf. »Du trinkst doch noch oan?«

Bernd nickte.

Die Bedienung des Projektors erfolgte per Automatik. In das gleichmäßige Schnurren des Motors ertönte alle fünfzehn Sekunden ein zarter Klick, mit dem ein Bild vom nächsten abgelöst wurde. Poller saß neben dem Apparat; seine Hände hielt er glückselig über dem Bauch gefaltet.

»Dös is die Rosenanlage vor der Wettkampfhalle. Hinter

dem Gebüsch, links, dös is a getarnter Polizist. Wegen der olympischen Sicherheit für die Aktiven.« Klick. »Da bist jetzt in der Halle herinnen. Die ganzen Fahnen, schaust?« Klick. »Dös Kampfgericht. Dös gefallt mir am Volleyball, dös is a fairer Sport. Nur daß sie halt nur noch so baumlange Lackeln brauchen. Was aber bei den Weibsleuten net übel is. Do siehst mehr Bein.« Klick.

Bernd würdigte die fotografische Meisterschaft seines Kollegen. Die Aufnahmen schienen ihm auch wirklich ohne Fehler. Die Bildausschnitte waren sorgsam gewählt, und wenn irgendwo Unschärfe zu sehen war, so war die berechtigt. Als endlich die Aufnahme an die Reihe kam, die Poller an eine Zeitung hatte verkaufen können, hielt der Bayer den Apparat an. »No? Was sagst?«

»Sehr gut.«

»I hoab Meinungen ghört, dös wär professionell.«

»Hast du denn so was vor? Als Berufsfotograf arbeiten?«

Der Bayer winkte ab. Die Pressefotografen – eine Mafia! Kein Rankommen. Aber gelegentlich ein Foto, das wäre schon was. Immerhin – er sei knappe vierzig, und wenn die Frau auch ein gutes Geld mit nach Hause bringe ...

»Du verdienst doch noch besser.«

»Solang i in Arbeit steh.«

»Deshalb schindest du dich doch bei diesem Lehrgang. Damit du beschäftigt bleibst.«

»Fünf san wa in der alten Truppe. Mehr als drei werdens net brauchen. Die drei schaffen mit der neuen Technik, was die fünf an der alten brachten. Aber mich werdens scho nehmen. Auf mi is Verlaß. Wann i den Nachweis in der Taschen hoab, nehmens mi noch paar Joahr.«

»Und dann?«

»Mit fünfzig bist für den Lichtsatz eh net mehr zu brauchen. Der is oagerichtet für die Jugend.« Poller legte eine neue Bilderserie in den Apparat.

Der Projektor schnurrte, der Klick erklang regelmäßig. Das Bier, der Wacholderschnaps, der weiche Sessel, die warme, ein wenig abgestandene Luft des Zimmers ... Als

Poller seinen Berliner Kollegen weckte, war dieser sehr erschrocken, bat um Entschuldigung.

Lachend packte Poller die Dias sorgsam in die Kästchen zurück. »I hätt aufhören kenna, aber ich hoabs halt selber so gern, die Aufnahmen.«

Es ging auf elf Uhr, als Pollers meinten, für den Rückweg zur Pension nehme der Gast am besten eine Taxe. Die Frau schimpfte, weil der Sohn noch nicht mit dem Wagen zurück war, aber Bernd beteuerte, das mache gar nichts, und er bedanke sich sehr für den Abend. Und ob ein Bus in Richtung »Sonne« fahre.

Eine Straßenbahn, antworteten Pollers. Vom Neumarkt die Sieben Richtung Zündorf. Aber mit der Taxe sei es nur ein Katzensprung, und die freundliche Frau Poller setzte mit Blick auf die von den Männern geleerten Flaschen hinzu: »Die rüttelige Bahn muß nicht sein, Herr Rechlin.«

Muß nicht, dachte Bernd, während Pollers ihm nachwinkten. Aber die Beine vertreten muß ich mir, Sauerstoff in das müde Blut tanken. Außerdem, in der Pension sitzen sie bestimmt noch alle um den Fernseher. Dem dicken Spengler Rede und Antwort stehen – wo leben wir denn! Die Straße nach rechts bis zur Aachener, dann über den Hohenzollernring, bis zum Neumarkt kann es nicht weit sein.

Er war der einzige Fußgänger weit und breit. Die Schaufenster eines Möbelhauses waren taghell erleuchtet, die Auslagen einer Phono-Filiale mit Scheinwerfern ausgestrahlt. »Verschwendung«, murmelte Bernd Rechlin, »die üppigste Verschwendung ...« Und er blieb vor einem der Fenster stehen und dachte: Was soll ich mit solch einer Anlage! Wenn ich die auch nur auf halbe Leistung drehe, beschall ich zu Hause den ganzen Kietz. Daneben sah er die Leuchtschrift »Konfiserie«. Belustigt begann er die einzelnen Schokoladensorten zu zählen. Bei der Zahl dreißig gab er es auf. Ein wenig torkelig ging er weiter. Ihm war, als wischten die Autos wie leuchtende Pfeile an ihm vorüber. Aus einer Wohnung klang klassische Musik. Hinter einem hohen Fenster sah er musizierende Männer; Geigen, den Hals eines Cellos.

Hausmusik, dachte er, guck an, die tollste Stereoanlage nebenan und trotzdem Hausmusik ...

Das Bier drückte ihm auf die Blase. Er suchte einen dunklen Ort, betrat einen von Büschen gesäumten Torweg. Ein Hund schlug an. Hast recht, dachte Bernd und knöpfte die Hose wieder zu, am Neumarkt wird es Toiletten geben, sauber, hell, Warmluftschleudern zum Händetrocknen ... Er ging einige Meter, dann blieb er vor einem Baum stehen. Von fern sah er die Lampen und Neonschriften des Neumarktes. Wie ein aus tausend Farben zusammengesetztes Viereck lag der Platz vor ihm.

Von der anderen Straßenseite eilten zwei Männer auf ihn zu. »Mosil!« riefen sie. »Mosilienstein, wo ist?«

Bernd schüttelte den Kopf.

»Mosilienstein!« Die Männer überragten ihn um Kopfeslänge; ihre schweren Pelzmäntel standen in seltsamem, angsteinflößendem Kontrast zu den unrasierten Gesichtern.

»Keine Ahnung«, sagte Bernd. »Nix wissen.«

Einer der Männer faßte ihn an der Schulter, hielt ihm einen Zettel vor die Augen.

»Keine Ahnung, verdammt noch mal!« Mit einem Ruck löste er sich aus dem Griff, ging schnell weiter. Die Männer blieben stehen. Bernd fühlte: sie sahen ihm nach. Die Farben des Marktes schienen ihm plötzlich in die Ferne gerückt. Die Männer – so erkannte er im Umdrehen – starrten böse. Ruhig bleiben, redete er sich zu, nichts anmerken lassen, vielleicht auch wieder ein Schaufenster betrachten, lässig, ganz lässig ... Als er stehenblieb, merkte er, die Ausländer gingen weiter. Auf ihn zu.

Zwei Frauen schwatzten auf der anderen Straßenseite. Er eilte hinüber. Sofort verschwanden die Frauen in einem Haus. Bernd ahnte, sie hatten Angst vor ihm, so wie er sich vor diesen Ausländern fürchtete. Und dabei, so schalt er sich, haben die mich doch nur nach einer Straße gefragt, temperamentvoll, auf ihre Art eben. Woher sollen die wissen, daß ich mich in der Stadt mindestens so schlecht auskenne wie sie!

Da endlich war der Platz, wie befreit taumelte er in den Trubel. Junge Burschen hielten ihm rosafarbene Zettel hin. Er nahm einen, um ihn sofort in den nächsten Papierkorb zu werfen. Auf einem Leierkasten turnte ein Affe. In dieser Kälte! Bernd empörte sich, doch dann sah er: der Affe war ein mechanisches Spielzeug. Ein kräftiger Fluch wurde ihm nachgerufen. Nach einer Haltestelle der Straßenbahn spähend, war er auf die Kreidezeichnung eines Pflastermalers getreten. Der Mann warf ihm eine leere Bierdose in den Rücken. Mädchen lachten. Eine Frau hakte sich bei ihm ein. »Komm, erhol dich ein bißchen.«

»Hau ab!«

»Ih, was bist du für ein fieser Möp!«

Mit einemmal war Bernd Rechlin, als starrten sie ihn alle an, diese Leute auf dem Kölner Neumarkt. In ihren Gesichtern las er: »Ih, ein fieser Möp ...« Endlich sah er eine Straßenbahn der Linie Sieben, stürzte zur Haltestelle, winkte, damit man auf ihn warte. Das tat der Fahrer, und Bernd stieg ein, um nach einer Viertelstunde Fahrt festzustellen, die Bahn fuhr in die der Pension entgegengesetzte Richtung. Als er die Bahn verließ, durstig und wütend, hielt eine Taxe dicht hinter ihm. Automatisch hob er die Hand ... Der Fahrpreis fraß das Taschengeld für eine Woche.

Im Gesellschaftsraum der »Sonne« saßen die Kollegen, wie von Bernd erwartet, noch immer um den Fernseher.

»Alles klar?« fragte der faltige Kelling und grinste. Spengler räusperte sich und drehte sich schnell wieder dem Fernsehbild zu. Külz zwinkerte listig, und die Schulz hatte wahrhaftig Tränen in den Augen.

Vielleicht sollte ich laut lachen, dachte Bernd. Oder laut heulen. Über die vor dem Fernsehapparat und über mich. Aber er lachte und heulte nicht, sondern fragte: »Habt ihr was zu trinken?«

Kelling deutete mit einer Handbewegung neben sich. Dort stand eine Flasche Mineralbrunnen.

7

Eine halbe Stunde vor Rennbeginn wurde der Kachelofen zugeschraubt. Opa Erich und sein Freund Alfred nickten dem Mitarbeiter der Rennbahn wie einem alten Bekannten zu. Hier, neben dem Ofen in der Rennbahn-Gaststätte, war ihr Stammplatz während der Wintermonate. Zur Begrüßung tranken sie jedesmal einen Korn oder auch zwei, später holten sie sich einen Kaffee und eine Bockwurst, um kurz vor dem Aufbruch nach Hause einen weiteren Weißen zur Brust zu nehmen. Die Plätze neben dem Ofen verließen sie nur, um sich die Rennen anzusehen. Wenn die Alten zurückkamen, war ihren Kommentaren zu entnehmen, daß man sich den Zieleinlauf vorher hätte ausrechnen können, wenn man nur richtig gerechnet hätte. Meistens zerrissen sie dann auch einen kleinen Zettel, ihren Wettschein zum Kostenpunkt von fünf Mark. Eine größere Summe setzten sie nie. Die Versuchung konnte noch so groß sein, die heißen Tips sogenannter Experten noch so verlockend. Die Alten wußten: Sie hätten ihrem liebsten Freizeitvergnügen nicht ein Jahrzehnt die Treue halten können, wären sie im Verlieren nicht allezeit maßvoll gewesen. Gelegentlich gewannen sie auch; zwanzig Mark oder gar fünfzig. Das waren jedoch seltene Momente, die von ihnen dann ausführlich gefeiert wurden, das heißt: der Sieg wurde reichlich begossen. Ingelore war immer recht froh, wenn ihr Schwiegervater mit einigen Märkern Wettverlust nach Hause kam, denn das belastete seinen Kreislauf weniger als die Schnäpse über die Norm.

Am heutigen Renntag ließ ein kalter Novemberwind unbarmherzig den nahen Winter ahnen. An der Bar wurde bereits Glühwein ausgeschenkt, was die beiden Alten mißbilligend zur Kenntnis nahmen. Vor dem ersten Renntag im Januar hatte es ihres Wissens noch nie Glühwein gegeben; die Welt, so fanden sie, verzärtelte besorgniserregend.

Erich zwinkerte Nagel zu. Der Nebentisch wurde bezogen. Wie eine Glucke hatte eine dicke Mutter schon seit einiger Zeit die Plätze in Beschlag genommen, hatte Dosen und

Gläser über den Tisch verteilt. Ihre Hinterbacken füllten die Sitzflächen von zwei Stühlen, auf den restlichen vier Stühlen lagen Taschen und Beutel. Nun erhob sie sich einige Zentimeter, winkte zwei heranstapfenden Männern zu. Einer der Männer küßte die Frau auf die Stirn, übersah mit einem Blick die Herrichtung des Tisches, lobte mit einem kurzen Nicken. Die Männer, das hatten die beiden Alten längst herausbekommen, waren Arbeiter im nahen Kraftwerk. Zwei weitere Frauen würden wenige Augenblicke später, nach Arbeitsschluß, an diesem Tisch sitzen. Und alle würden sie den Kaffee genießen, die belegten Schrippen und den Kuchen, all das, was von der dicken Mutter herangeschleppt worden war. Und dann würden die Leute Sekt trinken ...

Als die Gruppe den Alten zum erstenmal aufgefallen war, hatte Alfred Nagel sie zu ihrem Gewinn beglückwünscht. Ein verständnisloser Blick war die Antwort gewesen. »Wegen des Sekts«, hatte Alfred erklärt, und einer der Männer hatte geantwortet: »Ach so! Nee, nee.« Drei oder vier Flaschen Sekt an einem Nachmittag waren die Norm; fröhlich halfen die Jüngeren nach dem letzten Rennen der dicken Mutter beim Verstauen von Tellern und Dosen.

Vom Geläuf her tönte eine Ansage; die Fahrer wurden zum Sammelplatz beordert. Noch fünf Minuten also bis zum Beginn des nächsten Rennens ...

»Dixi nach vorn und drei Pferde ran.« Erich Rechlin schob seinem Freund die Rennzeitung zu.

»Hast du eigentlich früher Sekt getrunken?« fragte Erich den ehemaligen Meister des Buchdrucks.

»Es war nicht üblich«, sagte der.

Erich wendete den Kopf, beobachtete die Geschicklichkeit, mit der einer der Kraftwerker die erste Flasche Sekt öffnete. »Ick kann ma ooch nich erinnern.« Er tippte auf die Starterliste. »Dixi! Von Hacke bis Nacke!«

»Gib her das Geld.« Nagel übernahm die Abgabe des Tips.

Sie schlugen die Mantelkragen hoch und gingen hinaus.

Interessant war für sie nur, mit welcher Überlegenheit das Pferd Dixi dieses Rennen gewinnen würde. Dixi galt allgemein als haushoher Favorit. Auch links und rechts von ihnen war man sich darin einig. Das Startsignal ertönte. Langsam setzten sich die Gespanne in Bewegung. In höchst gemächlichem Tempo zog das Feld der acht Pferde zum erstenmal an der Tribüne vorüber. »Nicht so schnell!« spotteten Zuschauer. Pfiffe wurden laut, Erich bemerkte, daß Dixis Fahrer an der Innenkante in aller Seelenruhe die Leine hielt.

»Warum nimmt Ballerheim det Biest nich nach außen? Dixi läuft an den Kaninchen doch vorbei wie'n Expreß!«

Noch immer trabte das Feld in aller Gemächlichkeit über die Bahn. Unruhe wurde unter den Zuschauern spürbar. Der letzte Bogen ... Außen schlug ein Pferd mit dem Namen Hallimasch ein rennmäßiges Tempo an, ein Pferd, das in den letzten Wochen lediglich als letztes oder vorletztes registriert worden war. Dixis Fahrer hätte Hallimasch noch immer nachsetzen können, aber nein, das Gespann zottelte über die Bahn, als gälte es Milch in offenen Kannen auszufahren.

»Schiebung!« schrie der alte Rechlin.

Selbst Alfred Nagel schnappte vor Wut nach Luft. Rings um sie wurde gebrüllt und gepfiffen. Es nutzte nichts: unbedrängt überquerte Hallimasch als erster die Ziellinie. Dixi wurde schlapper Dritter. Als Minuten später die lächerlich geringe Siegquote für Hallimasch bekanntgegeben wurde, war es heraus: irgendwas stimmte da nicht! Absichtlich mußte der Favorit zurückgehalten worden sein. Irgendwer hatte viel Geld auf Hallimasch gesetzt; dieser Rennausgang war abgesprochen ... Die empörten Wetter belagerten das Büro der Rennleitung, verlangten eine Annullierung des Rennens, die Bestrafung der Fahrer. Personen, die jede Gelegenheit zum Krakeelen dankbar wahrnahmen, erlebten ihre große Stunde. »Anzünden!« rief einer.

Nagel warnte: »Langsam, langsam! Recht erwirkt man nicht durch Unrecht.«

»Kiek ma! Een Pastor!«

Endlich wurde von der Rennleitung die Untersuchung des Falles zugesagt. Einigermaßen befriedigt nickten sich Rechlin und Nagel zu. Wenn sie schon auf schoflige Weise um ihr Geld gebracht worden waren, wollten sie wenigstens die Genugtuung nachträglicher Gerechtigkeit erleben. Wieder bezogen sie ihre Plätze neben dem Kachelofen.

»War wat?« fragte man vom Nebentisch.

»Ballerheim hat geschoben.«

»Ach so.« Die Arbeiter öffneten die zweite Flasche Sekt.

Nagel wärmte seine Hände an der Kaffeetasse. »Sekt«, flüsterte er, »Sekt gab es bei uns zur Hochzeit, zur Geburt meines Sohnes, da hab ich mit den Schwiegereltern angestoßen, zur Silberhochzeit und einmal während einer Gewerkschaftsfeier. Ansonsten ... Fabrikanten tranken Sekt, und wenn du Unter den Linden entlanggegangen bist ... Bei Kranzler im Sommergarten ... Die Leute mit Monokel und einem rosa eingefärbten Spitz auf dem Schoß, für die war der Sekt erfunden. Unsereins trank Bier und zum Geburtstag selbstangesetzten Hagebuttenwein. Auch mal eine Flasche Mosel, aber da mußte schon ein besonderer Tag im Kalender stehen. Alle Jubeljahre einmal. Aber Sekt ...«

»Sekt is jut forn Kreislauf«, sagte Erich.

»Trinkst du welchen?«

»Wenn du mir een Jlas spendierst? Aber Schnaps wär mir lieber.«

Erneut ging Nagels Blick zum Nachbartisch. »Es sind Arbeiter, so wie du und ich es gewesen sind ...«

»Du? Du warst Anjestellter! Mit 'n weißet Oberhemd und Krawatte haste in deine Meisterbude jesessen.«

»An Sekt hätte ich mich nie gewagt. Aber für diese Arbeiter heute scheint Sekt ein alltägliches Getränk zu sein.«

»Wat is mit dem nächsten Rennen?«

»Aber es müßte doch auch etwas geben, wonach man sich sehnt. Etwas Außergewöhnliches, Seltenes, verstehst du?«

»Krimsekt kriegste janz selten.«

Nagel seufzte.

Ächzend wischte sich der alte Rechlin über die Augen. »Meinetwejen sollense Sekt fässerweise saufen. Kratzt mir nich. Aber wat mir ärjern tut: vor ihrer Neese passiert draußen die jrößte Unjerechtigkeit und sie stehn nich uff mit ihre Ärsche und jehn uff die Barrikade. Det isset alljemein, wat mir ärjern tut, Alfred: die Leute sehn ihre eijene Vagnüglichkeit und weita nischt. Vielleicht, wenn se uff Dixi jesetzt hätten, vielleicht hätten se denn forn Momang die Jläsa und die janzen Fressalien stehenlassen, aber so alljemein den Mund uffmachen, sich uffrejen, damit sich die Jerechtigkeit durchsetzen tut – nee! Sollense ihren Sekt trinken, jeden Renntag ihr Pulleken Sekt – sollense, freu ick ma drüber. Aber det jute Leben hat eben ooch seine jefährlichen Seiten. Nich bloß, det se immer, immer mehr Pulleken brauchen. Det Jutjehn vakleistert ooch. Ick jeh nich so weit wie mein Enkel, der behauptet, det is die letzte Generation, aber det läuft ma kalt übern Rücken, wenn ick sehe: Die Leute bei uns jehn nur noch schnella, wenn se wat Jutet for sich haben wolln.«

Alfred Nagel pustete vom Nebentisch herübergewehte Zigarettenasche weg. »Letzte Generation?«

»Hat drüben irjend jemand inne Welt jesetzt. Ooch so eene intellekte Person wie du. Bedeutet: nach denen, wat heute zwischen zwanzig und dreißig sinn, kommt nischt. Fini, wie der Franzose sagt.«

»Wieso? Kommt nichts?«

»Ick weeß nich, wieviel se von den Atombomben dazu brauchen, aber jenuch von det Zeuch is wohl da.«

»Nichts weiter als Kulturpessimismus. Den traf man bereits in meiner Jugend an. Beim Vortrag eines Gelehrten aus Heidelberg ... Ich erinnere mich nicht mehr an seinen Namen ...«

»Valangt ooch keena! Ick sare nur eens: Wenn eener Intresse dran hat, die Welt in den Abjrund loofen zu lassen, während er aus seinem atomsicheren Bunker quietschvajnücht rauskiekt ... Wenn eena vorhat, uns eene Bombe uffn Kopp zu schmeißen – mit Leuten, die sich um nischt weita kümmern als um ihre Pulle und ihren Happenpappen, mit solchen hat ers leicht.«

»Dein Enkel glaubt das wirklich? Das von der letzten Generation? Du meinst hoffentlich nicht Bernd?«

»Nee, den nich. Der jehört mehr zu dieser Sorte.« Erich Rechlin stippte mit einem Finger Richtung Nebentisch.

Von dort kam ein Sektkorken geflogen. »Achtung, Bombe!« rief es und ein dröhnendes Gelächter erscholl.

8

Ein verkorkster Tag, dachte Ingelore.

Sie schaukelte in der S-Bahn Richtung Marx-Engels-Platz. Und dachte: Verkorkst war er gestern schon. Als ich in Steffis Geschäft gegangen bin, um mit ihr die Fahrt nach Bärfelde zu bereden. Und da sitzt sie mit diesem Herrn Barsig zusammen. Faselkopp, der. Schmalzkanten. Je oller, je doller. Als ob sich Steffi von so 'nem Männeken bezirzen lassen muß! Hätte es nicht ungern gesehen, der Herr Chef, wenn ich mich sofort verdünnisiert hätte. Aber nicht ich! Erst recht hab ich mich bequem hingesetzt. Mußte dann auch gleich weg, der feine Herr. Hatte noch eine Verpflichtung. Seine Beine mit Rheumaöl einreiben – eine andere Verpflichtung kann unmöglich auf den gewartet haben. »Vielleicht fahr ich bald dienstlich nach Budapest«, sagt Steffi, und ich sag: »Oder nach Oberlungwitz und Wittgensdorf«, aber sie grient nur und meint, ich soll abwarten, und plötzlich springt sie vom Stuhl hoch und fällt mir um den Hals, das dumme Luder. Wenn ich sie nicht so gern hätte – vermöbeln hätte ich sie wollen! Ich frage: »Was ist mit unserer Fahrt nach Bärfelde?« Und sie guckt mich groß an. »Ach ja ...« Und dann fahren wir raus in das Kaff; ich geb meinen Haushaltstag dran, und sie hat Spätschicht. Überhaupt nicht bis zum Kinderheim gekommen sind wir! Vorher mußte bei ihrem Onkel Bürgermeister Visite gemacht werden. Der hockt aber draußen im LPG-Büro, also waten wir durch den Modder wer weiß wie weit. Küchenfertige Mohrrüben wollen die jetzt fabrizieren, abgepackt und so. Meinetwegen. Die Dinger kommen mir sowieso nicht auf den Tisch. »Wollen wir jetzt endlich in das Kinderheim?« dräng ich das Mädchen, und sagen tut sie: »Ist schon zu spät, Mutter.« Und kiekt auf die Uhr. Aber ob sie die Uhrzeit gemeint hat von wegen zu spät ...? Und kaum ein Wort über Bernd! Menschenskind, die Schiefenageln krümmt sich vor Höflichkeit, seit sie von Hannes gehört hat, daß Bernd von seinem Betrieb in den Westen delegiert wurde. Und seine eigene Frau? Tut, als wär das nichts!

Kraftvoll schloß Ingelore die Abteiltür. Im Bahnhofsgebäude wollte sie einen Blumenstrauß für den Wohnzimmertisch kaufen, doch der kleine Laden hatte gar nicht erst geöffnet. Dafür sah sie Frau Schiefenagel auf der anderen Straßenseite aus der Post eilen. Ingelore tat, als müsse sie etwas in der Handtasche suchen. Sie spürte nicht die geringste Lust, die paar Schritte bis zum Haus mit der Nachbarin gemeinsam zu gehen, freundliche Konversation wäre ihr in diesem Moment unmöglich gewesen.

Im Briefkasten lag unter der Zeitung ein Kuvert. Also doch kein ganz und gar verkorkster Tag, jubelte Ingelore und riß den Brief noch auf der Treppe auf. Immer wenn es Klankes aus Spandau eilig hatten – und sie hatten es stets eilig –, tippten sie ihre Mitteilungen an die befreundete Familie Rechlin per Schreibmaschine auf Papier, das mit Namen und Anschrift ihrer Pacht-Tankstelle versehen war. Ingelore Rechlin verstand es, aus einer schriftlichen Mitteilung auf den ersten Blick das Wesentliche herauszupieken. Im Schreiben der Klankes war das der Satz: »Also würden wir gern mit Mann und Maus den zweiten Weihnachtsfeiertag bei Euch am Hackeschen Markt verbringen.« Immer zu! pflichtete Ingelore Klankes bei, es gibt Gänsebraten und Grünkohl, schwedische Apfeltorte und zwischendurch das Märkische Museum mit den Glockenspielen und Orchestrions von anno dunnemals – das Programm ist schon fertig. Ihr braucht nur noch anzureisen.

Kurz vor ihrer Wohnungstür jedoch stoppte Ingelore jäh ihren Schritt. Hatte da nicht noch ein zweiter wesentlicher Satz gestanden? Unter dem Brief? Dieses sogenannte PS? Eilends schloß sie die Tür auf, knipste das Flurlicht an, entfaltete den Brief ein zweites Mal. »PS: Unsere Lina ist schon außer sich vor lauter Vorfreude auf den Besuch bei Euch.« Da steckt der Pferdefuß, fuhr es Ingelore durch den Sinn. »Lina ist schon außer sich ...« Auf ein Wiedersehen mit mir oder Opa ist die bestimmt nicht scharf. Ich weiß, was das kleine Luder in ihrem angeblich so unschuldigen Kopp hat! Seit Wochen fährt René nicht mehr raus nach Oranienburg und kriegt auch keine Post von da; es ist aus mit dieser Frau ...

Das, was Ingelore freuen sollte, freute sie nicht. Zu offensichtlich war ihr der Grund dieses Bruches mit der verheirateten Frau. Vor wenigen Stunden noch hätte sie sich nichts sehnlicher gewünscht, als daß René ihr das Mädchen vorstellte, mit dem er zusammenleben wollte. Sie hatte gehofft, es möge nicht wieder eine Elvira Schiefenagel sein, und sie hatte nicht daran zu denken gewagt, es wäre Susanne aus Mirow, die sie doch so sehr ins Herz geschlossen hatte und von der zu jedem christlichen Feiertag eine Glückwunschkarte ins Haus geflattert kam. Auch die Mitteilung ihres Jungen, ab erstem Quartal nächsten Jahres dürfe er mit einer eigenen Wohnung rechnen, hatte Ingelores Gefühl bestärkt, »daß endlich etwas im Busche war«. Der Junge war offensichtlich verliebt. Endlich. Endlich hatte er es gewagt, sich zu verlieben! Ingelore fiel jetzt ein: ein großer Karton mit Briefpapier lag neuerdings in Renés Zimmer, und aus Spandau kam jede Woche ein Brief. Mindestens. Früher hatte René seine Post immer auf dem Schränkchen liegenlassen, die Spandauer Briefe aber – wer weiß, wo er die versteckte! René und ein Mädchen aus dem goldenen Westen! Das hatte sie sich nun nicht gerade gewünscht. Es sollte Frieden herrschen in der Familie. Eine solche Verbindung aber ... Zieht Lina zu René? Will der Junge zu Lina? Nein, schwor sich Ingelore, solche Flausen darf es nicht geben. Damit die Sache nicht anbrennt, darf der Topf gar nicht erst auf den Herd. Ein Briefwechsel schläft ein, und der Besuch, auf den sich die Kleine angeblich wie dolle und verrückt freut – so leid es mir tut, die Klankes auszuladen: was sein muß, muß sein. Dieser Brief, entschuldigt bitte, ihr lieben Klankes, den hab ich nie erhalten. Und sie hielt ein brennendes Streichholz unter das Papier.

9

Manchmal hatte Bernd überlegt, ob er seine Adresse Max Poller geben sollte. Aber dann hatte er sich gesagt, Poller werde das wie die meisten seiner Landsleute für eine stille Aufforderung zum Paketeschicken halten. Und so wollte Bernd nur an einem der letzten Lehrgangstage mit Poller ein Bier trinken gehen; dabei, so hoffte er, würde sich ein Adressentausch von selbst ergeben. Doch dann waren diese letzten Tage in Köln mit ungeahnter Hast vergangen, denn statt der Theorie gab es nun die Praxis. Anfangs hatte Bernd in den Arbeitsräumen der Firma nur zu flüstern gewagt. Klinisch saubere Zimmer, das Piepen der elektronischen Anlagen – selbst die Grünpflanzen wirkten wie aus der Retorte. Er ertappte den dicken Spengler, wie der seinen knubbligen Zeigefinger in die Blumenerde bohrte, als wollte er sich überzeugen, daß das wirklich Erde war. Fast unbemerkt bekamen Bernd Rechlin und seine Kollegen Freude am Erobern der Anlage, die ihnen anfangs unüberschaubar vorgekommen war. Und wenn die Schulz auch leidend seufzte, sobald sie neben einer westdeutschen Kollegin saß und zusehen mußte, wie diese den Computer bediente, so fühlte sie sich doch im tiefsten Innern befähigt, ihr Wissen an junge Kollegen in Berlin weiterzugeben. An Kräfte, die in nicht allzu ferner Zukunft, dessen war sich die Schulz sicher, ebenso souverän wie die Bundesdeutschen die neue Technik beherrschen würden.

Und Spenglers Furcht vor einer Prüfung erwies sich als unbegründet; die Assistentin des Lehrgangsleiters überreichte allen am letzten Tag ihres Aufenthaltes einen Zettel, auf dem die Firma Heller die Absolvierung des Lehrgangs bestätigte und sich gleichzeitig gestattete, die besten Wünsche für eine erfolgreiche Zukunft auszusprechen. Es gab dann noch eine von der Firma eigens für die Berliner Kollegen organisierte Stadtrundfahrt. So sahen die Schulz, Bernd und die anderen am vorletzten Tag endlich das Hahnentor und das Alte Rathaus, Römerturm und Universität, und sie besichtigten auch den Dom von außen und ein klein wenig von innen und baten dann, daß man sie nicht weiterführe, denn Kopf und Füße schmerzten ihnen gleichermaßen. Am Abend gingen die Schulz und Spengler ins Theater. Angeblich waren die Karten für das Brecht-Programm ausverkauft gewesen und das Erstehen der Billetts fürs Millowitsch-Theater aus der Verlegenheit geboren ... Und dann kam Kelling erst am sehr frühen Morgen nach Hause und wirkte faltiger als sonst. Seine Augen aber funkelten, und Bernd ahnte, Kelling hätte gern etwas erzählt, traute sich jedoch nicht.

Die Stunden vor der Abfahrt wollten sie für Einkäufe nutzen.

»Aber seid pünktlich am Zug!« rief ihnen Spengler zu. Und in den Augen der Schulz meinte Bernd die Bitte zu lesen: Macht uns keinen Ärger, Kollegen, fahrt alle wieder nach Hause ...

»Viertel nach drei!« schnaufte Spengler. »Bahnsteig elf vor dem Kiosk, klar?«

Bernd schwor sich, Spengler mindestens zehn Minuten warten zu lassen. Einzukaufen brauchte er nichts mehr. Seit Tagen hatte er die Mitbringsel für Steffi und die Eltern eingepackt: Radios mit eingebauter Digitaluhr. In einem Kaffee-Geschäft hatte er die kleinen Geräte entdeckt. Dazu noch zwei Päckchen Kaffee »Der Magenmilde« und eine

Schachtel Pralinen, wie er sie bisher nur aus der Fernseh-Reklame kannte. Dann war auch das letzte Geld aus dem Portemonnaie. Fast. Hinter einem Zeitungskiosk am Bahnhofsvorplatz wurden alte Zeitschriften verladen. Männer warfen die verschnürten Packen in einen Lieferwagen. Die Schnur eines Bündels löste sich, Zeitschriften fielen Bernd und Udo vor die Füße. Bernd bückte sich nach einem der bunten Umschläge.

»Behalten!« rief einer der Männer in gebrochenem Deutsch. »Arsch wischen!«

Es war eine Fußballzeitung. Külz stöhnte: »Wenn ich so ein Ding mit nach Hause bringen könnte! Ich hab da einen in der Nachbarschaft, der besorgt mir dafür glatt bunte Klinker. Davon schwärmt meine Frau. Weißte, für die Terrasse ...«

»Steck den ›Kicker‹ doch ein!«

»Ich hab schon ein dickes Heft mit Kreuzworträtseln. Für meine Schwiegermutter. Da ist die selig. Ob das auch verboten ist?«

»Wir machen uns noch ein vor lauter Angst«, raunzte Bernd. »Wir haben Angst, daß wir nicht kapieren, was die Bundesdeutschen kapieren. Wir haben Angst, daß unser Taschengeld nicht reicht, Angst, ein falsches Wort zu sagen, Angst, daß einer von uns hierbleiben könnte, Angst vorm Zoll. Es ist zum Kotzen, verdammt.«

»Ja«, sagte Udo, »ich bin ja auch froh, wenn wir wieder zu Hause sind.«

Ein Händler bot Bier an. »Türkisch Bier!«

Bernd stülpte seine Taschen um; er fand noch genügend Münzen, um dem Mann fünf Flaschen abzukaufen. Külz schalt ihn deswegen. Das Bier sei doppelt so teuer wie im Supermarkt und ob türkisches Bier überhaupt schmecke ...

»Sei endlich ruhig! Ich hab es satt, dauernd auf das Billigste, das Preiswerteste zu gucken. Ich hab es satt, verstehst du?« Im Zug schlief Bernd eine halbe Stunde, öffnete dann die erste Flasche Bier. Das schmeckte würzig, nach seinem Geschmack ein wenig zu sehr nach Malz. Der dicke Spengler verhaspelte sich vor Aufregung, als er verkündete, eine Ost-Mitropa befinde sich im Zug. Da dürfe man auch auf westlichem Gebiet für DDR-Mark essen und trinken. »Bleibst du hier, Mutter Schulzen? Paßt du auf?« Bernd hatte Spengler noch nie so heiter gesehen. Külz und Kelling zogen mit dem Dicken in den Speisewagen.

»Geh nur mit«, sagte die Schulz.

»Danke, kein Bedarf.« Bernd schloß wieder die Augen. Sanft und schnell glitt der Zug über die Schienen.

»Hast du dem Bayern deine Adresse gegeben?« hörte er die Schulz fragen.

»Vergessen.«

»Schade.«

»Willst du mich auf den Arm nehmen? Ihr habt doch gleich sonstwas befürchtet, als ich nur mit ihm quatschte.«

Nach einer längeren Pause sagte die Frau: »Die meisten Westdeutschen boten zwar Bonbons an und Zigaretten, aber eine Art hatten die, so von oben ... Und mich haben sie überhaupt nur als Unikum angesehen. Und Spengler als Aufpasser.«

»Was er wohl war.«

»Weil er sich dazu gemacht hat. Er sich selbst. Weil er mit dem Lernen nicht zurechtkam. Bis zum Schluß nicht.«

»Willst du nicht auch zur Mitropa?«

»Stör ich dich?«

»Entschuldige, Carola.«

»Hast du dich schon mal so sehr auf dein Zuhause gefreut wie jetzt?«

Bernd schüttelte den Kopf.

»Kaputt bin ich wie ein oller Schrank.«

»Und wann, meinst du, bekommen wir so eine Anlage wie die bei Hellers?«

»Keine Ahnung, Bernd.«

»Wenn wir alles wieder verlernt haben, was?«

»Wir dürfen's eben nicht verlernen.« Die Frau schubste ihn ein wenig. »Warum bist du überhaupt so mürrisch für dein Alter? Entschuldige, falls ich dich zu direkt frag.«

Bernd sah aus dem Fenster, trank einen großen Schluck vom türkischen Bier.

Die Schulz gestand, zwei Hamburger von McDonald eingepackt zu haben. Einen davon gebe sie gern ab.

»Wenn du mir eine Flasche Bier abnimmst.«

»Steaks mit Champignons und Pommes frites – wollen wir wetten, daß die das jetzt in ihrer Mitropa futtern?« Die Schulz stieß mit Bernd an. »Wenn du willst, besuch uns mal. Mit deiner Frau. Wir haben einen riesigen Garten hinterm Haus.« Sie setzte die Flasche an den Mund; ihre Lippen saugten sich fest. Bernd erklärte ihr, wie man aus einer Flasche trinkt, aber die Schulz ließ ihn nicht ausreden. In den letzten Wochen, so stöhnte sie, habe sie übergenug lernen müssen, jetzt reiche es!

Spengler und Co. kamen aus dem Speisewagen zurück, schwärmten, noch nie so schnell und gut bedient worden zu sein.

»Und wie der Ober kiekte, als er unsere Pässe sah! Westgeld hätte der lieber kassiert.« Kelling setzte sich neben Bernd. »Willst du nicht auch was essen gehen?«

»Danke.«

»Die Aufregung, was? Lauter Pornos unterm Hemd?«

»Genau. Die hol ich raus, bevor es durch unseren Zoll geht. Und sage: Kelling, das gehört dir. Danke fürs Ausleihen.«

Spengler klopfte Bernd väterlich auf die Schulter. Bald waren die Mitropagänger eingeschlafen. Auch der Schulz klappten beim Lesen die Augen zu. Bernd starrte aus dem Fenster. Essen, Mühlheim, Duisburg ... Die Städte schienen ihm ohne Anfang und Ende. Einmal kam ihm in den Sinn, was wohl wäre, wenn er jetzt aufstehen und den Wagen verlassen würde. Gewiß würde Spengler sofort wach werden, die Augen aufreißen und stammeln, was das solle. Und er würde antworten: Nichts. Ich bleib hier. Poller hat mir in Duisburg eine Arbeitsstelle besorgt. Kleine Druckerei. Bleibt mindestens noch zehn Jahre lang Maschinensatz. Verdien ich zwar paar Hunderter weniger als der Poller, aber immer noch mehr als ihr ... Leise trommelte Bernd gegen das Fensterglas. Steffi ... Ob sie nachkäme? Würde er überhaupt wollen, daß sie nachkäme? Ein Leben ohne Steffi ... Nein, dachte er, ein Leben ohne Steffi ist ganz und gar unvorstellbar. Und ein Leben ohne die Schulz und Spengler und den faltigen Kelling und den eifrigen Külz auch. Mit diesen Leuten bin ich aufgewachsen, groß geworden, mit denen bin ich vertraut, bei ihnen kenn ich mich aus. Und Steffi – irgendwie lieben wir uns doch? Oder? Doch, sagte sich Bernd, doch, wir lieben uns, ich jedenfalls bin verrückt nach ihr, ganz und gar verrückt.

Und dann stellte er sich den Tag vor, an dem er zum erstenmal vor junge Schriftsetzer des VEB Bäromat hintreten würde, vorgestellt von Werkleiter Roscher. »Kollege Rechlin hat sich Kenntnisse erworben, die er nun weitergeben möchte. Hört bitte aufmerksam zu, Kollegen.« Er wird an den Bildschirm herantreten und darüberstreichen wie über einen vertrauten Gegenstand und die Skepsis in den Blicken der Kollegen spüren und sagen: »Der tut uns nichts Böses ...« Ob sie ihn als Meister einsetzen werden? Was würde dann mit Pollenträger? War der wirklich nur in die Partei eingetreten, weil er Wind von der Kölner Sache bekommen hatte? Und weshalb wollte Härt auf Deibel komm raus nach Köln? Verärgert über sich selbst, öffnete Bernd eine weitere Flasche Bier. Immer landeten seine Gedanken bei Unterstellungen! War er denn schon wie Spengler? Immer zuerst das Schlechte annehmen, stets meinen, der Kollege könne nur angenehm überraschen, politisch unreif benimmt er sich sowieso? Bernd verließ das Abteil. Während der Zug die Grenze zwischen Helmstedt und Marienborn passierte, stand er im Gang und dachte: Noch vier Stunden, dann bin ich zu Hause.

Külz stellte sich neben ihn. »Riecht nach Osten, was?« Udo lachte wie ein übermütiger Junge. »Meine Frau holt mich mit dem Auto ab. Wir nehmen dich mit.«

»Mit der S-Bahn hab ich's bequem ...«

»Unsinn. Juckt mir sowieso mächtig in den Fingern. Endlich wieder Auto fahren ... Die Kölner wissen das schon gar nicht mehr zu schätzen. Und wenn ich demnächst in die Kaufhalle komm, kauf ich, was ich nur kaufen kann. Irre, was?« Er kramte in einer Tasche. »Willst du sehen, was ich für die Kinder habe?« Er drehte an einem Schlüsselchen, ein winziger Roboter holperte armeschwenkend und augenglühend über den Gang.

Bernd beneidete Külz in diesem Moment sehr.

Der Zug ratterte durch das taghell erleuchtete Westberlin; neben Bernd standen die Kollegen. Erregt, nervös erlebten sie den Übergang von einer Welt in die andere.

Alle wurden sie abgeholt. Für die Schulz stand geradezu ein Empfangskomitee bereit, Kinder und Kindeskinder. Eine Frau fiel Udo Külz um den Hals. Udo winkte Bernd heran, rief, sein Trabi warte in einer Nebenstraße. Bernd sah sich immer noch nach Steffi um, folgte dann aber dem Pärchen. Vorgestern noch hatte er von der Pension aus Steffi angerufen. Ob sie ihn abholen solle, hatte sie gefragt, und er hatte geantwortet: »Bloß nicht.« Vielleicht hatte er eine Spur zu entschieden, zu grob geantwortet. Nun war sie wirklich nicht gekommen.

Er saß hinter den Külzens im Auto. Udo hupte alle naselang, nur so aus Spaß. Seine Frau, eine kleine, dralle Blondine, zupfte an Udos Ohrläppchen, wollte wissen, ob man solche Huperei in Köln lerne.

Külz kicherte: »Das nicht, aber andere feine Sachen.« Die kleine Blonde küßte ihren Mann auf die Wange. Ob es den Kindern gut gehe, fragte Külz, und ob die Genehmigung für die Gasheizung endlich da sei.

»Ja«, sagte die Frau, »es geht ihnen gut, und die Genehmigung ist fest versprochen.«

Bernd beobachtete, mit welch verliebter Freude Udo über das Armaturenbrett seines Autos strich; beim Schalten schnalzte er und sagte, acht Jahre habe der Wagen auf dem Buckel und laufe doch sauber wie eine Biene! In den nächsten Tagen, darauf dürfe sich die Welt verlassen, werde er das Steuer nicht aus der Hand lassen. Die Frau lehnte sich an ihren Mann, und sie fuhren die Allee entlang, und es war »Grüne Welle« und kaum Verkehr. Külz begann zu summen; seine Frau sagte, daß der Große in letzter Zeit mehrmals eine Eins mit nach Hause gebracht habe. Dann waren sie auch schon auf der Landstraße, und Külz wiederholte: »Ich bring dich bis vor die Haustür, Bernd«, und Bernd erwiderte, es genüge völlig, wenn sie ihn an der nächsten Bushaltestelle absetzten, doch Külz sagte: »Das fehlt noch!«

Das Auto rollte über die Straße, die zu Bernds Neubausiedlung führte, aus einem Nebenweg raste ein Baufahrzeug heran, Külz riß das Lenkrad hart nach links, das Auto schleuderte, Bernd sah eine Wand auf sich zufallen und eine plötzliche Lichtflut.

10

Auf dem Mittagstisch lag wie stets bei Festlichkeiten die Damastdecke mit den eingewebten Sternen, und die Teller mit dem Goldrand und das Silberbesteck und die kristallenen Weingläser schmückten die Plätze. Und wie immer zu den Feiertagen gab es Gänsebraten mit Grünkohl. Die Gans allerdings war nicht so gut geraten. Ingelore hatte sie, in der Furcht, daß sie anbrennen könnte, zu früh aus der Röhre gezogen. Hannes und René meinten zwar, es sei alles bestens, und Opa sagte, die gewisse Zähigkeit liege vielleicht an den polnischen Gänsen im allgemeinen, die Köchin jedoch wußte, daß sie mit ihrem Braten keine Medaille gewonnen hätte.

Steffi aß wie ein Spatz. Am Nachmittag würde sie ins Krankenhaus gehen. Sie allein. Tagelang hatten Ingelore und Hannes mit Steffi gesprochen. Daß sie doch froh sein solle, weil alles noch so gut ausgegangen sei. Diese Worte waren ihnen schwergefallen, denn für das Ehepaar Külz hatte es keine Rettung gegeben, und die Ärzte sprachen von einem Wunder, weil Bernd den Aufprall überlebt hatte. Nur sein linkes Bein war mehrfach gebrochen, auch die Kniescheibe, was eine besonders schmerzhafte Sache war. Gefährlich tief aber hatte Bernd der Schock getroffen. Tagelang lag er in hohem Fieber; die Ärzte vermuteten eine Verletzung des Gehirns und röntgten und durchleuchteten ihn immer wieder. Dann endlich ging die Temperatur zurück, Bernd begann wieder zu sprechen, doch sobald ein Mitglied der Familie oder ein Besucher aus dem Betrieb ans Bett trat, lief ein Zittern durch seinen Körper und mit dem Sprechen war es vorbei, nur ein hilfloses Stammeln kam aus seinem Mund. Das werde sich geben, versprachen die Ärzte, und es helfe nicht, dem Patienten Gedanken fernzuhalten, die er ja doch einmal zu Ende denken müsse. Daß die Külzens tot waren, hatte ihm keiner gesagt, aber auf einen Zettel hatte er geschrieben: »Bin ich der einzige?« Den Zettel verwahrte er in seinem Nachtschrank, hielt ihn jedem Besucher vors Gesicht.

René goß Wein in die Gläser. Hannes sagte: »Wir sollten auf die Gesundheit unseres Bernd anstoßen.« Steffi schluchzte auf.

Ingelore verließ mit ihr das Zimmer. »Is ja jut«, tröstete sie. »Nächstes Jahr sitzt er wieder mopsfidel mit uns am Tische.«

»Ich hab gesagt, es macht mir nichts aus, wenn er nicht wieder zurückkommt ...«

»Das war nicht so gemeint, das weiß jeder.« Ingelore wiegte ihre Schwiegertochter wie ein kleines Kind. »Die Zeit, weißte, die Zeit, det is der beste Doktor. Die Zeit heilt alle Wunden, die von außen sowieso, aber auch die von innen, langsamer zwar, aber se wirkt und heilt. Und mit Bernds Jedanken und det Seelische, det kommt schon wieder in Ordnung. Hauptsache, er hat dich. Wenn er deine Hand hält, issa ville ruhiger, hast ja schon selba bemerkt. Und nu komm, jehn wa die mißratene Jans uffessen.« In diesem Moment klingelte es. »Paß uff! Die Schiefenageln kommt nach Simagel. Die übafrißt sich jedet Weihnachten.«

Aber nicht die Nachbarin, sondern eine junge, sommersprossige Frau in einem langen, gesteppten Ledermantel und mit einer winzigen Pelzmütze stand vor der Tür.

Wie hilfesuchend lehnte sich Ingelore an Steffi. Die wischte sich die Tränen aus dem Gesicht. »Lina! Ist das eine Überraschung.«

»Schönen Gruß von Klankes.« Linas Blick versuchte an den vor ihr stehenden Frauen vorbeizukommen.

Sie kiekt nach dem Jungen, dachte Ingelore. Um die Mittagszeit vom ersten Feiertag kommt se unjefracht und kiekt nach meinem René!

»Klankes hatten Ihnen geschrieben. Aber der Brief hat Sie wohl nicht erreicht.«

René setzte das Glas ab, blickte starr zur Tür.

»Warum bringt sie den Besuch nicht rein?« wunderte sich Hannes.

»Weil Weihnachten is. Das Fest der Liebe.« Ungerührt aß Opa weiter.

René stand auf, ging in den Flur. Während er Lina die Hand gab, sagte Ingelore: »Wir sind man jrade beim Essen.«

»Ich will nicht stören.« Lina ließ sich den Mantel nicht abnehmen. »Nur Klankes Gruß ausrichten.«

»Falls du gute Zähne hast, kannst du dich gern an unserem Essen beteiligen.« Das war René.

Ingelore, puterrot im Gesicht, atmete tief ein.

»Ich bin schon woanders eingeladen. Wenn du aber möchtest …« Lina drückte René etwas in die Hand. »Das sind Karten für ein Konzert heute abend. Wir treffen uns Viertel vor fünf am Neptunbrunnen.« Lina strahlte, wandte sich an Ingelore, bevor sie zur Tür ging. »Entschuldigen Sie, ich wußte nicht, daß Sie so zeitig essen.«

»Es ist einse durch.« Ingelore fühlte, daß sie viel zu schwach auftrat. Aus dem Wohnzimmer tönte der Ruf, ob man mit den Tellern auf den Flur umziehen solle.

Lina fragte: »Du kommst?« Und René sagte: »Aber ja!« Schon waren Rechlins wieder unter sich.

»Ein Konzert?« fauchte Ingelore. »Was soll denn das für ein Konzert sein?«

»Hast keinen guten Tag heute«, antwortete der Junge, und ehe Ingelore zu einer Entgegnung ansetzen konnte, hob Hannes sein Glas: »Leute – es ist Weihnachten!«

Stunden später saß René zum erstenmal in seinem Leben in einer Kirche. Neben ihm Lina und Pfarrer Rochow. Die harte Kirchenbank drückte René schon nach wenigen Minuten. Wenn er die Füße auf eine Leiste stellte, knarrte das Holz, und die Leute rings um ihn, außer Lina, zuckten gequält. Vorn im Altarraum spielten Musiker, und es sang ein Chor. »Jesulein« verstand René und »bereite dem Höchsten ...« Sätze, die ihm allesamt fremd waren. Die Gesänge dünkten ihn endlos, und auf den Dirigenten durfte er nicht sehen – der Mann gestikulierte, als müßte er tausend Mitwirkende bändigen. Am besten gefielen René die Chöre. In einer Pause flüsterte Lina, jetzt komme Mechthilds Solo.

»Von wem?«

Lina deutete auf den nervös seinen Hut in den Händen drehenden Pfarrer. »Von seiner Frau.«

»Woher kennst du den Mann überhaupt?«

»Pst!«

Erneut begann Musik. Der Klang der Oboe sagte René weit mehr zu als der gequälte Sopran der Sängerin. Und daß ihm der Rücken schmerzte, empfand er sehr. »Mein Heiland sagt selbst: Ja«, sang die Sopranistin, und eine Frau in den Reihen des Chores antwortete: »Ja.« Auf dem Zettel stand: »Echo-Sopran: Ja.«

Lina nickte dem Pfarrer zu. Der lächelte erleichtert, und René dachte: Dafür hat die Frau nun wochenlang geschwitzt, um im rechten Moment ein »Ja« zu piepsen! Bald aber ließ ihn der Chor Ungeduld und harte Kirchenbank vergessen. Er schloß die Augen, meinte Hunderte von Stimmen zu hören. »Erschallet Trompeten ...« Ob sich der Dirigent nun schier die Arme ausriß, ob die alten Damen in der ersten Chorreihe nun ein komisches Bild abgaben oder nicht – es war Freude, die René hörte, ungehemmte Lebensfreude. Ihm wurde bewußt, daß er neben Lina saß und daß sie ihn eingeladen hatte, ihn und keinen anderen, obwohl es gewiß genügend Anwärter gab. Da wagte er es endlich, Linas Finger zwischen seine Hände zu nehmen. Nach dem letzten Ton wunderte ihn das Ausbleiben des Beifalls; er sah zu Lina, die aber schüttelte den Kopf. Einige Sekunden Stille, dann erhoben sich die Leute, drängten zum Ausgang. Der Pfarrer stürmte nach vorn in den Altarraum, René ließ sich langsam von Lina in der Menge der Besucher leiten.

Draußen fragte Lina: »Gehen wir noch ein Stück?«

»Allemal! Oder bist du mit Rochows verabredet?«

»Keine Spur.«

»Woher kennst du den Pfarrer überhaupt?«

»Du hast mir die Adresse gegeben. Da hab ich ihm geschrieben. Wegen Gesine.«

»Wer ist das?«

»Seine Tochter. Die junge Frau mit den Tabletten.«

»Ach so.«

»Ihr geht es leidlich gut. Wir besuchen sie oft, reden mit ihr.«

»Wer – wir?«

»Unsere Gruppe.«

»Von der Kirche aus?«

»Das ist so üblich. Wenn einer Hilfe braucht.«

»Warst du schon oft bei Rochows?«

»Zweimal.«

»Warum hast du dich nicht bei mir gemeldet?«

»Vielleicht hab ich mich nicht getraut?«

»Du und nicht trauen!« Sie standen vor einer Gaststätte. René ging mit Lina hinein, ließ sich zwei halbe Broiler einpacken.

»Willst du damit zu deinen Eltern?«

René lachte nur. Im Vorübergehen nahm er einige Fichtenzweige, mit denen die Stadtgärtner die Rosen abgedeckt hatten.

Lina erkundigte sich, ob sie noch weit gehen müßten. Um zwölf spätestens müsse sie über die Grenze.

René legte einen Arm um ihre Schultern. Wenig später saßen sie in seiner mobilen Werkstatt. Die Drähte des elektrischen Heizofens glühten. Schnell hatte René ein paar Bretter zu einem Adventsstern zusammengenagelt. Lina band die Zweige darauf, eine rote Adventskerze holte sie aus der Manteltasche.

»Willst du Musik?« fragte René, während er mit einem Lappen über den nach Kienholz duftenden Tisch wischte.

Nein, sie wollte keine Musik. Sie saß neben ihm. Sie aßen und sahen in das flackernde Kerzenlicht. Einmal ging die Tür auf und René sagte: »Schönes Weihnachten wünsch ich, Frau Schumecke.«

»Seid ihr noch länger hier?«

»Möglich.«

»Wartet.« Die Frau Schumecke, Besitzerin der Drogerie von gegenüber, kam mit einer Kanne heißem Tee zurück. Der Tee war, wie sie es nannte, mit Rum stark verdünnt. Lina mußte ihr erzählen, wie es der Pastorentochter gehe, die doch bei Frau Schumecke auf dem Sofa gelegen hatte. Halb gut gehe es ihr, sagte Lina, und halb schlecht.

»Ihr fehlt'n Mann!« beteuerte die Schumecke. »Wenn een junget Meechen krank is, denn fehlt ihr een Mann. Is die Frau aber oll und krank, denn is een Mann zuviel.«

Lina lachte laut. Die Frau sagte, sie wolle nicht weiter stören, wünschte noch einmal ein schönes Fest und ging.

»Sehr nett!« Lina sah der Frau nach.

»Ja«, sagte René. »Ich kann mich nicht beklagen.«

»Und sonst?«

»Was meinst du?«

»Kannst du dich sonst beklagen?«

»Eigentlich kaum. Wohnung hab ich auch in Aussicht.«

»Und?«

»Weiter nichts. Bei dir?«

»Auch weiter nichts.«

»Bis zum Frühjahr bist du auf alle Fälle noch in Berlin?«

»Ja.«

Er streichelte ihre Hand. »Ich hab mich damals gar nicht richtig verabschiedet ... Seid ihr mit den Rollstühlen gut die Treppen hoch und runter gekommen?«

»Es haben genügend Leute zugefaßt. Du warst sehr nett.«

»Ach!«

»Doch. Die meisten Leute sind erst einmal starr vor Angst, wenn sie mit unseren Kindern Kontakt aufnehmen wollen.«

»Und du schaffst das? Ich meine, die Kinder sind doch auch schwierig?«

»Manchmal bin ich stark.«

»Da hab ich keinen Zweifel.«

»Manchmal bin ich schwach.«

»Das ist sehr schön.« Er schluckte, deutete schnell auf allerhand Kleinigkeiten. »Was mir die Leute so vor Weihnachten gebracht haben ... Pralinen, Korn ...«

»Wahrscheinlich geh ich ins Hannoversche zurück. Die Kirche will da was aufbauen.«

»Berlin wäre bestimmt besser für dich.«

»Meinst du?«

»Ja.«

»Ich bin ja auch ziemlich gern in Berlin.«

»Da geht es dir wie mir.« René zog Lina an sich. »Warum reden wir eigentlich so viel?«

»Keine Ahnung.«

Drittes Kapitel

1

Elsbieta galt als der Star des Abends. Das blonde Haar fiel ihr bis zur Taille, die braunen Augen sahen groß und ernst unter den scharfgeschnittenen Brauen hervor, das ovale Gesicht war von einer Sanftheit, die manchen Mann im Saal erregte. Ob dem Wangenrot nachgeholfen war, wie Ingelore behauptete, interessierte Hannes nicht. Mit großer Freude sah er Elsbieta nach, wenn sie von ihrem Tisch aufstand, um einen winzigen Happen vom kalten Büfett zu nehmen. Gewiß hatte Ingelore recht: Elsbieta hätte sich ihren Teller auch beim erstenmal vollpacken können, doch gäbe es dann einen Grund für sie, so oft an den Tischen, den sie bewundernden Blicken vorüberzuschreiten? Auch Hannes hätte das als einen Verlust betrachtet. Die Polin Elsbieta war die Freundin seines Schützlings Hansdieter Bischoff. Im dunklen Anzug war der junge Facharbeiter zum Fest der Berliner Verkehrsbetriebe erschienen, eine winzige lila Fliege zierte das blütenweiße Oberhemd. Die Haare trug er eine Spur länger als die Burschen seiner Brigade, und Geld besaß er wohl auch mehr als seine Kollegen. Denn was da auf dem Tisch vor Bischoff und seiner Runde stand, war nicht nur gut, sondern auch teuer. Lehrmeister Hannes beobachtete es ohne Neid. Ein wenig Angabe gehörte nach seinem Empfinden zu den Vorrechten der Jugend. Ihm und Ingelore genügte die aus dem Kultur- und Sozialfonds des Betriebes bezahlte Flasche Weißwein. Vielleicht würde er zu vorgerückter Stunde mit Ingelore an der Bar einen Cocktail trinken. Wieder einmal war er als Aktivist ausgezeichnet worden; Betriebsleiter und Parteisekretär hatten ihm kräftig die Rechte gedrückt. Der Parteisekretär aber hieß nicht mehr Helfried Ziem. Aus gesundheitlichen Gründen hatte man Helfried Entlastung gewährt. Gesundheitliche Gründe … Hannes wußte selbst nicht, wie man es hätte anders nennen können. Alkoholismus war eine Krankheit, und als er den Patienten besucht hatte – draußen im Krankenhaus, in dem sich Helfried einer Entziehungskur unterwarf –, hatte er dessen Tragik begriffen. Nach dem Tod seiner Frau war Helfried immer mehr dem Alkohol verfallen, jetzt galt er als »trocken«, würde er aber auch nur einen einzigen Schnaps genießen, käme die Gier wieder über ihn.

Der Materialbeschaffer Helfried Ziem saß am Rand des riesigen Saales, hielt sich an einem Glas Most fest, und die, die an ihm vorübertanzten, grinsten unbeholfen oder sahen über ihn hinweg. Hannes nahm sich vor: Noch eine Runde, dann zieh ich mit Ingelore an Helfrieds Tisch. Und ich red auch mit den Kollegen, damit die sich nicht benehmen, als hocke da ein Aussätziger. Im vorigen Jahr sind sie beim Vergnügen noch um ihn herumgeschwirrt wie die Fliegen um die Marmelade und haben sich im Schöntun überboten. Aber da kam Helfried schon betrunken zum Fest; nur daß ihm keiner seine Besoffenheit angemerkt hat. Man freute sich vielmehr über den trinkfesten Parteisekretär. Und jetzt? Wer bei einem Betriebsfest keinen Wein trinkt, keinen Schnaps, kein Bier, der schließt sich aus. Hannes überlegt: Wie heißt das Modewort? Aussteiger! Helfried gilt bei seinen Kollegen als Aussteiger. Helfried, der sein Leben lang gerackert hat, damit möglichst viele in der Gesellschaft ankommen, er gilt denen heute als Aussteiger. Dabei meint es keiner böse, keiner will ihn bewußt meiden, aber – er ist krank. Er ist anders. Und mit Menschen, die nicht so sind wie wir, können wir noch immer nicht umgehen.

Die Musik spielte einen Walzer. Hannes stand auf, verbeugte sich vor Ingelore, führte sie auf die Tanzfläche. Mit Helfried, das kriegen wir in den Griff, dachte er. Solange er sich selbst im Griff hat, solange ist mir um ihn nicht bange.

Elsbieta war auf dem Weg zu einer Scheibe Weißbrot.

»Ein raffiniertes Persönchen«, murmelte Ingelore.

»Wieso?«

»Wenn eine schon guckt wie die Unschuld vom Lande!«

Frauen! Hannes stöhnte im stillen. Nichts Ungerechteres, als wenn Frauen über Frauen urteilen.

»Aber so richtig froh ist sie nicht.«

»Meinst du?« Er summte die Melodie des Walzers.

»Und dein Bischoff ist auch kein Mensch, neben dem jemand froh werden kann.«

»Ach, Ingeken!« Hannes schwenkte seine Frau auf einen anderen Teil der Tanzfläche.

Das Paar Elsbieta und Hansdieter tanzte jetzt ebenfalls.

Ingelore nickte Hannes zu. »Siehste! Wie der die Füße setzt! Wenn sie ihn nicht führen würde!«

»Nicht übel! Von einer Frau wie Elsbieta geführt werden ...«

Bischoff winkte seinem ehemaligen Lehrausbilder zu. Auch Elsbieta neigte ihr gepflegtes Köpfchen vor Hannes Rechlin. Dem wärmte es das Herz. War es nicht letztlich ihm zu verdanken, daß Bischoff, der ins Asoziale abzugleiten drohte, ein ordentlicher Mensch geworden war? Mit lila Samtfliege und Freundin aus dem benachbarten Polen? Diese Sache mit dem Pulver ... Längst vergessen! Und daß Bischoff einmal eine Stoffpuppe vor die Straßenbahn geworfen hatte – wer erinnerte sich daran! Die Instrukteurin für Kaderfragen vielleicht. Keiner fragte sie danach. Bischoff galt als Straßenbahner ohne Fehl und Tadel. Kürzlich erst hatte das Abendblatt eine Lesermeinung abgedruckt, in der die Freundlichkeit des jungen Fahrers auf der Linie sechsundvierzig gelobt wurde. Bischoff ging seinen Weg. Und er, Hannes Rechlin, hatte ihm geholfen, diesen Weg zu finden. Sollte er sich also nicht wenigstens einmal im Jahr in Zufriedenheit sonnen dürfen? Er schrak auf. Ingelore zog an seinem Arm.

»So sind die Kavaliere der alten Schule«, hörte er sie sagen. »Ab fuffzich pennen die sogar beim Tanzen! Aber keine Bange, Fräulein, wenn sie ihn fest genug halten, schafft er noch paar Runden.«

Elsbieta stand vor Hannes, bat leise und höflich um die Ehre eines Tanzes. Beklommen wie ein Schüler legte er den Arm um die schöne Polin. »Butterfly, oh, Butterfly ...«, spielte die Kapelle.

Ein Kreis bildete sich um das Paar. Die Kollegen, allen voran Bischoff, klatschten im Takt. In manchen Männeraugen meinte Hannes den Neid funkeln zu sehen. Sollen sie mich beneiden, dachte er, haben auch allen Grund dazu. Er bemerkte seinen Vater. Erich war vom »Tisch der Veteranen« aufgestanden und prostete ihm zu. Und Hannes sah Ingelore und den lächelnden Helfried. Er hielt Elsbieta im Arm und schwebte an ihnen allen vorüber zu Bischoff. Der verstand, nahm seine Freundin in Empfang.

Hannes eilte zu Ingelore. Der Rest des Tanzes gehörte ihr. Da mußte er nicht überlegen, wie er die Füße setzen sollte, und nicht fürchten, seine Schuhe könnten an die Knöchel der Tanzpartnerin stoßen. Mit Ingelore ergaben sich die Bewegungen wie von allein. Er drückte einen Kuß auf ihre Stirn. Da bemerkte er: Ingelore war sehr blaß. Sie hielt im Tanzen inne: »Und wenn René rüberwill?«

Zuerst verstand er sie nicht. Schließlich schüttelte er verärgert den Kopf. Mußte sie ausgerechnet jetzt damit anfangen? Er wollte sich weiterdrehen, aber Ingelore wich nicht von der Stelle.

»René geb ich nicht her.«

»Verlangt das jemand?«

»Sein Mädchen.«

»Darüber müssen wir doch jetzt nicht reden.«

»Erst, wenn er weg ist?«

Hannes führte Ingelore an Helfrieds Tisch.

Helfried bestand darauf, für Rechlins zwei gute Weinbrand zu bestellen. Wenigstens bestellen wolle er das Zeug noch. Er selbst bekam ein weiteres Glas Apfelsaft. »Na?« fragte Helfried. »Alles gesund?«

In diesem Moment setzte die Musik ein, übertönte jedes Wort. Und in der folgenden Pause griff das Betriebskabarett in einen Sack mit uralten Witzen.

Verärgert schnaufte Hannes.

»Laß sie«, sagte Helfried. »Die geben sich Mühe. Und über alte Sachen läßt sich besser lachen als über die Gegenwart.«

Hannes wechselte mit Ingelore einen Blick. Konnte man jetzt mit Helfried über René sprechen? René zu Lina in den Westen ... Zum erstenmal wurde Johannes Rechlin diese Möglichkeit bewußt. Bisher hatte er die Geschichte mit der Westberlinerin für eine Romanze gehalten. Er wußte, Lina besuchte René fast an jedem Wochenende. René, der seit Jahresanfang eine eigene Wohnung besaß in einem Hinterhaus in Weißensee. Kollegen halfen ihm beim Ausbau der völlig verwahrlosten Räume, die eher einem Schweinekoben als einem Wohnraum geähnelt hatten. Noch drei oder fünf Monate Wartezeit, und der Junge hätte eine nagelneue Einraumwohnung beziehen dürfen. Aber nein, René brauchte von einem Tag auf den anderen eine eigene Wohnung. Keiner sollte stören, wenn Lina ihn besuchte.

Hannes empfand dem Mädchen gegenüber keine Abneigung. Er mochte es aber auch nicht besonders. Er wehrte überhaupt alle Gefühle für oder gegen Lina ab. Das ist ein Zwischenspiel, sagte er sich, nichts von Belang. René sieht in einer Liebesbeziehung zuerst eine Leibesbeziehung, René will sich nicht binden, will in einer Zeit, die er für aussichtslos gefährdet hält, keine Verantwortung für einen Menschen übernehmen ... Also ist auch dieses Erlebnis mit der Westberlinerin lediglich ein Abenteuer. Vielleicht, so dachte er weiter, vielleicht liebt Lina den Jungen auf die gleiche Art, wie sie von ihm geliebt wird. Alles ist nur ein Spiel und darf nichts weiter sein als das. Keine Kinder, keine Ehe, nichts von Dauer. Eine schlimme Weltanschauung, dachte Hannes, wirklich schlimm ... Ein Geliebter in Ost-Berlin – vielleicht empfindet das Mädchen das als eine Art Exotik ... Und jetzt, mitten in einem heiteren Betriebsfest, sorgt sich Ingelore um ihren Jungen.

Ingelore, er wußte das nur allzugut, Ingelore dachte in Herzensdingen weit resoluter als er. Als der Junge Woche für Woche nach Oranienburg fuhr, hatte sich Ingelore nicht die Spur aufgeregt. Warum wohl? Weil sie ahnte, daß sich das nicht lohnte. Jetzt aber fürchtete sie um René ... René zieht in den Westen ... Eiskalt wurde es Hannes. Tischler brauchten sie drüben. Mochte die Arbeitslosigkeit noch so groß sein – Handwerk hat goldenen Boden. Lina blinzelte mit ihren Kulleraugen, und René ... Beate lebte seit fast zwanzig Jahren im Westteil der Stadt. Sie war, wie man so sagte, »abgehauen« oder »drübengeblieben«, damals, als die Grenze noch offen war. Bernd lag noch immer schwerkrank, und keiner wagte eine Prognose, wie es dem Jungen in Zukunft ergehen würde. Und nun wollte René gehen? Oder wollte er nicht? Ich alter Esel, dachte Hannes, ich bilde mir etwas darauf ein, weil Hansdieter Bischoff eine Samtfliege trägt und eine Freundin wie Elsbieta hat, ich, der ich in schöner Regelmäßigkeit für meine Verdienste als Lehrausbilder ausgezeichnet werde, den sie reihum loben wegen seines Geschicks, die Jugendlichen im Sinne des Staates zu erziehen – ich soll zwei meiner drei Kinder an den Westen verlieren? Gewiß, René wäre drüben ein Mensch wie hüben; mein Junge würde nie borniert von »Ostlern« reden, erläge gewiß nie dem Rassenhaß oder der Lüge, bei uns stünde man Gewehr bei Fuß, um den Westen in den Kommunismus zu zwingen. Und daß ihm drüben nichts geschenkt wird, das weiß er. Er ist auch nicht der Typ, der etwas geschenkt haben möchte. Er ist ein ehrlicher Arbeiter.

Hannes sah auf die Tanzfläche. Ingelore und Helfried beredeten Helfrieds bevorstehenden Umzug in eine kleinere Wohnung. Man läßt einen Menschen wie Helfried allein vor seinem Apfelsaft sitzen, dachte Hannes, und sie werden mit Fingern auf mich zeigen, weil mein Sohn ... Heute wird mir gratuliert, morgen von denselben Leuten ... Nein, dachte Hannes, nein! Was aber ist, wenn das wirklich geschieht? Das Mädchen sagt: Wenn du mich liebst, dann komm! Und René sagt: Fensterrahmen gehen überall kaputt und wollen repariert sein. Ist er dann ein Staatsverräter?

Hastig trank Hannes ein Glas Wein. Ingelore sah ihn an;

er schüttelte den Kopf. Andererseits, andererseits ... Renés Weltanschauung ... Das Mädchen bringt etwas fertig, was keinem Argument der Welt gelingt. Selbst wenn dem Jungen Marx und Lenin im Traum erschienen und Jesus obendrein, sie könnten stundenlang reden – wenn einer auf das Übel in der Welt starrt und zu dem Schluß kommt, so könne es unmöglich weitergehen sondern müsse in der Katastrophe enden, dann ist er durch Worte nicht von diesem Glauben abzubringen. Glauben übersteht jede Diskussion. Wenn einer aber einen Menschen liebt, dann liebt er. Und für diesen Menschen sorgt er und wehrt sich gegen ein mögliches Ende. Eine Liebe ist ohne Glauben an Zukunft undenkbar. Hat diese Lina nicht auch etwas Gutes bewirkt? Oder ist es keine Liebe zwischen ihr und meinem Jungen?

Abermals hatte sich auf dem Parkett ein Kreis gebildet. Elsbieta bot ein Solo. Als sie beim Tanzen ein Seidentuch vom Hals gleiten ließ, stöhnten einige Männer. Elsbieta bewegte sich nach dem Rhythmus eines griechischen Volkstanzes. Die Leute vergaßen das Mitklatschen, starrten mit offenem Mund ... Hansdieter Bischoff rückte nervös an seiner samtenen Fliege. Hannes war, als traue sich der Junge nicht, Elsbieta anzusehen. Die Musik wurde schneller, schriller, stoppte jäh. Elsbietas Füße stampften ein letztes Mal auf, verharrten. Endlich hob sie das Tuch auf, lächelte verlegen. Der Betriebsleiter stürzte auf Bischoff zu. Hannes ahnte: der Mann wollte um Erlaubnis bitten, mit Elsbieta zu tanzen. Der Mann wollte heute vom Licht dieses Sterns profitieren.

»Seid nicht böse«, sagte Helfried. »Ab zehn bin ich rettungslos müde.«

Ingelore stand sofort auf. »Wir bringen dich.«

Draußen tropfte der Schnee von den Bäumen. Es roch nach Frühling oder zumindest nicht mehr nach Winter. Modder pappte an den Schuhen. Hannes hatte den Arm um Ingelore gelegt.

»Ich geb meinen Jungen nicht her«, sagte sie.

»René ist alt genug ...«

»Nein, ich bin alt genug und du auch. Und Helfried auch. Alt genug, um nicht jeden Blödsinn mitzumachen.«

»Was willst du denn anstellen?«

»Den Jungen behalten.«

Auf der Spree trieben Eisschollen. Enten und Schwäne lagen als dunkle Punkte auf dem träge plätschernden Wasser. Am anderen Ufer blies das Kraftwerk schwarze Schwaden in den Nachthimmel.

2

Steffi war in den letzten Wochen viel allein gewesen. Anfangs hatte sie sich vor den Abenden und Nächten gefürchtet, hatte bis spät in die Nacht Waren von einem Regal ins andere gepackt, hatte Rechnungen abgeheftet und Bilanzen gezogen, die niemand von ihr forderte. Als aber die Ärzte immer entschiedener von der Möglichkeit sprachen, Bernd wieder völlig gesund zu sehen, wurden Steffi die freien Stunden zu Hause willkommen. Sie renovierte die Wohnung. Hannes hatte ihr beim Tapezieren geholfen, war mit einem zusammenklappbaren Tisch erschienen und hatte gesagt: »Dann wollen wir mal.«

Nun gab es in der ganzen Wohnung keinen dunklen Fleck mehr. Auf dringliches Anraten der Kolleginnen ging Steffi seit langem wieder einmal zum Friseur, kaufte sich auch ein festliches Kleid, obwohl sie sich nicht vorstellen konnte, dieses Kleid in absehbarer Zeit anzuziehen.

Schmerzlich war ihr bewußt geworden: außer den Schwiegereltern hatte sie keine Freunde. Die Arbeitskolleginnen blieben doch immer nur Kolleginnen; mit den Nachbarn verband sie nichts. Engelkes hatten sich einige Male nach Bernds Befinden erkundigt, doch Steffi verspürte keine Lust, mit Fremden über Angelegenheiten zu reden, über die sie selbst kaum nachzudenken wagte. Daß sie ihrer Schwiegermutter gesagt hatte, sie würde Bernd nicht vermissen, käme er von seiner Fahrt nach Köln nicht zurück, belastete sie. Ingelore meinte zwar, dies sei albern und Steffi habe doch nicht an einen Unfall gedacht und überhaupt rede man manches an einem langen Tag, worauf Sonne und Mond nicht gern schienen, aber – Steffi kam von den Gedanken nicht los, Bernd unrecht getan zu haben.

An einem der sonntäglichen Kaffeenachmittage am Hakkeschen Markt hatte Steffi Lina getroffen und Worte wie »Gottes Wille« gehört. War es also Gottes Wille gewesen, daß Külzens Auto gegen eine Wand raste? Daß die Külzens, Eltern zweier Kinder, starben? Damit Steffi und Bernd ihre Ehe überdachten und zu dem Schluß kämen, sie liebten einander und müßten folglich zusammen bleiben? Nein, Steffi konnte das nicht glauben, und Lina, so hoffte sie, hatte es wohl auch nicht so gemeint, als sie gesagt hatte: »Das ist eine Chance, verstehst du? Für dich und deinen Mann ist das eine gottgegebene Chance!« Lina, das wußte Steffi nur allzugut, Lina war viel zu verliebt, als daß sie sich überhaupt die Trennung zweier Partner vorstellen konnte.

Steffi war oft, sehr oft allein. Nur mit Herrn Barsig traf sie sich manchmal. Helmut Barsig, Bereichsdirektor Textil ... »Falls Sie unsere Hilfe benötigen, Frau Rechlin, wir stehen Ihnen jederzeit zur Verfügung.« So hatte er am Anfang gesagt, damals, als noch nicht sicher war, ob Bernd den Unfall überleben würde. Später war Barsig gelegentlich im Laden erschienen. »Gelegentlich«, das bedeutete: so oft, daß Kollegin Hella die Nase rümpfte und Steffi nach dem Grund dieser häufigen Besuche fragte. »Er ist unser Chef«, hatte Steffi geantwortet. »Und vielleicht muß ich demnächst mit ihm nach Budapest.«

»Ach ja?«

»Ach ja. Und ein Kleid hab ich mir dafür auch schon gekauft.«

»Sehr schön.«

»Ja, ein sehr schönes.«

»Ich meine, daß Barsig sich schon jetzt um seine Reisebegleiterin kümmert. Ist ja auch viel besser, wenn man sich vorher einig ist.«

Daraufhin hatte Steffi mit Hella tagelang nur das Notwendigste geredet. Nicht, daß Hella sie beleidigt hätte. Es war bei Steffi mehr das Gefühl, daß da jemand etwas beim Namen nannte, was sie sich selbst nicht einzugestehen wagte, woran sie jedoch nicht selten dachte: Barsigs Freundlichkeit hatte Gründe. Einmal fragte sie ihn, ob sie denn wirklich für die Einkaufsreise nach Budapest vorgesehen sei. »Gewiß«, hatte Barsig geantwortet. »Wenn die Reise auch eigentlich in das Aufgabengebiet der Kollegin Auerberg fällt. Aber die Dame leidet an einer chronischen Gastritis. Sie wird sofort krank, sobald sie ihr Haupt nicht auf das eigene Kopfkissen betten kann.« Später berichtete ihr Barsig, in der Leitung habe es Diskussionen gegeben. Ob man die mit den Ungarn geplanten Abschlüsse nicht in Leipzig zur Messe tätigen könne. »Was sich die Leitung nur wieder einfallen läßt! Sparsamkeit dort, wo sie angezeigt ist, aber auch nur dort! Die Ungarn sind stolze und generöse Partner. Sobald sie spüren, unser Interesse an ihren Modeartikeln ist so groß, daß wir extra zu ihnen fliegen, werden sie uns den Abschluß nicht verwehren.«

»Aber sie werden dafür mehr verlangen. Wenn ein Geschäftsmann seine Unentbehrlichkeit spürt, treibt das nicht die Preise hoch?«

Steffi spürte: Um ein Haar hätte Herr Barsig sie zärtlich an sich gedrückt. Doch er hatte sich mit einem sanften »Nein« begnügt; die Preise blieben so oder so im gesetzlichen Rahmen. Aber ihre Frage beweise einmal mehr ihr schöpferisches Mitdenken. Und das sei auch im sozialistischen Handel dringend geboten.

Helmut Barsig hatte die Vierzig längst hinter sich, und vom einst schwarzen Haarschopf war ihm nur noch ein grauer Kranz geblieben. Manchmal ging der großgewachsene schlanke Mann recht gebeugt; er sah oft fahl und abgespannt aus, doch sobald er in Steffis Laden trat, straffte sich seine Gestalt, und seine Augen leuchteten. Steffi bemerkte das sehr wohl. Und es tat ihr gut.

An einem Freitagnachmittag lud er sie telefonisch für den

Abend ins Theater ein. Seine Frau sei plötzlich erkrankt, und sie hätten zwei wunderschöne, so begehrte Karten. Komische Oper, Ballett »Dornröschen« …

Seit Jahren saß Steffi wieder einmal im Theater. Sie sah gern gutgekleidete Menschen und mochte den Anblick der weinroten Plüschstühle und liebte den Schwung der goldschimmernden Türklinken. Eine Ballettaufführung hatte sie noch nie erlebt. Anfangs fürchtete sie, sie könnte sich langweilen und Herr Barsig würde das merken und deshalb verärgert sein, aber dann gefiel ihr das Geschehen auf der Bühne doch recht gut, wenn ihr auch ein Schauspiel lieber gewesen wäre.

»Die Präzision!« raunte ihr Helmut Barsig zu, während die Damen des Balletts in langen Reihen auf Zehenspitzen schwebten. »Sehen Sie nur diese Präzision!«

In der Pause trank sie mit Barsig einen Kognak und hörte ihn erklären, daß der Kapellmeister leider über das Corps de ballet hinweg dirigiere.

»Sie sind wohl Experte?«

»Ich besuche solche Aufführungen seit meiner frühen Jugend. Und da ich nun am Rande des Greisenalters stehe, habe ich also genügend Erfahrungen gesammelt.«

»Am Rande des Greisenalters!«

»Wer weiß!« strahlte Barsig. »Wer weiß!«

Während sie in den Zuschauerraum zurückgingen, spürte Steffi Barsigs Hand auf dem Rücken.

Helmut Barsig wohnte in Pankow. Steffi bestand darauf, daß er nach Theaterschluß sofort zu seiner kranken Frau fuhr. Sie würde den Weg nach Köpenick allemal allein finden. Da habe sie schließlich Übung.

»Ich würde Sie doch lieber nach Hause begleiten …« Seine Miene drückte ehrliche Sorge aus.

Steffi reichte ihm kurz die Hand. »Es war sehr schön, und vielen Dank nochmals.« Als sie die Treppe zum Bahnsteig hinaufging, winkte ihr Barsig nach. Und am Montag, gleich nach Arbeitsbeginn, erkundigte er sich, ob sie wohlbehalten zu Hause eingetroffen sei. Seiner Frau gehe es besser, erfreulich besser. Auch habe er einen Stadtplan von Budapest aus einer Kiste gefischt, und da er in den nächsten Tagen ohnehin nach Köpenick müsse ... Ob er ihr den Plan vielleicht am Abend vorbeibringen dürfe?

Als Steffi ihm dann die Tür öffnete, streckte ihr der Mann einen Strauß bunter Nelken entgegen. Im gleichen Moment wußte sie: Er war nur ihretwegen nach Köpenick gefahren.

Herr Barsig trank einen Tee. Den nahm er mit Sahne, und während er eine dünne Zigarre rauchte, trat er auf den Balkon. Er erkundigte sich nach Bernds Befinden und meinte, auf keinen Fall dürfe sie jetzt eine Scheidung auch nur erwägen. Auf gar keinen Fall. Er zeigte ihr auf dem Stadtplan das Hotel, in dem er während seines letzten Budapest-Aufenthalts gewohnt hatte.

»Allein?« Kaum war die Frage heraus, bereute Steffi, nicht den Mund gehalten zu haben. Konnte es ihr nicht völlig gleichgültig sein, ob der Mann allein oder zu zweit in einem Hotel nächtigte?

Helmut Barsig verzog keine Miene. »Lassen Sie mich nachdenken! Ja, die Genossin Emmenthal war mit mir. Ich weiß nicht, ob Sie die Emmenthal noch kennen. Sie ist vor einiger Zeit nach Neubrandenburg verzogen.«

Ich kenne die Frau aus den Berichten meiner Kolleginnen, hätte Steffi antworten können. Die Emmenthal gehört in die Reihe der Frauen, von denen die Kolleginnen meinen, Sie hatten oder haben ein Verhältnis mit ihnen.

Barsig senkte die Stimme. Ob sie sich jetzt eine solche Reise erlauben könne. Bernd müsse gewiß regelmäßig besucht werden.

»Länger als eine Woche bin ich doch nicht weg, oder?«

»Ich meine, wenn Sie mit einem Kollegen verreisen ... Sie sind eine junge, gesunde Frau. Ich rechne mich zwar zu den alten Herren, aber was können nicht alles für Gedanken sprießen, wenn man an die Decke eines Krankenzimmers starrt!«

»Ich kann auf mich aufpassen«, sagte Steffi und fühlte, wie sie über und über rot wurde.

Der Mann strich über das Papier des Stadtplans wie über ein geliebtes Gesicht. »Wenn Sie ihn noch ein wenig studieren wollen?« Er verbeugte sich, bat um den Mantel.

An diesem Abend holte Steffi die Flasche Wermut aus dem Kühlschrank, die dort seit Wochen auf einen Anlaß wartete. Anfangs füllte sie das Getränk mit Eiswürfeln auf, tauchte den Glasrand in Zucker und drückte Zitrone auf das Eis. Sie beobachtete, wie sich der ölige Wermut mit dem Eiswasser mischte, trank genießerisch in kleinen Schlucken. Aus dem Radio drangen die »Schlager der Woche«, eine Sendung, die sie vor einigen Jahren nie versäumt hatte. Muß auch mal sein, dachte sie und legte die Füße auf den schmalen Couchtisch; weit im Sessel zurückgelehnt, sehnte sie sich nach Budapest.

Wie auf Bestellung tönte aus dem Lautsprecher: »Über den Wolken muß die Freiheit wohl grenzenlos sein. Alle Ängste, alle Sorgen, sagt man, bleiben darunter verborgen, sagt man ...« Über den Wolken ... Flugzeuge hatte sie bis auf den heutigen Tag nur von der Erde aus betrachtet. Wenn ein Flugzeug die Wolkendecke durchbrach, in gleißendem Sonnenlicht dahinraste ... Wie Wolken wohl von oben aussehen? Aber vielleicht war der Himmel klar beim Flug nach Budapest. Hella hatte erzählt, als sie nach Polen geflogen seien, sie und ihr Mann, da hätten sie auf den ersten Blick erkannt, wo die DDR aufhörte und Polen anfing. Die polnischen Felder seien viel kleiner, Handtuchfelder, wie man sie hierzulande schon fast vergessen habe. Und die Oder habe ausgesehen wie eine verlorene Schnur. Für Hella war der Flug das Schönste von der ganzen Ferienreise gewesen. Sogar verpflegt worden seien sie, hatte die Kollegin geschwärmt, kalten Aufschnitt habe es während des Fluges gegeben und ein winziges Stück Torte und wahlweise Bier oder Kaffee. Das alles sei im Preis einbegriffen. Nur beeilen müsse man sich mit dem Essen, weil doch der Flug so kurz sei.

Steffi füllte ein zweites Glas mit Wermut, obwohl sie das erste noch nicht geleert hatte. Sie wollte nur, daß Gläser aneinanderstießen, wünschte die Illusion zu erzeugen, nicht allein zu sein. Nach Budapest, überlegte sie, nach Budapest braucht die Maschine nicht länger als zwei Stunden. Und wenn mir übel wird? Unsinn. Früher bin ich Karussell gefahren noch und noch! Dann fiel ihr ein: Einmal wären sie fast geflogen. Bernd und sie. An die Ostsee. Aber die ganze Woche vorher hatte es in Strömen geregnet. Da hatte Bernd die Tickets zurückgegeben. Und am Sonntag dann zog die Sonne auf, waren es beinahe dreißig Grad im Schatten ... Ich wäre gern geflogen, dachte Steffi, auch wenn es gehagelt hätte. Bernd aber hatte erklärt: »Wenn schon Ostsee, dann auch baden. Ich hau denen nicht eine Menge Geld hin, um am Strand durch den Regen zu waten!« Dabei – so teuer war das gar nicht. Und das Geld hätten wir übrig gehabt ... Sie stieß die Gläser aneinander, trank, rekelte sich, dachte: Für einen wie Helmut Barsig gehört Fliegen zur Routine, und in einer Stadt wie Budapest kennt er sich bestimmt aus wie in seiner Westentasche. Und er hat auch gesagt: Vielleicht buchen Sie kein Hotelzimmer, sondern bemühen sich bei der privaten Zimmervermittlung direkt in Budapest. Das komme dem Betrieb billiger und sei reizvoller als ein Hotel. Hotels glichen sich alle, ob sie nun mit Marmor oder Kunststoff ausgelegt seien.

Ich wäre gern in einem Hotel, dachte Steffi. Die Hektik an der Rezeption, im Fahrstuhl grüßt jemand mit Bonjour, und auf der Speisekarte Gerichte, die ich nicht kenne und die ich gern mal probieren möchte. Aber ein Zimmer bei Budapester Einwohnern ist bestimmt noch besser, da hat Helmut recht. Sie stutzte, überlegte: Hatte sie soeben »Helmut« gedacht? Nicht »Helmut Barsig« oder »Kollege«? Nein, »Helmut« hatte sie gedacht, und sie beschloß, dies nicht zurückzunehmen.

»Prosit, Helmut«, sagte sie, »bist ein feiner Mensch. Soll Hella dich madig machen, wie sie will. Bist ein grundanständiger Mensch. Einer, mit dem ich reden kann. Sogar über Politik. Mit meinem Mann red ich nie über Politik. Manchmal mit Schwiegervater, wenn seine Frau nicht dabei ist.

Mein Schwiegervater gehört auch zu denen, die zugeben, nicht alles zu verstehen. Den Streit zwischen China und der Sowjetunion beispielsweise. Wie Kommunisten derart auseinander sein können ...« Steffi füllte noch einmal Wermut ins Glas; die Eiswürfel in der kleinen Schüssel waren zerlaufen. Also trank sie den Wermut pur, fühlte sich mit Helmut Barsig in Budapest, sah Lichterketten über Brücken, an den Straßen die Stände mit Süßigkeiten und winzigem Modeschmuck ... Sie solle ihr Geld gut festhalten, hatte Helmut Barsig geraten. Jetzt aber schüttelte sie den Kopf. Ausgeben werde ich es, mit beiden Händen ausgeben. Und wenn ich am zweiten Tag schon pleite bin, dann leb ich eben nur noch von Knäckebrot. Davon muß ich mir unbedingt genügend einstecken. Hatte Bernd auch, bevor er nach Köln fuhr. Komisch, überallhin, wo es mehr gibt als bei uns, nehmen wir was mit.

Ob mich Helmut ausführen wird? Die Restaurants in Budapest sollen ja überragend sein. Hört man nicht nur von Helmut. Höfliche Kellner und überhaupt – die Ungarn küssen den Frauen die Hand. Küß die Hand, Frau Rechlin ... Hoffentlich muß ich nicht lachen. Und die Speisen – alle sehr scharf. Der Paprika eben. Von mir aus. Ich trinke Wein dazu oder eß eine Scheibe Brot. Das ist überhaupt das beste gegen zu scharfes Essen: eine Scheibe weiches Brot. Und die Zigeunermusik ... Ich werd verrückt! Ich sitz mit Helmut an einem Tisch, und ein Geiger kommt und fiedelt mir was vor. Und ich bedank mich, und er: Küß die Hand, gnädige Frau ... Mal so ganz anders leben, ganz anders, anders ... Und wenn Helmut ... Helmut ... Sie verschluckte sich, hustete. Ob er wirklich »anständig« bleiben wird? Dann in Budapest? Und ich? Nach einem solchen Abend? Ich trink zu hastig, mahnte sie sich. Da muß ich aufpassen, auch in Budapest. Wenn ich mich wohl fühle, schlucke ich, solange es mir schmeckt. Und es schmeckt mir verdammt lange. Trotzdem ... Sie setzte sich kerzengerade. Wer behauptet, daß ich mich gehenlaß? Wer? Kein Mensch auf dieser Welt. Na also!

Im Haus war es still. Hinter den Fenstern des Nebenhauses sah Steffi das blaue Licht der Fernsehapparate. Die Straße wirkte wie leer gefegt. Dabei wehte ein sanfter Wind Wärme heran. Das richtige Wetter zum Spazierengehen, dachte Steffi. Aber es geht keiner. Wohin auch! Bis zur Bushaltestelle und zurück? Klingelknöpfe zählen? Müllcontainer?

»Frau Rechlin?« hörte Steffi die Frau Engelke von nebenan rufen, als sie aus dem Fenster sah. »Sinn Se krank?«

»Warum denn das?«

»Mir sehn Se schon gar nich mehr. Un das Licht brennt, un es is doch schon zehne durch. Ham Se Besuch?«

Steffi schloß das Fenster. In Budapest, so nahm sie sich vor, in Budapest werde ich jeden Abend ausgehen. Schaufenster, Eisdielen ... Nicht wie hier von Laden zu Laden hasten, gucken, wo es was gibt. Promenieren werde ich, promenieren! Steffi sah Helmut Barsig, wie er mit einer großen Armbewegung einen Kreis nachzeichnete. Budapest, hörte sie ihn sagen, Budapest ist pralles, gesundes Leben ... Bald werde ich es kennenlernen, dachte sie, bald. Sie goß den Rest Wermut ins Glas, stellte sich vor den Spiegel. »Küß die Hand, Frau Rechlin.« Dann lachte sie. Lachte. Als sie im Bett lag, kam es ihr so vor, als schwankte die Deckenleuchte.

Am Morgen brühte sie sich eine Tasse Kaffee, quetschte eine halbe Zitrone hinein, hielt die Luft an und schluckte. Wirklich waren die Kopfschmerzen nach einer halben Stunde vergangen.

Am Nachmittag rief Herr Barsig im Geschäft an und fragte, ob die erste Julihälfte für die Reise wohl passend sei.

»Aber ja!« sagte Steffi. Und sie fragte, wie es ihm gehe. Er habe gestern so blaß ausgesehen.

»Nichts von Belang«, antwortete er. »Das ist die Blässe des Adels.«

Aber sie bat ihn, auf sich achtzugeben, und am Abend klingelte es dann an ihrer Wohnungstür, und Helmut Barsig brachte einen Strauß Rosen. Im Flur legte er ihr die Blumen in die Arme, so daß sie sich nicht wehren konnte, als er sie umfaßte und küßte. Schließlich nahm er ihr den Strauß aus den Händen, flüsterte, sie solle ihm nicht böse sein. Während er sprach, knöpfte er ihre Bluse auf. Sein Atem ging kaum hörbar, seine Hände waren sehr flink. Steffi dachte an Budapest.

Als er keuchend von ihr ließ, strich sich Steffi die Haare aus der Stirn und betrachtete das Gesicht des Mannes neben sich. Dann sagte sie: »Es war nichts. Überhaupt nichts. Und du gehst jetzt. Und läßt dich nie mehr bei mir sehen.«

Barsig sagte, seine Gefühle für sie seien unverändert und sie möge bitte nicht vermuten, sie sei nur ... Schnell zog er sich an. Als er aus der Haustür trat, stand Steffi am Fenster. Sie pfiff, erschreckt hob er den Kopf. Sie warf den Strauß Rosen hinunter und sah, wie er sich nach den Blumen bückte.

Vier Tage später erhielt Steffi eine von der Leitung der Handelsorganisation verschickte Dienstmitteilung, worin stand, daß die Dienstreise nach Budapest aus arbeitsökonomischen Gründen gestrichen werden mußte. »Mit sozialistischem Gruß, H. Barsig.«

3

Hannchen, Instrukteurin für Kaderfragen, ließ René ausrichten, er solle unbedingt in ihrem Zimmer erscheinen. Dienstag, fünfzehn Uhr. Pünktlich klopfte René an Hannchens Tür. Sie wird auf irgendeinem Fragebogen eine Lücke entdeckt haben, dachte er. Soll sie fragen, ich werde ihr antworten. Er mochte Hannchen eigentlich sehr. Die stockdürre ältere Frau kannte fast alle Belegschaftsmitglieder mit Vornamen, und alle nannten sie Hannchen, und keiner wagte in ihrer Nähe auch nur ein einziges schiefes Wort. Der Frau zur Seite saß Arno, ein ehemaliger Installateur. Seine Rheumafinger ließen keinen Außendienst mehr zu, und zur Invalidität reichte es nicht. Also wurde Arno mal in dieser und mal in jener Abteilung mit dem Ordnen von Akten beschäftigt. Hin und wieder versuchte Arno einen Scherz oder erkundigte sich bei den Kollegen nach einer winzigen Sache. Und erst im Hinausgehen merkten die Kollegen, daß an der vermeintlichen Winzigkeit eine vorher von ihnen nicht bedachte Größe hing. Manchmal setzte sich René in einer freien Stunde zu Hannchen und Arno, ließ sich einen Kaffee servieren, erzählte von Begegnungen mit Mietern, und der halbinvalide Arno schmetterte: »So ist es! So ist es!«

Heute lehnte neben Hannchen und Arno ein Mann, den René nicht kannte. Er war etwa fünfzig Jahre alt, die kurzgeschnittenen Haare trug er streng gescheitelt. Sein Rundstrickanzug glänzte wie sein Gesicht.

René vermerkte im stillen, daß der Mann seinen Gruß nicht erwidert hatte. »Na?« begrüßte er Hannchen und Arno, »das Leben noch frisch?«

Hannchen raunzte: »Es könnte besser sein.«

René bemerkte die Unruhe in Hannchens Gesicht, setzte sich den Kollegen gegenüber. »Na, dann erzählt mir mal eure Sorgen!«

»Zum Lachen ist es nicht«, Hannchen schob dem Mann einen Aktendeckel zu, »überhaupt nicht.«

»Schade«, sagte René. »Bei euch lach ich am liebsten.«

Der Mann im Rundstrickanzug schlug den Hefter auf, strich sich über das Gesicht. »Rechlin«, sagte er, »Rechlin ...« Das »i« dehnte er dabei wie ein Gummiband. Er sah René ins Gesicht, beugte sich ein wenig zurück.

»Sie erhalten wiederholt Besuch aus Westberlin?«

»So ist es.«

»Warum melden Sie das nicht Ihrer Dienststelle?«

»Weil das meine Privatsache ist.«

»Ihrer Ansicht nach.«

»Ich treff mich mit Freunden, wann es mir paßt. Das ist so und das bleibt so.«

»Mach keinen Quatsch, Junge«, meldete sich Arno.

»Ich mach keinen Quatsch, garantier ich dir.«

»Sie werden von einer jungen Frau namens Lisa Carolis besucht.«

»Falsch!«

»Was ist falsch?« Die Stimme des Mannes war außerordentlich sanft.

»Sie heißt Lina Carolis, nicht Lisa.« René zog ein Taschentuch hervor, schneuzte sich umständlich. »Ehrlich gesagt, sie ist schon so oft kontrolliert worden, da müßte sich der richtige Name doch eigentlich herumgesprochen haben.«

»Sie sind nicht verwandt mit der Bürgerin?«

»Noch nicht.«

Im Hintergrund des Zimmers polterte ein Karteikasten zu Boden. René sprang auf, um Arno beim Aufheben der Kärtchen behilflich zu sein. »Bist du des Wahnsinns, Mensch?« flüsterte Arno.

»Nein«, antwortete René, »eigentlich nicht.«

»Ich habe einige Fragen an Sie, Herr Rechlin«, meldete sich der Mann.

René kam wieder vor zum Tisch. »Ich auch. Die erste: wer sind Sie überhaupt?«

»Bendora, Rudi Bendora.«

»Guten Tag, Herr Bendora.«

»Jetzt mach kein Theater!« Hannchen schlug mit der Faust auf den Schreibtisch. »Benimmst dich, als wäre dir sonstwas für Unrecht geschehen. Uns interessiert, was du vorhast. Aus gutem Grund interessiert uns das, mein Junge.«

»Die zweite Frage ... Weshalb wird meine Braut neuerdings so scharf kontrolliert?«

»Die Genossen tun ihre Pflicht, nichts weiter.«

»Mir sieht das allerdings sehr nach Kür aus.« Er wandte sich Hannchen zu, zwang sich zu größter Ruhe. »Müßt ihr euch mal vorstellen. Westberliner dürfen ja immer nur für einen Tag einreisen. Ein Wochenende aber besteht aus zwei Tagen. Also ziehen wir am Sonnabendabend Richtung Friedrichstraße, sie geht kurz vor Mitternacht über die Grenze. Steht dann auf einer Treppe irgendwo im Bahnhof und wartet, daß es zwölf schlägt. Um sie herum hundert Türken und Araber. Die stürmen mit dem letzten Glockenschlag zu ihren Bräuten, die draußen vor der Tränenhalle warten. Verstehst du? Lina mit den Türken und Arabern auf der anderen Seite Berlins, ich mit den Damen auf unserer. Lina sagt, sie kommt sich jedesmal wie in einem Gruselfilm vor. Wie ich mir vorkomme, darf ich überhaupt niemandem verraten.«

»Und?« schnaufte Hannchen. »Ist das eine Entschuldigung für dein Benehmen?«

»Wie benehm ich mich denn? Neulich hat man ihre Handtasche um und um gestülpt; fragt man sie vielleicht auch noch, wie oft sie in den nächsten Stunden mit mir zu schlafen gedenkt? Ich meine: Wenn wir die Westberliner schon zu uns rüberlassen, sollten wir uns nicht wundern, wenn die auch wirklich kommen.«

»Das alles steht hier überhaupt nicht zur Diskussion«, sagte der Mann.

»Nein?« Jetzt fiel es René schwerer, sich zu beherrschen. »Lina ist doch kein Gangster, verdammt noch mal! ›Junger Spionier zum Einsatz angetreten!‹ Ich hab ihr geraten, an der Grenze mal mit diesem Gruß zu grüßen. Bis jetzt sagt sie noch immer höflich ›Guten Tag‹. Merkwürdig, was?«

»Woher sollen unsere Grenzer deine Lina kennen?« Hannchen überhörte das Telefonklingeln. »Bildest du dir ein, es kommen wirklich nur Leute wie dieses Mädchen zu uns? Außerdem – wenn sie einmal die Handtasche aufmachen mußte, ist ihr da eine Perle aus der Krone gefallen? Kontrollen gibt es an jeder Grenze.«

»Wenn Lina nach Brüssel fährt, braucht sie nicht einmal ein Visum. Da kauft sie sich eine Fahrkarte und fertig.«

»Frag sie, ob es zwischen ihrem Land und Belgien wirklich keine Grenzkontrollen gibt. Oder zwischen Frankreich und Spanien oder wo auch immer. Daß die Grenze bei uns anders aussieht, weniger freundlich in der Landschaft liegt und daß unsereins achtsamer sein muß als der Uniformierte zwischen Köln und Brüssel – das müßtest du eigentlich wissen. Bahnhof Friedrichstraße, da ist nicht nur eine Stadt geteilt.«

Während Hannchen sprach, hatte der Mann im Rundstrickanzug ungeduldig mit den Fingern auf die Tischplatte geklopft. Ein wütender Blick von Hannchen ließ ihn verstummen. Er zog erneut den Aktendeckel zu sich heran, blätterte in den Papieren.

»Weshalb habt ihr mich gerufen?« fragte René.

»Weil du ein Schaf bist!« Arno schleppte seinen Karteikasten quer durch das Zimmer zu einem riesigen Schrank. »Und weil wir nicht wollen, daß du eins bist, verstehst du?«

»Nein«, sagte René.

Der Mann vor ihm strich sich über das Gesicht. »Sie erwähnten vorhin die Tatsache, daß sie noch nicht mit Lina Carolis verwandt sind. Das bedeutet ...«

»Genau.« René versuchte ein Lachen. »Aber seien Sie unbesorgt, Sie müssen uns zur Hochzeit nichts schenken.«

Der Mann stand auf, zog das noch immer klingelnde Telefon näher zu sich, nahm den Hörer ab, sagte: »Sofort.« Er nickte Arno und Hannchen kurz zu und ging zur Tür. Bevor er die Tür öffnete, sagte er zu René: »Sie müssen wissen, was Sie tun.«

»Weiß Gott«, sagte René, »das muß ich.«

Als die Tür hinter dem Mann ins Schloß gefallen war, stöhnte Arno. »Menschenskind, verliebt waren wir alle einmal ... Aber da muß man doch trotzdem wissen, wohin man gehört.«

»Ja«, sagte René, »bis jetzt wußte ich das.«

»Was heißt: bis jetzt?« Hannchen war sehr blaß geworden.

René deutete zur Tür. »Ich mag solche Leute nicht. Man kann mich Hundesohn und was weiß ich schimpfen, und wenn ich gegen die Bestimmungen meines Betriebes verstoßen habe, so hat man mir eins auf den Deckel zu geben. Aber man hat offen mit mir zu reden. Offen, klar?«

»Dann will ich mal offen zu dir sein. Wie immer, Freundchen, wie immer.« Hannchen fuchtelte mit ihren dünnen Fingern vor Renés Gesicht. »Du kannst mir vor einer Minute noch der beste Kumpel gewesen sein, aber wenn du dich gegen uns entscheidest, bist du das nicht mehr.«

»Wer hat sich denn gegen dich entschieden?«

»Du hast gesagt, du willst diese Lina heiraten ...«

»Na und?!«

»Du wirst also zu ihr ziehen.«

»Ich denke nicht daran.«

»Was heißt das?«

»Überleg mal. Du und Arno, überlegt mal, was für Möglichkeiten es noch gäbe. Damit seid ihr für den Rest des Tages sinnvoll beschäftigt, will ich hoffen.«

»Willst du das Mädchen zu dir holen?« Hannchens Frage klang geradezu hilflos.

»So ist es.« René faßte nach der Klinke. »Aber eines laßt euch sagen: in einem Laden, wo man mir nur das Schlechteste zutraut, arbeite ich nicht länger. Ich kündige.«

»Das heißt nicht ›Kündigung‹, sondern ›Aufhebung des Arbeitsvertrages‹. Wie oft muß ich euch das noch erklären?«

»Es ist mir scheißegal, wie das heißt. Einen Mann wie den da«, er deutete auf den Flur, »verkrafte ich kein zweites Mal. Wiedersehen!« Er warf hinter sich die Tür ins Schloß.

Bis zum Hackeschen Markt war es nicht weit.

Ingelore strickte, Hannes löste Kreuzworträtsel, Opa war, die Rennzeitung auf dem Bauch, auf dem Sofa eingeschlafen.

Wütend erzählte René das soeben Erlebte.

Hannes sah nur kurz von seinem Rätsel auf. »Was erwartest du? Meinst du, wir fürchten uns nicht vor dem Tag, an dem du uns sagst, du willst zu Lina?«

»Ich will nicht zu Lina!«

»Aber ihr liebt euch doch, oder?« Ingelore legte das Strickzeug beiseite.

»Ja, wahrhaftig, wir lieben uns. Und deshalb möchte ich, daß man sie nicht behandelt wie ein Stück Dreck.« Er erzählte, was er auch dem Mann im Rundstrickanzug erzählt hatte.

»Kein Mensch behauptet, wir leben in einem vollkommenen Paradies«, sagte Hannes. »Und wenn es einer behauptet, dann ist er ein Dummkopf. Und wenn es ihm einer glaubt, dann ist der genauso schlau.«

»Was heißt – du willst nicht zu Lina?« Ingelores Augen ließen René nicht los.

»Sie soll zu uns.«

»Zu dir, also – zu uns in den Osten?«

»Findest du das so schrecklich, Mutti?«

»Aber ...« Ingelore wurde puterrot. »Ich ..., ich schlucke seit Wochen Medizin, so viel, wie in den letzten zehn Jahren nicht. Und abgenommen hab ich auch. Wenn das so weitergeht, bin ich bald so dünn wie die Schiefenageln ...«

Hannes hielt René fest. »Sag das noch mal! Lina kommt zu uns? Du stellst keinen Antrag, du willst nicht nach drüben?«

René setzte sich. Ingelore hielt eine Hand vor den Mund.

Opa rekelte sich. »Kann man hier nich in Ruhe übalejen? Wat is mit hüben und drüben?«

»Steh auf«, flüsterte Ingelore. »Jetzt saufen wir uns einen an.«

»Wer sauft hier? Warum?«

»Das ist die schönste Nachricht, die ich seit Jahren gehört habe.« Hannes umarmte Ingelore. Ingelore weinte.

»Menschenskinder!« rief René. »Was macht ihr nur für Theater?«

»Theater! Wenn du bei uns bleibst – ist das Theater?« Ingelore setzte sich. »Hannes, hol du die schöne Flasche Wein! Oder nee – Sekt is ooch noch im Keller. Den trinken wir jetzt!«

»Ich kündige im Betrieb«, sagte René. »Ich laß mich nicht für einen Dummkopf halten. Ich laß mich nicht verhören, ich bin ein mündiger Mensch.«

»Kündige nicht«, sagte Hannes.

»Doch.«

»Tausende haben uns am Tag ins Gesicht gelacht, und in der Nacht traten sie uns in den Hintern und verschwanden ...«

»Und ihr habt mir das zugetraut? Daß ich mir eine Wohnung einrichte und in Gedanken zu Lina zieh? Lina findet drüben keine Arbeit, und hier brauchte man sie. Hier kriegen wir zu essen und zu trinken, was also sollen wir drüben? Das ist doch eine Rechnung, die ist so klar wie zwei und zwei!«

»Für dich, René, für dich!«

Ingelore hatte den Kellerschlüssel in der Hand. »Ich hol den Sekt!« verkündete sie.

»Das nennt sich nun souverän ...« René zog mit dem Finger Striche über das Tischtuch. »Wie fest muß denn der Sozialismus noch werden, bis wir einander vertrauen? Überall steht: Der Sozialismus ist für die Leute da, für die Nichtgenossen und für die Genossen. Aber trauen tut ihr keinem über den Weg!« René schrie vor Wut.

Opa legte ihm eine Hand auf die Schulter. »Wart uff den Sekt, mein Junge. Und det nächste Pulleken, det trinken wa mit deiner Lina zusammen. Da freu ick ma schon druff.«

René saß seinem Vater gegenüber. »Ich weiß nicht«, sagte er leise, »wann werden wir denn nun wirklich souverän? Wenn uns ein Staat außer den Malediven diplomatisch anerkannt hat oder wenn wir einander vertrauen?«

Hannes antwortete lange nichts, dann sagte er: »Wenn Leute wie du kapitulieren, werden wir es nie.«

4

Erich Rechlin säte Radieschen. Die Sonne schien warm auf die Gärten der Anlage Neu-Helgoland, eigentlich viel zu warm für den noch jungen Frühling. Hannes hatte den Sonntagsdienst eines Kollegen übernommen. Er tat das gern. Nicht um am Sonntag fern von der Familie durch die Straßen zu fahren, sondern weil er nun einmal gern »vorn auf dem Bock« saß. Ingelore und Opa waren hinaus in den Garten gezogen; nach einem Spruch von Erich war jede Stunde Gartenarbeit im Frühling eine zusätzliche Erntestunde im Herbst.

Eine der Angewohnheiten des Alten war es, sich auf das frisch bestellte Saatbeet zu setzen. Das festige die Saat, erklärte er, garantiere eine gute Ernte. »Grins nur!« rief er seiner Schwiegertochter wie immer zu. »Mein Arsch wird euch mal fehlen«, aber er bemerkte: Ingelore zeigte diesmal nicht mit dem Zeigefinger zur Stirn, und sie wetterte mit keinem Wort gegen den Aberglauben. Sie traut ihrem Jungen nicht, dachte Erich Rechlin. Sie meint, er will ihr nur Sand in die Augen streuen, sie beruhigen. Und eines Tages ist er dann doch weg. Bei dieser Lina. Der Alte wußte: Ingelore war für jedes hoffnungsvolle Wort dankbar. Wenn ihr nur René blieb. Er stützte sich auf, rappelte sich vom Beet hoch.

»Fühlst du die Radieser schon wachsen?« fragte Ingelore.

Der Alte klopfte seine Hände sauber; den Rest Gartenerde, der an den Fingern blieb, wischte er an die Hose. »Sortierste Steckzwiebeln? Hast recht. Bienen sind ja ooch schon da.«

»Wird Zeit.«

»So isset, Ingeken.« Er zog eine leere Kiepe als Sitzfläche heran, sah seiner Schwiegertochter beim Prüfen der Zwiebelchen zu. Die Unversehrten würden in der Erde landen, die lädierten in den nächsten Bratkartoffeln. »Wat jehört, wat René nu arbeiten will? Und wo?«

Ingelore schüttelte den Kopf.

»Aber kündigen will er?«

Sie nickte.

Der Alte spuckte auf den Boden, suchte einen Anfang. Überzeugend muß er sein, der Schwindel, dachte er, und immer sachte mit die jungen Pferde. Sorgfältig stopfte er sich eine Pfeife. Dann sagte er: »Ick kenn da jemand in Karlshorst. Sarotti nennen se den Mann.«

»Wie?«

»Kennst doch die Schokoladen-Reklame. Der Sarotti-Mohr. Dem ähnelt er.«

»Ein Neger?«

»Nee. Bloß nich der sauberste. Det heeßt: er kommt oft

nach Dienstschluß direkt uff de Bahn. Issn Straßenfejer inne Jejend von de Prenzlauer.«

»Berühmte Leute triffst du auf deiner Rennbahn!«

»Jedenfalls ..., Sarotti gibt manchmal so Auskünfte.«

»Wo es zur Spree geht? Oder in die nächste Kneipe?«

»Nee, so alljemein. Astrologisch.«

In Ingelores Gesicht zuckte es.

Der Alte wußte: Beate hatte Ingelore aus Spandau ein dikkes Buch mitgebracht. »Sternenweisheiten«. Hannes hatte gewettert über den »gebündelten Quatsch«, wie er es nannte, wenn aber Ingelore allein im Zimmer war – Erich hatte sie dabei ertappt –, blätterte sie höchst interessiert in diesem Buch. Er klopfte seinen Pfeifenkopf gegen die Steinwand der Laube, hielt zum zehntenmal das Feuerzeug über den Tabak. Wartete.

»Astrologie?« meldete sich Ingelore. »Hat der Mann denn Ahnung davon?«

»Muß er wohl.«

»Und?«

»Was?«

»Warum erzählst du mir das?«

»Um dir zu unterhalten, Ingeken.« Endlich glomm der Tabak. Erich Rechlin genoß ein paar kräftige Züge.

»Was denn so für astrologische Auskünfte?«

Der Alte hob seine spitzen Schultern. »Tatsache is nur, er jilt unterderhand als Experte. Die Leute loofen ihm direktemang die Bude ein.«

»Dir können sie in Karlshorst auch alles auf die Nase binden!«

Ungerührt redete Erich Rechlin weiter. Sarotti benötige für seine Vorhersage nur das Geburtsdatum der betreffenden Person und ein Bild. Weil Sarotti die Astrologie mit der Physiognomie verbinde. Die Form des Gesichts und die Stellung der Gestirne – das ergebe im Zusammenhang einen Sinn.

»Vorhersage! Was will so einer schon vorhersagen!«

Allet, wat ick bei ihm bestellen tu, dachte der Alte und

sagte: »Na, wie sich diss so entwickeln wird zwischen Lina und René.« Und schnell fügte er hinzu: »Mit zweien, det is vielleicht schon zuviel valangt. Aber wenn man wüßte, ob Lina een Wassermann heiratet oder nich. René is doch Wassermann, wa? Irjendwat muß dran sein anne Sterne. Die alten Ägypter beispielsweise, diss waren hochintellijente Leute, sagt Alfred ooch imma, und die haben bloß so inne Sterne jekiekt! Langer Rede kurzer Sinn: Sarotti hat dem Jüntha, kennste nich, issn Autoschlosser, also dem hat er in eena Sitzung mitjeteilt, in der und der Woche soll er scharf ranjehn mit die Wetten. Un wat is jewesen? Runde achttausend Märker hat Jüntha jewonn!«

»Dein Sarotti ist mit diesem Günther auf Sitzungen?«

»Er is nich mein Sarotti und mit Sitzung mein ick Besprechung. Is ja nich so, det Sarotti einfach in so eenem Buch nachschlägt. Denn könnte det ja jeder ausm Effeff praktizieren, die Astrologie. Aber wahrscheinlich ...« Erich Rechlin griff nach einer Harke. »Wahrscheinlich is allet ooch bloß Leutebescheißerei.«

»Ich meine ...« Ingelore hatte die Zwiebeln aus der Hand gelegt. »Den Geburtstag von Lina besorg ich, und ein Bild hab ich auch von ihr.«

Der Alte nickte zufrieden.

»Aber denk nicht – ich geh zu diesem Mann in die Wohnung!«

»Nee, Ingeken, brauchste nich. Verlaß dir janz uff mir.«

Am nächsten Renntag spendierte Erich Rechlin dem Kumpan einige Schnäpse, bis dieser endlich behauptete, alles richtig verstanden zu haben.

»Aber später als drei biste nich da, hörste! Und bleibst nich länger als 'ne halbe Stunde. Sonst erwischt dich mein Junge, wenn er von der Parteiversammlung kommt. Und denn kannste dir deine zwanzig Mark Profit inne Esse schreiben.«

Wirklich stand der Mann bereits kurz nach zwei Uhr vor dem Haus am Hackeschen Markt. Da also noch Zeit war bis zum verabredeten Termin, wandte er sich der nahen Kneipe zu.

Erich übrigens war zu seinem kranken Freund Alfred gefahren. Ingelore war das nur recht, denn wenn man ihr weissagte, wünschte sie keinen Zuschauer. Es schlug drei Uhr, es schlug Viertel vier. Ingelore trat bereits ungeduldig von einem Bein aufs andere, da sah sie aus der »Krücke« einen Mann kommen, den sie auf den ersten Blick als den ihr angekündigten Sarotti erkannte. Reichlich schräg wankte der Mann über den Damm. Ingelore dachte noch: Hoffentlich braucht der Kerl nicht so lange mit seinen Sternen!, da klingelte es auch schon. Der ältere Herr, mit Wollekopf und wirklich nicht sehr sauberer Haut, lächelte.

»Frau Ingelore, wenn es gefällig ist?«

Ingelore Rechlin stand in einer Alkoholwolke. »Kommen Se rein.«

»Bin ich also richtig ...« Der Mann holte aus der Tiefe seiner bis an die Knie reichenden Jacke eine Flasche.

»Lassen Se man!« wehrte Ingelore ab. »Ich hab was Besseres für Sie.«

»Kaffee, wa? Frauen wie Sie kochen immer Kaffee. Ich will aber keinen Kaffee.«

»Wasser auch nicht, was?« Ingelore schob den Mann in die Küche, stellte ihm eine Flasche »Fürst Bismarck« auf den Tisch, und während sie sich umdrehte, um ein Schnapsglas aus dem Schrank zu holen, hielt Sarotti bereits ein Wasserglas in der Hand.

»Also hören Sie zu ... Das Mädchen ist Sternzeichen Waage, und hier ist auch ein Bild.« Aus ihrer Handtasche nahm sie einen Umschlag mit Fotografien aller Familienmitglieder sowie von Freunden und Bekannten. Sie drückte dem Mann ein Bild in die Hand. Der warf einen kurzen Blick darauf und füllte das Glas nach.

»Es wäre mir lieb, wenn Sie mir Auskunft geben könnten, bevor Sie besoffen sind.«

»War ich noch nie. Nie nüchtern und nie besoffen. Muß mir erst mal einer nachmachen.«

»Kriegt der dann auch so eine schöne dunkle Haut wie Sie?«

»Das ist gut«, lachte der Mann. »Sie gefallen mir. Sie und Erich auch. Bloß daß Erich immer die Lindenheimer Pferde wettet. Die Lindenheimer – alles Gauner!«

Ingelore tippte auf das Foto. »Brauchen Sie das genaue Geburtsdatum?«

»Ich?« Sarotti schluckte. »Alles ist in meinem Kopf.« Er schloß die Augen. Die Nachmittagssonne wärmte seinen Rücken, »Fürst Bismarck« seinen Magen.

Entweder das ist ein Assi oder ein Genie, dachte Ingelore. Aussehen tut er wie ein Assi ... Mir ist es egal, wenn er sich nur in der Astrologie auskennt! Hört man ja oft, daß irgendwelche übersinnliche Fähigkeiten ... In der Sowjetunion erforschen sie die Telepathie ganz offiziell! In Instituten und so!

Der Mann schnarchte kräftig.

Empört schlug Ingelore mit der Faust auf den Tisch.

Sarotti öffnete die Augen. »Sswei Kinder wird sie kriegen. Oder drei. Sie haben mich zu früh in der Arbeit gestört.«

»Und wo werden die jungen Leute wohnen? Bei uns oder drüben?«

»Sie zieht zu einem jungen Mann, und sie kriegt sswei Kinder oder drei. Sie haben mich zu früh geweckt.«

»Das heißt – das Mädchen kommt zu uns rüber?«

»Ich kann nur sagen, was in den Sternen steht. Und wenn Sie mir nicht geweckt hätten ...«

»Ist gut. Ich danke Ihnen.« Ingelore drückte dem Mann ein Zwanzigmarkstück in die Hand, aber Sarotti fragte, ob er statt dessen die Flasche mit dem Fürsten Bismarck einstekken dürfe. Ingelore nickte. Der Mann verbeugte sich, bat, olle Erich zu grüßen, und wenn wieder einmal eine Auskunft gefällig wäre ...

»Ich denke an Sie.«

»Nur nicht ssu oft.« Sarotti polterte die Stufen hinunter.

Aufseufzend ließ sich Ingelore auf ihrem Küchenstuhl nieder. Irgendwas ist bestimmt dran an der Astrologie, redete sie sich ein. Und wenn das Mädchen zu René zieht ... Sie nahm das von Sarotti betrachtete Foto an sich. Und erschrak. Aus Versehen hatte sie dem Mann Susanne Mollenthins Bild gezeigt.

5

Noch lange sah er den kräftigblauen Rock, die beigefarbene Bluse mit den eingestickten Schmetterlingen auf dem Kragen. Daß er die Schmetterlinge von der Bank aus erkennen konnte, bildete sich Bernd nur ein. Die mit rotem Garn gestickten Flügel, die zwei lindgrünen Striche als die Fühler des Insekts ... Vor Jahren hatte er Steffi diese Bluse zu Ostern geschenkt; eigentlich wollte er ihr nur wieder eine Schallplatte kaufen, aber da fast alle Leute im tschechoslowakischen Kulturzentrum eine solche Bluse verlangten, erstand er auch eine. Steffi mochte diese Bluse sofort, trug sie fast den ganzen Sommer über. Bis er sie eines Tages fragte, ob er ihr vielleicht noch ein zweites Kleidungsstück kaufen solle. Da war die Bluse dann jahrelang im Schrank geblieben. Bis vor einigen Stunden hatte er sie überhaupt vergessen. Nun war Steffi zur Besuchszeit in dieser Bluse gekommen. Er hatte auf die bunten Schmetterlinge gestarrt und gedacht: Wie viele Jahre ist das her ...

Fast die ganze Besuchszeit über saßen sie auf dieser Bank. Sonst waren sie immer in ein Café geeilt.

Die Bank, grau und rissig, stand auf einer Höhe zwischen dünnen Birken. Der Blick ging geradewegs auf ein kleines Haus, in dem Bernd eine Kapelle vermutet hatte. Bis er eines Tages beobachtete, wie Pfleger eine mit grauen Tüchern verhüllte Bahre in das Gebäude trugen. Oft hielt ein schwarzes Auto davor.

Bernd stieg auf die Bank, sah über das Gebäude hinweg auf den Bahnsteig der Vorort-Bahn. Dort erkannte er noch immer Steffis Rock und die beigefarbene Bluse. Ihm war, als sähe Steffi zu ihm her, aber er dachte: Unmöglich. Er setzte sich, zog mit den Schuhspitzen Striche in den Sand. Immer noch meinte er ihre Stimme zu hören. »Ich muß dir was sagen. Nichts Angenehmes.«

Anfangs hatte er gedacht: So wichtig wird es nicht sein. Warum erzählt sie es mir nicht auf dem Weg zum Café; wenn wir später als drei dort sind, ist die Erdbeertorte alle. Und dann hörte er sie sagen: »Ich war dabei, mich von dir zu trennen. Schon lange habe ich daran gedacht, aber in den letzten Monaten wollte ich es hinter mich bringen. Ich dachte, wenn ich mit einem anderen Mann ... Du verstehst schon. Daß es mir dann leichter fällt. Doch es stimmt nicht.«

Er hatte sie angesehen, hatte verstanden und doch nicht begriffen.

»Du wirst wieder gesund«, hatte Steffi gesagt. »Du wirst neu anfangen wollen. Und ob du mich zu einem Neuanfang willst ... Ich habe also mit einem anderen Mann geschlafen. Manchmal denk ich dran, aber eigentlich hab ich es vergessen. Es hat mir nichts bedeutet. Mutter hab ich es erzählt. Sie findet das alles nicht gut. Besonders, daß wir so nebeneinanderher gelaufen sind. Ich finde es auch nicht gut.« Während sie sprach, lagen ihre Hände hilflos auf den Knien.

Bernd hatte neben ihr gesessen und in die Sonne hinter den Birken gesehen. Bis ihm die Augen schmerzten. Patienten zogen an der Bank vorbei, neben sich schnatternde Besucher. Ein Arzt eilte über den Hauptweg. Als er das Paar erkannte, kam er heran, begrüßte Steffi mit überschwenglicher Freundlichkeit. »Nur noch ein wenig Geduld, Frau Rechlin. Das Schlimmste liegt hinter uns.« Bernd hatte im Bart des Arztes Tabakkrümel entdeckt. Als der Mann gegangen war, sagte Steffi: »Arzt möchte ich bei euch nicht sein.«

»Patient auch nicht.«

»Entschuldige. So hab ich es nicht gemeint.«

»Ich weiß.«

Dann hatten sie geschwiegen. Bernd fühlte sich müde, nur müde. Steffis Sätze, ihre Worte, daß er sich wie neugeboren fühlen werde, die Meinung des Arztes, das Gröbste sei überstanden – alles schien ihm absurd und unwichtig zugleich.

Er sah Steffi neben sich, blaß, die Haare wieder einmal extrem kurz geschnitten. Sie wirkt noch immer wie zwanzig, dachte er, wie damals, als sie die Bluse zum erstenmal trug. »Sag einen schönen Gruß zu Hause«, flüsterte er.

Steffi war sofort aufgestanden, worüber er erschrak, denn das hatte er nicht beabsichtigt. »Nein, bleib«, bat er.

»Du schwitzt wieder.«

»Es ist warm.«

»Leg dich lieber hin.«

Bei ihrem vorherigen Besuch hatte sie ihn geküßt; nicht auf den Mund, aber doch auf die Stirn, flüchtig, schnell. Jetzt legte Steffi eine Hand auf seine Wange. Bernd spürte, daß er seinen Kopf gegen ihre Hand drückte. Ich krieg das Fieber los, hatte er gesagt.

Dann war sie gegangen, und er hatte ihr nachgesehen.

Fieber befiel ihn noch immer unerwartet und heftig. Die Ärzte erklärten es mit nervlicher Anspannung; er müsse zuallererst jene Bilder vergessen, von denen er meinte, sie nie aus seinem Gedächtnis streichen zu können: das zerschmetterte Gesicht seines Kollegen Udo Külz, die toten Augen der Frau … Die Ärzte hatten ihm diese und jene Medizin verabreicht, lange Gespräche mit ihm geführt. Er hatte autogenes Training erlernt und war in Hypnose versetzt worden. Das Ergebnis: er konnte für Stunden oder auch Tage vergessen, bis dann alles wieder auf ihn eindrang, der furchtbare Knall, das Splittern des Glases, der ihn unendlich dünkende Schrei der Frau. Und immer blieben die zerstörten Gesichter der Leute, die ihn freundlicherweise bis vor die Haustür hatten fahren wollen.

Bernd lag auf seinem Bett. Die Schwester wußte Bescheid, kaum daß sie ihn gesehen hatte. Gehorsam schluckte er die Medizin, ließ er sich in Decken packen. Seine Zähne schlugen im Schüttelfrost aufeinander. Vier, fünf Minuten würden so vergehen, dann wirkten die Tabletten. Er würde schlafen, tief und traumlos. Danach konnte er wieder aufstehen und wie ein Gesunder durch das Gelände des Krankenhauses spazieren. Nur – an gewisse Bilder durfte er nicht denken. So wie es ihm geschah, als Steffi neben ihm saß. Er hatte sich an die lustige Frau Külz erinnert, an ihre Sehnsuchtsaugen. Und daran, daß er sich damals im Auto vorgestellt hatte, wie es die Külzens wenig später miteinander treiben würden.

Es war Nacht geworden; die beiden anderen Patienten im Zimmer schliefen. Bernd legte sich die Decke um die Schultern und stand auf. Das Nachtpersonal war an seine Besuche gewöhnt. Neben der rundlichen Schwester, die Protokolle ausfüllte, saß der Arzt mit den Tabakkrümeln im Bart. Der Mann sah von einem Buch auf, rief Bernd zu: »Sollten Sie auch mal lesen. Plötzlich steht eine Pinkelbude auf dem Markt. Im Süden Frankreichs. Sage mir, wo du dein Wasser läßt und ich sage dir, wer du bist. Setzen Sie sich doch, Herr Rechlin.«

Die Krankenschwester raunte, eigentlich sei die Nacht zum Schlafen geschaffen.

»Wie meinen Sie das?« fragte der Arzt.

Bernd hatte das Gefühl, säße er jetzt nicht in diesem Zimmer, würde der Arzt der Schwester ins Hinterteil kneifen.

»Sie haben eine bemerkenswert junge Frau.« Der Arzt strich sich durch den Bart. Die Tabakkrümel blieben. Vielleicht hat er die angeklebt, dachte Bernd, Ärzte mit Bart laufen zu Dutzenden durchs Haus. Eine Pfeifenfüllung Tabak zwischen Kinn und Nase als persönliche Note ... Er zog die Decke enger um sich.

»Möchten Sie einen von uns sprechen?« Die Schwester hob nicht den Kopf.

»Nein.«

»Vielleicht sollten Sie sich besser wieder hinlegen.«

»Stör ich?«

Der Arzt schlug das aufgeklappte Buch auf seine Knie. »Zu den Erfolgserlebnissen eines Arztes wollen Sie wohl nicht beitragen?«

»Kämmen Sie sich den Tabak gelegentlich aus dem Bart?«

»Herr Rechlin auf dem Weg in die Offensive! Ein begrüßenswertes Zeichen.« Der Mediziner las weiter.

»Was ist, wenn ich das Fieber nicht wegbekomm?«

»Müssen wir weiter probieren.«

»Wie lange?«

»Solange einer von uns Weißkitteln eine Chance sieht.«

»Und wenn keiner mehr eine Chance sieht?«

»Es gibt Leute, die freuen sich auf eine Invalidisierung. Ich hoffe, Sie gehören nicht dazu.«

»Invalid fühle ich mich schon lange.«

»Weil Sie sich wie ein Invalide benehmen! Menschenskind! Zwei Stunden Ausgang am Tag! Da nimmt man sich eine Taxe und stürmt nach Hause. In einer Stunde läßt sich allerhand anfangen!«

»Herr Doktor!« mahnte die Krankenschwester.

»Er wird es doch wohl nicht verlernt haben, der Herr Rechlin. Und seine Frau wird auch nicht wollen, daß er es verlernt hat.«

»Zumindest hat es meine Frau nicht verlernt. Gerade heute hat sie mir davon erzählt.«

»Eheprobleme?« Der Arzt zog das Buch an sich. »Bitte nicht jetzt.«

»Sind Sie nicht im Dienst?«

»Ich gebe Ihnen einen Termin. Übermorgen, elf Uhr.«

»Sie würden also jetzt lieber lesen, wie man in Frankreich pinkelt.«

»Wissen Sie, wieviel Stunden Dienst ich bis jetzt hatte?« Der Arzt warf das Buch auf den Schreibtisch. Die Krankenschwester hob es auf und drückte es ihm wieder in die Hand.

Bernd verließ das Zimmer. Minuten später nahm er überrascht wahr, daß das Fieber ausgeblieben war. Zum erstenmal fieberte er nicht nach einer Aufregung. Er eilte ins Dienstzimmer zurück.

»Ihre Medizin, nicht wahr?« Die Schwester ging zum Schrank.

»Ich hab kein Fieber«, schrie Bernd. »Nicht einmal erhöhte Temperatur!«

Der Arzt blinzelte über das Buch hinweg. »Dann wird es wohl zum Glück für uns alle nichts werden mit Ihrer Frühinvalidität.« Eine Glocke schrillte. Die Schwester sagte, das sei der Alte in Zimmer vier. Im Gehen wandte sich der Arzt zu Bernd: »Wenn Sie wollen, reden wir heute noch.«

Bernd schüttelte den Kopf.

Wieder in seinem Zimmer, ließ er sich langsam ins Bett fallen. Schlaf fand er nicht. Aber Gedanken, die er in solcher Klarheit noch nie gedacht hatte. Die Kinder der Külzens ... Er versuchte sich zu erinnern. Das eine Kind mußte noch recht klein sein, das andere ging wohl schon zur Schule – war nicht von guten Zensuren die Rede gewesen? Ob sie bei Verwandten untergebracht waren? Wie das schon klingt! dachte Bernd. Kinder unterbringen ... Vielleicht wohnen sie bei ihren Großeltern. Dann fiel ihm ein: Udo hatte gelegentlich erzählt, daß er Halbwaise sei. Frau Külz stammte aus dem Eichsfeld. Ob die Kinder jetzt dort lebten? Am liebsten wäre er aufgestanden, um sofort zu klären, was aus den Kindern geworden war. Und wenn ich es erfahre, was dann? dachte er. Der Große wird es vielleicht schon verstehen ... Wenn einer zu ihm sagt: Ich bin der Mann, den deine Eltern damals nach Hause bringen wollten ... Ich saß im Auto, als es gegen die Steinwand raste. Ich war mit deinem Vater vorher auf einem Lehrgang in Köln. Wir haben uns mächtig angestrengt. Mit Lernen, verstehst du. Ja, und dann ist es anders gekommen ... Was hat der Junge davon, wenn einer so vertraut mit ihm spricht? Alle, die was von Kindern verstehen, würden mir dafür aufs Maul hauen, dachte Bernd. Und sie täten recht damit. Udo hatte gemeint, der Große komme ganz nach ihm. Im Aussehen und im Charakter ...

Endlich knipste er die Taschenlampe an und schrieb unter der Bettdecke auf eine Ansichtskarte: »Liebe Schulzen! Du hast mich vielleicht vergessen, aber ich Dich nicht. Was ist mit den Kindern von Udo? Schreib mir das unbedingt. Oder komm und sag es mir. Bitte! Freundliche Grüße. Bernd Rechlin.«

6

Auf dem Tisch lag eine weiße Damastdecke, die aus Ingelore Rechlins Beständen stammte, auf dieser Decke ein lackschwarzes Kästchen, in diesem der Ring. Das Kästchen war geöffnet; René rückte es in die auf den Tisch treffenden Sonnenstrahlen. Der schlicht gefaßte mattgrüne Stein gefiel René am besten. Zärtlich strich er darüber. Es war ein Geschenk für Lina. Der Preis des Ringes hatte René im ersten Moment den Atem genommen. Und anprobieren hatte Lina den Ring auch nicht können. Doch bestand für René nicht der geringste Zweifel: der Ring würde passen. Morgen am Pfingstsonntag würde er Lina in aller Frühe vom Grenzübergang abholen. Und am Nachmittag würden sie zum erstenmal gemeinsam Gastgeber sein. Lina wollte ein westfälisches Lieblingsgericht zubereiten: überbackenen Schinken mit süßem Kraut. René stellte sich vor, wie er bald nicht mehr von »meiner«, sondern von »unserer« Wohnung reden würde. Auf Dauer, das war ihm wohl bewußt, konnte dieses Zimmer kein Zuhause sein. Toilette auf halber Treppe, Sonne nur an zwei Stunden am Vormittag, zweiundzwanzig Quadratmeter insgesamt ... Für den Anfang jedoch mochte es reichen, später würde sich eine andere Lösung finden. Ob nun in Berlin oder außerhalb – das kümmerte ihn wenig.

René rückte den Ring näher in sein Blickfeld. Ingelore wollte Lina bei nächster Gelegenheit eine alte Bibel schenken, ein Familienerbstück, ein riesiges Buch mit pathetischen Illustrationen. Ingelore hatte das – wie es hieß – wertvolle Stück zur Hochzeit von einer Tante Metha erhalten. Diese Tante hatten sie alle so gut wie vergessen. Opa erinnerte sich nur, Metha sei Anhängerin einer Sekte gewesen und habe die Bibel deshalb nicht mehr gebraucht. Weil die mit Bildern ausgestattet war und man sich doch kein Bild machen solle von seinem Gott. René nahm sich vor, Tante Emmi wegen dieser Metha zu befragen. Emmi muß ich überhaupt wieder mal besuchen, dachte René, auch Lina wird ihr Vergnügen an Emmi haben. Und vielleicht fange ich auch wieder in Templin an, bau mir dort ein Haus. Lina findet überall Arbeit. Und für die Kinder ist es gesünder, wenn sie nicht nur vor Parkplätzen spielen. Er hatte Lina unlängst gefragt, ob es ihr was ausmache, daß er keiner Kirche angehöre und ihm die biblischen Geschichten eher wie Sagen und schöne Märchen vorkämen, während Lina – ihr Vater war Kirchenratsmitglied! – sich ein Leben ohne Gott und Kirche doch nicht vorstellen könne. »Ich kann es mir ohne Menschen nicht vorstellen«, hatte sie geantwortet.

René arbeitete zur Zeit als Geselle eines privaten Meisters in Liendorf. Die Idee dazu war ihm gekommen, als er und Lina Gesine Rochow besucht hatten. Gesine saß als Schreibkraft im Vorzimmer des Bürgermeisters. Sie hatte morgens und abends Tabletten zu schlucken, war oft sehr schwach und flüsterte Lina immer wieder zu, auf Dauer lasse sie sich nicht unterkriegen. Alle Rochows, der immer freundliche Pfarrer, seine stille Frau, Gesine und die alte Mutter des Pfarrers, hatten mit Lina und René im wunderschönen Pfarrgarten gesessen. Die Mutter des Pfarrers polkte einen Splitter aus ihrer Hand. Sie hatte die Kirchenbänke gewischt und sich dabei verletzt. Die alte, rundliche Dame hoffte, im nächsten Jahr ihren neunzigsten Geburtstag groß zu feiern. Wenn man sie nach einem Wunsch fragte, so antwortete sie stets: »Daß ick inner Kirche orntlich sitzen kann!« René, der sich nach dem Gespräch mit dem Mann im Rundstrickanzug fest vorgenommen hatte, seinen Dienst in Berlin zu kündigen, erkundigte sich nach der Adresse eines Tischlers in der Gegend. Im Nachbarort gab es einen, den Tischlermeister Allert. Allert arbeitete kaum noch, seit er im Lotto einen großen Gewinn erzielt und im gleichen Jahr seine reichen Eltern beerbt hatte. Eine schier überwältigende Menge Geld hatte den Arbeitsdrang des Mannes fast zum Erliegen gebracht. »Anne himmlische Jerechtigkeit glauben und dann so wat erleben – dat jeht eenem normalen Menschen über seine Möglichkeit«, sagte die alte Mutter Rochow. Das Geld für eine Ausbesserung des Kirchengestühls lag längst bereit, der Tischlermeister hatte den Auftrag auch angenommen, aber wann er ihn würde erfüllen wollen …

René traf den Tischler nach langem Suchen im Nebenzimmer einer Gastwirtschaft. Der Tischler stand unwillig vom Spieltisch auf; Renés Erklärungen nahm er achselzukkend zur Kenntnis. René sagte, er wolle so lange bei ihm arbeiten, bis die Reparaturen in der Liendorfer Kirche abgeschlossen seien. Ein Vierteljahr also. Der Meister hatte dagegen nichts einzuwenden. So kam es, daß René seit zwei Wochen Tag für Tag nach Liendorf in die Kirche fuhr. Die alte Mutter Rochow hatte ihn dafür so recht in ihr Herz geschlossen, saß fast den ganzen Tag in der Kirche und sah ihm bei seiner Arbeit zu mit einem Gesicht, wie René es von Schnitzereien auf Altären kannte. Sie war es auch, der er den wahren Grund für seinen Entschluß verraten hatte. »Ich will meinen Kindern später was vorzeigen können. Nicht nur Fensterflügel. Hier, das Geländer, die Stühle, die Orgelbank … Eure Mutter, so werde ich sagen, war früher oft hier. Dort auf der Bank hat sie gesessen, und wenn der Pfarrer einen schönen Text aufsagte oder die Musik hat gespielt und eure Mutter holte tief Luft, weil es ihr so gefallen hat, dann knarrte die Bank ganz jämmerlich. Bis ich dann eine neue Bank hingestellt habe. Die wird zwar auch einmal knarren …« Das würden sie beide aber nicht mehr erleben, hatte Mutter Rochow gesagt und: »Nur deine Kinner kriejen wat zu tun. Wenn se dir aber frajen wern, wat, Vater, wat haste verdient an der Sache? Wat wirste antworten?« René erinnerte sich, daß er lachend erwidert hatte: »Een Appel un een Ei«, und daß Mutter Rochow sich die Tränen aus den Augen wischte und ergänzte: »Und den Dank von eener alten Frau!«

Es klingelte. Als René öffnete, staunte er: eine fremde Dame stand vor der Tür.

Die Frau lachte.

»Beate! Fast hätte ich dich nicht erkannt.«

Die Schwester drückte ihr duftendes Gesicht an Renés Wange. »Stör ich?«

»Ich hab das letzte Fenster eingebaut. Bloß noch paar Handgriffe.« Er nahm Beate den Mantel ab, legte ihre winzige Kappe auf die Garderobe.

Beate schüttelte ihre Frisur zurecht. »Schönes Gefühl – eine eigene Bleibe!«

»Sehr schön.«

»Und wie fühlst du dich sonst, Bruderherz?« Sie betrachtete die Bilderreihe an der weißen Wand, Lederschnitte unter Glas, die Freizeitarbeit von Renés früherem Kollegen.

René fragte, ob sie einen Kaffee mit ihm trinke.

»Vielleicht einen Tee, Bruderherz?«

Er ging in die Küche. Das Wort »Bruderherz« mißfiel ihm. Als er geboren wurde, war Beate vierzehn. Es hieß, sie habe sich geschämt, wenn sie ihn hatte ausfahren müssen. Einmal habe eine alte Frau vor ihr ausgespuckt und über die Unmoral der Jugend gewettert. Kaum aus den Kinderschuhen heraus, schon eine eigene Brut aufziehen!

Beate … Dieser Name verband sich ihm schon früh mit dem Wort »Besuch«, genauer: aus Westberlin anreisender Besuch. Aufblasbare Kaugummis, Matchbox-Autos, Waldmeistergelee … Auch jetzt hatte der Besuch wieder eine prallgefüllte Plastetüte auf den Tisch gestellt.

Beate folgte ihm in die Küche.

»Lehn dich nicht an! Die Farben trocknen langsam.«

Hastig zuckte sie zurück, sah vom Fenster auf den Hof.

»Zille läßt grüßen …«

»Nicht mehr lange. Zwei Mann aus dem Vorderhaus und ich – ein Vormittag und der größte Dreck ist verschwunden.« Er plazierte Teekanne, Tassen und Zuckerdose auf das Tablett. »Einweihung findet morgen statt.«

»Großer Bahnhof?«

»Mittel. Die Eltern, Steffi, paar Kollegen.«

»Und das Fräulein Braut?«

Er verstand nicht sofort.

»Deine Lina.«

»Klar. Lina auch.«

»Wenn man sie über die Grenze läßt.«

»Warum nicht?«

»Hat es da nicht Ärger gegeben?«

»Fast vergessen.«

»Ich verstehe.«

Sie saßen im Wohnzimmer. Beate rührte im Tee, stieß mit dem Löffel nach, weil sich der Würfelzucker nur schwer löste.

René ließ keinen Blick von seiner Schwester. Ihm war bewußt, daß sie nicht den Weg zu ihm gefunden hatte, nur um ein paar Geschenke abzuliefern. Warum ist sie gekommen? überlegte er. Heute? Nicht morgen, mit den anderen zusammen?

»Der Kuchen ist sehr gut«, sagte Beate.

»Tu mir den Gefallen und putz ihn weg.«

»Wofür hältst du mich! Sonst eß ich überhaupt keinen. Wenn ich back – nur für meine Männer. Ich meine nur: die Qualität. Wirklich gut.«

»Der Bäcker wird sich freuen.«

»Darf ich rauchen?«

»Wenn ich das auch darf?«

Beate bot René eine von ihren langen Zigaretten an, sagte, im Beutel seien andere, männlichere.

René bedankte sich, stellte einen Aschenbecher zwischen sich und seine Schwester, rauchte langsam, wartete.

»Hör zu!« sagte sie endlich. »Wir hatten nie groß was miteinander. Weder Lust noch Leid. Vierzehn Jahre Altersunterschied sind denn doch zu groß ...«

René grinste. »Und mit den gegenseitigen Besuchen klappte es leider auch nicht so.«

»Hattest du Ärger mit Mutti?« fragte Beate.

»Keine Spur.«

»Auch nicht wegen Lina?«

»Erstaunlicherweise – nein. Oder auch nicht erstaunlicherweise.«

»Kannst du dich erinnern, als Bernd die Stefanie anbrachte? Apropos – geht es Bernd besser?«

»Steffi meinte ja.«

»Steffi kam aus dem Knast und wohnte bei Bernd ein. Und Mutti ...«

»Steffi kam aus dem Knast, richtig. Aber Lina kommt aus dem goldenen Westen!« Er sah ihr fragendes Gesicht. »Ernsthaft: Steffi galt anfangs für Mutter als Assi, und Linas Vater besitzt eine Gärtnerei, kann zudem im Präsidium eines Kirchenrates mitreden! Lina studiert, hat nicht, wie Steffi damals, nur ein einziges Kleid, sondern drei Schränke voller Sachen. Hat sie mir jedenfalls erzählt. Ob Mutti es nun zugibt oder nicht, Lina ist für sie eine Art Respektsperson.«

»Und für dich?«

»Meine Frau.«

»Das steht fest?«

»Ich hoffe.«

»Und Lina?«

»Ich hoffe, sie hofft es auch.« René grinste wieder, hatte aber ein ungutes Gefühl dabei. »Immerhin macht sie keine schlechte Partie. Sie heiratet keinen Haschischfresser, keinen Arbeitslosen ...«

»Bild dir nur ein, die Welt bei uns bestehe nur aus Rauschgift und Arbeitslosigkeit!«

»Ich bilde es mir nicht ein. Ich wollte nur dezent darauf hinweisen, daß ich auch nicht der letzte Husten bin.«

»Wenn ihr meint, ihr gehört zusammen, dann müßt ihr es eben probieren.«

»Deinen Segen hätten wir also. Das erleichtert mich sehr.«

Die Augen der Frau wurden klein. »Du redest bißchen fies, Bruderherz.«

»Und du benimmst dich reichlich komisch, Schwesternseele. Wenn es dir auch dreimal nicht paßt, daß Lina und ich zusammenziehen werden ...«

»Von mir aus!« Sie lachte schrill. »Mir ist das völlig egal.«

»Aber Mutter nicht? Hat Mutter dich hierher geschickt?«

»Nein.«

»Aber sie weiß, daß du hier bist?«

»Auch nicht. Und wehe, du petzt.«

René griff nach seiner Schachtel Casino. Er fand, nun wurde es interessant. Als er Beate von den Zigaretten anbot, sie aber ablehnte, fauchte er, sie solle sich nicht so haben, er sei an ihrem Parfümstengel auch nicht erstickt. Erschrocken bediente sie sich. »Weshalb bist du hier?« fragte er.

»Ich wollte dich warnen.«

»Vor Lina?«

»Vor uns.« Beates Feuerzeug klickte. »Vor dem Leben bei uns.«

»Das ist nett, aber ich leb nicht bei euch.«

»Noch nicht.«

»Hat dir Mutter nicht erzählt, daß Lina zu uns kommen soll?«

»Hast ja recht: wenn du planst, zu Lina zu ziehen, würde ich an deiner Stelle auch in aller Öffentlichkeit das genaue Gegenteil ausblasen.«

»Ich bleibe hier. Ich bin ein bequemer Mensch, weißt du. Hier hab ich mich eingerichtet. Euch besuchen würde ich schon gern, aber mein Platz, der ist hier.«

»An deiner Stelle würde ich nicht anders reden.«

»Aber?«

»Was einer denkt, steht auf einem anderen Blatt.« Sie beugte sich näher zu ihm. »Als ob du einen Ausreiseantrag nötig hättest! Linas Eltern mit ihrem Geld! Entweder sie schenken es euch als Morgengabe, oder ihr bekommt es geliehen. Und von heute auf morgen bist du weg. Gibt ja wohl verschiedene Möglichkeiten. Ernähren sich bei uns ganze Cliquen davon.«

»Sei unbesorgt. In derartige Schulden werde ich mich nie stürzen.«

»Aber geschenkt würdest du das Geld nehmen?«

»Könnten wir das Thema wechseln?«

»Nein.« Beate hatte nur drei Züge aus der Zigarette genommen, dann stieß sie die Casino wütend in den Ascher. »Du und ich – wir sind immerhin miteinander verwandt. Und wenn man Hilfe braucht, wendet man sich zuallererst an die Verwandtschaft.«

»Und? Womit kann ich dir helfen?«

Beate hielt es nicht mehr auf ihrem Platz. »Tu nicht so, als ob du mich nicht verstehst!«

René erinnerte sich: auch als junges Mädchen war seine Schwester, sobald sie etwas zu erklären hatte, unaufhaltsam durch die Räume getigert. Jetzt verfolgte er amüsiert Beates Schritte. Lehnte sie noch vor einem Augenblick am Kachelofen, so war sie beim folgenden Satz schon auf dem Weg zur Küche, um den Aschenbecher zu leeren. Allmählich nur drangen René die Sätze seiner Schwester ins Bewußtsein, entnahm er ihren Worten den Grund ihres Besuches. Sie sorgte sich um ihn. Sie war überzeugt, er würde Lina in den Westen folgen und dort jämmerlich Schiffbruch erleiden. Überhaupt sei es fraglich, ob Linas Eltern mit ihm als Schwiegersohn einverstanden wären. Schließlich lasse man die einzige Tochter nicht in Berlin studieren, damit sie einen Ostberliner Tischler mit nach Hause brächte.

»Moment!« René stellte sich Beate in den Weg, zwang sie, sich zu setzen. »Was ist Schlimmes an einem Ostberliner Tischler?«

»Nichts. Für eure Verhältnisse – nichts. Aber ...« Sie funkelte René zornig an. »Wenn unser Vater vielleicht eine eigene Werkstatt besäße. Oder du hättest eine. Aber als Geselle! Außerdem bist du nicht getauft. Lach nur. So etwas ist bei uns wichtig.«

René lachte nicht. »Tatsache, ich existiere nur als blutiger Heide. Du übrigens auch, oder?«

»Leute wie Linas Eltern ...« Sie stöhnte. »Ich versichere dir: Wenn ich diese Leute auch nicht persönlich kenne, die ganze Sorte hab ich drauf! Leute, die sich allesamt ihr eigenes Wirtschaftswunder geschaffen haben. Die wollen, daß es so bleibt oder noch besser wird. Diese Leute besitzen ein verdammt großes Stück Stolz.«

»Ich auch.«

»Daran eben zweifel ich leider überhaupt nicht. Dein Stolz und der von Linas Eltern! Auf deinen Stolz kannst du pfeifen, aber auf die anderen bist du angewiesen. Da wirst du schlucken müssen, mein Bester, verdammt bitteres Zeug schlucken. Oder bildest du dir ein, Lina besitzt das Geld, euch sofort eine Wohnung zu kaufen und einzurichten? Lina wird froh sein, wenn sie überhaupt eine Anstellung findet. Und du auch. Die Gegend um Hannover – da wächst die Arbeitslosigkeit schneller als das Gras. Du wirst anders leben müssen, anders denken.« Ihre Stimme war leise geworden. »Ein Typ wie du geht daran kaputt, René …«

René empfand Rührung. Er spürte: Die Sorge seiner Schwester war nicht gespielt. Und es steckte wohl auch viel Selbsterlebtes hinter ihren Worten. Sie hatte, seit er sie mit Bewußtsein wahrnahm, stets vor ihm geprahlt. Sie war immer die große Dame gewesen, die Überlegene. Daß sie für all das auch bezahlt hatte, war ihm noch nie in den Sinn gekommen. Beate … Sie war nicht weniger stolz als ihre Mutter oder als er, René … »Siegfrieds Eltern haben Beate als Verkäuferin eingestellt«, oder »Vielleicht schenken die Zümmrichs dem Paar das Auto« – Sätze, die er als Kind, mit den Eltern am Abendbrottisch sitzend, kaum wahrgenommen hatte, die ihm aber doch im Gedächtnis geblieben waren. Jetzt erinnerte er sich daran. Unvermutet empfand er Zuneigung für seine Schwester. Zum ersten Mal in seinem Leben. Verlegen berührte er ihre Hand. »Schon gut, Mädchen …« Er wollte ihr sagen, daß sie sich seinetwegen kein graues Haar wachsen lassen müsse, da er entschlossen sei, Lina zu sich zu holen. Er wollte ihr versichern, nie und nimmer werde er Linas Eltern auf der Tasche liegen.

Doch er kam nicht dazu. Beate zog ihre Hand weg. »Du ziehst zu Lina! Mach mir nichts vor! Und nach einem Jahr seid ihr auseinander. Dann packst du deinen Koffer, darfst nur mitnehmen, was du auch drin hattest, als du ankamst. Und dann klingelst du bei uns.«

»Weshalb denn das?«

»Bei wem denn sonst? Bei der Caritas vielleicht? Solange du Verwandte im Westen hast, haben die dir zu helfen. Aber auf Dauer bei uns wohnen, das ist nicht drin. Und Arbeit finden wir auch nicht für dich.«

René, schamrot, lehnte sich zurück. »Du fürchtest also, mein Westausflug endet in deinem Portemonnaie ...«

»Schulden müssen bezahlt werden. Alleine wirst du das nicht schaffen. Und Lina braucht nicht.«

»Ihr müßtet also eine Hypothek auf eure gepachtete Kneipe aufnehmen, um meine Schulden zu bezahlen.«

»Ich könnte dir Stories erzählen! Die Haare stünden dir zu Berge.«

»Danke. Es genügt schon.« Er schluckte, stand auf. »Ich möchte jetzt gern in Ruhe mein Fenster einsetzen.«

Beate griff nach dem Ring. »Ein schönes Stück. Teuer?«

»Nimm die Finger davon.«

Lächelnd erhob sie sich. »Wir sind uns einig, ja?«

Minuten später sah René seine Schwester über den Hof gehen; suchend blickte sie zu seinem Fenster hoch, winkte. Er hielt seine Hände still, dachte: Das werde ich dir beweisen ... Daß ich etwas schaffe, auch ohne Kredit. Daß ich nicht dümmer und schwächer bin als andere in meiner Familie. Das werde ich beweisen. Werden wir beweisen. Ich und Lina. Lina und ich.

7

Von Carola Schulz hatte Bernd, wie nicht anders erwartet, umgehend Antwort erhalten. Eine Einladung für das Wochenende. In ihrem Garten, draußen hinter Pankow, werde er den Kleinen der Külzens treffen. Vielleicht auch den Großen, falls der wolle. Wenn aber im Heim Fußball angesagt wäre, bliebe er wohl lieber dort. Sie hatte geschrieben, daß sie sich sehr freuen würde, mit Bernd über die neue Anlage im Betrieb zu reden, denn da gebe es Probleme. Bernd hatte lange überlegt, ob er einen Arzt über den geplanten Ausflug unterrichten sollte oder Steffi. Dann hatte er es doch nicht gewagt. Wenn der Ausflug in den Garten der Kollegin Schulz mit einem neuen Fieberanfall endete, wollte er niemanden sagen hören: Wir haben dich gewarnt. Soll sie mir über ihre Arbeit erzählen, dachte Bernd. Ich sag, daß ich nur aus Neugier gekommen bin, um zu hören, wie sich die Datentypie bei uns anläßt. Den Jungen von Külzens werde ich mir nur kurz ansehen, wie nebenbei. Mit ihm reden – unmöglich. So ließ sich Bernd von dem darüber sehr erfreuten Arzt für den Sonnabend beurlauben, fuhr aber nicht, wie er gesagt hatte, nach Hause, sondern nach Pankow. Dort ging er erst lange durch die Straßen, aß zu Mittag in einem Lokal, um dann endlich den Garten der Schulzens aufzusuchen.

Fast hätte Bernd die Schulz nicht wiedererkannt. Ihre in Köln stets sorgfältig gepflegte Frisur war verschwunden, wirr und strähnig hingen ihr die Haare bis auf die Schultern. Schlosserhose und ausgewaschener Pulli lagen viel zu eng um ihren Körper. Aber auch alles Nervöse und Angespannte fand er nicht mehr an ihr. Sie erschien ihm als selbstsichere, ausgeglichene Frau, als Großmutter, die in Ruhe ein Wochenende genießt.

Als Bernd den Garten betrat, fand er dort so viele Menschen vor, daß er annehmen mußte, er störe einen Geburtstag oder ein ähnliches Familienfest, die Schulz aber meinte, es sei weiter nichts, nur ihre Kinder seien zu Besuch und ein paar Freunde der Kinder. »Und der Kleine von Udo. Willst du ihn gleich sehen?« Bernd schüttelte den Kopf.

Der Mann der Schulz, dem Äußeren nach ihr ganzes Gegenstück, nämlich ein akkurat wirkender dünner Mensch, setzte sich neben Bernd auf die Gartenbank, bot ihm eine Flasche Bier an, erzählte, er sei von Beruf Bauhandwerker. Deshalb sehe das Grundstück auch so verwahrlost aus, denn er hasse es, auch noch in seiner Freizeit zu hämmern und zu werkeln. »Das Praktische macht sie.« Er deutete auf seine Frau, die, auf einer an die Hauswand gelehnten Leiter stehend, zwei jungen Männern auf dem Dach der Laube Anweisungen zurief. Aus einer Ecke des unübersichtlichen Geländes drang Kindergeschrei. »Entschuldigen Sie mich«, sagte der Mann.

Die Sonne blendete. Bernd nahm eine der herumliegenden Kiepen, zog damit in den Schatten eines Apfelbaums. Er dachte, Nachbar Engelke würde die Hände über dem Kopf zusammenschlagen, wenn er den Baum sähe. Ausgesägt wurde der wohl noch nie. Doch Äpfel hatte er offensichtlich gut angesetzt. Vielleicht nicht so viele wie er unter Engelkes Pflege getragen hätte. Engelkes ... Plötzlich erinnerte sich Bernd an die Birnenbrüste der Heidrun Engelke. Im letzten Sommer war Heidrun halterlos gegangen, hatte sich vor ihm produziert. Wenn es nun wieder eine solche Gelegenheit gäbe? dachte er. Draußen hinter Engelkes stabiler Laube ... Edgar und ich helfen einem Nachbarn beim Garagenbau. Edgar vermißt eine Zange, sagt: Bei mir im Schuppen müßte die liegen. Und ich sag: Ich hol das Ding. Und geh in Engelkes Schuppen. Und davor liegt Heidrun auf der Wiese, zieht nur langsam ein Tuch über die Brüste, bietet mir ein Gläschen Erdbeerwein an. Heidrun hat schon mehrere davon getrunken. Das Tuch rutscht, sie kichert, sagt: Bedien dich ruhig. Und ich beug mich über sie und ... Nein, dachte Bernd, wahrscheinlich würde wieder nichts passieren, nur höflicher Dank meinerseits. Vielleicht hätte es vor einem Jahr geschehen können: der schnelle Beischlaf mit Heidrun, zuerst die Hand zwischen die Schenkel gelegt, dann das andere. Vielleicht hätte es mir damals Spaß gemacht. Aber jetzt? Wie du mir, so ich dir? Nein, dachte Bernd, von Lust keine Spur. Oder doch?

Die Schulz brachte ihm eine Tasse Kaffee.

»Und?« fragte er. »Stehen die neuen Geräte?«

»Die Kölner sind beim Einbau. Mußten aber unterbrechen, weil die Räume zu staubig waren. Kannst du dir ja vorstellen: diese hochempfindlichen Apparate und dazu Maurerdreck.« Dann ergänzte sie: »Aus deinem Betrieb sind jetzt drei Mann bei uns in der Datentypie. Zum Anlernen. Ausgebildet ist noch keiner.«

»Sollte meine Aufgabe sein.«

»Ja.« Dann wollte sie wissen: »Besuchen dich deine Kollegen?«

»Bis jetzt hatten es die Ärzte verboten. Du bist die erste, mit der ich über Arbeit rede.«

»Geht also aufwärts?«

Er antwortete nicht, stellte die Tasse ins Gras. »Und wie geht es dem Härt eigentlich? Ist er auch dabei? Wie behandelt ihr die Leute, die in die Partei gehen, weil sie sich einen persönlichen Vorteil versprechen?«

»Die kriegen von uns eins aufs Dach.«

»Ich hab mir überlegt, vielleicht hab ich ihm unrecht getan, damals ... Härt war vielleicht der einzige Kollege aus unserer Schicht, den die neue Technik wirklich gereizt hat. Und deshalb hat er einen Weg gesucht, auf dem nichts schiefgehen könnte. Als er hörte, der Lehrgang findet im Westen statt ... Verstehst du?«

»Hatte er Pech, daß nach Leistung gefragt wurde. Und nicht nach Liebedienerei ... Übrigens – falls er die neue Technik wirklich so liebt, muß ich dir leider sagen: die Liebe wird nicht erwidert. Härt kapiert einfach nichts. Ich hab ihn in meiner Gruppe.«

»Dann packst du ihn falsch an! Man muß Pollenträger einreden, er sei in allem der King, dann kommt er voran.«

»Und wenn ich ihn zu dir ins Krankenhaus schicke? Und du redest ihm ein, daß er der King ist? Nimmst du ihn mir ab, nur für eine halbe Stunde in der Woche?«

»Warte noch paar Tage. Vielleicht werde ich bald entlassen.«

»Donnerwetter!« Die Schulz hieb Bernd ihre schwere Rechte auf die Schulter. »Das ist mal eine freudige Nachricht.«

Kinder mit verbundenen Augen tobten an ihnen vorüber. »Aber nicht über die Beete!« rief die Frau und lief, lachend und schimpfend zugleich, der Meute nach.

Bernd sah auf seine Uhr, dachte: Das war es. Ich kann über die Arbeit und Härt reden, ohne zu fiebern. Nun weiß ich es. Langsam ging er Carola Schulz nach.

»Du hattest dich nach Külzens Kindern erkundigt«, sagte die Frau. »Der Große tobt irgendwo in der Nähe über einen Fußballplatz. Den Kleinen siehst du dort.« Sie deutete auf zwei Jungen. Der größere der beiden ließ nicht ab, den kleineren zu stoßen. »Na los, du Pfeife, du bist dran!« Der Kleine ließ sich die Schubsereien gefallen. Der Große wandte sich zu Carola Schulz: »Wenn er nicht mitspielen darf, mault er. Und wenn er mitspielt, ist er doof!«

»Vielleicht hat er keine Lust?«

»Wenn er aber dran ist!«

»Ich stoß dich an. Das ist dann so, als hätte dich Pfeffi gestoßen.« Die Schulz schlug dem Zehnjährigen leicht auf den Po. »Renn los!« Dann zog sie den Kleinen zu sich heran. »Wir nennen ihn Pfeffi.« Sie schob den Jungen Bernd zu, rief Richtung Laube: »Wartet, ich helf euch!«

Bernd hielt den Kleinen fest, ging mit ihm zum Haus. Dort war es still. Nur die Fliegen summten. Die Kaffeekanne fand er leer, die Seltersflaschen standen in der Sonne. Als er eine öffnete, spritzte das Wasser wie eine Fontäne. »Ist nur Wasser und Luft«, sagte er. »Brauchst keine Angst zu haben. Willst du auch einen Schluck?«

Der Junge gab keine Antwort.

»Als Kind hab ich auch nicht gern Fangen gespielt. Wenn sie mich einholten, blieb ich immer schon vorher stehen. Vor lauter Schreck und so. Wie das Kaninchen vor der Schlange.« Was red ich da! schalt er sich. Kaninchen und Schlange ... Als ob der Bursche damit etwas anfangen könnte. Wird vier Jahre alt sein oder auch fünf ... Bernd zog aus der Hosentasche des Jungen ein sauber zusammengefaltetes Taschentuch hervor und wischte ihm über die Wangen. »Ich heiße Bernd«, sagte er. »Bernd Rechlin. Und du? Pfeffi ist doch nicht dein richtiger Name?«

Schweigend starrte der Kleine zu Boden.

Bernd hielt den rechten Daumen über den Verschluß der Selters, schüttelte die Flasche, zog den Daumen ein wenig weg. Das warme Wasser spritzte über staubige Stiefmütterchen. Stumm und mit ernstem Gesicht beobachtete der Junge Bernd. Aber er weinte nicht mehr.

»Ich war lange krank«, sagte Bernd. »Eigentlich bin ich es noch immer. Sonst würde ich dich auf meine Schultern setzen und den Großen nachlaufen. Die hätten wir schnell eingeholt, verlaß dich drauf.«

Der Junge sah ihn nur an. Seine ein wenig schräg stehenden Augen, vor allem aber die platte Nase erinnerten Bernd an Udo Külz. Er griff einen Spaten, grub die staubbedeckten Stiefmütterchen aus, drückte sie dem Jungen in die Hand, freute sich, daß der die Pflanzen nicht fallen ließ. Nahe der Hauswand grub Bernd ein paar winzige Löcher, sagte, der Junge solle die Pflanzen dort hineinstellen. Der aber ließ den Blick nicht von ihm. Da nahm Bernd die Blumen und pflanzte sie selbst ein, schüttete die Löcher mit übertriebener Sorgfalt zu, meinte, nun könne alles in Ruhe wachsen.

Die Schulz eilte heran. »Hat er mit dir gesprochen?« Sie deutete auf den Jungen.

»Bis jetzt noch nicht. Aber unterhalten haben wir uns ganz gut.«

»Evi!« rief die Schulz. Eine junge, dralle Frau nahm den Jungen an die Hand. Der stolperte neben ihr ins Haus. »In der nächsten Woche ist er wieder bei Spenglers«, sagte die Schulz.

»Was soll er denn bei denen?«

»Die Erzieher meinen, es täte ihm gut, wenigstens für einige Stunden in der Woche allein zu sein. Im Ganzen arbeitet das Heim natürlich sehr gut ...« Die Schulz hob die Schultern.

»Spengler!« sagte Bernd. »Ist das ein Witz?«

»Mit Spenglers Frau redet der Junge sogar.«

»Und bei Kellings ist der Junge auch?«

»Nein, bei Kellings nicht.«

»Und bei dir alle vierzehn Tage?«

»Wenn es uns empfohlen wird.«

Die junge Frau hatte das Gesicht des Jungen gewaschen. Als sie mit ihm aus dem Haus kam, zog die Schulz den Kleinen zu sich heran, barg ihn in ihrem Schoß.

»Wie heißt er eigentlich?« fragte Bernd.

»Gregor.«

Gregor also, dachte Bernd. Gregor ...

8

Lina erhielt das Telegramm und jubelte. »Erwarten Sie Freitag zu einem Gespräch. Sankt Marien Stift Wallhofen.« Die erste Antwort auf alle ihre Bewerbungen, die nicht von vornherein mutlos machte! Wallhofen ... Onkel Klanke schlug im Reiseatlas nach. Mit der Bahn mußte sie bis Stuttgart, Weiterfahrt per Bus. Eine lange Reise. »Am besten, du nimmst das Flugzeug«, riet er. Lina rief ihre Eltern an. Die waren sofort bereit, die Flugkosten zu übernehmen, meinten aber, übertriebene Hoffnung sei wohl fehl am Platze, denn – das Heim in Wallhofen stehe doch wohl unter katholischer Leitung? Lina erwiderte, sie habe in ihrer Bewerbung das Wort »evangelisch« unterstrichen. »Schön wär es ja«, sagte Linas Vater.

Als sie in den Bus nach Wallhofen stieg, erkannte sie ihre Konkurrentin auf den ersten Blick. Eine schlanke, sich kerzengerade haltende Frau, älter als sie, aber noch keine dreißig. Ihre langen Haare waren zu einem Knoten gebunden. Über dem Haarknoten lag ein dünnes, flimmerndes Netz. Die Frau fragte den Fahrer, ob es angebracht sei, »Wallhofen Kirche« oder »Gasthof« auszusteigen. Sie wolle in das Kinderheim. Der Fahrer sagte, »Gasthof« liege näher. Die Frau ging an Lina vorbei zu einem der hinteren Plätze. Im Vorbeigehen stutzte sie für den Bruchteil einer Sekunde. Jetzt weiß sie Bescheid, dachte Lina, jetzt weiß sie wie ich: Es sind mindestens zwei Kandidaten für die eine Stelle geladen.

Beim Aussteigen war Lina die erste. Sie überlegte, ob es ratsam sei, auch als erste das Heim und das Zimmer der Oberin zu erreichen, aber dann blieb sie doch stehen und wartete auf die andere. »Du willst auch ins Sankt Marien, nicht wahr?«

Die Frau nickte.

»Auch zu Schwester Ursula?«

»Ja.« Nach einer kleinen Weile sagte die Frau: »Ich vermutete nicht, daß mehrere kommen.«

»Vielleicht sind wir die einzigen.«

»Ja«, sagte die Frau, »vielleicht.«

»Ich hab in Berlin studiert. Und du?«

»In Stuttgart.«

»Da hattest du es ja nicht weit.«

»Ich hab einige Zeit ausgesetzt.«

»Mit dem Studium?«

»Mit der Arbeit.«

»Ein Kind?«

»Ja.«

»Gratuliere.«

Die Frau ging mit großen Schritten. Lina hätte sich gern das Dorf angesehen. Das, was sie von der Straße aus sehen konnte, gefiel ihr gut. Schwatzende Männer, ein Bauer, der neben einem Gespann einherging, aus einem Hof preschte eines der neuesten Automodelle. In einer Schmiede sah sie ein Feuer lodern, aus der Bäckerei schlug ihr der Duft warmen Brotes entgegen. Hier läßt es sich leben, dachte Lina. Wer hier Arbeit hat, will von hier nicht weg. Die Straße führte aus dem Ort hinaus in eine kleine Senke. Dort sahen sie ein geschnitztes Schild, das den Weg zum Heim wies.

»Ich bin nicht verheiratet«, sagte die Frau.

»Ich auch nicht. Ich leb aber mit einem zusammen. Wochenendehe.«

»Aber kein Kind?«

»Nein.«

»Dann liegen die Vorteile bei dir. Von einem Partner kann man sich trennen, von einem Kind nicht.«

»Weshalb trennen?«

Die Frau wandte Lina ihr strenges, schmales Gesicht zu. »Bald wirst du es wissen.«

Schwester Ursula schien sie bereits erwartet zu haben. Sie war eine ältere, freundlich lächelnde Frau; die grauen Locken unter der Ordenshaube schienen zu ihrem fast faltenlosen Gesicht nicht zu passen. In einem Zimmer stand ein Teller mit Gebäck, Kaffee wurde gereicht und ein wenig über die Fahrt und das Wetter geplaudert. »Ich zeig Ihnen unser Zuhause.« Die Schwester führte Lina und die Frau im Geschwindmarsch durch das Anwesen des Stifts. Lina sah mehrere kleine unverputzte Ziegelhäuser, einen Brunnen, einen Stall, dahinter einen Misthaufen, auf dem Hühner scharrten. Ein Bilderbuch. »Brot und Fleisch beziehen wir aus dem Ort«, sagte die Schwester. »Aber von unseren Werkstätten lassen wir nicht.« Und sie gestattete den Gästen einen Blick in die Schuhmacherei und die Tischlerei. »Sie bilden also auch Tischler aus?« fragte Lina, und das Herz klopfte ihr.

»Wir haben einen wunderbaren Lehrmeister«, antwortete die Schwester. »Und hätten wir noch einen zweiten, wären wir Gott sehr dankbar.«

»Gott verpflichtet uns allerwegen zur Dankbarkeit«, sagte die Frau neben Lina.

Erschrocken faltete Schwester Ursula die Hände. »Gewiß, liebes Kind, gewiß.« Beiden Bewerberinnen schenkte sie einen freundlichen Blick. »Wollen wir uns dann lieber einzeln unterhalten?«

Die Frau mit dem Kind schob sich an Lina vorbei in das von der Schwester geöffnete Zimmer.

In der kleinen Diele vor dem Zimmer standen viele Blumen. Das breite Doppelfenster barg Blattpflanzen in einer Fülle, die Lina überraschte. Winzige runde Kakteen standen auf einem eigens für sie gebauten hölzernen Gerüst. Die violetten Blüten verdeckten die runde Stachligkeit der Pflanzen fast ganz. Lina dachte: René hat mit Kindern mehr Geduld als ich. Er wird wunderbar mit ihnen auskommen. Laß mich erst die Stellung fest in der Hand haben, René, dann kommst du nach …

Das Gespräch der Schwester mit der ersten Bewerberin

dauerte nicht lange. Als die Frau das Zimmer verließ, ging sie wortlos an Lina vorbei. »Wartest du auf mich?« fragte Lina, bekam aber keine Antwort.

»Viele versuchen es immer wieder!« klagte die Schwester und bat Lina, Platz zu nehmen. »Eine junge Mutti, und kein Vati für das Kind. Ich kann die Bestimmungen unseres Stifts doch nicht ändern! Wir hatten ihr eine Absage geschickt, aber sie kam dennoch.« Und mit einem schnellen Blick setzte sie hinzu: »Sie sind nicht verheiratet, nein?«

»Nein. Aber ich hab einen Freund.«

Die Schwester nickte. »Den haben fast alle, bevor sie zu uns kommen. Manche haben ihn auch während ihres Dienstes bei uns. Wir sehen darüber hinweg, wenngleich wir uns eigentlich wünschen, daß unsere Kinder die ungeteilte Liebe ihrer Betreuer erfahren. Unsere Kinder, jedenfalls die meisten davon, brauchen jeden Funken Liebe, den wir überhaupt zu geben vermögen.« Die Schwester schob Linas Bewerbungsschreiben von sich. »Ist Ihnen auf unserem Gang durch die Häuser etwas aufgefallen?«

»Ja. Ich habe kein einziges Kind gesehen.«

»Sie haben die Kinder vermißt!« Schwester Ursula streckte ihre Hände über den Tisch. »Sie gefielen mir sofort, und ich habe mich nicht getäuscht. Die Kinder sind im Nachbarort zu einem Fest eingeladen. Selbst die Behinderten durften wir mitnehmen. Sie könnten im November bei uns beginnen?«

»Aber ich bin evangelisch.«

»Wir nehmen auch Kinder von Andersgläubigen in unser Heim.« Schwester Ursula sagte, sie wolle nicht zuviel versprechen, aber sie freue sich schon sehr auf ein gutes Zusammenwirken.

Ich habe eine Anstellung, dachte Lina. Und konnte es nicht fassen. Ich habe eine Anstellung ... Sie dachte es im Bus nach Stuttgart, dachte es im Flugzeug, rief es Klankes entgegen, telefonierte lange mit ihren Eltern. »Das Wallhofener Heim«, sagte Linas Vater, »genießt einen guten Ruf. Ich habe mich kundig gemacht. Und ich bin stolz auf dich.«

Die Mutter kam an den Apparat, gratulierte, sagte, den Abschied von diesem Jungen werde Lina gewiß überwinden.

»Abschied?« fragte Lina und hörte die Mutter erstaunt sagen, daß dies doch wohl eine Selbstverständlichkeit sei. Oder ob Lina von Wallhofen aus jeden Monat nach Ostberlin reisen wolle? Oder denke sie gar ...

»Ja«, sagte Lina. »Ja. Wenn er in der Nähe von Wallhofen wohnt, dann ...«

»Hör auf damit!« unterbrach sie die Mutter. »Da ist eine Entscheidung von dir gefordert, verstehst du nicht? Entweder diese Anstellung oder ein Zusammenleben mit jenem Jungen.«

»Wenn er aber in der Nähe vom Stift wohnt ...«, wiederholte Lina.

»Denk darüber nach«, riet die Mutter. »Uns täte es sehr leid, wenn du unglücklich würdest.«

Nun freute sich Lina nicht mehr. Tante Klanke erinnerte sie an den überbackenen Schinken. Sollte Lina nicht Pfingstsonntag in Renés Wohnung das Mittagessen zubereiten? Es war Sonnabend, Frau Klanke hatte in der Zeitung ein Sonderangebot bei »Edamo« entdeckt. Wenn Lina zu einem Edamo-Kaufhaus führe, könne sie ein gutes Stück Geld sparen. Gehorsam machte sich das Mädchen auf den Weg.

Als sie aber über den Boulevard der Wilmersdorfer ging, ließ sie das Kaufhaus unbeachtet liegen und ging weiter bis zum S-Bahnhof. Wenige Kilometer waren es von hier bis zu Renés Wohnung. Sie sah ihn vor sich, wie er vor dem Grenzübergang wartete, hörte ihn fragen, ob sie etwa eine Taxe beanspruche? Nein, nicht wahr? Wäre auch unfair, den Alten und Bedürftigen die Taxen wegzunehmen. Straßenbahn also. Kaum daß sie die Wohnungstür hinter sich geschlossen hätten, würden sie einander ausziehen. René würde sagen: Bleib liegen, aber sie müßte antworten: Heute bin ich Hausfrau. Zum Essen kämen Renés Eltern, die Schwägerin. Man würde den überbackenen Schinken über den grünen Klee loben, man würde sie hochleben lassen. Und dann Gespräche über dieses und jenes ... Vor vierzehn Tagen war darüber gesprochen worden, daß Bernd in absehbarer Zeit aus dem Krankenhaus entlassen werden sollte. Also würde man bereden, wie Bernd sich in der neuen Situation zurechtfindet ... Vielleicht würde er mit Steffi sogar zur Einweihungsfeier erscheinen. Rechlins Opa würde auf alle Fälle kommen. Höchstens für ein, zwei Stunden, danach auf die Pferderennbahn ziehen, um seinem Freund in allen Einzelheiten über die Rennen Bericht zu geben. Alfred Nagel wurde neuerdings im Rollstuhl durch den Garten hinter dem Pflegeheim gefahren. »Jeht ihm schon ville bessa«, hatte Erich Rechlin neulich erklärt, »jeht ihm schon ville bessa ...« Und wie immer an diesen Familientrefftagen würden Rechlins über Susanne Mollenthin reden ... Für Susanne Mollenthin waren die Rechlins am Hackeschen Markt die Klagemauer ... Susannes unglückliche Liebe, der Freund, der über das Besorgen von Steinen und Zement jede Zärtlichkeit vergißt ... Seufzend würde Frau Rechlin zu René sehen. Und der würde in einem Meer von Verlegenheit schwimmen, wie immer, wenn von dem Mädchen aus Mirow die Rede war. Einmal wollte sie wissen, ob er was mit Susanne gehabt hätte. Entrüstet hatte er verneint. Ob er aber was mit ihr hätte haben wollen? Lina hatte die Antwort des Jungen genau im Ohr ... ›Sie ist eine Frau, weißt du, bei der muß man bleiben. Damals traute ich mich das nicht, und jetzt gibt es dich, nur dich ...‹

Wieder fuhr eine Bahn Richtung Friedrichstraße. Lina verfolgte die rotgelben Wagen mit ihrem Blick, dachte an Renés Wohnung: Aus dem Vorderhaus dröhnt ein Radio. Die Mieter in der Wohnung darüber besitzen weder Teppich noch Hausschuhe. Ihre Schritte poltern unaufhörlich. Nachts ist es ruhig, sagt René. René ist zufrieden. René hat mich. Und seine Eltern. Und seine Arbeit. Jedesmal, wenn ich komme, hat er Annoncen gesammelt, freie Arbeitsstellen. Du kommst überall unter, sagt er, überall. Sie überlegte: Hat er sie eigentlich einmal gefragt, ob sie zu ihm in den Osten ziehen will? Nein, sagte sie sich, aber er wird fragen.

Und er wird die Antwort von vornherein wissen. Selbstverständlich werde ich zu ihm ziehen wollen, denn –geht es uns nicht gut miteinander? Und dann sah sie Wallhofen, das Schmiedefeuer und die stillen Wege. Und wußte, daß sie eine Arbeit bekommen würde, von der sie geträumt hatte. Die einzige Bedingung: nicht verheiratet sein, kein uneheliches Kind ... Ich wette, die Pflegerinnen haben im Umkreis allesamt eine Wohnung, einen festen Freund. Kinder müssen sowieso nicht sein, jedenfalls nicht gleich. Und eine Hochzeit? Wozu! Zehn Jahre Erzieherin in einem Heim wie Wallhofen ... Das ist ein Pfund, damit läßt sich wuchern! Und René, mein René ...

Sie hastete den Bahnsteig hinauf, sprang auf den anfahrenden Zug. Als sie im Bahnhof Friedrichstraße die Treppe zum Grenzübergang hinunterlief, fiel ihr ein, sie hatte die nötigen Papiere nicht bei sich. Lange stand sie auf der Treppe, auf der sie so oft gewartet hatte. Dann wandte sie sich um.

Am Sonntagmorgen wachte sie in aller Frühe auf. Kurz vor sechs passierte sie die Grenze. Diesmal nahm sie eine Taxe. Die Haustür war noch verschlossen. Sie mußte warten, bis ein alter Herr mit seinem Hund aus dem Haus kam. »Ach, Frollein!« sagte der alte Herr. »Heute wollen Sie ihn wohl überraschen?«

Sie nickte, wartete, bis der Mann sich einige Schritte entfernt hatte. Den Zettel hatte sie in der Nacht bereits geschrieben und gefaltet. »Lieber René, sei nicht böse. Ich kann nicht anders. Ich komme heute nicht und überhaupt nie mehr. Bleiben wir, wo wir sind. So wird es das beste sein, nicht wahr? Ich wünsche Dir alles Gute und weiß, Du wünschst mir das auch. Lina.« Das harte Papier fiel in den blechernen Briefkasten. Lina lief zur Straße. Eine Straßenbahn brachte sie bis in die Nähe der Grenze. Kurz nach acht Uhr saß sie mit Klankes beim Frühstück.

9

Bereits nach den ersten Schritten auf dem Betriebsgelände wußte Hannes: Es war etwas Außergewöhnliches geschehen. Der Pförtner wünschte ironisch einen »allerliebsten Morgen«; Christel Motze nahm den Fuß nicht von der Glocke, als sie an ihrem ehemaligen Lehrausbilder vorüberfuhr. Ein Kollege stürzte grußlos zur Kantine, zwei andere sahen ihn mit grimmigen Blicken an. Im Schlauch, dem Aufenthaltsraum der Fahrlehrer, erwartete ihn bereits der Genosse Frenzel, der als Leiter der Betriebsakademie auch verantwortlich für die Ausbildung und Qualifizierung aller Kollegen des Betriebshofes Richtenberger Straße war. Der körperlich klein geratene Mann trug wie stets eine schwarze Lederjacke und eine Schirmmütze, von der keiner wußte, ob sie Ernst Thälmann oder Helmut Schmidt abgeguckt war. »Hast du schon gehört?« Frenzel warf Hannes einen zornigen Blick zu.

»Was denn?«

»Na, komm mal mit zum Chef! Eine unangenehme Überraschung, mein lieber Schwan. Die Kripo ist im Haus.«

»Ein Unfall?«

»Dein Bischoff!«

Hannes packte Frenzel an der Lederjacke. »Ist ihm was passiert?«

»Allerdings.«

Hannes stürmte in das Zimmer seines Vorgesetzten. »Was ist mit Bischoff?«

Betriebsleiter Mang trat hinter seinem Schreibtisch hervor, wies auf einen großen, breitschultrigen Mann mit weißen Haaren und einem noch jungen Gesicht.

Der Mann streckte Hannes die Hand hin. »Oberstleutnant Poldt. Tut mir leid, daß wir dich von der Arbeit weglotsen mußten. Aber du bist einer, der mir vielleicht etwas mehr über Hansdieter Bischoff sagen kann. Er war dein Schützling? Gewissermaßen?«

»Ist er verunglückt?«

»Wir haben ihn festgenommen.«

Ungläubig betrachtete Hannes Meng und Frenzel. Die aber nickten wütend. Endlich sagte Hannes: »Er ist auf meinen Rat hin eingestellt worden ...«

Die Männer setzten sich. Frenzel ließ zwischen sich und Hannes einen Stuhl frei. Hannes fiel ein: Gestern noch hatte ihm ein Kollege erzählt, Bischoff sei wieder nach Polen gefahren. Schnell, übers Wochenende. Im Spätherbst wolle Bischoff in Polen heiraten.

»Seine Freundin«, sagte Hannes, »die Elsbieta ist Polin ...«

»Bei der Rückfahrt haben wir ihn uns gegriffen. Er stand seit langem unter Beobachtung.«

»Schmuggel!« rief Frenzel. »Der Kerl hat Zeug geschmuggelt, daß es nur so krachte!«

Mang zischte verärgert, Frenzel solle die Ausführungen des Oberstleutnants nicht stören. Verlegen drehte Frenzel seine Schirmmütze. »Der gesunde Zorn, verstehst du?«

»Du kennst Bischoff genauer, Genosse Rechlin?«

»Ich hatte ihn zufällig getroffen. Damals, als die Sache mit der Stoffpuppe passierte. Hansdieter wurde dann verurteilt, und ich hab gedacht, wenn er vielleicht in ein gutes Kollektiv kommt ...«

Frenzel hob den Zeigefinger. »Ein Löffel Teer verdirbt ein ganzes Faß Honig. Meine Rede schon immer!«

»Gar nichts ist verdorben worden!« fauchte Hannes. »Es hat über den Kollegen Bischoff nie ein Wort der Klage gegeben. Im Gegenteil. Vor einem Jahr ist er als Aktivist ausgezeichnet worden. Auf deinen Vorschlag hin, Genosse Frenzel.«

»Der Vorschlag kam aus Bischoffs Brigade!«

»Erzähl, was du weißt«, sagte der Oberstleutnant.

Hannes berichtete, wie er ganz am Anfang in Bischoffs Wohnung gegangen sei, wie er hätte heulen können, als er die Hilflosigkeit des Jungen bemerkte, wie er dachte, daß sie als Kommunisten die Pflicht hätten, Leuten zu helfen. »Ich hab eigentlich angenommen, daß es uns gelungen ist«, sagte er leise.

»Er fiel nie unangenehm auf, sagst du?«

»Bekannt ist mir nichts. Oder doch. Ist schon lange her. Da hatte mein Junge Kontakt mit ihm. In Renés Tischlerei wurden eine Zeitlang Briefumschläge getauscht. Mein Junge hat dann gesagt, er sei kein Postamt, und die Sache hörte auf.«

»Die Sache mit dem Pülverchen hörte auf, als die Sache mit den Antiquitäten begann. Spezialität der Bande: kleine sakrale Gegenstände.«

Hannes schüttelte den Kopf. »So was will doch organisiert sein! Er ist immer pünktlich zur Arbeit erschienen. Die Verläßlichkeit in Person!«

Der Oberstleutnant lächelte. »Ein Chef organisiert. Die Arbeit vor Ort verrichten andere.«

»Und Elsbieta? Seine Freundin?«

»Was kümmert uns die!« rief Mang.

»Du warst selig, als du mit ihr tanzen durftest!«

Frenzel raunte: »Ein Gangsterliebchen ...«

»Das wissen wir nicht.« Der Oberstleutnant sagte es mit einiger Schärfe. »Falls es so ist, wird das die Angelegenheit der polnischen Genossen sein. Unsere heißt Bischoff und seine Hintermänner. Deutsche rauben polnische Kirchen aus ... Wißt ihr, was das bedeutet?«

»Sie ist nicht glücklich, die Elsbieta. Hat meine Frau damals gesagt. Auf dem Betriebsfest, als sich alle um das Mädchen rissen. Sie wird ihn vielleicht geliebt haben ...«

»Werd nicht sentimental!« rief Frenzel. »Ich kenne solche Unschuldsaugen!« Resolut setzte er seine Mütze auf.

Der Oberstleutnant wandte sich wieder an Hannes: »Du warst in seiner Wohnung? Oft?«

Hannes schüttelte den Kopf. »Einmal nur. Ganz am Anfang.«

»Getäuscht hat er uns.« Mang öffnete beide Fenster. »Brillant getäuscht.«

»Manchmal hab ich mich gefragt, woher er das viele Geld hat. Ich meine: er war immer sehr modisch angezogen und so ... Aber man will sich ja auch nicht in Privatangelegenheiten mischen, nicht wahr ...«

»Ja, das will man nicht.« Der Oberstleutnant schob einige Bogen Papier in seine Aktentasche, verwies darauf, daß die Untersuchungen noch nicht abgeschlossen und alle Anwesenden zum Schweigen verpflichtet seien. Für seine ehemaligen Kollegen sei Bischoff wegen unrechtmäßiger Bereicherung festgenommen. »Möglicherweise lädt man dich als Zeugen, Genosse Rechlin.«

Hannes stand auf und sah neben Mang auf den Hof. In einer Straßenbahn spielten drei junge Männer Skat. Sie warteten auf den Beginn ihrer Fahrstunde. »Ich müßte dann zum Dienst ...«

Der Oberstleutnant gab ihm die Hand, Mang ebenfalls, Frenzel war zu sehr mit dem Zuknöpfen seiner Lederjacke beschäftigt.

Nach der Schicht ging Hannes zu Fuß nach Hause. Die Karl-Marx-Allee war am frühen Abend fast menschenleer. Nur eine Gruppe ging untergehakt, laut scherzend vor ihm. Hannes wußte, es konnten nur Touristen sein. Moskauer vielleicht oder verdiente Kolchosbauern aus Usbekistan. Die Mieter in den Wohnungen rechts und links saßen abends zu Hause, pflegten sich, genossen den Feierabend. Und waren allesamt froh, wenn sich ein Rowdy zu einem ehrbaren Straßenbahner mauserte. Oder wenigstens zu mausern schien. Wir sind uns zu schnell sicher, dachte Hannes, zu selbstsicher. Wir feiern nur noch Erfolge, Mißerfolge kommen bei uns nicht mehr vor. Mißerfolge werden verdrängt. Die westliche Gesellschaft, die stolpert von einem Mißerfolg in den anderen, wir aber kommen stetig voran. Daß ein Kollege jahrelang neben seiner Arbeit kriminelle Dinger dreht – es fällt uns mitunter nicht auf. Weil wir auf Erfolg programmiert sind ... Wir loben Hansdieter Bischoff und meinen uns selbst.

Es stach in seiner Brust. Tief durchatmen, dachte er, tief durchatmen. Nicht nur an Niederlagen denken, nicht nur ... Aber die Gedanken ließen ihn nicht los. Hansdieter Bischoff, ein Junge, dem er helfen wollte, ein Junge, über den er vor einem halben Tag noch gesagt hätte: »Aus dem ist ein ganzer Kerl geworden! Und eine kleine Aktie hab ich auch daran!« Bischoff hat uns betrogen, dachte Hannes, mit großem Geschick betrogen, er hat mit unseren Idealen gespielt wie die Katze mit der Maus. Er mußte der Brave, Vorbildliche sein, weil er wußte, diese Tarnung ist die sicherste. Er hat uns das Erfolgserlebnis gegönnt, einen Menschen zum Besseren erzogen zu haben. Und wir erzogen ihn, indem wir ihm ein Beispiel boten, denn wir selbst sind allesamt brave, gute, ruhige Menschen ... Hannes blieb stehen, hob die Arme, pumpte die Lungen voll Luft. Eine Frau, die ihren Pudel ausführte, betrachtete ihn im Vorübergehen, tippte sich an die Stirn.

Langsam ging Hannes weiter. Er wünschte sehr, Ingelore möge schon schlafen. Er hatte jetzt keine Kraft zu einer Unterhaltung. Aber – von weitem schon sah er das Licht in der Wohnküche. Und er wußte: wenn das brannte, hatte seine Frau etwas auf dem Herzen, was sie unbedingt loswerden wollte.

Er setzte sich an den Küchentisch, Ingelore brachte eine Flasche Bier, öffnete sie. Während er das Bier ins Glas goß, legte sie ihre Hand auf seine Schulter. Das Bier schäumte über, aber Ingelore sagte nichts, riß nur Papier von der Rolle, wischte die Lache weg, murmelte: »Ich leiste mir einen Wermut.«

»Bischoff ist verhaftet worden«, sagte Hannes, »hat jahrelang geschoben.«

»Und Elsbieta?«

»Keine Ahnung. Leute wie Frenzel lachen sich jetzt ins Fäustchen. Der große Menschenkenner Rechlin ...«

Ingelore nippte am Wermut, wischte mit der Hand über die Tischplatte. »Hör zu. Opa will demnächst ausziehen. Zu Alfred ins Pflegeheim. Gesund wie eine Schalmei und zieht in ein Pflegeheim!«

»In ein Feierabendheim.«

»Jacke wie Hose.«

»Nein.«

»Und was ist der Unterschied?«

Müde streckte Hannes die Füße aus. »Laß uns morgen darüber reden, ja?«

»Opa sagt, für ihn gibt es da nichts mehr zu bereden. Allein geht Alfred kaputt, sagt er. Und er ist froh, daß das mit seinem Platz geklappt hat. Er hat sich auch schon erkundigt: er darf die ganze Gartenarbeit übernehmen. Spätestens in vier Wochen zieht er.«

»Mein Vater hat sich bisher immer genau überlegt, was er tut. Er wird sich auch das überlegt haben.«

»Und die Schiefenageln? Die tönt, wir hätten Opa aus dem Haus gegrault!«

»Kannst du vielleicht wenigstens einmal weiterdenken als bis zu Schiefenagels Wohnung? Verdammt noch mal!« Rot vor Zorn, goß er das Bier ins Spülbecken.

Ingelore sah ihn mit großen Augen an.

»Kannst du wenigstens einmal unterscheiden zwischen dem, was wichtig, und dem, was unwichtig ist? Opa will seinem Freund helfen. Also soll er! Und du bring ihn davon nicht ab! Hörst du?«

»Ick höre«, flüsterte Ingelore. »Ick höre, det mir mein Mann anschreit. Weeßt du, wann det schon mal passiert is? Ick kann mich nich erinnern.«

»Entschuldige. Ich bin ein bißchen kaputt.«

»Ja«, sagte Ingelore. »Ick wahrscheinlich ooch.«

Wenig später lagen sie im Bett. Beide waren sie wach, obwohl sie die Augen geschlossen hielten. Ihre tiefen, regelmäßigen Atemzüge waren nur vorgetäuscht. Hannes öffnete die Augen. Die Reklame an der gegenüberliegenden Hauswand flackerte ihr beständiges »Vorher – Nachher – Immer – Schillins Magenfreund«. Er starrte auf das grellrote Neonlicht. Da bemerkte er, daß die Wörter nur noch verstümmelt aufleuchteten. »Vorher – he – Imm – Sch Magen reund.« Ein Fremder hätte die Zeile nicht deuten können. Wer weiß, wie lange die Reklame schon kaputt ist, dachte Hannes. Aber es ist mir nie aufgefallen. In Gedanken liest unsereins jedes Wort so, wie es dastehen müßte.

Neben ihm schlug Ingelore auf das Federbett, richtete sich auf. »Die Adresse von der Elsbieta? Hast du die?«

»Nein.«

»Dann laß sie dir geben. Wenn wir mit dem Mädchen vielleicht Kontakt aufnehmen könnten ... Bestimmt hat sie mit den Gaunereien von diesem Jungen nichts zu tun. Wär doch nicht schön, wenn sie denkt, hier bei uns leben nur Schubiącks. Das kommt schnell, so ein Vorurteil. Und raus kriegst du es ganz schwer. Wie Rotweinflecke.«

»Danke.« Hannes lehnte sich zu seiner Frau hinüber. »Nimm mir mein Gebrüll nicht übel. Ich bin ...«

»Ich weiß«, unterbrach ihn Ingelore, »ein bißchen kaputt.«

Als er sich auf sein Kissen zurücklegen wollte, hielt ihn Ingelore fest. »Opas Zimmer ... Ich meine, wenn er ausgezogen ist ... Das könnten wir vermieten.«

»Vielleicht an einen jungen Bauarbeiter, ja? Dann bist du mich los, garantier ich dir.«

»Ich wüßte schon, an wen.« Ingelore kicherte. »Na wat is? Gib deiner alten Frau einen Kuß und dann schlaf.«

10

Renés Arbeit in der Kirche näherte sich dem Ende. »Wir werden Sie vermissen«, hatte der Pfarrer gesagt, bevor er mit Frau und Tochter an die Ostsee in den Urlaub fuhr. In der Kirche eines Amtsbruders von Herrn Rochow sollte Gesine zum erstenmal wieder in der Öffentlichkeit musizieren. Gesine galt als gesund. Während der Freudenbekundungen des Pfarrers verbarg René nur mit Mühe sein Mißtrauen. Zu nervös, zu hektisch schien ihm Rochows Tochter. Neuerdings übte sie stundenlang auf der Violine; Rochow sagte, Kunst gelinge nicht ohne Besessenheit. »Nur gut, daß ich kein Künstler bin«,hatte René geantwortet.

»Urteilen Sie nicht vorschnell. Diese Bank in ihrer

Einfachheit und Schönheit ist Kunst. Meinen Sie nicht auch?«

»Nein.« Er war nicht sehr gesprächig gewesen, denn er fürchtete, Rochow könnte noch einmal nach Lina fragen. »Sie haben keine weitere Nachricht von Fräulein Carolis erhalten? Die Postbeförderung dauert aber zuweilen sehr lange ...«

Nein, er hatte keine weitere Nachricht von Fräulein Carolis. Nur einen zusammengefalteten Zettel. Der hatte am Pfingstsonntag im Briefkasten gelegen.

Nun also waren die Rochows in Urlaub gefahren; René hatte dem Tischlermeister das Ende der Arbeit und damit seiner Beschäftigung bei ihm angekündigt. Er hatte nicht erwartet, daß der Mann ihn um weitere Mitarbeit bitten würde. »Die Leute reden über uns«, war René einmal von seinem Meister gesagt worden. »Du arbeitest, ich lebe. Ich Ausbeuter, du Knecht. Ulkig, was?«

»Ich habe Ihnen gesagt, wenn ich mit der Kirche fertig bin, bitte ich um meine Papiere. Dabei bleibt es.«

»Es wär mir nur recht. Ich vertrage den Anblick bienenfleißiger Menschen nicht mehr, er macht mich krank.«

»Bis Ende Juli – länger müssen Sie mich nicht ertragen.«

Der Meister hatte nicht nach den Plänen seines Gesellen gefragt; René hätte sie ihm auch nicht sagen können. Er wußte nicht, was er ab August machen würde. Urlaub erst einmal, aber dann ...? Wichtig war nur: die Arbeit, die er Linas wegen übernommen hatte, war fertig. Was aber sollte danach kommen?

Rechts und links von der kleinen Orgel standen noch zwei ausbesserungsbedürftige Bankreihen. René nahm sich vor, in einer der Reihen ein Stück Holz rissig zu lassen. Er wollte denken dürfen: Ich hab meine Arbeit nicht bis zum Ende getan. Dieser eine Platz, der fortan von allen Besuchern der Kirche gemieden würde, sollte ihm Genugtuung sein. Im August hatte er Lina durch die Kirche führen wollen ... Pfarrer Rochow hatte gesagt, er würde Lina und René in seiner Kirche trauen. Auch wenn René nicht einmal getauft sei und Linas Glauben nicht teile – er würde sie in dieser von René reparierten Kirche trauen. Vorbei der Traum. René wünschte sich manchmal, wütend sein zu können, zu toben, Lina zu beschimpfen, den Irrwitz zu verfluchen, der ihn hatte annehmen lassen, ein Mensch wie Lina Carolis könnte sich mit einem Leben neben René Rechlin zufriedengeben. Doch er fand nicht die Kraft zu einem befreienden Zornesausbruch, er schmeckte nur Bitterkeit. Was ab August sein würde – es interessierte ihn nicht. Die Eltern wagten ihn nicht danach zu fragen. Aber Hannes erzählte in regelmäßigen Abständen, er habe einen früheren Arbeitskollegen von René getroffen. Und der habe sich genau nach René erkundigt. Und ob René nicht wieder anfangen wolle. In der mobilen Werkstatt beispielsweise. Ingelore tat jedesmal erfreut: »Da hörst du es! Der Laden braucht dich!« René aber schüttelte nur den Kopf. Und wenn er seine Wohnung betrat, dieses erst seit kurzem bewohnbare Zimmer, wurde ihm beinahe übel. Er haßte dieses Zimmer, in dem er mit Lina hatte leben wollen.

Eine Zange, die er heftig auf den Boden geworfen hatte, schlitterte über das glatte Holz, fiel von der Empore.

»Junge?« ertönte es unten.

»Ich hab Sie nicht kommen hören, Mutter Rochow.«

Die alte Frau, einen Eimer mit Wischwasser in der Hand, rief zu ihm hinauf: »Laß dich nicht stören.«

Dann hörte er sie doch die knarrende Treppe heraufsteigen. Wie immer nickte sie ihm stumm zu, setzte sich und verfolgte seine Handgriffe. Immer wenn er in der Arbeit eine kleine Pause einlegte, stöhnte sie und hustete ein bißchen. Es war wie in einem Konzert, in dem sich die disziplinierten Zuhörer nur in den kleinen Pausen zwischen den Musikstücken zu husten trauen.

Aber heute schien Mutter Rochow mit ihm reden zu wollen. »Bald fertig biste?«

»Ja, bald.«

»Hast alles ordentlich jerichtet.«

»Ob es ordentlich ist – keine Ahnung. In der letzten Woche werde ich mich fast nur noch auf der Wiese sonnen.«

»Neben der Orgel sitz ich manchmal.«

»Finden Sie unten keinen Platz?«

»Wenn so ein Dichter Jedichte uffsacht oder Jeschichten, die ick nich vastehe, sacht mein Sohn: setz dich oben hin, Mutter. Er will nich, dat man sieht, dat ick schlaf. – Beim Jottesdienst hab ick unnen Platz. Da sinn ja ooch nich so viel Leute inne Kirche. Un ick schlaf ooch nich ein.«

René gestand seinen Vorsatz, einen Platz in diesen letzten Reihen nicht auszubessern. Den Grund nannte er nicht.

»Wird so eine alte Sitte sein, ja?« Mutter Rochow wiegte den Kopf. »Dat is jut. Kannst immer sagen, du hast noch wat zu tun im Leben. Wenn du mal keene Arbeit hast und dir überflüssig vorkommen tust, denn weißte, wo se dir erwarten.«

Er antwortete nicht.

Mutter Rochow schob sich ein wenig näher. »Wenn du nich nur uff de Wiese liejen willst, hast vielleicht Zeit for eene kleene Jefälligkeit?«

»Für Sie? Gern.«

»Dat is man so, dat die Frau Schneider, weeßte, wat die Mutter vom jetzigen Wirt is, also die kraucht man ooch immer hier hoch bei eener jrößeren Veranstaltung. Um besser von oben runnerzukieken, vastehste. Uff all die fremden Jesichter und die scheene Jarderobe un wie se sich so benehmen tun inne Kirche. Davon erzählt se denn wochenlang.«

»Wenn es ihr einziger Spaß ist – laßt sie doch.«

»Meinetwejen ja ooch! Aber dat is ja jedesmal dat gleiche Theater: die Frau schleppt sich mit ihre Wasserbeene de Treppe hoch un denn fällt se uff den erstbesten Platz. Un dat is der, wo ick man immer sitzen will. Gleich anne Treppe, weil ick doch schnell wieder in dat Haus rübermuß, wennt fertig is mit die Musik und die Jedichte. Wer soll denn den Tee kochen und die Stullen schmieren for de Leute, wenn nich ick!«

»Und wie kann ich Ihnen helfen?«

»Mach een Bild von mir. Een kleenet Zeichen. Damit man erkennen tut, hier sitzt Mutter Rochow, keena sonst. Du mit deinem Schnitzmesser, ja?«

Nun beeilte sich René mit der Reparatur der letzten Kirchenbänke. Dann begann er, das Gesicht der Mutter Rochow in die Lehne der Bank zu schneiden. Ein rundes, pausbäckiges Gesicht, die Augen sehr groß, eine Narbe quer über der Stirn, das Kopftuch mit dem Knoten, wie ihn sonst keiner im Dorf band. Es war die Arbeit weniger Stunden. Mutter Rochow schlug die Hände vor das Gesicht, kicherte und weinte in einem. »Dat bin ick!« rief sie. »Dat bin ick!« Und wenig später flüsterte sie: »Christlich isset nich von mir. Die Frau mit ihre Wasserbeene braucht wirklich den erstbesten Platz.«

»Wir reservieren ihr den Platz neben Ihnen, Mutter Rochow.« Und er begann das Gesicht der alten Frau Schneider zu schnitzen. Kantig, ein spitzes Kinn. Die Brille über der kräftigen Nase, die gepflegte Lockenpracht. Als er auch damit fertig war, wandte er sich dem dritten Platz auf der Bank zu. Dessen Sitzfläche sollte rissig bleiben. Aber er schnitzte Linas Porträt in die Lehne. Mutter Rochow besah sich die drei Bilder und drückte René wieder und wieder. René packte das Werkzeug in die Tasche. Seine Arbeit war beendet. »Setz dich«, bat Mutter Rochow, »setz dich eenen Momang. Siehste, wie die Sonne den Staub tanzen läßt? Da kannste wischen noch und noch … Jehst auf Urlaub jetzt?«

»Ja, drei Wochen. Mit dem Zelt. Mal hier, mal dort.«

»Un denn?«

»Ich werd mich wieder in Berlin melden. Bei meiner alten Arbeitsstelle. Irgendwas muß ich ja machen, nicht?«

»Verlieben mußte dir.«

»Laß gut sein, Mutter Rochow.«

»Verlieben. Als mein Hermann aus dem Feld nich zurückkam, det war im ersten Krieg, ick war man jrade neunzehn un verlobt … Da hat meine Jroßmutter zu mir jesacht: Such dir eenen annern Kerl, Meechen, mach schnell. Jetzt haste noch die Kraft zum Lieben, dat mußte nutzen. Wenn du erst Monate un Jahre um deinen Hermann jetrauert hast, denn ist dat wie mit die Hungerkünstler. Wenn die lange jenuch jehungert haben, denn verlangt es die nach keenem Essen mehr. Verlieb dir, Meechen. Hab ick ma eben verliebt. Dat heißt: ick hab ›ja‹ zu einem Kerl jesacht, der mir schon immer haben wollte. Is jut jejangen, all die vierundvierzig Ehejahre lang. Verlieb dir, René, janz schnell mußte dir verlieben. Solange dat Herz noch warm is.«

Er saß noch neben der kleinen Orgel, als Mutter Rochow längst die Kirche verlassen hatte. Endlich packte er das Werkzeug aus und begann noch einmal zu arbeiten. Besserte den Sitz unter Linas Porträt aus, so daß der am Ende ebenso glatt wie die anderen war.

An seinem ersten Urlaubstag fuhr er in Richtung Mirow. Als er mit dem Motorrad von der Autobahn abbog und sich in der Nähe von Mirow wußte, erkundigte er sich in jedem Dorf nach dem Büro des Bürgermeisters. Dort stellte er stets die gleiche Frage: »Brauchen Sie einen Tischler im Ort?« Sie brauchten überall keinen, nur einmal wurde ihm geantwortet: »Einen Hausmeister müssen wir haben. Bist du verheiratet?«

»Nein«, sagte René. »Noch nicht.«

»Schick uns deine Papiere, falls du ein ehrlicher Mensch bist.«

René versprach es.

11

Es war Sonntag. Seit Stunden ging Steffi wie benommen durch die Wohnung. Sie hatte Bernd im Krankenhaus besuchen wollen, um anschließend am Hackeschen Markt Ingelore beim Verarbeiten einer schier unendlichen Menge von Sauerkirschen zu helfen. Am Vormittag, es war kurz nach elf Uhr gewesen – die Zeit werde ich nie vergessen, dachte sie –, hatte Bernd bei Engelkes angerufen und ihr Bescheid geben lassen. Sie solle ihn heute nicht besuchen. Statt dessen werde er am Nachmittag kommen und jemanden mitbringen. Als Heidrun Engelke die Nachricht überbrachte, sah Steffi im Gesicht der Nachbarin die Lust auf eine Sensation. »Mitbringen? Wen will er denn mitbringen?« hatte die Nachbarin gefragt.

Wortlos hatte Steffi die Tür zugeschlagen. Er bringt jemanden mit, dachte sie. Er bringt jemanden mit. Vielleicht einen Arzt oder einen Arbeitskollegen, Härt oder diese Frau Schulz, mit der er sich so gut versteht. Es ist doch schön, wenn er wieder mit Leuten spricht, Kontakte pflegt. Lachhaft, schalt sie sich. Muß ich mir was vorspielen? Er bringt jemanden mit, und ich weiß, was das bedeutet. Wäre es jemand, den ich kenne, er hätte einen Namen genannt.

Sie riß die Fenster auf. Sofort schmetterte der Wind eine Zimmertür ins Schloß. Glas klirrte. Sie setzte sich in einen Sessel, legte die Arme auf die Lehne, bemühte sich um klare, vernünftige Gedanken. Er bringt jemanden mit ... Darauf war sie nicht vorbereitet. Sie sah auf die Vase mit den Sommerblumen. Den Strauß hatte sie am Nachmittag mit ins Krankenhaus nehmen wollen. Nun würde er den Tisch schmücken, während Bernd ihr jene Person vorstellte ... Steffi nahm die Blumen aus der Vase, ging in die Küche, um den Strauß in den Abfalleimer zu werfen, besann sich: Ingelore hatte die Blumen für ihren Sohn im Garten gepflückt. Also nahm Steffi das bunte Gemisch wieder in die Hände, legte es unter den ewig tropfenden Kaltwasserhahn ins Spülbecken. Er bringt jemanden mit ... Nichts anderes konnte sie denken. Je tiefer ihr diese Ankündigung ins Bewußtsein drang, desto schmerzender empfand sie diesen Satz, der ihr doch vor einem Jahr wie eine Erlösung erschienen wäre. Jetzt aber ... Ich verstehe das nicht, dachte sie. Er ist heiterer geworden, gelöster, seine Freude, wenn ich ihn besuche, ist geradezu überschwenglich. Wir schwatzen, lachen, manchmal hält er meine Hände, manchmal drückt er mich ein wenig ... Über Barsig ist nie wieder gesprochen worden; Bernd hat mich weder beschimpft noch angeklagt, nicht einmal erinnert ...

Steffi freute sich auf Bernds Heimkommen, auf das Leben

mit ihm. Sie hatte die kaum fertige Wohnung ja noch einmal renoviert. Diesmal ganz nach Bernds Geschmack. Er sollte sich wohl fühlen zu Hause, nichts, auch keine gemusterte Tapete, sollte ihn stören. Und nun: Er bringt jemanden mit …

In so einem riesigen Krankenhaus, in solch einer langen Zeit, wie sollte er da keine Bekanntschaften schließen, ging es ihr durch den Sinn. Jetzt, wo er gesund ist und sich auch endlich gesund fühlt, jetzt sieht er sich um und vergleicht. Er ist kein leichtfertiger Mensch. Bevor er sich entschließt, vergeht viel Zeit. Doch wenn er sich erst einmal entschlossen hat …

Sie nahm die Blumen aus dem Spülbecken, ordnete sie, stellte sie wieder in die Vase. Sie strich die Tischdecke glatt, setzte sich, wartete. Mittagszeit war längst vorüber, sie hatte nichts gegessen, spürte auch keinen Hunger. Einmal überlegte sie, ob es nicht besser wäre, sie würde die Wohnung verlassen, jetzt sofort. Mußte sie sehen, wen er mitbringen würde? Doch dann sagte sie sich, Feigheit hab ich nicht nötig, und sie wußte auch, daß für Bernd diese Begegnung keine Situation war, die er voller Schadenfreude auskosten würde. Bernd war ein gerader Mensch. Und sie liebte ihn.

Mitnehmen werde ich so gut wie nichts, dachte sie. Bis sich etwas mit einer neuen Wohnung getan hat, wohne ich bei Ingelore und Hannes. Bernds Eltern werden mich aufnehmen, das ist sicher. Sie werden mit Bernd lange reden, werden kitten wollen, aber ich werde sie bitten, das sein zu lassen. Ich bin Bernd nicht böse, werde ich sagen. Vielleicht bin ich enttäuscht. Aber noch mehr über mich. Wir werden uns nicht streiten. Wer erhält die Schrankwand, wer die Polstergarnitur … Wir sind nicht kleinlich. Bestimmt nicht. Hoffe ich jedenfalls. Die Schallplatte … Sie suchte, legte die schwarze Scheibe auf den Plattenteller. »In the morning …« Sie wußte: es war ein trauriges, sentimentales Lied. Aber von allen Schallplatten, die sie im Laufe der Jahre gekauft hatten, mochte sie dieses Lied am meisten. Es war ihr Lieblingslied. Schon immer. Die Platte nehm ich mit, dachte sie, darauf bestehe ich. Und das Foto auch. Lange kramte sie in einer Schublade, bis sie die in einen billigen Steckrahmen gefaßte Fotografie fand. »Die Hochbahn-Katastrophe zu Berlin am 26. Sept. 1908.« Polizisten und Neugierige umstehen eine Feuerwehrleiter. Ein Herr weist mit der Spitze eines Stockes nach oben auf das verbogene Geländer und die aus dem Gleis gefallenen Wagen. »Mein Urgroßvater«, hörte Steffi Bernd sagen. »Ich hab das Bild nur so hingehängt. Ich nehm es sofort weg, wenn es dir nicht gefällt.« Wirklich – er hatte das Bild am nächsten Tag schon abgenommen. Damals, als sie unvermutet in Bernds Wohnung hereingeschneit war. Er wußte wohl nicht, daß sie in den Jahren danach das Bild manchesmal betrachtet hatte. Und immer mehr hatte es sie fasziniert: die Bewältigung einer Katastrophe ...

Als es an der Tür klingelte, stand sie wie unter Zwang auf, ging langsam durch die Zimmer, den winzigen Flur. Sie öffnete die Tür, und ihr Blick fiel auf den Jungen. Der reichte Bernd nur wenig über den Gürtel. Der Junge hatte seine rechte Hand in Bernds Hand gekrallt, und in seinen kleinen Augen war weiter nichts als Erwartung.

12

Über dem Asphalt flirrte die Sonne. Aus den Gebäuden des Landwirtschaftsbetriebes tönte das träge Brüllen von Kühen. Gegenüber den Ställen dörrte das Kartoffelkraut in der sommerlichen Glut. Ein Auto näherte sich, ein grünlackierter Trabant. Das Auto hielt, und eine nicht mehr junge und ein wenig füllige Frau zwängte sich aus dem Innern des Wagens ins Freie. Eine Handtasche wurde ihr nachgereicht, und eine zweite Frau fragte: »Und wenn Sie Ihre Bekannte nicht antreffen?«

»Doch, doch«, antwortete die Frau, die jetzt auf der Straße stand und sich den Schweiß wischte.

Im Innern des Wagens rumorte es, die zweite Frau, gleichaltrig mit der ersten, doch hager und kränklich wirkend, trat auf den heißen Asphalt.

Verärgert schüttelte Ingelore Rechlin den Kopf. »Ich hab Ihnen doch gesagt, Sie müssen sich wegen mir keine Umstände machen!«

»Wie Sie meinen!« Beleidigt kroch Frau Schiefenagel zurück in das Auto. »Fahr zu, Schatz! Frau Rechlin weiß, was sie macht!«

Allerdings! dachte Ingelore und winkte dem davonfahrenden Trabant nach. Daß Schiefenagels auf dem Weg in ihren Urlaubsort an der mecklenburgischen Seenplatte auch durch den Kreis Mirow fuhren, war Ingelore sehr recht gewesen. Nach langem Überlegen erklärte sie der Nachbarin, eine Bekannte von ihr wohne seit Jahren in Jühliche, einem winzigen Dorf in der Nähe von Mirow. Und diese Bekannte dränge wie dolle und verrückt auf einen Besuch. Doch wie solle man nach Jühliche kommen! »Nicht alle sind Besitzer eines so schönen, praktischen Autos wie Sie, Frau Schiefenagel. Aber vielleicht hat René einmal die Zeit. Dann bringt er mich auf seinem Motorrad hin. Oder ich warte, bis Jühliche an das Berliner Straßenbahnnetz angeschlossen wird. Da hab ich dann eine Gratisfahrt.«

Unendlich froh, von Frau Rechlin in wenigstens einem Punkt als überlegen anerkannt zu werden, hatte die Nachbarin sofort erklärt, Jühliche befinde sich zwar nicht direkt auf ihrer Route, es komme ihnen jedoch auf einige Kilometer Umweg nicht an. »Als was ist sie denn beschäftigt, Ihre Bekannte?«

»Veterinärisch.«

»Oh! War die junge Mecklenburgerin, wie hieß sie gleich?, war sie nicht auch in diesem Beruf tätig?«

»Genau. Viechsärzte werden in Mecklenburg viel gebraucht.«

Wie stets bei derartigen Anlässen, hatte Frau Schiefenagel auf unnachahmliche Weise mit Nasenflügeln und Oberlippe zugleich gewackelt, hatte solcherart ihren Unwillen über die laxen Worte Ingelores zum Ausdruck gebracht. Aber – und das allein zählte – daß Frau Rechlin mitgenommen würde, galt als beschlossen.

Ist das eine Affenhitze! stöhnte Ingelore. Wenn ich das Mädchen nicht bald treff, kann man mich als Bratkartoffel in die Kantine tragen. Sie zog einen Briefbogen aus der Handtasche, worauf Susanne Mollenthin ihre Arbeit beschrieben hatte und zugleich ihren Wunsch nach Veränderung. Im Nachbarkreis, so schrieb das Mädchen, suchten sie eine Lehrerin für die Berufsschule. Dazu wäre sie sofort bereit, und das nötige Zusatzstudium, übrigens in Berlin zu absolvieren, bekäme sie auch bewilligt. »Aber soll ich noch einmal in ein Internat ziehen? Mit Achtzehnjährigen ein Zimmer teilen? Ich würde es nervenmäßig nicht aushalten«, stand in dem Brief.

Ingelore faltete den Briefbogen zu Zigarettenschachtelgröße. Nervenmäßig, dachte sie, nervenmäßig werde ich dich schon aufpäppeln. Und überhaupt! Das einzige Risiko für dich wird sein: du wirst weder nach Mirow noch in den Nachbarort zurück wollen. Was aber kein Übel ist, sondern ein Glück. René kennt die Dörfer rings um Berlin. René wird dir schon was Verlockendes zeigen. Wäre ja bescheuert, wenn er das nicht täte. Und doof ist er nicht. Er ist ja schließlich Mutterns Sohn.

Entschlossen schritt Ingelore auf den ersten Kollegen zu, den sie im weiten Areal der Anlage erblickte.

Der aber schnauzte sie an, ob sie das Schild am Eingang nicht gelesen habe.

»Nee«, sagte Ingelore, »Unbefugte können meistens auch nicht lesen.«

»Aus Berlin, was?« bellte der Mann. »Die Leute hab ich besonders gern.«

»Das freut mich. Dann verraten Sie mir auch, wo ich die Kollegin Mollenthin treff.«

»Nirgends.« Mit der ausgestreckten Hand wies der Mann Ingelore an das Tor zurück.

Das barsche Wesen des Kollegen verschreckte sie einigermaßen. »Mollenthin«, stammelte sie. »Ick will det Meechen ja nur kurz besuchen.«

Die Hand des Mannes blieb ausgestreckt.

Wieder stand Ingelore auf dem von der Hitze klebrigen Asphalt. Ab und zu spähte sie in das Betriebsgelände. Das also ist eine Großviehanlage, dachte sie. So ungefähr hab ich mir das auch vorgestellt. Beschäftigte sah sie kaum, traute sich auch nicht, noch einmal nach Susanne zu fragen. Überhaupt schien ihr jetzt diese Mission ein eitler Selbstbetrug. Natürlich – sie wollte dem Mädchen helfen, aus einer mißlichen Situation herauszufinden. Sie sei wieder zu den Eltern gegangen, hatte Susanne geschrieben, solle mit dem halbfertigen Haus, das ihr früherer Verlobter hochziehe, werden was wolle ... Susanne und René – diesen Traum hatte Ingelore nie aufgegeben. Lina zeigte sich nicht mehr, Lina hatte eine vernünftige Konsequenz gezogen, wie Ingelore fand. René lief blaß und grimmig durch die Welt. Ingelore fürchtete, er könnte sich abermals einer Weltsicht zuwenden, die sie widernatürlich fand und auf gar keinen Fall gutheißen konnte. Opas Zimmer war ausgeräumt, die Wohnung am Hackeschen Markt wirkte beängstigend leer. Ingelore jedoch brauchte Leben um sich, Turbulenz. Und René, so dachte sie, René braucht eine tüchtige Frau. Jetzt. Sofort. Wahrscheinlich aber, sie wischte sich den Schweiß von der Stirn, wahrscheinlich war es Unfug, sich vor Susannes Arbeitsplatz zu stellen. Ich werde sie besser in Mirow erwarten, ihre Adresse hab ich ja. Schade aber ist es trotzdem; hier hätte ich Susanne einige Stunden eher gesehen. Und ob in Mirow Gelegenheit zu einem richtigen Gespräch sein wird? Wenn Susannes Eltern die Ohren spitzen? Sei es wie es sei, beschloß Ingelore, ich bleib hier nicht stehen wie Klein-Doofi mit Plüschohren. Am Abend fährt ein Bus nach Neustrelitz. Den muß ich schaffen. Und bis dahin muß ich Susanne getroffen haben.

Ein Gefährt, wie Ingelore es lange nicht gesehen hatte, hielt neben ihr: ein Lastwagen mit einem Aufbau zur Personenbeförderung. »Wo fahren Sie denn hin, bitte?« erkundigte sie sich ermattet beim Fahrer.

»Mirow.«

Ehe sie noch fragen konnte, ob sie einsteigen dürfe, sah sie mehrere Frauen auf das Gefährt zueilen, auch jüngere waren darunter. Die Frauen stakten eine winzige Eisenleiter hinauf; eine von ihnen drehte sich um. »Frau Rechlin!«

Da wußte Ingelore, daß diese Frau mit dem ernsten schmalen Gesicht niemand anders als die von ihr gesuchte Susanne war. Sie ließ sich umarmen und flüsterte: »Ich hab dich nicht erkannt. Verändert hast du dich!«

Susanne Mollenthin lächelte zag, führte Ingelore vom Auto und den Kolleginnen weg. »Ich bin älter geworden.«

»Tatsache«, sagte Ingelore. »Und deine Frisur gefällt mir auch nicht. Kürzer steht dir viel besser.«

Der Fahrer rief, was nun sei. Susanne winkte ab. Das Auto setzte sich in Bewegung und die beiden Frauen im gleichen Moment merkten, daß sie wohl einen Fehler begangen hatten. Vier Kilometer Landstraße lagen nun vor ihnen.

»Wenn ick'n Sonnenstich krieje, fängste mir uff, ja?« Ingelore hakte sich bei Susanne ein. »Rätste, weshalb ich gekommen bin?«

»Ich weiß es sogar.«

»Nein. Du weißt es nicht.« Dann stutzte sie. »Wieso?«

Susanne pustete sich eine Haarsträhne aus dem Gesicht. »Hat René so ein dolles Quartier bekommen? Weil er Sie gleich nachgeholt hat? Aber Sie wollten doch erst im September in Urlaub fahren?«

»Langsam«, sagte Ingelore, der es den Schweiß aus allen Poren trieb. »Wieso hat mich René nachgeholt? Ich bin ganz von selbst uff die Schnelle ... In Schiefenagels fürchterlichem Auto.«

»Aber Sie haben René besucht?«

»Was redest du dauernd von René! Dich hab ich sprechen wollen. René ist mit dem Motorrad Richtung Ostsee. Zelten.«

»Zur Zeit zeltet er in Jielchendorf. Das ist hier ganz in der Nähe.«

Ingelore blieb stehen. »Und? Hat er dich wenigstens besucht?«

Susanne zog Ingelore weiter. »Vorn an der Kreuzung können wir uns in den Schatten stellen, da ist es vielleicht angenehmer.«

»Warum sollen wir im Schatten stehen? Haste det nötig, Susanneken?«

Susanne lachte. »Irgendein Auto wird halten und uns mitnehmen.«

»Opas Zimmer steht leer«, sagte Ingelore. »Er ist in ein Feierabendheim gezogen. Zu seinem Freund Alfred.«

»Ich weiß. Find ich nobel gehandelt von Ihrem Schwiegervater.«

»Was weißt du denn noch alles?«

»Alles, was mir René gestern abend erzählt hat.«

»Gestern abend?«

»Ja.«

»Und? Was ist mit dem Zusatzstudium in Berlin?«

»Im Oktober fang ich an.«

»Weiß René das auch?«

»Er hat nicht gefragt, und ich hab nichts gesagt.« Susanne Mollenthin setzte sich in das harte Gras des Sommerweges, lehnte sich an einen Birnbaum. Ingelore blieb neben dem Mädchen stehen, betrachtete es lange.

»René hat sich sehr verändert«, sagte Susanne.

»Und? Gefällt es dir nicht mehr?« Ingelore hockte sich neben Susanne. »Stimmt doch, daß du ihn gern gesehen hast? Oder?«

Susanne nickte.

»Das hab ich gefühlt! Vom ersten Augenblick an hab ich das gefühlt. Und René war auch verschossen in dich. Hat es nur nicht zugegeben, der Dämlack! Aber ich hab es gemerkt! Eine Mutter merkt alles!«

Susanne sah an Ingelore vorbei die Straße hinunter. »Es ist nur alles anders gekommen ...«

»Rede nicht, als stündest du im Chor der Hundertjährigen! Ist eben alles anders gekommen ... Wer hat denn das

Leben noch vor sich, wenn nicht ihr! Ich hoffe, ihr seid bald fertig mit dem Selbstmitleid.«

»Das Zimmer ... Darf ich schon im Oktober einziehen?«

»Wenn du willst, sofort.«

»Ich bin nämlich fest eingeschrieben.«

»Wärst also auch in ein Internat gezogen?«

»Ich muß weg. Ich werde krank, wenn ich jeden Tag an seinem Haus vorbei muß. Gunnar baut noch immer, baut immer weiter. Er rackert vom Morgen bis in die Nacht.« Sie riß ein Büschel Gras aus, rieb es zwischen den Händen. »Ich kann so nicht leben, nie.« Blitzschnell stand sie auf. »Übrigens ... René hat sich das wohl alles anders vorgestellt.«

Ingelore hielt den Atem an.

»Er tut, als hätte ich nur auf ihn gewartet.«

»Er hat eins auf den Deckel gekriegt. Falls er groß angibt, sei sicher, es ist nur Heuchelei. In Wirklichkeit ist sein Herze ziemlich wund.«

»Ob ich was dagegen hätte, wenn er in Lienow als Hausmeister anfängt. Hat er mich gefragt.«

»Was ist denn Lienow?«

»Lienow. Drei Häuser und sieben Spitzbuben. Und ein großes Ferienheim. Die brauchen unbedingt einen Hausmeister.«

»Du hast ihn hoffentlich ausgelacht!«

»Ich hab ihm geantwortet, daß ich selbstverständlich nichts dagegen hätte. Okay, hat er gesagt, dann bring ich denen meine Papiere.« Sie wandte sich Ingelore zu. »Hat er Ihnen nichts davon erzählt?«

»Ich hab ihn seit einer Woche nicht gesehen. Er ist doch auf Urlaub!«

»Wahrscheinlich ist er ab ersten Oktober Hausmeister in Lienow.«

»Nicht doch«, stammelte Ingelore. »Dann seid ihr ja wieder so weit auseinander. René in Lienow und du in Berlin. Das, das ist doch ...«

»Sehr gut.« Susanne Mollenthin klopfte sich den Schmutz

von den Jeans. »Wie sagt man: So schnell schießen die Preußen nicht. Die Mecklenburger auch nicht.«

Ein Traktor mit einem klappernden Hänger kam die Straße herauf. Susanne winkte.

Eine Stunde später saß Ingelore in Susannes Zimmer und trank einen Kaffee. Gegen den Durst. Und eine zweite Tasse zur Beruhigung.

13

Weihnachten am Hackeschen Markt. Der große Tisch im Wohnzimmer mußte ausgezogen werden, und trotzdem saß man beengt. »Auf Tuchfühlung«, nannte es Ingelore. Zwölf Personen waren sie, die ganze Familie. Ingelore und Johannes, Opa, der sich für einen halben Tag vom Feierabendheim beurlaubt hatte, Steffi und Bernd und mit ihnen zwei Kinder: Gregor und Sven. Gregor wohnte bereits seit Wochen bei den jungen Rechlins, Sven kam an jedem Wochenende. Beate und Siegfried waren aus Spandau angereist, leider ohne Maurice, der das Fest mit einer Sportgruppe an der Nordsee verbrachte. René saß am Tisch und neben ihm Rechlins Untermieterin Susanne. Zwischen dem Jungen und Susanne Tante Emmi aus Templin. Auf deren Anwesenheit hätte Ingelore gern verzichtet, aber Emmi war auf Renés Wunsch eingeladen worden. Die Tante schwadronierte ohne Punkt und Komma. Vielleicht hat sie René überhaupt nur darum eingeladen, dachte Ingelore, braucht er selbst nicht zu reden, darf er sich damit begnügen, Susanne anzugucken …

Ingelore war rundum glücklich. Um dieses Glück in der rechten Weise auskosten zu können, hatte sie sich, Hausfrauenpflichten vortäuschend, in ihre geliebte Küche verzogen, saß nun auf ihrem Lieblingsstuhl und süffelte ein Gläschen Eskalony. Aus dem Zimmer drangen die ihr so vertrauten Stimmen. Opa berichtete, wie er von einer lustigen Witwe um ein Haar vernascht worden wäre, Beate rief ein um das andere Mal: »Opa, die Kinder!« Bernd erklärte René die Schwierigkeiten bei der Einführung der westlichen Technologie. Irgendwer hatte wieder einmal im unrechten Moment sparen wollen und Zulieferungen aus eigener Produktion eingeschaltet. Nun ließ sich vorerst die gesamte Anlage nicht nutzen … Eine Märchenschallplatte tönte: »Wenn du aber Stadtmusikant werden willst, so zieh mit uns nach Bremen …« Im Flur zischten Pfeile. Johannes und Sven wetteiferten mit Siegfried um den Sieg bei einem Wurfspiel. Alle waren sie beschäftigt. Allen ging es gut. Ingelore hob das Glas; als sie sich aber zuprosten wollte, wurde die Tür geöffnet.

»Hier steckst du also.« René setzte sich seiner Mutter gegenüber.

Ingelore knurrte sanft: »Laß Susanne nicht allein.«

»Emmi erzählt, wie sie Direktorengattin wurde. Ich kann die Geschichte schon singen.« Er goß sich einen Magenbitter ein, stieß mit Ingelore an, trank, hustete.

»Nur für Liebhaber!« sagte Ingelore.

»Mit Zucker, pfui Deibel!«

»Wie das Leben so ist. Süß und bitter. Aber es rutscht wie Öl und schmeckt wunderbar. Willst noch einen?«

Abwehrend hob René die Hände, sagte dann: »Ich wollte mich bei dir bedanken, Mutter.«

»Wofür denn das?«

»Hast dir viel Mühe gegeben. Und ich bin manchmal doch ein Esel.« Er drückte Ingelore einen Kuß auf den grau werdenden Scheitel.

Sie hielt seine Hand fest. »Und?«

Er zuckte verlegen mit den Achseln. »Wenn ich gewußt hätte, daß Berlin für sie perfekt ist, hätte ich mich nicht nach Lienow verpflichtet.«

»Dann hör doch dort auf!«

»Ich kann nicht immer nur aufhören.«

»Allerdings.«

»Schön ist es aber nicht … Wir sehen uns nur an den Wochenenden. Wenn einer von uns entweder in Berlin oder in der Nähe von Mirow bleibt.«

»Aber ihr seht euch?«

»Ich hoffe: ja.« René drehte das Glas in den Händen. »Weißt du ...« Er stellte das Glas weg, um Ingelore kräftig an sich zu drücken. »Mit Steffi und Bernd ... Und daß sie nun plötzlich zwei Kinder haben ... Das freut dich doch auch?«

»Fürs erste kriegen sie nur den Kleinen zur Adoption.«

»Auf Dauer aber ... Ihre Wohnung wird ja nun mächtig eng werden ...«

Ingelore ahnte sofort, worauf der Junge anspielte. Und sie dachte sich auch, daß René diese Attacke auf ihr weihnachtlich gestimmtes Gemüt lange vorher mit seinem Vater beraten hatte. Hannes hatte den Jüngsten mangels eigener Courage vorgeschickt. Mit Steffi und Bernd die Wohnung tauschen! Der Gedanke war ihr selbstverständlich auch schon gekommen. Raus aus der Stadt ... Zwei schöne sonnige Räume waren es dort draußen in Köpenick, aber Köpenick war Köpenick und nicht Berlin. Andererseits – was sollten sie zwei Alten mit der großen Wohnung am Hackeschen Markt! Vorsichtig stellte sie ihr Glas auf den Tisch. »Sag deinem Vater einen schönen Gruß. Und so schlau wie er bin ich schon lange. Bloß – solange Susanne in Berlin studiert, wird es nichts mit dem Umzug.«

»Susanne könnte doch in meine Wohnung ziehen.«

»Das nenne ich Tempo!«

René stützte sich aufs Fensterbrett. »So hoffe ich jedenfalls. Und auch, daß sie dann mit mir in Lienow wohnt.«

»In diesem Kaff? Wie sagt das Mädchen immer? Drei Häuser und sieben Spitzbuben?«

»Eben. Fehlen noch ein paar.« Er nickte seiner Mutter zu. »Das Problem ist nur: Susanne hat einen heimlichen Freund. Einen unheimlichen. Der Direktor von der Schule, an der sie Lehrerin werden will.«

»So einen alten Knacker?«

»Knappe vierzig. Verheiratet.«

Ingelore kicherte, was René mit einem wütenden Blick beantwortete. »Komisch finde ich das nicht!« fauchte er.

»Aber erfreulich. Weil du nämlich eifersüchtig bist.« Ingelore verabreichte ihrem Jüngsten wie in früheren Zeiten einen Katzenkopf. »Ein studierter Direktor, blaß und mit Bauch, so was bootest du doch aus! Mit der linken Hand bootest du den aus!« Sie nahm den Teller mit der Schwedischen Apfeltorte und gebot René mit einem Blick, ihr mit der Schlagsahne zu folgen.

Dort saßen sie bereits alle um den Tisch. Beate behauptete, sie sei direkt hungrig. Ingelore schnitt die Torte auf. Zuerst bekamen die Kinder. »Eßt«, sagte sie. »Alle werden darf es, reichen muß es.« Dann fiel ihr ein: Stolle war doch auch noch da!

Als sie in der Küche das Weihnachtsgebäck aufgeschnitten und in das Wohnzimmer getragen hatte, hörte sie Siegfried zu Hannes sagen, daß es ja mächtig brenzlig aussehe. »Das ist doch ein Stellvertreterkrieg, nicht wahr? Die Chinesen auf der Seite der Amerikaner, die Vietnamesen auf der Seite der Sowjets. Oder beurteile ich das falsch?«

»Dieser Krieg ... Jahrhundertelang gab es Krieg in dieser Region. Vernunft setzte sich manchmal nur langsam durch.«

Beate schlug ihrem Mann auf die Finger. »Hör doch auf damit!«

»Ich meine nur«, sagte Siegfried Zümmrich. »Von mir aus dürfen sie sich die Köpfe einschlagen, aber wenn sie damit fertig sind, sind wir dran. Verstehst du? Dann hauen die Großen direkt aufeinander ein. Und wir sitzen mittenmang. Ein einziger Schlag, und wir sind Asche.«

Für einen Moment blieb es still. Ingelore erschrak. Ruhige, friedliche Jahre ... Sollten die wirklich vorbei sein? Sie sah sie alle an: Steffi und Bernd, Susanne, René, Emmi, Opa, die Kinder Sven und Gregor, Hannes, Beate und Siegfried. Verwirrt betrachtete sie die Gesichter ihrer Familie. Warum sagt keiner was, dachte sie, warum ist es so still?

René stand auf, ging mit der Kaffeekanne um den Tisch. Dabei wandte er sich zu seiner Mutter um. »Keine Bange«, sagte er. »Noch sind wir da. Und wir bleiben.«